#71, 꽃길도 가시밭길도 아닌

'사립유치원의 히로인' 한경자 회고록

한경자

박영사

저자 서문

지나고 나니 별것도 아닌데

어느 날 서울대병원에 검진을 받으러 갔습니다.

검사 결과를 기다리며 많은 환자들이 다른 사람의 부축에 의지하며 오가는 모습을 보았습니다. 갑자기 마음 속 깊은 곳으로부터 무언가 뜨거운 것이 솟아올라 눈시울을 적시었습니다. 내가 이 나이에 저렇게 남의 도움 없이 혼자 다닐 수 있는 것이 얼마나 감사하고 고마운 일인가. 내게 이제 남은 것은 모두 다 고맙고 감사한 것 이외에는 없다는 것을.

마치 그것이 무엇이든 앞에 닥치기만 하면, 내가 아니면 안 될 것 같은 생각에 무조건 가시덤불도, 그게 무엇인지 모르고 달려들어 모든 것이 내 것 인양 몸과 마음을 바쳐 시작했고 성공으로 끝을 보았습니다.

이제 생각하며 뒤를 돌아보니 어이없고 웃음만 지어집니다.

그래도 그런 나를 따라주고 도와주고 응원해 주신 많은 분들이 계셨기에 그 많은 일들을 영광스럽게 마무리할 수 있었으며, 또 건강이 뒷받침되었기에 가능했습니다. 이 모든 것에 고맙고 감사하다는 말밖에 달리 무슨 말로 표현할 수 있겠습니까.

전국에 계신 유치원 원장님들과 사립유치원 교사 수만 명에게 지면을 통해 감사드립니다.

집회 장소에 새벽같이 모여 하루 종일 우리들의 주장을 호소한 뒤, 다시 고단한 몸을 이끌고 밤새 집으로 돌아가 쉴 새도 없이 아침에는 직장에 충실했던 그 일을 어찌 잊을 수 있겠습니까.

그리고 수백만 명의 학부모들의 이해와 응원, 다시 한 번 감사드립니다.

교육부와 국회, 대학의 유아교육 교수님들, 법조계와 언론에 계신 그 많은 분들은 바른길로 길잡이가 되어 주셨고, 부족한 것을 채워 주셨습니다. 그 덕분에 이 나라에 태어난 유아들이 유아교육을 제대로 받을 수 있는 터전이 조성되었습니다. 또한 젊은 학부모들에게 교육비 지원으로 경제적 부담을 절감시켜 주시는 데 한마음이 되었던 것에 대해 평생 감사한 마음을 지니고 살고 있습니다.

지방자치단체에서, 경찰서에서, 충분히 마음껏 봉사할 수 있는 여건을 만들어 주시며 격려를 아낌없이 보내주신 모든 분들께도 고맙다는 인사 드립니다.

내가 하는 일을 묵묵히 바라보며 아낌없이 응원했던 남

편과 자식 등 사랑하는 가족들은 둘도 없는 감사한 존재들입니다.

지나고 보니 별것도 아니었는데 많은 분들께 힘들게 해드린 것 같아 죄송하다는 말로 마무리합니다.

끝으로 이 세상에 태어나게 해주신 아버지, 어머니, 감사합니다.

앞으로 제가 벌려 놓은 일 모두 마무리 잘 할 수 있도록 격려와 응원 부탁드립니다.

2023년 7월 서울 삼성동에서
저자 한경자

추천사 1

존경하는 한경자 회장님의 회고록 발간을 진심으로 축하드립니다.

제가 회장님을 처음 뵈었을 때는 1992년 1월 강남경찰서에 부임한 지 얼마 지나지 않았던 날로 기억됩니다.

당시 한경자 회장님은 전투 경찰, 의무 경찰 어머니회 회장으로, 매주 전·의경들을 위해 맛있는 식사를 직접 조리해서 제공하는 봉사활동을 펼치고 계셨습니다.

그 날도 어김없이 환경이 열악한 전·의경 식당 취사장에서, 앞치마를 두르고 요리를 직접 만들어 주면서 한명 한명에게 미소로 대하며 정다운 말씀을 건네는 등 친자식처럼 살뜰히 챙기시는 회장님의 모습은 감동적이었고, 아름다웠습니다.

어린 아이 같은 아들을 전·의경으로 보내고 밤새 잠 못 드시고 걱정하실 어머님들을 대신하여, 그들에게 따뜻한 어머니의 사랑과 정을 베풀어주며 그들이 보람찬 군 생활을 무사히 마칠 수 있도록 사기를 북돋아주던 회장님의 참다운 사랑을 지금도 잊을 수 없습니다.

회장님이 더욱 존경스러운 것은, 30여 년이 넘는 세월을 전·의경 어머니회뿐만 아니라 여러 봉사 단체를 이끌며 우리 사회의 빛과 소금이 되어 주신 점도 있지만, 무엇보다 회장님의 한결같은 성실한 삶과 고매한 인품이 아닌가 생각합니다.

한순간의 보여주기 식이 아니라, 소외되고 어려운 이들을 위하여 긴 세월을 궂은 일, 허드렛일 가리지 않고 열과 성을 다하는 봉사를 하셨기에, 해가 더할수록 노블레스 오블리주의 품격이 어떤 것인지를 진심으로 알 수 있었습니다.

어느 원로 철학자께서 '참다운 사랑'의 조건으로 '이기적이지 않을 것', '내 소유나 나 자신보다 더 귀한 뜻을 위하고자 시작할 것', '희생적인 노력이 있을 것' 세 가지를 말씀하셨는데, 돌이켜보면 한평생 우리 사회의 소외받고 도움이 필요한 이들에게 보여주신 회장님의 모습이 바로 조건 없는 '참다운 사랑'이 아닌가 생각합니다.

진실한 헌신과 봉사로 많은 사람들에게 힘을 주고 감화시킨 회장님의 모습 하나하나는 다음 세대에게도 봉사와 희생의 미덕을 전하는 귀감이 될 것입니다.

다시 한 번 한경자 회장님의 회고록 발간을 마음 깊이 축하드리며, 오래오래 강건하시고 꽃길만 걸으시길 기원 드립니다.

어청수(제14대 경찰청장)

추천사 2

오랫동안 빼온 한경자 회장님의 인품이 곳곳에 묻어나는 것을 이 책을 읽으며 새삼 느낀다. 인생 선배의 소중한 글에 졸문(拙文)을 붙이는 것이 외람된 일이지만, 평소 단아한 모습에 대인(大仁)의 아량을 보여주셨던 풍모가 그대로시다. 유년과 학창 시절, 현대그룹 근무 시기, 유아교육에 투신한 이후의 역경과 보람, 그리고 가족사까지 솔직하고 담백하게 엮으신 구절마다 마치 면전에서 도란도란 옛이야기를 직접 듣는 듯하다.

사실 정주영 회장님을 모시던 시절부터 '한 회장님은 맡은 일을 해내는 열성과 노력이 대단하시다'라고 생각했다. 유치원 교육 현장의 실상을 알리고 제정하거나 법을 개정하는 데 가장 선두에 서서 힘든 역할을 하실 때도 그러하셨다.

주변에 배려하는 마음도 크셨다. 매년 저소득층 환자 돕기 바자를 열어 수익금 전액을 서울대병원에 기부해 오신 게 족히 20년은 넘었을 것이다. 서울 강남경찰서에서는 의무경찰들의 대모로 불리셨다. 어머니회 회장을 오랫동안 맡아 전·의경들을 친아들처럼 챙기셨으니 한 회장님의 생일상을 받지 못한 전·의경은 아마 없었을 것이다. 경찰 인사들로부터 그 일에 대해 들은 상찬이 귀에 가득하다.

80년이 넘는 삶의 여정이면 꾸민다고 해도 곱게만 보이진 않을 터다. 곧은 데가 있으면 굽은 데가 있고, 이 흠을 덜어내면 저 흠이 도드라지기 마련이다. 그래서 삶에 대한 겸손과 용기가 없으면 글로 남기는 인생 회고는 쉽지 않은 일이다. 난관은 난관대로, 고충은 고충대로 술회한 '훌륭한 여인'의 이야기에 존경과, 또 한편으로는 부러움을 갖게 된다. 분야와 처지가 달라도 삶에 큰 울림을 줄 것이다.

이병규(문화일보 회장)

자녀들이 어머니에게 보내는 편지 1

어머니는 수많은 사람들에게 꽃과 잎이 되어주고, 보석같이 빛나는 존재가 되기 위한 기본을 만들어주신 분입니다.

저희 4남매를 비롯해, 수천 명이 넘는 어린 아이들을 가르치고, 열정과 헌신으로 보다듬어 주셨습니다.

어머니는,

가족을 위해 매일 기도하고 희생하는 어머니의 마음,

자라나는 아이들에게 하나라도 더 가르치고 잘 먹이고 싶은 선생님의 마음,

주위 사람들의 형편을 돌보며 함께 기뻐하고 함께 슬퍼하는 동반자의 마음,

이 모든 마음들을 기나긴 시간동안 한결같이 유지하며 살아오셨습니다.

어머니의 인생에는 찬란한 봄도 있었고, 뜨거운 여름도 있었고, 낙엽 지는 가을도, 그리고 매섭고 차가운 겨울도 있었지요.

아란유치원을 마지막으로 정리하실 때,

저는 어머니의 인생에 가을이 찾아올 걸로 생각했습니다. 그런데, 어머니는 또 다른 멋진 길을 가실 준비 중입니다.

올해로 여든셋,

어머니의 새로운 길이 어떤 모습일지 기대가 됩니다.

마지막으로 아들로서 바란다면,

그 눈부시게 찬란한 어머니의 멋지고 아름다운 날들이 결코 끝나지 않기를...

간절히 소원해 봅니다.

어머니,

감사하고 사랑합니다.

큰아들 박장호 드림

자녀들이 어머니에게 보내는 편지 2

사랑하는 나의 엄마.

내가 보아왔던 그 어느 누구보다도 삶에 열정이 많으신 내 엄마.

누구나 세월이 흘러갈수록 편하고 느긋한 삶을 추구할 텐데, 지금도 엄마는 한순간도 헛되게 보내시지 않는다. 단지 부지런하다는 한 단어로 엄마를 평가하기에는 너무나 부족하다. 그 어느 누구도 대체 불가한 내 엄마.

엄마의 일상을 바라보면 과연 삶에 대한 열정만으로 그렇게 살아갈 수 있을까 의문이다.

남들을 바라보는 시선도 엄마는 다르신 것 같다. 가족들은 물론이고 주변의 수도 없이 많은 지인들을 어찌 그렇게 품고 보듬고 사랑하면서 살아가시는지 의아할 정도다.

내가 어떤 방식으로 살아가던지 엄마는 늘 내 편이셨고 나를 가장 사랑한다고 착각할 정도로 최선을 다하셨다. 나를 사랑해 주시는 것처럼 주변 모든 분들께도 그리 하신다는 것을 알게 된 것이 그리 오래되지 않았다. 어찌 그 많은 사람들에게 세심하게 관심을 기울이시고 베푸실 수 있는지 모르겠다.

그래서 엄마는 내게 항상 미스테리한 분이시다.

일반적으로 사람들은 힘든 상황이 오면 자기 자신을 먼저 생각하게 되는 것이 본능인데, 그럴때조차 엄마는 변함이 없다. 한번도 엄마에게서 힘들다는 불평이나 불만을 들어본 적이 없다. 항상 최선을 다하시고 하루하루를 즐겁고 기쁘게 살아가시려고 노력하시는 내 엄마를 그 누구보다 존경하고, 엄마가 나의 엄마라는 것에 너무나 감사한다.

내 인생의 잭팟은 엄마의 딸로 태어난 것이다.

큰딸 박혜성 드림

자녀들이 어머니에게
보내는 편지 3

존경하고 사랑하는 나의 엄마.

먼저 회고록 출간을 진심으로 축하드려요.

항상 하루하루를 아깝지 않게 알차고 귀하게 보내시는 엄마의 회고록 준비 소식을 듣고 또 한번 놀랐습니다. 바쁘신 와중에 또 언제 이런 준비를 하시고 계셨는지 다시 한번 자극받고 반성하고 배웁니다.

안 어울리는 표현일 수 있으나 '백문이 불여일견'이란 글귀가 생각나게 하는 분이 바로 엄마이시지요. 한번 엄마를 아시게 되면 그 큰 뜻과 깊이와 인성에서 모든 걸 느낄 수 있게 해주시기 때문이지요.

한마디로 좋고 선한 영향력을 아낌없이 베풀어 주시고, 지칠 줄 모르는 열정과, 포기를 잊게 만드는 신념으로 모든 일을 추진해 나가시는 모습을 보며 많이 존경하고 감동했지요. 반면 항상 부족한 저 자신에 죄송한 마음도 크고요.

꽃과 자연을 너무나 좋아하시는 우리 엄마!

앞으로도 많이 보고 느끼고 배울 수 있도록 예쁘고 고운 모습으로 오래오래 건강하게 곁에 계셔 주세요.

엄마 감사합니다.

사랑해요.

둘째딸 박혜준 드림

자녀들이 어머니에게 보내는 편지 4

어머니의 열정과 헌신은 저희에게 있어 매우 소중한 가르침으로 다가 왔습니다.

늘 어머니의 모습을 보면서 저희도 저희가 사랑하는 것들에 대해 더욱더 열정적이고 헌신적인 태도를 유지해야 한다는 것을 되새기며 살게 됩니다.

언제나 그러한 가치들을 주변에 나눠주시고, 주변의 모든 사람들이 어머니를 따라가며 더 나은 사람이 되기 위해 노력합니다.

무엇보다도 어머니의 인생에 대한 긍정적인 시각과 태도는 저희를 지속적으로 동기부여해주는 소중한 자산이 되어왔습니다.

그 영향으로 저희는 어려움을 극복하고 도전을 두려워하지 않는 자신감을 갖게 되었으며, 모두가 어머니의 모습을 보면서 어떤 상황에서도 꿋꿋이 헤쳐 나갈 수 있다는 확신이 생깁니다.

몸소 보여주셔왔던 이 모든 가르침들을 계속해서 마음속에 새기며 저희도 그렇게 살아가려고 노력하겠습니다.

사랑합니다. 어머니!

막내아들 박진호 드림

차 례

제1부 삶의 여정의 시작

제2부 절망과 희망

제3부 도전: 일과 봉사

제4부 집중과 결실

제1부

삶의 여정의 시작

01| 열두 살 아버지, 열다섯 살 어머니

어린 시절 기억의 편린을 모두 소환하고 싶은 욕망이 꿈틀거린다. 하지만 그건 어디까지나 희망 사항일 뿐이다.

나의 머릿속 어느 부분에 또렷하게 자리한 기억의 무리들은 다섯 살 이후에 일어난 일들이다.

나의 친가는 충남 천안 병천이고 외가는 충남 공주이다. 시쳇말로 '충남의 딸'인 셈이다. 본가는 자손이 매우 귀한 집안이었다. 할아버지와 할머니가 천안의 명산에서 1,000일 동안 기도를 해서 아버지를 낳았다.

당시 할머니 나이가 무려 마흔 아홉 살. 지금도 오십 가까운 나이에 아이를 낳는 건 하늘이 준 축복이라고 하지 않나. 아버지가 딱 그랬다.

그렇게 태어난 아버지는 5대 외아들이었다. 조부모가 그토록 갈구하던 아이가 마침내 태어났고, 이 아이에 대한 지극정성이 어땠을지는 불문가지다.

금이야 옥이야, 불면 날아갈라, 할아버지와 할머니는 아버지를 보물처럼 귀하게 보살폈고, 아버지도 어렸을 때부터 명민하여 사랑을 한몸에 받았다.

형편이 넉넉지 않았던 할아버지는 아버지가 성장하면서 심각한 고민거리가 생겼다.

일제강점기 아우내 3·1 만세운동을 주도했던 유관순 열사와 같은 동네 출신이었던 할아버지는 자손이 귀했던 집안 내력을 의식했는지, 아버지를 일찍 결혼시킬 생각을 했던 것이다. 할아버지는 며느리가 해주는 푸짐한 환갑 밥상을 받고 싶은 생각도 있었을게다.

겨우 열두 살 밖에 안 된 아버지를 꼬마신랑으로 만드는 이른바 '결혼 프로젝트'를 구상했던 것인데, 지금 기준으로 보면 상식을 초월한 발상이지만 10대 중반 결혼이 적지 않았던 당시를 떠올리면 자손을 많이 낳기를 바라는 부모의 간절한 마음 외에는 달리 설명할 길이 없을 것 같다.

아무튼 '어린 아들 장가보내기'에 돌입한 조부모는 다양한 방법으로 규수감 구하기에 나섰다.

천안 지역에 아들의 결혼 상대를 구한다고 소문을 낸 데 이어, 전국을 돌며 잡다한 물건을 파는 박물장수한테도 어린 아들을 장가보내기 위한 결혼 마케팅을 했다.

그러던 어느 날, 한 박물장수로부터 연락이 왔다.

"충남 공주가 고향인 열다섯 살 참한 색싯감이 있습니다. 최고의 규수감인데 한번 만나 보겠습니까?"

천생연분은 이렇게 맺어졌다. 열두 살 아버지와 열다섯 살 어머니는 만난 지 얼마 안 돼 결혼했다.

나중에 외할머니로부터 들은 얘기지만, 당시 외가 쪽은 결혼에 반대하는 입장이었다고 한다. 그도 그럴 것이 외가는 자수성가한 집안으로 상당한 부자였고, 아버지 집안은 형편이 다소 어려웠던 것은 물론이고 아버지가 5대 독자로 나이도 어렸기 때문에 선뜻 성혼(成婚)이 내키지 않았던 것이다.

우여곡절 끝에 열두 살 소년과 열다섯 살 소녀는 결혼했다. 요즘 식으로 하면 세 살 차이의 '연하남, 연상녀' 결혼이었던 셈이다.

내가 세상에 나오기까지엔 부모님의 결혼 후 꽤 오랜 시간이 걸렸다. 어머니는 결혼 후 4년 만에 첫 딸을 낳았고, 이후 내리 네 명의 딸을 더 낳았다.

나는 1940년 2월 1일 서울 충무로 1번지에서 이 가운데 다섯 번째 막내로 태어났다. 그러나 바로 위 언니가 어렸을 때 사망해 넷째 딸이 되었다.

내 이름 석자에 아들 자(子)가 들어간 이유는 당시 다른 집안에서도 그랬듯이 아들이 태어나길 간절히 바라는 부모의 소원이 고스란히 담겨 있었기 때문이다.

이것도 훗날 외할머니로부터 들은 얘기로, 어머니가 나를 임신했을 때 아들 태몽을 꾸었단다. 당연히 모든 가족들이 아들이라고 생각하고 잔뜩 기대했지만 결과는 딸이었다. 짐작하건대 아들을 학수고대했던 집안의 실망은 매우 컸을 것이다.

그런데 이것은 뒤에 일어날 변고에 비하면 아무것도 아니었다.

나를 낳은 후 어머니는 아들이 아니라는 실망감에 식사를 제대로 하지 않았고, 차디찬 벽에 기대어 대충 잠을 자는 날이 많아지면서 산후열이 발병했다. 어머니는 급격히 건강 상태가 악화했으나, 당시엔 치료

제인 마이신을 구하기가 어려워 치료 자체가 불가능했다.

나는 엄마 젖꼭지 한 번 물지 못하고 몇 달을 유모의 품에서 자랐고, 어머니는 시름시름 병을 앓다가 결국 세상을 떠났다. 내가 태어난 지 불과 10개월 만이었다.

어릴 적 나를 짓눌렀던 불행이 어쩌면 이때부터 시작됐는지도 모르겠다.

02| 아! 나의 어머니

나에게 생모(生母)에 대한 기억은 전혀 없다.

친어머니와 같았던 외할머니를 통해 어머니와 관련된 이야기를 간접적으로 들은 것이 전부다. 내가 말귀를 알아들을 무렵부터 외할머니는 돌아가신 어머니 얘기를 자주 꺼내셨다. 생모 이름은 유순옥이었다고 한다.

내가 본가가 아닌 외할머니 손에서 자라게 된 것도 어머니의 유언 때문이라는 것을 나중에 알게 됐다.

본가 못지 않게 외가도 자손이 아주 귀한 집안이었다. 어머니가 5대 무남독녀 외딸이었다. 심지어 씨받이를 들여도 자손이 생기지 않았는데, 어머니가 거짓말처럼 태어났다. 그 귀한 딸이 세상을 떠났으니 부모가 겪었을 상심은 말로 표현하기 어려웠을 것이다.

내가 열 살도 되지 않았을 어느 날, 저녁 밥상을 무른 외할머니는 슬며시 어머니를 끄집어냈다.

"경자야, 너의 엄마는 너를 꼭 외가에서 맡아 키워줬으면 좋겠다는 유언을 남겼단다."

눈물을 닦던 외할머니의 말은 계속 이어졌다.

"사실 너의 엄마 장례 치르고 돌아오는 길에 나도 금강 물에 빠져 죽을 생각을 했단다."

"할머니가 왜요?"

"자식을 먼저 보낸 부모가 어떻게 두 다리 뻗고 편히 잘 수 있겠니? 가슴이 찢어지게 아프더구나. 산다는 것이 무의미하게 느껴지기도 하고..."

나는 괴로워하는 표정의 할머니 얼굴을 물끄러미 바라보았다.

"하지만 포대기에 싼 너의 천진난만한 모습을 보면서 생각을 바꿨지 뭐니. 저 세상으로 간 딸을 생각해서라도 끝까지 살자고..."

나의 어머니는 아버지가 군수로 있던 경남 창녕에서 세상을 떠났다.

지금은 시 단위 지역으로 발전을 거듭하여 도시화가 되어 있지만, 1930~1940년대만 하더라도 창녕은 말 그대로 오지였다. 일제 강점기 시절 다른 지역처럼 창녕 지역 또한 상당수 사람들이 먹을 것이 없어 굶어야 할 정도로 지독히도 가난한 지역이었다.

내가 태어난 해인 1940년, 아버지가 창녕군수로 부임하면서 창녕 지역의 척박한 현실을 알게 된 어머니는 세상을 떠나기 직전까지 주민들을 위해 무엇을 할 것인지 끊임없이 고민했다고 외할머니는 전했다.

시집 간 딸의 이러한 따뜻한 마음을 누구보다 잘 헤아렸던 외가에서는 아버지가 창녕군수로 간 직후부터 농사 지은 쌀과 잡곡 등을 현지에 보내어 적극적으로 주민들을 돕게 하였다. 친정에서 대전과 대구를 거쳐 창녕까지 보내주는 쌀과 잡곡 등을 지역 주민들에게 나눠주는 것이 어머니의 주된 일이었다.

어머니는 아픈 몸을 이끌고 아버지를 내조하는 것에 그치지 않고 먹을 것이 없던 창녕 주민들을 가족처럼 보살폈다.

선행과 봉사가 몸에 배었던 어머니의 사망 소식은 창녕 주민들에게도 큰 충격으로 다가왔다.

창녕 주민들은 사랑을 몸소 실천한 어머니를 위해 무언가를 하게 해달라고 아버지를 졸랐다고 한다.

창녕 지역의 일부 유지들은 자신들이 준비한 관(棺)으로 돌아가신 어머니를 모시고 싶다는 의사를 아버지에게 전해오기도 했다.

외할머니는 창녕지역 주민들이 굶지 않고 살게 해준 당신의 딸을 자랑스럽게 생각한다고 나에게 담담하게 말했다.

외할머니의 말을 들어보면, 시집은 갔지만 온실 속에 머물지 않고 남편이 군수로 있는 지역의 주민들과 부대끼면서 어려움을 경청했던 어머니는 지역 주민 봉사를 유일한 낙으로 삼았던 것 같다.

나는 어머니가 남들을 도와주는 일을 자신의 일상처럼 여겼던 외할머니의 영향을 받았다는 생각이 들었다.

피는 못 속인다고 했던가. 나 역시 지갑이 얇더라도 다른 사람을 도울 때 행복과 보람을 느낌을 직감한다. 남을 도울 때의 그 희열은 경험해본 사람만이 알 것이다.

03| 나의 아버지 '한희석'

우리 모두는 누구의 아들이고 딸이다. 이것의 예외는 없을 것이다. 누구에게나 부모의 존재는 각별한 법이다. 나에게도 그랬다.

아버지의 생애는 한 곳에 머물러 있지 않았다. 변화의 연속이었다고 할까.

나의 아버지 한희석(1909~1983)은 공직자이자 정치인이었다. 앞에서 잠깐 언급했지만 5대 독자였던 아버지는 천안에서 1남 2녀 중 장남으로 태어나 공주사범학교(현 공주교육대학교)를 수석으로 졸업했다.

이후 1929년부터 1931년까지 대전제일공립보통학교(현 대전삼성초등학교) 교사, 1932년부터 1935년까지는 충남 청양군 비봉공립보통학교 교사 등으로 근무하였다.

말하자면 20대 중반까지는 교육자 생활을 한 것이다.

하지만 교사로서의 생활은 그렇게 오래가지 않았다. 교사를 그만둔 아버지는 공직자를 거쳐 정치인의 삶을 살았다. 지금으로 치면 20대의 젊은 나이에 '인생 이모작'에 나선 것이다.

그것의 계기가 된 것은 1937년 일본 고등문관시험 행정과 합격이었다. 우리로 치면 행정고시였던 이 시험에 아버지는 우리나라 사람으로는 처음 합격한 것이다.

아버지의 고시 공부 뒷바라지는 온전히 어머니와 외할머니 몫이었다. 특히 경제적으로 여유가 있었던 외할머니는 사위의 고시 합격을 위해 물심양면으로 지원을 아끼지 않았고, 사위는 이에 보답하기 위해 죽기살기로 공부에 매달려 합격의 영광을 안았다.

아버지는 고등문관시험을 치르기 위해 시험장이 있는 일본으로 건너갔다. 아버지는 당시 일본의 한 화장실에서 겪었던 웃지 못 할 해프닝을 생전에 자주 말씀하셨다.

"경자야, 일본은 1930년대에 화장실에 양변기가 설치되어 있었단다. 일본이 왜 선진국인지를 보여주는 사례라고 할 수 있겠지."

나는 궁금증이 스멀스멀 올라왔다.

"화장실에서 대체 무슨 일이 일어났는데요. 아버지?"

"나는 양변기 사용 방법을 몰라 신발을 벗고 양변기에 다리를 올려 볼일을 볼 생각이었어. 그런데 여자 청소부가 양변기에 올라앉아 쭈그리고 있던 내 모습을 청소하다가 발견하고 놀라 화장실문을 연거야. '이봐요, 양변기는 그렇게 사용하는 게 아니에요'라면서. 양변기를 어떻게 사용하는지 그때 처음 배웠어. 지금 생각해보면 얼마나 창피한지..."

고시에 합격한 아버지는 일제치하 조선총독부 내무국에서 관료 생활을 시작하여 경남 창녕군수(1940~1942)와 동래군수, 평양군수, 평안남도 지방과장 등을 두루 역임하였다.

광복 후 대한민국 정부가 수립된 이후 아버지는 공직자로서 승승장구했다. 아버지는 내무부 지방국장과 상공부 공업국장을 거쳐 제11대

내무부 차관(1953년 9월~1954년 2월)을 지냈다.

아버지는 20여 년을 공직자로 살면서 40대 초반에 '공무원의 꽃'이라고 할 수 있는 차관 자리에 오른 것이다.

내가 알고 있는 아버지는 오랜 공직 생활을 하면서도 청렴한 삶을 누구보다 실천하셨던 분이다. 공직에서도 막강한 영향력을 행사할 수 있는 요직을 두루 거쳤지만 민원과 청탁을 일절 거부하고 부하 직원을 세심히 챙기는 따뜻한 분이셨다.

뒤에서 이야기하겠지만 아버지는 오히려 주머니를 털어 당신이 군수로 있던 지역 주민들을 위해 생필품을 구입해 나눠주신 일화도 적지 않다.

아버지는 공직에서 물러난 뒤 정치를 하셨다. 1954년 제3대 국회의원 선거에서 자유당 후보로 천안 선거구에 출마해 당선되었다. 4년 뒤 1958년에는 천안군 갑 선거구에 출마해 당선됨으로써 재선 의원이 되었고, 같은 해 6월에는 여당 몫의 국회부의장을 역임하였다.

나는 정치인 아버지 덕에 중학교 때부터 수많은 정치인들과 경제인들을 만날 수 있었다. 우리 집은 현역 정치인들은 물론이고 정치지망생, 경제인들, 그리고 각 대학의 총학생회장들로 늘 북적였다.

아버지는 우리 집을 찾는 정치인들과 경제인들을 마치 형제처럼 반갑게 맞아주면서 격식 없이 어울리기를 즐기셨다. 정주영 전 현대그룹 회장, 이병철 전 삼성그룹 회장 등 정·재계 인사들을 내가 처음 본 것도 이때였다.

오직 국가와 정치발전만을 생각하셨던 아버지는 1960년 3·15 정·부통령 선거의 직격탄을 맞았다. 아버지는 당시 자유당선거대책본부장

나의 사랑하는 아버지, 한희석

을 맡았다는 이유로 3·15 부정선거 주범으로 몰려 억울하게 기소되었고, 그해 의원직을 사퇴했다.

아버지는 이후 군 집권 체제에서 열린 혁명재판에서 무기징역을 선고받고 복역하다가 1963년 말 석방되셨다. 나는 이 부분에 대해서도 뒤에서 자세하게 이 설명할 것이다.

아버지가 부정선거에 직접적으로 연루되거나 의정 활동 중에 부패를 저질렀다면 다른 3·15 부정선거 책임자들처럼 사형이 집행됐을 게 분명하다.

그러나 아버지는 자신과 관련한 모든 혐의에서 벗어나 석방되었다. 당시 박정희 군사정부는 아버지의 부정축재 혐의를 찾아내려고 모든 수단을 동원했지만 단 한건의 단서도 나오지 않았다.

아버지는 정치를 하면서도 공직생활을 할 때처럼 청백리의 정신을 잊지 않았던 것이다. 마당도 없는 작은 집 한 채가 아버지의 전 재산이었다.

나는 이런 아버지가 존경스럽다. 지금도 정계에 있는 분들을 만나 이야기를 나누다가 우연히 아버지 이름이 거론되면 다들 놀라 자리에서 벌떡 일어서는 모습을 어렵지 않게 본다.

"한희석 국회부의장님 따님이라고요?"

아버지의 상여 장면. 나의 아버지 한희석은 1983년 세상을 떠나셨다.
그리운 아버지는 고향인 충남 천안 병천에 영원히 묻히셨다.

아버지와 나, 그리고 여동생 유순. 나의 30대 시절이었다.

아버지가 생전에 쓰신 세계일주 여행기 '운상십만리'.
나에겐 가보 같은 소중한 책이다.

04| 애기씨의 '공주' 생활

'나를 낳아준 엄마가 곁에 없구나.'

나에게 친엄마가 존재하지 않는다는 사실은 다섯 살이 넘어서야 알게 됐다.

서울에서 태어난 나는 엄마의 유언에 따라 외할머니의 품에 안겨 충남 공주에 있는 외가로 내려 왔다.

부자였던 외가 덕분에 나의 공주 생활은 남부러울 것이 없었다. 말 그대로 '공주(公主)'처럼 사랑과 귀여움을 독차지했다. 엄마가 없다는 것 외에는 전혀 외로움을 느끼지 못했으니 말이다.

아주 오래된 옛날이지만, 공주에서는 인형처럼 살았던 것 같다. 외할머니는 하나밖에 없는 손녀를 위해 예쁜 옷을 한가득 쌓아놓고 입혔다.

외할아버지는 내가 초등학교 4학년 때까지 당신의 등에 손녀를 업고 학교에 등교시켰다. 혹여 돌부리에라도 걸려 넘어져 다치면 안 된다는 생각 때문이었다.

돌이켜 생각해보면 외조부모는 엄마의 부재로 인해 행여라도 손녀가 입게 될 마음의 상처를 걱정했던 것 같다. 당신의 딸이 남긴 "경자는 친정에서 맡아 키워 달라"는 유언을 그 부모는 신앙처럼 지키려고 했던 것이다.

창피한 고백일 수 있으나, 나는 다섯 살 때까진 오줌싸개였다. 왜 그랬는지는 잘 모르겠지만, 영리하다는 소리를 듣던 나는 주위의 관심을 끌기 위해 그랬던 것 같다. 소위 '공주병'이 아니었을까.

할머니는 내가 오줌을 싸더라도 토닥거리는 정도였으나, 이러한 행동이 계속되자 작정한 듯 머리에 뒤집어쓰는 대나무 키와 바가지를 쥐어주고 "얼른 다른 집에 가서 소금을 받아오라"고 야단 치셨다.

이 사건 이후 나는 오줌싸기를 완전히 멈추게 되었는데, 특히 외조부모를 따르던 동네 주민들이 "애기씨같이 예쁜 아이가 그 나이에 왜 오줌을 싸느냐"고 말하는 걸 들은 것도 영향을 준 것 같다.

나는 '울보'이기도 했다. 거의 매일 잉잉거리며 울었다는 표현이 맞을 것이다. 할머니가 부르면 무조건 우는 것으로 반응했다.

할머니가 "경자야, 울지 말아야지. 어서 집에 가서 밥 먹자"고 하면 다시 울기를 반복했다. 이 역시 나에 대한 관심을 갖도록 하기 위한 치기어린 행동이었을 것이다.

'울보 경자'를 중단시킨 건 할머니였다.

어느 날 울음을 그치지 않던 나를 보던 할머니가 평소답지 않게 버럭 화를 내고 밖으로 나가셨다. 이후 내가 있던 방에서는 "이 할미, 죽어버리겠다"는 소리가 크게 들렸다. 나는 그때 할머니가 진짜 죽으러 가신 줄 알았다. 순간 후회가 밀려왔다. '할머니가 나를 한두 번 더 불러줬으면 앞으로 울지 않겠다고 하면서 달려갔을텐데'라는 생각과 함께.

그렇게 몇 시간이 지났을까. 집으로 돌아온 할머니는 건넌방 구석에서 울다가 지쳐 고개를 파묻은 채 잠자던 나를 보더니 부둥켜안고 펑펑 울었다. 그칠 것 같지 않던 할머니의 눈물이 상기된 내 얼굴에 떨어졌다.

그때 할머니가 했던 말은 지금도 잊을 수 없다.

"경자야, 네가 무슨 죄가 있겠니? 딸을 먼저 보낸 내가 죄인이지…"

어린 아이들에게 울음은 예나 지금이나 아주 자연스러운 현상이다.

유치원을 운영하면서 흡사 어렸을 적의 나처럼 이유 없이 우는 아이들을 셀 수도 없이 많이 보아왔다. 우는 아이를 발견하면 조심스럽게 다가가 "선생님과 이야기 좀 해볼까"라는 말과 함께 사무실로 데려간다. 이러는 동안에도 아이들은 울음을 멈추지 않는다.

이러한 아이들을 위한 나만의 '울음그치기 비법'이 있다. 그것은 아이를 사무실로 데려가 계속 울게 내버려두는 것이다. "너 울고 싶으면 마음껏 울어"라고 말한 뒤 내 일에 몰두한다. 그렇게 시간이 지나고 나면 어느 순간부터 아이의 울음소리가 점점 작아지고, 한참을 운 아이들은 대부분 대꾸하는 사람이 없는 걸 알고 자연스럽게 울음을 그치게 된다. 이 순간을 나는 놓치지 않는다. 아이들에게 슬그머니 다가가 말을 건넨다.

"다 울었니? 우리 교실로 갈까?"

유치원 교육은 살아 있는 교육이 돼야 한다는 게 나의 생각이다. 교사들이 현명하게 어린 아이들의 울음 그치기를 유도하는 것도 일종의 교육이라고 나는 생각한다. 교사들의 경험이 녹아든 교육, 그런 교육은 매우 효과적이라는 것을 절감한다.

05| '금수저' 초등학생

공주로 내려와 영유아기를 거쳐 어린 시절을 보낸 나는 공주 공암 초등학교(당시 공암국민학교)에 입학했다.

입학 전에는 외조부모의 권유로 천자문을 익혔다. 공직생활을 하던 아버지가 보내준 책으로 천자문을 공부할 수 있었는데, 지금으로 치면 일종의 조기교육이었던 셈이다. 나무 밑 평상에 앉아 양반들이 하는 것처럼 태연하게 천자문을 읽었다. 이러한 모습을 지나가는 사람들이 발길을 멈추고 보는 것에 고무된 나는 천자문 공부에 더욱 열중했다.

초등학교 저학년 시절, 부유했던 외가 덕에 나는 요즘말로 '금수저' 같은 존재였다. 먹는 것, 입는 것, 공부하는 것, 뭐 하나라도 부족한 게 없었으니 말이다.

외할아버지는 매일 학교까지 십리 길을 자전거로 데려다주셨다. 1940년대 시골은 자전거가 자가용이나 마찬가지 역할을 했기에 나는 자전거 등교를 한 것이다.

학교생활도 거침이 없었다. 나는 틈만 나면 상급학년 교실로 가서 언니와 오빠들과 장난칠 정도로 천진난만했다.

누구에게나 생일은 특별한 날이지만 나의 생일은 더욱 그랬던 것 같다. 친구들이 배불리 먹을 수 있는 최고의 날이었다.

나의 생일날이면 외가에서 고기와 전, 부침, 밥, 과일, 떡 등 음식 한보따리를 학교로 보내주었다. 이 푸짐한 음식을 우리 반 친구들이 실컷 배불리 먹을 수 있었고, 다른 학급 학생들도 덩달아 배를 채울 수 있었다.

이러한 모습이 좋으면서도 한편으로는 이유 없이 시샘한 친구들도 일부 있었다. 하지만 이 친구들은 한결 같이 나에게 잘 해주려고 했다. "경자야, 너는 어떻게 그렇게 예쁘고 귀엽니?"라는 말을 달고 살았다. 이런 친구들의 칭찬에 나는 아버지가 보내주는 학용품을 아낌없이 건넸다.

초등학교 저학년 때는 큰일 날 뻔했던 일도 있었다. 초등학교 1학년 때, 덩치가 제법 컸던 친구들(당시엔 입학 연령을 훨씬 넘겨 늦게 입학한 아이들이 꽤 있었다)이 철쭉을 진달래라고 속여 내가 이를 먹도록 했다. 입에서는 거품이 나왔고 이내 의식을 잃었다. 철쭉을 먹으면 죽을 수도 있다는 걸 몰랐던 것이다. 변변한 치료약조차 없던 시절, 놀란 할아버지는 생쌀을 갈아 먹였고, 나는 토하고 나서야 겨우 깨어날 수 있었다. 민간요법이 생명을 살린 것이다.

나는 어렸을 때부터 어려운 친구들을 돕는 것에 관심과 흥미를 느꼈다. 당시로서는 아주 귀했던 연필 등의 학용품을 친구들에게 나눠주면 나도 모르게 행복감이 밀려오는 걸 경험할 수 있었다.

아버지가 보내준 학용품을 친구들과 나눠쓰는 재미와 그것으로 인한 행복감은 이후 시간이 지나면서 나의 생활철학의 바탕이 되었던 것 같다. 남들은 이걸 '한경자식 퍼주기'라고 하지만 나는 그것을 '나눔의 기쁨'이라고 생각한다.

다른 사람에게 도움을 베풀고 무엇이든 주는 것을 좋아하는 나의 성격도 초등학생 때부터 형성된 것 같다. 이것은 선행이 삶의 철학이기도 했던 외할아버지와 외할머니로부터 터득한 자연스러운 교육, 산교육의 산물이 아니었을까.

형편이 넉넉했던 외가는 농사 지은 그 많은 곡식 등을 사람들이 함께 먹을 수 있게 하는 방법을 고민한 끝에 공주에서 대전으로 가는 길에 있던 본채 옆에 별도의 사랑채를 지었다. 지금으로 치면 호텔 방처럼 시설이 깨끗한 숙박시설이었다. 여기에 신부님, 스님, 행인, 장사꾼 등 수많은 사람들이 묵었다. 모르긴 해도 도둑들도 사랑채에서 먹고 자고 갔으리라.

사랑채를 운영하던 외조부모는 숙박객들에게 음식과 술을 마음껏 먹을 수 있게 배려했다. 일종의 '무한 리필'이었던 셈이다. 할머니가 손수 빚어 공짜로 제공했던 술은 항상 몇 개의 항아리를 가득 채울만큼 넉넉하게 준비되어 있었다.

이런 술에 욕심이 나 허락도 없이 항아리를 열어 몰래 가져가는 투숙객들도 있었지만, 그때마다 할아버지는 모른 체했다. 대신 이런 말을 입버릇처럼 하셨다.

"경자야, 먹을 것을 가져가는 것은 도둑질이 아니란다. 분명 잘못된 행위이지만 배고픔을 채우기 위한 것으로 이해해야지 어쩌겠니."

이때는 열 살도 안 된 어린이였던 내가 '술'이라는 성인들이 먹는 음식을 처음 접한 시절이었다. 그렇게 홀짝 홀짝 한두 잔 맛보기 시작한

술이 어느 새 친근하게 느껴졌다. 어린 나이였지만 먹고 싶은 충동도 있었던 것 같다.

지금도 나는 술을 좋아한다.

할머니 어깨 너머로 익힌 술 빚기는 한때 나의 작은 일상이기도 했다. 결혼 이후엔 술을 직접 빚어 우리 집을 찾는 손님을 대접했으니. 뒤에서 언급하겠지만 이런 나를 두고 정주영 전 현대그룹 회장은 우스갯소리로 '강남 주모'라고 부르기도 했다.

06| 상경(上京)

외할머니와 함께 나의 어린 시절을 갈무리했던 이는 외할아버지다. 지방의 재력가였던 외할아버지는 가난한 집안의 수재와 결혼한 외동딸을 위해 자신의 모든 것을 바쳤던 분이다.

나의 아버지가 고등고시에 합격하여 지방의 군수로 부임한 것은 그의 장인과 장모가 보기엔 하나의 경사였다. 그래선지 몰라도 외할아버지는 결혼한 외동딸에 대한 경제적 지원을 아끼지 않았다. 외할아버지는 해를 거듭할수록 사위와 외동딸에 대한 경제적 지원을 늘려나갔다.

외할아버지는 외할머니 못지않게 나름의 '공직자 관(觀)'을 갖고 계셨던 것 같다.

외조부모는 군수 사위가 경제적으로 여유가 있어야 한눈 팔지 않고 군정(郡政)을 소신을 갖고 펼쳐나갈 수 있다고 믿었다. 특히 공직자는 돈으로부터 자유로워야 제대로 행정을 할 수 있고, 이러한 이유에서 가난한 집안 출신인 아버지를 형편이 넉넉한 처가가 돕는 것은 당연하다고 판단했던 것이다.

그러나 외조부모의 투철한 공직자 관에 앞서 무엇보다 아버지 스스로가 확고한 공직 철학을 견지하고 있었다. 자신은 월급만으로 생활이

가능하다고 여겼기에 처가의 도움은 온전히 지역주민을 위해 사용하였다. 아버지는 처가에서 받은 쌀 등 먹을거리는 어머니를 통해 지역 주민들에게 대부분 나눠주게 하였다.

뒤에서 이야기하겠지만, 병적이라고 할 만큼 돈을 멀리했던 아버지의 청백리 같은 공직 생활은 훗날 박정희 군사정부 시절 사형 선고의 위기 속에서 살아남을 수 있었던 이유가 되기도 하였다.

아무튼 아버지 입장에선 든든한 우군(友軍)이었던 외할아버지는 그러나 내가 초등학교 3학년 때 세상을 떠나셨다.

외조부가 돌아가신 뒤 아버지는 시골 외가에서 초등학교를 다니던 나를 서울로 전학시켜야 한다고 생각했다. 나의 언니들은 모두 서울에서 아버지와 함께 살고 있을 때였다.

당시 아버지는 군수를 거쳐 지금의 행정안전부에 해당하는 내무부 지방과장으로 일하고 있었다.

'내무부 지방과장!'

서슬이 퍼렇던 군 관련 기관은 아니었지만, 내무부 지방과장은 당시만 해도 정부 부처의 요직 중의 요직으로 공직자 인사 등 막강한 권한을 행사하는 자리였다. 서울에서 근무하던 아버지는 "경자는 서울에서 공부시켜야 한다"고 혼자가 된 외할머니를 설득했다.

초등학교에 다니는 유일한 피붙이 손녀를 보살피던 외할머니는 나에겐 돌아가신 생모와 같은 존재였다.

외할머니는 나의 상경 문제를 두고 고민을 거듭했다. 나를 서울로 떠나보낸 뒤 혼자 살아가야 하는 게 맞는지, 아니면 함께 상경해 같이 살아야 할지를 두고 숙고했던 것이다. 손녀와의 상경은 곧 공주 외가의 정리를 의미하는 것이었기에 외할머니는 깊은 고민에 빠지지 않을 수 없었을 게다.

그러던 어느 날, 외할머니가 나를 불렀다.

"내 새끼 경자야, 너 없이 내가 어떻게 살겠니..."

그렇게 외할머니는 오롯이 어린 손녀의 미래를 위해 자신의 오랜 삶의 터전을 등지기로 결심했다. 고향을 떠나기로 한 것이다.

나의 외가가 대단한 부자였다는 건 시골을 떠나면서 새삼 알게 됐다.

아버지가 서울에서 보내준 군용 트럭을 이용해 상경하면서 초등학생이던 나의 기억 한편에 자리 잡은 장면 하나가 있다.

공주를 떠나는 커다란 군용 트럭에는 현금이 가득 쌓여 있었다. 그 부피가 어찌나 컸던지 돈을 가득 넣은 수십 개의 물지개통이 트럭 뒷좌석을 모두 채우고도 넘쳤고, 밖으로 쏟아지는 걸 막기 위해 텐트를 쳐서 묶기도 했으니 말이다. 혹시 모를 사고에 대비해 인부를 동원해 호위를 받으며 서울로 올라왔던 기억이 선명하다.

군용 트럭을 온통 채웠던 현금은 외할머니가 시골의 땅 등 모든 재산을 매각한 결과물이었다.

외할머니는 차량에 돈 다발을 실어 서울로 올라와, 아버지와 어머니[1]를 통해 충무로 근처 시중 은행에 그 많은 돈을 맡겼다. 이 돈은 외가의 전 재산이자 외할머니와 나의 서울 생활 정착에 필요한 자금이기도 했다.

외할머니는 어머니에게 돈을 맡기면서 집을 사달라고 부탁해 지금

---

1) 아버지는 생모가 돌아가신 뒤 재혼했다.

의 성수대교 북단 무학여고 근처에 집을 마련할 수 있었다. 무학여고 뒷담에 외할머니와 나의 새로운 서울 보금자리가 생긴 것이다.

그러나 외할머니와 손녀의 서울 생활도 잠시, 상경한 지 불과 석 달 뒤에 6·25 한국전쟁이 터졌다. 외할머니와 나는 오도가도 못하는 진퇴양난의 상황에서 서울에서 전쟁을 맞을 수밖에 없었다. 천만다행이었던 건 우리가 이사온 지 얼마 안 되는 바람에 이웃 사람들이 내가 고위공직자의 딸인지 몰랐다는 거다. 이웃들이 나의 아버지가 누구인지 알았다면 한국전쟁 초기 동족 간에 죽고 죽이는 살벌한 상황을 감안하면 북한군에 밀고했을 것이고, 그 경우 목숨이 위태로울 수도 있었다. 결과적으로 외할머니와 나는 목숨을 유지하게 되었다.

한국전쟁 당시 기가 막힌 일을 경험했다. 무학여고에 북한군이 주둔하면서 매일 아침이 되면 동네 사람들을 학교 운동장에 모이게 했다. 여기서 북한 노래를 부르게 하거나, 소위 '인민재판'이 벌어졌다.

그 곳에서 북한군은 어린 초등학생에 불과했던 나에게 '임무'를 부여했다. 무학여고 운동장에 모인 주민들에게 노래 연습을 시키라는 것이었다. 나는 시키는 대로 했다. 팔에는 빨간 완장을 차고, 머리에는 빨간 띠를 두루고, 손에는 작은 막대를 들고 '최선을 다해' 노래 연습을 시켰다.

"장~백산 줄기줄기..."

팔을 흔들며 장백산 노래를 불러대며 주민들을 열심히 가르쳤던 '초등학생 한경자'의 모습을 상상할 수 있겠는가. 이게 끝나면 나에겐 큰 보상이 주어졌다. 찐빵이나 개떡 같은 배급이 훨씬 많았던 것이다. 할머니와 내가 먹고도 남을 충분한 양이었다.

07| 한국전쟁, 그 트라우마

전쟁을 경험했다면 그것에 대한 기억은 누구에게나 트라우마로 다가올 것이다. 전쟁의 참상은 겪어보지 않곤 꺼낼 수 없는 주제다.

시대가 바뀌어도, 세상이 변해도 전쟁은 계속되고 있다.

과학기술이 지배하고 있는 21세기에 벌어지는 전쟁은 첨단 무기가 동원되면서 짧은 시간에 무차별 습격이 이뤄지고, 이로 인해 대량 살상이 현실화하는 모습을 우리는 미디어를 통해 쉽게 확인할 수 있다.

끝이 보이지 않는 긴 피난 행렬 역시 예나 지금이나 변함이 없는 전쟁의 피할 수 없는 상흔이다. 러시아의 우크라이나 공격으로 군인을 넘어 무고한 민간인들이 무차별적으로 희생당하는 상황은 몸서리칠 정도로 아프게 다가온다.

나에게 한국전쟁은 영화의 한 장면처럼 생생하다.

내가 초등학교 4학년 때 한국전쟁이 발발했다. 한국전쟁은 거부(巨富)였던 외할머니와 경제적으로 부족함이 없었던 나의 서울 생활을 순식간에 알거지로 바꿔놓았다.

전쟁은 외할머니가 서울 한복판 충무로의 시중 은행에 예탁해놓았던 그 많던 돈 다발을 사라지게 했다. 전쟁이 끝난 뒤 다시 서울로 올라왔지만 지금처럼 전산화나 보안 및 관리시스템이 부재했던 은행에서 우리 돈을 찾을 방도는 그 어디에도 없었다.

한국전쟁은 그렇게 외할머니가 하나밖에 없는 손녀의 서울 유학생활을 위해 시골의 모든 재산을 정리해서 마련한 돈을 속절없이, 고스란히 앗아갔다. 나는 그 통탄할 만한 사실을 나중에 외할머니를 통해 듣게 되었다.

전쟁 중이던 어느 날 외할머니는 어렵게 말문을 열었다. 외할머니는 말을 하기도 전에 이미 목이 메어 있었다.

"경자야, 은행에 맡겨놓은 돈을 찾을 수 없을 것 같구나. 처음부터 다시 시작해야 할 것 같아..."

외할머니는 얼마나 막막하고 암담했을까. 그 심정을 아는 데에는 꽤 오랜 시간이 걸렸다.

북한군의 무차별적인 공격을 피해 지방으로 피난을 가기 전 얼마 동안 전쟁의 참혹함을 눈앞에서 목격하게 되었다.

서울을 함락한 북한군은 내가 살던 무학여고 근처까지 밀고 들어왔다. 툭하면 동네에서 벌어지는 '인민재판'은 차마 글로 옮기기도 힘들만큼 잔인했다.

북한군은 기둥을 세워놓았고, 그 기둥에는 이른바 '반동분자'로 몰린 동네 사람들이 새끼줄에 묶인채로 재판을 기다렸다. 재판은 지극히 간단하고 단순했다. "○○○는 반동분자로 사형에 처한다!". 이것이 선고였다.

재판이 끝나자마자 북한군은 일렬로 세워진 사람들을 향해 총을 난사했다. 가족들은 바로 눈앞에서 벌어지는 참혹함에 오열했다. 심지어 북한군은 현장에서 가장의 죽음에 비명을 지르며 소리치는 가족들에게도 총부리를 겨눴다. 북한군은 일가족을 그렇게 수없이 몰살했다.

나는 두 눈을 꼭 감았다, 무서웠다.

그러던 어느 날 밤, 갑자기 사이렌이 울리면서 폭격기가 북한군이 주둔했던 무학여고를 공격했다. 사람들은 모두 뒷산으로 피신했다. 무섭게 쏟아지는 총탄에 사람들은 모두 귀를 막고 쭈그리고 앉아 떨고 있었다.

몇 시간이 지났을까. 총격 소리가 잠잠해졌을 때 동네로 내려와 보니 더 기막힌 일이 벌어져 있었다. 우리 집이 흔적도 없이 사라졌고 동네는 모두 불바다가 되어 있었다. 하루 아침에 돈도, 먹을 것도, 입을 것도 잘 곳도 없어진 것이다.

초등학생이던 나는 그 때 일찌감치 느꼈던 것 같다. 돈, 재산, 부귀영화는 아무 소용 없는 것이라고.

전쟁의 충격과 두려움에 몇 개월을 숨죽여 지내던 외할머니와 나는 더 이상 서울에 머물 수 없었다. 북한군의 폭격으로 살던 집이 흔적도 없이 사라지면서 먹을 쌀 한 톨 남지 않았기 때문이다.

"서울에 더는 있지 못하겠어. 피난을 가야할 것 같구나. 경자야."

외할머니는 조용히 내 손을 잡으며 담담히 말했다.

외할머니와 나는 피난민을 따라 지방으로 지방으로 내려갔다. 나의 기억으로는 2주 이상 뒤를 돌아보지 않고 걸었던 것 같다.

피난길은 순간순간이 생과 사의 갈림길이었다. 얼마치 피난을 가다 보면 북한군 공습이 시작됐으며, 이런 현실은 반복됐다. 채 2m도 안 되는 거리를 두고 함께 피난을 가던 사람들이 총을 맞아 즉사하는 모습을 밥 먹듯 봐야 했다. 나는 외할머니를 부둥켜안고 절규할 수밖에 없었다.

먹을 것이 절대적으로 부족했던 피난 상황에서 어떤 사람의 죽음은 어떤 사람에게는 살 수 있는 기회이기도 했다. 이것은 비극이라는 것 외에는 달리 표현할 길이 없다.

피난길 논두렁에서 잠시 쉬면서 허기를 채웠다. 어느 피난민은 북한군 공습으로 총에 맞아 즉사한 다른 피난민 손에 쥐어 있던 주먹밥을 흐르는 더러운 논두렁 물에 씻은 뒤 아무렇지도 않게 입에 넣었다. 죽은 피난민이 차고 있던 시계와 반지, 이들이 입고 있던 옷가지가 그대로 있는 경우를 보지 못했다. 모두 살기 위한 처절한 몸부림이었다.

피난을 떠난 지 열흘이 훨씬 넘어 충남 예산에 있는 둘째 언니 집에 도착해 겨우 한숨을 돌리게 되었다. 결혼한 둘째 언니는 당시 예산 시댁에 내려와 생활하고 있었다.

그러나 예산 피난생활도 오래가지 못했다. 미국 맥아더 장군이 지휘하는 인천상륙작전 이후 외할머니와 나는 서울로 다시 올라오게 되었지만, 전쟁 상황이 악화되면서 또다시 피난 짐을 싸야 했다. 2차 피난이었다.

2차 피난지는 부산이었다. 아버지는 어머니 가족과 외할머니를 포함한 외가쪽 가족과 같이 부산 초량동에 정착했다. 전처 가족과 현처 가족이 전쟁 중 한 집에서 피난생활을 하게 된 것이다.

2차 피난 중 가장 기억에 남는 장면은 초등학교 생활이었다.

부산의 야외공원이던 초량동 대지공원이 우리의 교실이었다. 선생님은 가로와 세로 각 60cm 정도 되는 작은 칠판을 나무에 걸어놓은 뒤 내용을 써가면서 수업했다. 그것이 당시 교실의 전경이었다. 야외수업이었으나 신기하게도 선생님의 말씀이 귀에 쏙쏙 들어왔고, 실내 교실에서는 경험할 수 없는 소중한 시간들이 펼쳐지기에 충분했다. 이 시간만큼은 전쟁 중이라는 사실을 잊었다.

피난 중에 부산 초량초등학교를 졸업한 나는 다른 학교 학생들이 한꺼번에 모여 수업하는 연합 중학교에 들어갔다. 전국 각지에서 모여든 학생들을 수용한 일종의 피난 학교였다. 교실이 제대로 갖추어져 있을리 만무했지만, 그래도 즐거운 기억들로 가득차 있다.

전쟁은 우리의 삶을 파괴하지만 그것이 일상 전체를 멈추게 할 수는 없다. 한국전쟁도 그랬다.

08| 친정: 나의 언니들

이쯤에서 나의 친정 식구 이야기를 좀 해야겠다.

나의 친정집은 형제자매가 10명이나 되는 대가족이었다. 딸 8명, 아들 2명이었다. 나는 이 가운데 넷째다. 짐작하겠지만 친정 식구가 이렇게 많은 데에는 특별한 사연이 있다.

생모가 넷째인 나를 낳은 지 얼마 안 돼 세상을 떠나면서 혼자가 된 아버지는 3년 후에 재혼을 했다. 재혼 후 새 어머니는 6명의 동생들을 낳아 우리 친정집의 형제와 자매가 총 10명이 된 것이다. 말 그대로 다복한 집안이었다.

친정집은 딸 부잣집이었다.

이 가운데 첫째 언니(한기수) 이야기부터 끄집어낼 필요가 있겠다. 첫째 언니는 서울 배화여고를 졸업하자마자 결혼했다. 스무 살에 시집을 간 것이다.

첫째 형부가 몸이 허약했던 까닭에 시어머니는 중간에서 첫째 언니가 부부 관계도 갖지 못하게 했을 정도로 간섭이 심했다고 한다. 지금으로 치면 혹독한 시집생활을 한 셈이다.

그런데 덜컹 사내아이가 생기면서 대반전이 일어났다. 첫째 언니 집안은 3대 독자로 손이 귀한 집이었기에 온통 잔칫집 분위기였다.

하지만 이 같은 기쁨도 잠시, 조카가 태어난 지 얼마 안 돼 형부는 세상을 떠났고 한국전쟁이 발발했다. 어느 날 시어머니는 첫째 언니에게 "아이를 데리고 빨리 친정으로 피난하라"고 등을 떼밀다시피 했다.

첫째 언니는 서둘러 집을 나왔으나, 이후 10분도 안 돼 언니네 집은 폭격을 맞았다. 집에 머물던 시부모는 자손을 살렸지만, 자신들은 목숨을 잃었다. 불과 몇 분 사이에 벌어진 삶과 죽음의 장면이다. 첫째 언니와 조카만 천운처럼 살아남은 것이다.

큰 슬픔에 빠진 첫째 언니는 친정으로 와 피난지인 부산으로 함께 이동했다.

피난지 부산에서 하루하루를 힘겹게 살아내던 첫째 언니에게 어느 날 잘생긴 남성이 나타났다. 군장교로 대령이었던 이 남성은 뛰어난 언변에 춤과 노래에도 일가견이 있었다. 이 남성은 첫째 언니에게 구애했다. 첫째 언니의 아들을 키우겠다며 끈질기게 접근했고, 주위에서도 성혼을 적극 권유해 두 사람은 결혼으로까지 이어졌다.

둘째 언니(한정수)는 평범한 가정주부로서의 삶을 살았다. 둘째 언니의 형부는 서울대와 연세대 두 곳에서 박사학위를 받은 엘리트 공무원으로, 지금의 해양수산부에 해당하는 해무청 소속이었다.

둘째 형부와 관련한 재미있는 에피소드는 차고 넘친다. 명문대 출신임에도 이상하리만큼 승진이 안 됐던 둘째 형부는 20년째 만년 과장자리에 머물러 있었다.

둘째 형부는 당시 정부 고위직에 있으면서 마음만 먹으면 공직 인사에 관여할 수 있었던 아버지에게 승진에 대한 불만을 털어놓기도 했으나, 아버지는 오히려 형부를 나무랐다. 대략 이런 논리였다.

"자네가 빨리 승진하면 빨리 공직을 그만둬야 하는 것 아닌가?"

"자네가 아무리 실력이 좋아서 승진했다고 하더라도 조직의 다른 직원들은 그렇게 생각하지 않을걸세. 장인어른 때문에 승진했다는 소리를 들을 수 있지 않겠는가."

아버지의 말을 거역하지 못한 둘째 형부는 오랫동안 과장 직급으로 있었으나, 4·19 이후 정권이 바뀌면서 승진을 거듭하여 훗날 자신의 조직의 최고 자리인 해무청장(지금의 장관에 해당)까지 올랐다. 결과적으로 사위의 승진에 대한 요망을 오히려 꾸짖었던 아버지가 둘째 형부를 해무청장이 되게 한 셈이다.

셋째 언니(한경수)는 고전무용을 매우 잘 춘 멋쟁이였다. 각종 무용대회에 출전해 수상할 정도로 경력이 화려했다. 고등학교에 다닐 때에도 무늬가 있는 양말을 신고 다녔을 정도로 패션에 대해서도 남다른 감각을 지닌 여성이었다.

하지만 정부 고위직 공무원을 아버지로 둔 우리 집은 셋째 언니의 패션 스타일 욕구를 충족시킬 정도로 여유가 있진 않았다.

멋부리길 즐겼던 셋째 언니는 자신의 욕구를 충족시키기 어렵게 되자 옷장 속에 넣어둔 나의 쌈짓돈을 가져가기도 했다. 나는 이런 언니가 미웠다. 시골 외할머니에게 보내기 위해 애써 모아놓은 돈에 손을 댔기 때문이다. 하지만 한편으론 이런 생각도 했다.

'얼마나 멋을 내고 싶었으면 동생이 숨겨놓은 돈까지 몰래 꺼내갈까?'

셋째 언니는 대학에 가서 무용을 공부하고 싶어했다. 그러나 어머니는 "빨리 시집이나 가지 무슨 대학이냐"며 반대가 심했다. 어머니와 셋째 언니의 갈등으로 집안은 매일 전쟁이었다. "무조건 대학에 가겠다"고 우기는 언니와 "절대로 대학은 안 된다"면서 오히려 언니의 혼처를 알아보던 어머니의 충돌이 반복됐다. 어머니는 대드는 셋째 언니를 매일 때리기도 했다.

셋째 언니는 어머니 몰래 숙명여대에 지원해 합격했으나, 결국 포기하고 결혼을 위해 맞선을 보게 되었다. 맞선 상대는 당시 서울대 의대 재학생으로, 두 사람은 얼마 뒤 결혼했다.

셋째 언니 형부는 충남대 총장과 서울대 문리대 학장을 지낸 동양철학자 민태식 박사의 장남이었다.

당시 처음 맞선을 본 셋째 언니의 말이 지금도 기억난다. 집으로 돌아온 셋째 언니는 처음 만난 형부가 마음에 들지 않는다고 했다. 아버지는 "의대생 맞선 상대가 싫은 이유가 도대체 뭐냐"고 물었는데, 셋째 언니의 두 가지 이유에 온 집안이 웃음바다가 됐다.

첫째, 이 남성이 벨트가 아닌 낡은 넥타이로 바지 허리띠를 하고 나타났다는 것이다. 둘째, 커피를 마시면서 테이블에 있던 우유와 설탕을 모두 넣은 뒤 이걸 숟가락으로 빨아먹었다는 것이다.

셋째 언니의 말에 아버지는 정반대의 반응을 보였다.

아버지는 "얘기를 듣고 보니 절약하는 청년이고 건실한 청년인 것 같구나. 공부하느라 정신없이 바쁠텐데 언제 멋을 내고 너의 마음에 들게 하려고 하겠니? 그래서 나는 무조건 이 청년이 100점이다."

결국 셋째 언니는 반강제로 결혼했다. 결혼 후 힘든 시집살이를 하면서도 공부하는 형부를 혼신을 다해 내조했다. 서울대병원 내과 교수가 된 셋째 형부는 교환교수로 미국에 갔다가 현지에 눌러 앉게 되었다.

간암 전문의인 셋째 형부는 미국 현지 대학병원에서 근무하다가 뉴욕에 개인의원을 개업했다. 셋째 형부 성을 딴 '민내과'는 뉴욕에서 오랫동안 유명한 내과병원으로 동포 사회에서도 명성이 자자했다.

청소년 시절 나와 언니들과의 관계는 원만하지 않았다.

내가 초중고등학교에 다닐 때 언니들은 나를 무수히 원망하였다. 그때마다 나는 돌아서서 한없이 눈물을 흘릴 수밖에 없었다.

언니들의 말은 비수처럼 내 심장에 꽂혔다. 언니들은 "경자 너 때문에 엄마가 돌아가셨다"는 말을 입버릇처럼 했다.

엄마가 나를 낳은 지 얼마 되지 않아 세상을 떠난 것에 대한 원망이기도 했다. 언니들은 엄마가 살아 있었다면 얼마나 좋을까 하는 그리움에 나를 더 구박하게 된 것 같다. 이것이 언니들의 공통된 생각이었다.

나를 미워하는 언니들의 마음은 때론 도를 넘어설 때도 있었다. 심지어 온 가족이 식사하는 자리에서 의도적으로 나를 배제시키는 행동도 서슴지 않았다. 동태탕을 함께 먹기로 해놓고 셋째 언니만 데리고 들어가는 바람에 나 혼자 차안에 머물 수밖에 없었던 기억도 있다.

혼자 차안에 남은 나를 바라보던 아버지의 운전 기사는 "찐빵이라도 사올까요?"라는 말로 위로하기도 했다.

언니들의 이러한 행동에 나는 한없이 슬펐고 외로웠다. 기가 죽었다. '도대체 나는 왜 태어났을까'라는 질문을 스스로에게 반복적으로 던졌다. '내가 언니들이었더라도 그랬을까?'라는 생각을 하기도 했다. 그러면서도 나는 다짐하고 또 다짐했다.

"나는 나중에 결혼해도 절대로 어린 자식들을 남겨놓고 먼저 죽지는 않을 거야. 반드시..."

이것은 어머니에 대한 그리움이기보다는 원망이었으며, 때로는 힘든 삶 속에서 느꼈던 증오감이었다.

09| 친정: 나의 동생들

나는 동생들을 생각하면 가슴이 아련해지고, 때론 먹먹해진다.

비록 생모가 아닌, 아버지와 재혼한 새어머니가 낳은, 이른바 배다른 동생들이지만 나는 지금까지 단 한 번도 동생들에게 친남매와 친자매 이외의 다른 감정을 가진 적이 없다. 하나같이 나의 소중한 동생들이다.

아버지가 재혼 후 새어머니가 낳은 6명의 동생은 여동생 4명, 남동생 2명이다.

이 가운데 바로 아래 여동생(한유순)은 언니들과는 달리 어릴 때부터 마음을 터놓고 지낼 정도로 가까웠다. 유순이는 네 살 차이 여동생이지만 세상 어디에 내놓아도 빠지지 않을 만큼 최고의 재원(才媛)이었다.

이화여대 불문과 출신인 유순이는 이대 메이퀸으로 뽑혔을 만큼 예쁘고 똑 부러졌다. 착한 성품은 유순이를 더욱 돋보이게 했다.

나는 고민거리가 있으면 늘 유순이와 의논했고, 그럴 때마다 유순이는 "언니의 생각이 옳아. 언니 하고 싶은 대로 해"라면서 나를 진심으로 존중하고 배려했다.

유순이가 없었더라면 나는 친정집에서 마음 놓고 편히 살 수 없었을 것이라는 생각을 잊은 적이 없다. 그래서일까. 나와 유순이는 지금까지 살면서 어머니가 서로 다른 자매라고 생각해본 적이 없다.

대학을 졸업한 유순이는 당시 한국은행 총재로 훗날 경제기획원 장관을 지내기도 했던 김유택 씨의 차남 김철수 씨와 결혼했다. 김철수 씨는 김영삼 정부 시절 초대 상공자원부 장관을 지냈고, 대한무역진흥공사(KOTRA) 사장, 세종대 총장, 세계무역기구(WTO) 사무차장을 역임했다.

유순이는 결혼 후 미국에서 생활하다가 남편을 따라 한국에 들어와 행복한 가정을 꾸려 나가고 있다. 슬하엔 사회적으로 성공한 1남 1녀의 자녀를 두고 있다.

나와 나이 차이가 많이 나는 다른 세 명의 여동생(한애순, 한미희, 한연숙)은 모두 미국으로 이민 가 현지에서 살고 있다. 이 때문에 다른 여동생들은 유순이만큼 속 깊은 이야기를 나눠보지 못한 아쉬움이 있다.

여동생들과 달리 남동생 2명(한윤수, 한홍수)을 떠올리면 나도 모르게 하염없이 눈물이 쏟아진다.

남동생들은 모두 이 세상에 없다.

또 다른 남동생 홍수가 태어나기 전까지 6대 독자로 부모의 귀여움을 독차지했던 윤수는 배우 뺨치는 준수한 외모에 착했고, 멋있었으며, 여기에 남을 배려하는 심성까지 갖췄던, 한마디로 '완벽남'이었다.

미국으로 이민가기 전까지 주위에서 "아버지의 대를 이어 정치를 하라"는 권유를 수없이 받았지만 윤수는 이를 뿌리치고 젊은 시절 미국으로 떠났다.

윤수는 미국에 있으면서 그 곳에서 어머니를 모실 정도로 효자였다. 미국에서 사업으로 어느 정도 성공한 윤수는 그러나 60대 이후 잦은 병고를 겪으면서 투병 생활을 하다 몇 년 전 암으로 세상을 떠났다.

나는 지금도 힘든 투병 속에서도 여유를 잃지 않았던 윤수의 모습과 그의 말이 생생하다. 윤수는 수술 후유증으로 대장과 위 등 장기가 성한 곳이 없었지만 오히려 농담으로 힘들어하는 가족들을 위로하기도 하였다.

"누나, 내가 죽으면 화장(火葬)을 하면 될 거야. 화장하는 비용은 반만 내면 돼. 왜냐고? 나는 수술로 몸 속의 장기를 절반 정도 잘라 냈잖아? 하하하..."

윤수는 세상을 떠났지만 그의 자식들, 즉 조카들은 하나같이 잘 자라줘 너무 고마운 마음이다. 첫째 조카는 하버드대 졸업 후 미국 정부기관에서 줄기세포를 연구하고 있고, 건축을 전공한 둘째 조카도 미국 유수의 건축회사에 근무하고 있다. 셋째 조카딸은 뉴욕의 유명 백화점 임원으로 남다른 여성 커리어를 쌓아가고 있다.

윤수도 그립지만 또 다른 남동생 홍수를 소환하면 가슴이 미어지고 감정이 북받쳐옴을 감출 수 없다.

홍수는 '태아 소아마비' 후유증으로 돌이 될 때까지 고개를 들지 못할 만큼 장애가 심했다. 사지가 따로 노는 중증장애를 겪던 홍수는 20대 중반의 젊은 나이에 세상을 등졌다.

집에서는 보호 자체가 불가능했던 홍수는 서울의 북부 지역에 있던 '각심원'이라는 곳에서 생활했다. 그곳은 스무 살이 되면 무조건 나와야

했다. 이런 사정 때문에 '각심원'에서 나온 흥수는 강동구 고덕동에 있는 민간 중증지체장애인보호시설에서 생활할 수밖에 없었다.

나는 결혼 이후에도 매주 한 번씩 차를 몰고 흥수를 찾았다. 옷과 과자 등 먹을거리를 잔뜩 실은 내 차가 장애인 보호시설로 들어서는 순간 흥수와 다른 중증지체장애아들이 뛰쳐나와 반겼던 모습이 지금도 눈에 선하다.

내가 흥수를 만나러 갈 때는 먹을 것과 내복(당시엔 매우 귀했다. 독립문 메리야스가 그 시절 가장 비쌌고 구하기도 어려웠다. 다행히 나는 친구였던 독립문 메리야스 사장의 배려로 다소 하자가 있는 물품을 싼 값에 구입해 가져갔다), 과일 등을 힘 닿는 데까지 준비했다.

"경자 누나"라는 기초적인 발음조차 하기 어려웠던 흥수는 나를 "이깅이(경자) 니나(누나)"라고 힘겹게 부르곤 했다.

내가 반포아파트에 살 당시 흥수가 거주하는 시설의 원장에게서 전화가 왔다. 흥수가 숨지기 며칠 전이었다. 예감이 좋지 않았다. 원장은 "동생이 살날이 얼마 남지 않은 것 같다"고 말했다.

전화를 받은 나는 시설로 달려갔다. 흥수를 차에 태워 동네목욕탕으로 데리고 갔다. 때밀이 아저씨에게 목욕을 부탁한 뒤 새 옷을 사서 입혔다. 당시 쭈그리고 앉아 선한 눈빛으로 "누나 고마워"라고 말하는 듯한 표정으로 나를 바라보던 흥수의 얼굴이 잊혀지지 않는다.

목욕을 하고 나온 흥수는 기운이 없어 보였다. 반포에 있는 병원에서 영양주사를 맞게 한 뒤 먹고 싶다는 음식을 사주었다. 그렇게 누나와 동생은 이틀을 함께 지낸 뒤 다시 보호시설로 들여보냈다.

며칠 뒤 고덕동 보호시설에서 "홍수가 숨을 거뒀다"는 연락을 받았다. 마음의 준비는 어느 정도 하고 있었지만, 홍수의 사망 소식을 듣는 순간 하늘이 무너진 것만 같았다. 아버지가 떨리는 목소리로 전화했다.

"경자야, 내가 차마 갈 수 없구나. 너와 유순이가 힘들어도 대신 가 줄 수 있겠니?"

'홍수가 살아 있을 때 더 자주 만났어야 하는데'라는 회한이 밀려왔다.

북받치는 감정을 겨우 추스른 나는 여동생 유순이와 고덕동으로 달려가 홍수의 시신을 수습한 뒤 경기 벽제에 화장했다. 돌아오는 길에 나와 유순이는 서로 껴안은 채 울고 또 울었다. 그러면서 기도했다.

"하나님, 홍수가 다음 생애는 제발 아프지 않게 해주세요."

한줌 재로 돌아간 남동생의 죽음은 인생이란 무엇인지를 생각하게 했던 것 같다.

'사람이란 존재는 아무것도 아니구나.'

나는 지난 일을 후회하는 스타일은 아니다. 하지만 남동생 홍수를 수의(壽衣)라도 말끔하게 해 입혀 보냈으면 하는 후회가 지금도 남아 있다.

10| 슬기로운 방학일기

다시 시간을 한국전쟁 당시로 돌려야겠다.

한국전쟁이 끝나갈 무렵으로, 중학교 2학년 때 나는 부산에서 서울로 올라왔다. 오랜 피난 생활을 뒤로하고 가족과 함께 상경한 나는 청파동에서 수도여중을 졸업한 뒤 수도여고에 입학하였다.

서울로 올라왔지만 내 머릿속은 온통 공주에 혼자 계실 외할머니에 관한 생각뿐이었다. 나에겐 어렸을 때부터 친엄마 이상의 존재였던 외할머니가 사무치도록 그리웠고, 죽도록 보고 싶었다.

그래서였을까.

방학이 시작되면 나의 첫 번째 행선지는 정해져 있었다. 시골 외할머니 댁이었다.

재상경 후 처음 맞은 중2 여름방학 때 나는 신나는 마음으로, 때로는 들뜬 상태로 공주로 내려갔다.

공주에 도착한 나를 알아본 동네 아저씨와 아주머니들의 반응은 내가 공주를 떠나기 전과 다름없었다.

"애기씨, 어서 오세요. 반가워요."

한국전쟁으로 서울을 떠나 잠시 부산 피난을 갔다가 상경 후 다시 당신의 고향 공주에 안착한 할머니는 하신이라는 면 단위 지역의 산꼭대기 움막집에 살고 있었다. 10명이 넘는 하인을 거느렸던 할머니에겐 누추하기 짝이 없는 허름한 공간이었다.

그도 그럴 것이 한국전쟁으로 은행에 맡겼던 그 많은 재산을 한 푼도 찾지 못한 상황이었고, 폭격으로 집은 폐허가 됐지만 땅은 있으려니 했는데 그 땅도 일본 사람이 살다간 집이었기에 정부 소유로 되어 있었다. 이른바 '적산가옥'이었다. 그러니 만석꾼이 하루아침에 알거지가 된 거다. 믿기지 않는 상황을 목도하면서 나는 이런 생각을 처음 했던 것 같다. '재산이 사람에게 전부는 아니구나.'

공주에 거주하게 된 외할머니에게는 움막집 외에는 달리 선택지가 없었다. 이 모든 것이 나로 인해 생긴 것임을 알면서도 나는 미안함보다 오히려 화가 났다.

외할머니는 부엌과 방이 한데 붙은 움막집에서 가마니를 들추고 나와 시골에 내려온 나를 반갑게 맞았지만, 나는 되레 불만을 쏟아내기 일쑤였다.

"할머니, 왜 이런 곳에서 살아?"

"경자야, 할머니는 여기가 편해. 저 아래 동네에서 산다고 생각해보렴. 동네 주민들이 많이 불편해하지 않겠니? 내가 내려가 살면 사람들은 그만큼 불편해진단다."

"할머니는 왜 그렇게 생각하는데?"

"네 아버지가 고위공직자잖니? 아버지를 욕 먹이면 안 되기 때문이야. 동네 사람들이 '장모를 저렇게 내버려둔다'고 쑥덕거릴 수 있지 않겠니? 그건 나랏일을 하는 아버지에게도 도움이 안 된단다. 경자 너는 서울에 가더라도 혹시 아버지가 할머니 안부 물으면 무조건 '동네에서 잘 지낸다'고 말해야 한다. 약속할 수 있겠지?"

외할머니는 동네 주민들에게 피해 주기 싫어서 궁핍한 생활을 자처했다고 말했지만, 나는 외할머니의 마음을 잘 알고 있었다.

나의 서울 생활을 위해 모든 재산을 처분해 상경했으나 전쟁으로 산더미 같은 현금을 한순간에 날린 이후 외할머니는 경제적으로 형편이 매우 어려웠다. 게다가 빚이라도 내어 새집을 짓게 되면 고위공직자인 사위에 누가 될 수도 있다고 생각해 아예 산꼭대기에 움막집을 지어 생활한 것이다.

이런 사정을 누구보다 잘 아는 아버지는 가끔 외할머니를 찾아 무엇이든 도울 방안을 제시했으나 할머니는 단박에 고사했다. 이유는 단 한 가지, 사위에게 부담을 줘서는 안 된다는 생각 이상도 이하도 아니었다.

방학 때면 어김없이 외할머니와 상봉한 나는 이대로 있어선 안 되겠다고 생각했다. 현실적으로 외할머니를 도와야겠다는 다짐을 한 것이다. 예컨대 이런 방법들이었다.

겨울방학에는 계룡산 자락의 외할머니집 뒷산에 올라 나무를 베어 날랐다. 울타리도 담도 없는 할머니의 움막집 주변을 내가 베어온 나무로 울타리를 쌓았다.

낮에는 산에서 나무를 베었고, 저녁에는 빨래했으며, 밤에는 다림질과 옷 꿰매기가 나의 주된 방학 일상이었다. 이렇게라도 해야 외할머니에 대한 고마움을 조금이라도 갚을 수 있을 것 같았다.

체구가 작은 여중생이 무거운 나무를 베어 매고 산에서 내려갈 때 무서움과 두려움을 느끼지 않았다면 거짓말일 것이다.

나무를 벤다고 하지만 낫질도 짐질도 할 줄 몰랐던 나는 서툰 낫질에 손을 찧기 일쑤였고, 짐을 질줄 몰라 청솔가지를 둘둘 말아서 새끼줄로 적당히 묶어 이고 지는 것이 고작이었다.

서툰 솜씨로 나무를 묶는 바람에 집으로 돌아가는 시간이 늦어져 어둑어둑해진 산길에는 당장이라도 호랑이와 늑대가 나타날 것만 같았다. 그때마다 나는 기도했다.

"무사히 할머니에게 돌아가게 해주세요 하나님. 부처님. 성모님..."

내가 아는 모든 분들을 찾으며 무서움을 잊었다.

겨울방학이 한 가운데로 접어든 어느 날, 외할머니는 땅 속에 묻어뒀던 아궁이에서 돈을 꺼내면서 "경자야, 시장에 가서 새끼돼지 한 마리 사오라."고 했다.

"경자야, 너는 돈 복이 더덕더덕 붙어 있어서 가축을 키우면 틀림없이 잘 번식할거야."

나는 집에서 가까운 유성시장으로 향했다. 동네 사람들과 달구지를 함께 타고 갔다. 그런데 새끼돼지를 고르는데 너무 많은 시간이 걸렸고, 다른 동네사람들은 모두 돌아가고 나만 남게 되었다. 예쁜 새끼돼지 고르느라 같이 갔던 동네사람들을 놓친 것이다. 집으로 가기 위해 한밤중에 계룡산 삽재고개를 넘어야 하는 난감한 상황이 되었다.

시장에서 산 새끼돼지 한 마리를 옷 속에 넣고 계룡산 삽재고개를 넘으면서 무서운 생각이 밀려왔다. 무언가 흙을 날리면서 다가오는 느낌이었다. 그 움직임으로 인해 가랑잎이 흔들려 바스락 소리가 들렸다. 직감적으로 호랑이 같은 큰 야생동물이라는 느낌을 받았다.

그 순간 외할아버지 생각이 떠올랐다. 외할아버지는 내가 어릴 때 이런 말씀을 자주 하셨다. "경자야, 만일 산에서 호랑이와 마주치게 되면 정신을 바짝 차리고 그 자리에서 움직이지 말고 서있어야 해. 호랑이는 숨을 쉬면서 그대로 서있는 사람은 잡아먹지 않는단다. 쓰러지지만 않으면 돼."

나는 외할아버지 말대로 버티고 서서 고래고래 소리를 질렀다.

"제발 살려주세요. 저에겐 할머니가 있어요. 제발요!"

시간이 흘렀지만 흙뿌림과 소름 끼치는 바스락 소리는 끝나지 않았다.

나는 큰소리를 지르면서 정신없이 뛰기 시작했다.

"너 나만 잡아 먹어봐라. 돌아가신 우리 엄마가 너 새끼들 모두 죽여 버릴 거야"라는 말을 수십번도 더 외친 것 같다.

그렇게 계속 소리치면서 내려왔고, 마침내 아랫마을 불빛이 보이자 입구까지 이를 악문 채 죽을힘을 다해 달렸다. 외할머니가 사는 하신 동네에 이르자 동네 사람들 10명이 횃불을 들고 나와 나를 기다리고 있었다. 늦은 시간까지 돌아오지 않는 나를 걱정해 동네주민들이 마을 어귀까지 나와 있었던 거다.

나는 외할머니를 보자 긴장이 풀렸고, 안고 있던 새끼돼지도 바닥에 떨어졌다. 그 순간 숨소리 하나 내지 않고 내 품에 그대로 있던 새끼돼지가 날 살렸다는 생각이 스쳐갔다. 만약 새끼돼지가 소리라도 질렀다면 대형 짐승에 물려 죽었을지도 모를 일이다.

유성시장에서 산 새끼돼지는 한마디로 복덩이였다. 나중에 젖꼭지가 모자랄 정도로 새끼를 많이 낳았다. 뒤에서 자세히 언급하겠지만 외할머니는 계란과 닭을 팔고, 키운 돼지를 시장에 내다팔아 꽤 많은 돈을 모을 수 있었다.

외할머니는 이번엔 송아지를 사오라고 했다. 나는 다시 유성시장에 가서 눈이 예쁘고 서글서글한 암송아지를 사 동네사람에게 키워달라고 했다. 암송아지가 새끼를 낳으면 6대 4의 비율로 동네사람과 내가 분배하기로 약속했다. 송아지도 새끼를 낳기 시작하면서 그 숫자가 불어났고, 나는 동네사람과의 약속을 지켰다. 거의 암컷만 낳는 '경사'가 계속되었다.

또래 중학생의 방학 생활과는 딴판이었던 나의 방학일기는 이런 식이었다. 나의 '슬기로운 방학일기'는 중학교를 졸업하고 고등학교에 입학한 뒤에도 똑같이 이어졌다.

방학이 끝나 서울에 올라와 학교에 다니면서도 나의 머릿속은 시골에 혼자 지내는 외할머니 생각으로 가득했던 것 같다.

나는 집에서 학교인 수도여고까지 걸어 다니면서 용돈을 아꼈다. 이웃집에 사는 초등학교 1학년 쌍둥이를 가르치며 돈도 벌었다. 그 돈을 할머니에게 보내 드렸다. 그때 내 의식을 지배한 것은 단 한 가지였다.

"물질적으로 조금이라도 할머니에게 도움이 된다면 무엇이든 할 수 있다."

11| 여고생의 집 짓기 프로젝트

고등학교에 입학한 뒤에 방학이 시작되면 가장 먼저 달려간 곳이 시골 외할머니 댁이었다.

고등학교 1학년과 2학년 여름방학과 겨울방학을 꼬박 외할머니와 함께 보낸 뒤 개학이 임박해서야 서울로 올라오는, 방학의 평범한 루틴이 반복됐다. 나에게 시골 외할머니 댁은 그렇게 각별한 곳이었기에 가능했던 일인지 모르겠다.

고등학교 3학년이 되면서 대학 진학 문제가 집안의 최대 현안으로 다가왔다. 나의 대학 진학을 두고 아버지와 어머니는 서로 다른 생각을 하고 있었다.

엘리트 공무원 출신으로 고등교육의 필요성을 누구보다 잘 알고 있었던 아버지는 "경자는 당연히 대학에 가야 한다"라고 했지만, 어머니는 아버지의 의견에 반대했다. 언니들이 대학에 가지 않았다는 게 어머니가 나의 대학 진학에 부정적인 이유였다.

나는 이러한 어머니에 몹시 서운했고 서글펐으며 무슨 일이 있어도 대학에 가야 겠다는 생각이 강했다.

'언니 중 단 한 명도 대학에 안 갔기 때문에 나도 대학에 가지 말라

는 건 말이 안 돼.'

온종일 방에 처박혀 운 적이 한두 번이 아니었다.

믿을 만한 곳은 외할머니뿐이었다. 외할머니는 나의 대학 진학에 쌍수를 들어 찬성했던 분이다.

'여름방학이 되면 할머니를 찾아가 하소연해야지. 반드시 대학에 가겠다고...'

그런 다짐을 하고 고3 여름방학 때 공주를 찾았으나, 외할머니는 나의 대학 진학 얘기는 꺼내지도 않은 채 '엉뚱한' 이야기를 끄집어내는 게 아닌가. 그것은 집 짓기였다.

"경자야, 아무래도 우리 집을 지어야겠다. 내가 살면 얼마나 살겠니? 내가 죽으면 효심 깊은 너의 아버지가 아무리 바빠도 장모 집을 찾아올 거고, 너의 형부들도 오지 않겠니? 집 한 채 없으면 안 될 거 같구나."

나는 외할머니의 말을 듣자마자 서러움이 밀려왔다. 손녀의 대학 입학 걱정은 해주지 않고 다른 식구들 생각에 집 지을 얘기만 하는 현실이 너무 야속했다. 시골 방에 처박혀 밤새도록 울었다. 겨우 마음을 진정시킨 뒤 가마니로 엮은 움막집 문을 열고 밖으로 나와 하늘을 쳐다봤지만, 흐르는 눈물은 멈춰지지 않았다.

그런데 어느 순간부터 마음을 고쳐먹기 시작했다.

대학 진학은 진학이고, 외할머니가 최우선으로 생각하고 있는 집짓기를 내가 나서서 해야겠다는 묘한 의무감 같은 것이 밀려왔다.

관건은 무슨 돈으로 집을 지을 것인가라는 거였다. 그 많은 재산을 한국전쟁으로 고스란히 날린 할머니에게 돈이 있을리 없었다. 산꼭대기

움막집에서 키운 닭과 돼지, 송아지를 팔아 모아놓은 돈이 전부였다.

어떻게 보면 새집 짓기는 무모한 시도였는지도 모른다.

하지만 그때부터 나는 해결책을 본격적으로 고민하였다.

'그렇지. 지금 키우고 있는 돼지와 소, 닭을 먼저 팔고, 읍내 조합에서 주택 융자를 받고 모자라는 돈은 동네 사람들의 도움을 받는거야.'

그때 베풂의 삶을 실천하던 할아버지와 할머니가 자연스럽게 떠올려졌다.

천석꾼의 부농이었던 할아버지는 행낭 아범들을 가족처럼 믿고 베풀어 칭송이 자자했으며, 할머니는 서울로 이사하기 위해 모든 재산을 정리하면서 그들에게 집 한 채와 함께 논 열마지기, 밭 3,000평을 안겨주어 생활 기반을 튼튼히 만들어 주었다. 그래서 동네 주민들에게는 "모든 것이 마님 것"이라고 인식되었는데, 이것은 집 짓기를 시작하면 동네 주민들이 도와줄 거라 생각한 근거이기도 했다.

아무튼 경제 논리를 제대로 알지도 못하는 여고생이 어떻게 이런 도전적인 생각을 했는지 나도 잘 모르겠다. 분명한 건 뭔가 할 수 있다는 자신감이 마음 한구석에서 올라왔다는 거다.

외할머니에게 이와 같은 구상을 말했더니 마치 소녀처럼 눈을 반짝이더니 흔쾌히 동의하셨다.

드디어 집짓기가 시작됐다.

동네 사람들은 이구동성으로 마치 자신의 집처럼 할머니의 새집은 함석집으로 지어야 튼튼하다고 강조했고, 툇마루와 두 개의 방, 부엌은 제대로 갖춰야 집으로서의 기능을 한다고 조언했다.

적지 않은 인부들이 동원되었고, 나도 집 짓는 데 필요한 나무를 베었으며, 황토 벽돌을 만드는 데 뛰어들었다.

동네 사람들은 마치 자신들의 일처럼 팔을 걷어붙여 집짓기를 도왔다. 일종의 집짓기 품앗이였던 셈이다.

목수 일도 동네 아저씨가 나서 공짜로 해줄 만큼 분위기가 좋았다. 밤새 대패질해서 거대한 대들보 기둥을 만들었다. 문짝 정도만 돈을 주고 구매했을 뿐이다.

나는 집 한 채 짓는 데 이렇게 많은 사람이 동원되고 수많은 재료와 장비들이 들어가는지 처음 알고 신기해했다.

외할머니의 새집 짓기에 잔뜩 고무된 나는 1주일가량 수업이 없는 가을방학 기간에도 공주로 내려가 집짓기를 돕다가 개학 전날 밤에 완행열차를 타고 서울로 올라왔다.

사람이 모여 일하는 곳에는 먹을거리가 풍성해야 한다는 것도 그때 처음 알았다. 자기 집을 짓는 것처럼 열과 성을 다하는 동네 아저씨들을 위해 나는 감자를 쪘고, 직접 빚은 막걸리를 대접하기도 했다. 어렸을 때 외할머니한테서 어깨너머로 배운 막걸리 빚기가 드디어 빛을 발하는 순간이었다.

그렇게 꼬박 1년이 걸려 외할머니의 집이 마침내 완성되었다.

고3 때 첫 삽을 뜬 외할머니의 시골집은 내가 대학 1학년이 되어 마무리된 것이다. 외할머니와 나는 완성된 집을 보고 뛸 듯이 기뻤고 행복했다.

동네에서 가장 높은 위치에 있던 할머니의 새집은 양철지붕을 한

멋진 백회 집이었다. 지금으로 치면 별장 부럽지 않은 집으로 기억한다.

당시 외할머니 집을 중심으로 동네 곳곳에서 화려한 등을 달아 동네 전체가 장관이었다.

부잣집 딸로 태어난 외할머니는 "집을 지으면 3년은 더 살 수 있을 것"이라는 말씀을 입버릇처럼 하셨다.

사실 외할머니는 새로운 집에서 화려하게 세상을 떠날 준비를 하셨던 거다. 외할머니는 줄담배를 피우신 분이지만 85세에 돌아가실 정도로 장수하셨다.

공주 외할머니의 새집은 나의 생애 첫 집짓기 프로젝트였다.

나를 낳은 지 얼마 안 돼 세상을 떠난 어머니를 대신해 손녀를 당신의 자식처럼 정성껏 키워주신 외할머니의 은혜에 조금이라도 보답하는 길이 집짓기라고 생각했다. 그것이 결실을 보는 순간이었다.

12| 경제에 눈뜨기 시작하다

방학 때면 마치 약속이라도 한 듯 공주 시골 외할머니 댁으로 내려간 이유는 나로 인해 전 재산을 날린 부자 외할머니에 대한 미안함 때문이 강했지만, 그것보다는 어릴 때부터 어머니와 같은 존재였던 외할머니와 가급적이면 많은 시간을 보내고 싶은 생각이 자리했던 탓이다.

방학이나마 외할머니 곁을 지켜야겠다는 나의 다짐에는 추호의 흔들림이 없었고, 외할머니와 함께하는 시간이 길어지면서 돈으로도 살 수 없는 소중한 경험을 할 수 있었다.

돌이켜보면 이것이 나에겐 살아 있는 경제 공부였던 셈이다. 훗날 내가 미술학원과 유치원 등을 운영할 때 크나큰 도움으로 다가왔으니 말이다.

예컨대 이런 식이었다.

유독 추웠던 어느 겨울방학, 몸이 약했던 외할머니의 건강을 위해 무언가 해야겠다는 생각이 머리를 스쳤다. 나는 외할머니 몰래 유성시장으로 향했다. 장날에 동네사람들이 몰려가는 틈에 끼여 보약이 될 약병아리 한 마리를 사서 방사했다. 이 병아리 한 마리에 나는 온 정성을 쏟았다. 야산과 땅속을 뒤져 좋은 것만 먹여 키웠다.

방학이 끝나 서울로 가야 할 날이 내일이었다. 나는 외할머니에게 어느새 훌쩍 자란 닭을 잡자고 했지만 할머니는 묵묵부답이었다. 닭을 삶아서 외할머니 보약으로 사용하려던 계획이 자칫 무산될 지경이었다.

나는 직접 닭을 도살하기로 결심했다. 일단 닭의 발을 새끼줄로 묶은 뒤 이 줄을 커다란 돌과 연결했다. 거기까지는 괜찮았으나 정작 도살 방법을 몰랐다. 부엌에서 식칼을 들고 왔다. 목을 내리치면 금방 죽을 것 같은 생각이 들었다.

식칼을 든 채 닭을 응시하면서 미안한 마음이 들었지만 어쩔 수 없었다. "닭아, 나는 할머니 건강을 지켜드려야 해. 그러려면 너는 죽어야 해."

두 눈을 질끈 감고 닭의 목을 내리쳤지만 아뿔싸, 빗나갔다. 큰 돌에 묶여있던 닭은 온힘을 다해 후다닥 빠져나갔다. 그 엄청난 힘이 어디서 나왔는지 지금 생각해도 아리송하다.

나는 달아난 닭을 쫓아가 똑같은 행위를 반복했으나 실패를 거듭했다. 마침 산에서 내려오던 동네 아저씨가 이 장면을 목격하고 다가왔다.

"경자 애기씨. 닭은 이렇게 처리하는 거예요."라면서 급소를 눌렀다. 닭은 즉사했고, 그 때 나는 처음 닭 잡는 법과 이후 손질하는 법을 배우게 됐다.

커다란 가마솥에 물을 붓고 손질한 닭을 넣어 끓였다.

가벼운 기대감이 살짝 몰려왔다.

'외할머니에게 말해야지. 이거 드시고 내가 다시 오는 봄 방학 때까지 기운 내라고.'

푹 삶은 닭을 들고 행복해하실 외할머니에게 가져갔으나, 그건 착각이었다. 할머니의 얼굴은 내가 평소에 보던 그 자비하고 인자한 모습이 아니었다. 할머니는 오히려 버럭 화를 내면서 호통을 치셨다.

"경자야, 이것이 대체 무엇이냐, 너 얼른 가서 싸리나무 꺾어와!"

영문을 모르고 꺾은 싸리를 가져간 나에게 할머니는 "종아리 걷고 목침에 올라가라."며 다시 큰소리로 말했다.

"할머니 왜 이래? 내가 대체 뭘 잘못했는데?"

"경자야, 네가 뭘 잘못했는지 정말 모르겠니?"

"난 할머니 건강해지라고 닭 잡아준 것밖에 없어. 내가 할머니를 위해 어떻게 했는데..."

할머니는 싸리로 나의 종아리를 몇 차례 내리쳤고, 피가 나자 비로소 멈췄다. 태어나 피가 나도록 종아리를 맞아본 건 처음이었다.

할머니는 울다가 지친 나를 앉혀놓고 말씀하셨다.

"경자야. 이 할미가 너를 이렇게 가축 생명 귀하게 여기지 않고 식칼로 죽이는 아이로 키웠니? 닭을 잡지 않고 살려뒀다면 이 닭은 커서 알을 낳아 병아리가 되고, 나중에 닭이 되면 네가 다음에 올 때엔 온 산에 닭이 수십 마리, 수백 마리 됐을 게 아니겠니? 그리고 이 산속에서 저런 병아리 떠드는 소리가 얼마나 듣기 좋겠니? 말벗이 되어 재미있게 살 수도 있지 않았겠니? 우리 경자는 이걸 몰랐던 거야. 이 할미한테 사전에 물어봤으면 좋았을 텐데..."

외할머니는 시쳇말로 경제적 마인드로 무장되어 있었던 거다. 나는 외할머니의 말을 듣고 무작정 닭을 키우는 동네 아저씨 집으로 뛰어 내려갔다.

"닭 한 마리만 꿔주시면 나중에 꼭 갚을게요. 아저씨!"

"꿔주기는요? 필요한 만큼 가져가세요. 그런데 애기씨가 닭이 왜 필요해요?"

"할머니를 외롭지 않게 해주고 싶어서요."

동네 아저씨로부터 빌린 닭 한 마리는 거짓말처럼 나중에 수백 마리로 불어났다.

경제는 우리 삶에서 멀리 있는 것이 아니었다. 가까이서 경험하는 작은 일상이 경제의 출발점이었고, 나는 중학생 때 그것을 할머니로부터 처음 배운 것이다. 그것도 종아리가 피 나도록 맞아가면서 생생히.

절망과 희망

13| 이화여대 입학

예상한대로 나의 대학 진학은 순탄치 않았다.

앞에서 잠깐 언급했지만, 아버지와 어머니가 나의 대학 진학 문제를 놓고 갈등을 빚을 만큼 우여곡절이 있었다.

1950년대 말 당시만 해도 사회적으로 대학 진학은 자연스럽지 않았다. 사회 전반적으로 대학 진학률이 지금과 비교할 수 없을 만큼 낮은 때였다. 특히 여성이 대학에 간다는 것은 지금처럼 흔한 현상이 아니었다.

당시 나를 비롯한 고등학생들의 대학 진학은 한국전쟁 후유증으로 기본적인 생계조차 막막할만큼 경제적으로 힘들었던 시절을 반영한 측면이 있다고 생각한다.

나의 대학 진학 문제도 이러한 사회적 여건과 무관할 수 없었던, 험로 그 자체였다.

그것의 중심에는 어머니가 있었다. 어머니는 내가 고등학교를 졸업한 뒤 다른 언니들처럼 시집을 가야 한다는 생각이 아주 강한 편이었다.

나의 언니 세 명은 고교 졸업 후 바로 결혼했다. 다행인지 몰라도 자유분방했던 셋째 언니는 부모 몰래 숙명여대에 합격은 했으나, 결국 입학을 포기해야만 했다.

셋째 언니가 대학에 합격했을 때에도 우리 집은 한바탕 뒤집힌 적이 있다. 언니의 대학 진학에 극구 반대하는 어머니와 대학에 가겠다는 생각을 굽히지 않던 언니는 오랜 시간에 걸쳐 심각한 마찰을 빚었다.

언니는 내가 보기에도 자아가 굉장히 강한 여성이었다. 자신이 옳다고 생각하는 일에는 절대로 고집을 꺾지 않았다. 어떻게 보면 이러한 성격의 셋째 언니와 다혈질의 어머니가 정면으로 부딪힌 것은 당연한 결과였는지 모른다.

언니와의 대학 진학 갈등이 최고조에 달했을 때 어머니는 폭력성을 보이기까지 했다. 닥치는대로 집어 던지고, 때리고...

어머니의 막무가내식 무차별적인 폭력성 체벌에 셋째 언니는 고막이 나가기도 했다.

언니는 매번 이런 논리로 어머니에 맞섰다.

"아버지가 번 돈으로 내가 대학에 가겠다는데 어머니가 도대체 왜 반대하세요? 딸을 진정으로 사랑하고 아낀다면 대학에 보내는 것은 당연하지 않나요?"

언니는 이런 고집을 꺾지 않다가 고막이 터지는 대형 '사고'가 난 것이다.

아무튼 이런 격렬한 충돌에도 불구하고 셋째 언니는 숙대에 합격하는 '뚝심'을 발휘했다. 내가 보기엔 멋진 결심이었다.

이러한 장면을 목격한 나는 고3에 올라가면서 살짝 고민이 되긴 했지만 마음속에는 이미 대학 진학 생각을 굳히고 있었다.

짐작대로 어머니는 완강했다.

"경자는 고교 졸업 후 결혼한 언니들처럼 대학에 갈 필요가 없다"라는 말을 앵무새처럼 반복했다. 나의 대학 진학 결심을 일찌감치 꺾어놓아야겠다는 심사였을 것이다.

하지만 나는 포기하지 않았고, 어머니의 요구에 굴복하지도 않았다.

내 곁에는 든든한 아버지가 있었다.

나는 아버지가 한 말을 떠올리고 또 떠올렸다.

"경자야, 내가 하늘나라에 가면 너의 생모한테 경자를 대학에 보냈다고 당당하게 말할 수 있어야 하지 않겠니?"

아버지는 여성의 고등교육 필요성을 절감하고 있었다. 아버지는 20대 때 일본에 건너가 고등고시를 치르면서 일본의 교육열을 생생하게 목격했던 분이다. 여성이라고 고등교육에서 제외되어선 안 되며, 오히려 상급 교육기관 진학을 통해 자아를 실현해야 한다는 생각을 하셨다.

어머니의 극렬한 반대에도 불구하고 아버지의 성원 덕분에 고3 내내 입시 준비에 몰두한 나는 이화여대 가정대에 거뜬히 입학할 수 있었다.

이대 합격을 확인하는 순간 날아갈 듯이 기쁘고 행복했다. 꿈에 그리던 대학생이 된다는 생각에 가벼운 흥분이 밀려왔다. 그러나 그것은 잠시였다. 나에게 대학 입학은 젊은 시절의 가장 아름답고 찬란했던 화양연화(花様年華)가 아닌 시련과 번민, 고통으로 점철된 가슴 아픈 시절이었음을 지금부터 털어놓는다.

14| 대학 시절, 그 시련과 고통의 시간(1)

누구에게나 대학 시절은 낭만이 넘치고 이 세상을 모두 가질 것처럼 포효할 수 있는 도전의 시간으로 기억되는 게 일반적이지만, 나에게 캠퍼스 생활은 정반대였다. 시련과 고통, 고난으로 범벅이 된 시간이었다.

어머니의 반대를 뒤로 하고 이화여대에 입학하는 데까진 성공했으나, 이것은 험난한 대학 생활의 서막일 뿐이었다.

내가 대학을 다닐 때 우리 집은 청파동 꼭대기에 자리했다.

당시 이승만 정부 정치권력의 핵심에 있었던 아버지는 "정치인은 모름지기 돈을 멀리해야 한다"라는 생각을 신조처럼 여기며 청렴을 실천했다.

공직을 거쳐 정치에 입문하여 국회의원으로 활동한 아버지는 돈에 대한 욕심이 없는 분이었다. 다만 식구들이 먹는 음식만큼은 풍족한 편이었다. 상급학교 진학을 위해 시골에서 서울로 올라와 우리 집에 머물던 친척의 자녀들이 먹고 살 정도로 넉넉했다. 아버지는 명절 때 선물이 들어오면 이걸 모아 두었다가 당시 청계천 거지들에게 나눠주는 것도 잊지 않았다.

청파동에 살 때 나는 늘 사람들로 붐비는 우리 집을 보면서 "내 방 하나만 있으면 얼마나 좋을까"라는 소원을 빌곤 했던 기억이 있다.

그 바람이 이루어진 걸까.

내가 살던 집에서 가까운 곳에 비교적 큰 집이 매물로 나왔다. 청파동3가 당시 선린상고 근처에 있던 근사하고 멋진 집이었다.

아버지는 은행에 저당 잡혀있던 이 집을 은행 융자를 통해 매입했다. 그 집은 지금 사는 집과는 비교조차 안 될 정도의 대형 주택이었다. 마치 궁전과 같았다.

이런 집에 왜 사람이 안 사는지 의아했다. 집터의 기운이 너무 세서 아무도 살려고 하지 않는다는 이야기를 나중에 들었다.

이 대목에서 잠시 역학을 했던 백운학 씨와의 인연을 떠올려야겠다. 나는 한국전쟁 때 아버지를 따라 부산에 피난 갔을 때 역술인인 백씨를 처음 만났다. 아버지는 힘들고 어려운 일이 있을 때 백씨를 찾아 지혜를 구하곤 했다. 요즘 말로 아버지의 정신적 멘토였던 셈이다.

백씨 외에도 고려대 철학과를 나온 홍릉 송도사도 있었는데, 나는 18세 때부터 아버지를 통해 송도사를 알게 되었다. 지금도 송도사와는 교류하고 있을 정도로 나와는 60년이 훨씬 넘는 관계를 이어오고 있다.

청파동 새집으로 이사할 때도 백씨와 송도사의 조언이 있었다. 두 사람은 마치 입이라도 맞춘 듯이 "절대로 그 집에 가지 말라"고 권유하였다.

하지만 아버지는 "이미 집을 계약했고, 사람은 신의가 있어야 하지 않느냐"는 말로 두 사람을 설득해 결국 이사를 강행했다.

그런데 이사한 다음 날부터 이상한 일이 일어났다.

그날 아침 경비원이 달려오더니 "큰 구렁이가 나타났다가 순식간에 사라졌다"고 말하는가 하면, 그날 밤부터 잠을 자는데 '땅!' 하는 소리가 여러 차례 들리기도 했다. 누가 큰 돌을 우리 집 유리창에 던진 줄 알고 놀라 나가보니 돌은 흔적도 없었고, 유리창도 멀쩡했다.

그런데 새집으로 이사한 지 열흘 만에 4·19 혁명이 터졌다. 대학 2학년 때인 1960년에 벌어진 일이다.

시위대가 우리 집으로 몰려와 집안 전체를 쑥대밭으로 만들어놓았다. 시위대는 가구와 가재도구 등을 폭도들처럼 부수었다. 당시 이승만 정부에서 국회부의장이자 대통령선거대책위원회 위원장이라는 중책을 맡고 있던 아버지를 표적으로 삼아 우리 집을 공격한 것이다.

뒤에서 상세하게 언급하겠지만 아버지는 이른바 3·15 부정선거, 부패와 비리와는 무관했던 분이셨다. 이승만 정부에서 핵심적인 일을 했다는 이유 하나만으로 시위대의 무차별 공격 대상이 되었다.

나는 당시 어처구니없는 상황을 직접 겪으면서 '사람을 매도하고 죽이는 것은 한순간이구나. 군중심리라는 것이 이렇게 무자비하고 무서운 것이구나'라는 생각을 하게 되었다.

그때의 악몽 때문일까.

수십 년이 지난 지금도 차를 타고 가거나 길을 걸을 때 시위집단을 보면 무섭고 끔찍한 생각이 들어 현장을 서둘러 빠져나오는 버릇이 생겼다.

아무튼 졸지에 삶의 터전을 잃은 우리 가족들은 겨우 몸만 빠져나와 모두 여관으로 피신하였다. 한동안 여관에 머물다가 관훈동 근처 친척 집으로 거처를 옮기게 되었지만, 불안감은 계속될 수밖에 없었다.

1960년 4월의 봄날, 대학 생활을 만끽해야 할 시절에 들이닥친 우리 집의 변고는 이후 나를 짓누른 온갖 역경의 시작에 불과했다.

15| 대학 시절, 그 시련과 고통의 시간(2)

1960년 이른바 '3 · 15 부정선거'가 몰고 온 4 · 19 혁명은 당시 이승만 정권의 자유당 소속 국회의원으로 정치 활동을 하던 아버지를 사지(死地)로 몰고 갔다.

당시 최규하 임시정부와 윤보선 대통령 측은 아버지를 이승만 대통령 최측근으로 규정하면서, 부정축재자로 낙인찍은 것이다. 국회의원이 된 뒤 의정 활동에만 전념해왔던 아버지는 졸지에 '부정선거의 주범'이 되어 있었다.

아버지가 이승만 대통령선거 대책위원장을 지냈다는 게 부정축재자로 분류된 가장 큰 이유였다. 집권 세력에게 아버지가 불법적인 일을 했느냐, 하지 않았느냐는 전혀 중요하지 않았다.

오직 아버지가 선거 때 맡았던 직책을 근거로 아버지를 인신 구속하기에 이르렀다. 이후 5 · 16 쿠데타로 정권을 잡은 군사정부는 구속된 뒤 미결수로 있던 아버지를 이승만 대통령과 운명 공동체로 판단하여 다시 재판을 시작했다. 당시 재판부는 아버지에 대해 사형을 선고했다.

단언하건대, 아버지가 사형 선고를 받을만큼의 혐의는 어디에도 없었다. 나는 이를 '마녀사냥'이라고 생각한다.

아버지에 대한 사형 선고 이후 우리 가족은 매일 천당과 지옥을 오갔다. 집안이 풍비박산 난 것을 넘어, 하루하루 아버지의 생사(生死)에 온 신경을 쓸 수밖에 없는 상황이 반복됐다.

당시 형무소에 수용된 3·15 부정선거 관련 재소자들에 대해 속속 사형이 집행되고 있었다. 박정희 군사정부가 들어서면서 재소자들에 대한 재판이 본격화되었고, 부정선거와 부패 등에 연루된 혐의로 사형선고가 내려졌던 것이다.

형무소에서는 매일 면회를 가는 수용자 가족에게 면회가 가능한 별도의 '딱지'를 부여했는데, 면회 당일 이 '딱지'를 받으면 수용자가 살아 있다는 징표이고, 반대로 면회 딱지를 주지 않으면 사형이 집행됐다는 의미였다.

이런 상황을 잘 아는 우리 가족은 매일 오전 숨이 막힐 정도로 긴장한 상태로 면회를 신청하면서 기도하고 또 기도했다.

'오늘도 아버지를 무사히 면회할 수 있게 해주세요!'라고.

아버지의 형무소 복역 기간이 길어지면서 소문대로 많은 일들이 현실화됐다.

아버지와 함께 이승만 대통령선거에 관여한 혐의로 구속되었던 5명 중 4명에 대해 재판이 열리더니 예정된 수순처럼 차례로 사형이 집행되었다. 마지막으로 아버지만 남은 상황이 된 것이다.

어느 날 면회한 나에게 아버지는 이런 말을 던졌다.

"경자야, 홍릉 송도사를 찾아가 나의 운명을 한번 물어봐줄 수 있겠니?"

아버지가 왜 송도사를 찾아가보라고 한 것인지 궁금했는데, 아버지는 이상한 꿈 이야기를 들려주었다.

"어젯 밤 꿈을 꾸었는데 글쎄 나와 함께 형무소에 들어온 5명이 모두 물에 빠졌단다. 그런데 웬 사람이 나타나 이중 4명은 구해줬는데, 나만 두고 가더구나. 얼마나 야속했는지..."

나는 면회가 끝나자마자 송도사에게 달려가 아버지가 했던 말씀을 전했다. 눈을 감은 채 한참을 골몰하던 송도사는 "아버지만 살아남겠구나"라고 하는 게 아닌가. 아버지는 사형을 면할 것이라는 예언이었던 셈이다.

이후 사형선고를 받았던 5명 중 4명은 거짓말처럼 사형에 처해졌지만 아버지는 수개월이 넘도록 사형집행이 안 되었다.

나중에 안 사실이지만 박정희 당시 대통령이 아버지에 대한 사형집행을 보류시켰던 것이다.

박 대통령은 사형선고가 내려졌던 아버지에 대해 참모를 통해 뒷조사를 시켰다. 일제강점기 시절 고등고시 1호 출신으로 청렴한 공직자로 정평이 났던 아버지의 이야기를 다른 경로를 통해 듣고 그를 둘러싼 혐의와 관련한 사실 관계를 확인하기 위해서였다. 박 대통령은 아버지의 고향에까지 사람을 보내 평판을 물어보았다고 한다.

아버지는 5대 독자로 땅 한 평 가진 것 없고, 부정축재와는 거리가 멀었던 인물임이 박 대통령에게 최종적으로 보고되면서 사형이 집행되지 않았던 것이다.

박 대통령은 참모들에게 아버지 이야기를 공개적으로 언급했다고 한다.

"이렇게 청렴하고 두뇌가 뛰어난 사람을 부정축재자, 정치범으로 몰아 사형하는 것은 말이 안 된다. 집 한 채 없고 사돈의 팔촌까지 조사했지만 아무것도 나온 게 없더라. 은행에 중도금 안 내고 빈집 들어가 산 게 전부다."

박 대통령이 결국 아버지를 살렸던 것이다. 아버지는 이후 무기징역으로 감형되었고 3년 6개월을 복역한 뒤 출소하였다.

아버지는 형무소에서도 책을 손에서 놓지 않았다. 독일어를 독학으로 마스터할 정도로 학구열이 뜨거웠다. 형무소에서 감기 한 번 걸리지 않을 만큼 자기 관리에 철두철미했던 분이셨다. 아버지의 혐의가 벗겨지면서 정치권으로부터 옥중 국회의원 출마 권유를 받기도 했으나, 아버지는 출마하지 않았다. 복역중이라는 이유에서였다. 이러한 아버지를 대신하여 한화그룹 김승연 회장의 부친 김형철씨가 출마해 당선되었다. 김 회장의 부친은 아버지의 고사로 금배지를 달게 된 것이다.

아버지는 출소 후 정계를 떠나 기업 대표를 지냈지만, 이후에도 부를 축적하는 것과는 거리가 멀었다. 아버지는 월급 중 생활비를 뺀 돈으로 고향에 논 다섯 마지기를 구입하여 친척에게 관리를 맡겼다. 이것은 사후 당신의 묘소를 관리해달라는 부탁이기도 했다.

나는 중학교 때 천안 국회의원 선거에 출마한 아버지의 선거운동을 도왔던 기억이 선명하다. 토요일 수업을 빠지고 아버지 선거유세 현장인 천안으로 달려갔다. 나는 가가호호 방문해 아버지에 대해 지지를 호소했다. 유세차 안에서 마이크를 잡고 "한희석 당선!"을 외쳤다.

아버지가 정치인으로 사는 동안 우리 집은 정치를 배우려는 정치 신인들로 항상 북적였다. 김대중 전 대통령과 김영삼 전 대통령도 청년정치를 하던 시절, 청파동 우리 집으로 아버지를 자주 찾아 대화를 나눴다.

막걸리 한 잔을 앞에 놓고 나라를 걱정하고 미래를 준비하는 정치인들의 열정적인 모습을 나는 중학교 2학년 때부터 보고 자랐다.

이러한 아버지를 나는 존경한다.

아버지를 생각하면 가슴이 벅차오름을 느낀다.

천안 본가에 있는 아버지 산소는 그의 영원한 휴식처다.

16| 대학 시절, 그 시련과 고통의 시간(3)

아버지의 형무소 재소(在所) 기간이 길어지면서 관훈동으로 거처를 옮겼던 우리 가족은 궁핍한 생활을 할 수밖에 없었다. 아버지는 다행히 정치범, 부정축재자 혐의에서 벗어났지만, 기결수로 장기 복역 중이었기 때문에 사회 활동을 통해 돈을 버는 사람이 없었던 우리 가족은 경제적으로 매우 어려운 상황이 계속되었다.

곤궁하기 짝이 없는 집안 형편이 수년 째 이어졌지만 끼니를 해결하지 못하는 최악의 상황은 벌어지지 않았다. 그것은 아버지와 오랜 개인적 인연을 맺고 있던 당시 정주영 현대건설 사장이 아버지의 장기간 부재중에 우리 집에 정기적으로 쌀을 보내주었기 때문에 가능했다.

나는 생각하기조차 싫은 악재들이 하필 내가 대학에 입학하면서 일어났다는 게 원망스러울 때도 있었다. 그 흔한 대학 생활에 대한 즐거움이나 자유로운 여행, 이성친구와의 만남 등 또래 대학생들이 누릴 수 있는 특권 따위란 나에게 존재하지 않는 먼 나라 얘기 같았던 시절이었다.

수형 생활을 하는 아버지를 거의 매일 면회하는 것이 나에겐 캠퍼스 생활을 즐기는 것보다 더 중요하게 다가왔다. 대학 생활의 낭만이란 사치에 다름 아니었고, 친구를 사귈 엄두도 내지 못했으며, 학과 공부에 집중하는 것도 원천적으로 불가능했다.

그렇게 2년이 훌쩍 지나갔다.

내 인생에서 커다란 전환점은 대학 3학년이던 1961년 5월 어느 날 찾아왔다.

5월은 계절의 여왕이라지만, 나에겐 악몽과 같이 다가왔다.

학교에서 돌아온 나를 향해 어머니가 큰 소리로 불렀다.

"경자야, 방으로 좀 들어와라!"

옷을 갈아입고 안방으로 들어갔더니 상경한 시골 친척 5~6명이 앉아 있었다. 한결같이 표정이 굳어 있었다. 예감이 좋지 않았다.

'어머니가 이 분들과 또 무슨 일을 벌이려고 하는 걸까'

나는 그 짧은 시간이었지만 어머니가 나를 보자고 한 이유를 생각했다.

어머니가 먼저 말문을 열었다.

"경자야, 우리 가족이 지금 먹고 살기도 힘든데 네가 비싼 등록금 내면서 대학 다닐 필요가 있겠니?"

옆에 있던 그 사람들이 사전에 입을 맞춘 듯 거들었다.

"맞아요. 경자가 대학에 다닐 수 있는 형편은 아니지요. 아버지도 지금 형무소에 갇혀 있는데. 경자는 '빠걸'(술집 여종업원)이라도 하여 집안을 도와야지 대학은 무슨 대학이야..."

어머니는 내가 대학을 더 이상 다니지 못하게 하기위해 시골 친척들까지 불러 모아 '문중회의'를 했던 것이다. 나에 대한 심리적 압박과 공격은 여기서 끝나지 않았다. 일종의 '가스라이팅'이었다.

어머니는 다짜고짜 나를 도둑으로 몰아갔다.

"경자 너, 안방에 있던 물건을 왜 훔쳤니?"

"결혼한 언니들한테 갖다 주려고 도둑질한 것 아니니?"

나는 어이가 없었다. 무슨 말을 어떻게 해야 할지 잠시 망설이다 큰 소리로 대꾸했다.

"어머니가 잘 알잖아요? 제가 안방에 가는 일이 거의 없다는 걸요. 도대체 나한테 왜 이러세요? 내가 무엇을 잘못한건가요? 나는 대학에 다니는 죄밖에 없다고요!"

대학을 중퇴하라는 당신의 말에 순순히 응할 거라 기대했던 어머니는 내가 정면으로 들이받자 흥분한 나머지 "당장 나가!"라고 소리치며 주위에 있던 물건들을 마구 집어 던졌다. 나는 이를 피해 그 길로 집을 뛰쳐나왔다.

나는 집을 나오면서 어머니에게 분명하게 말했다.

"두고 보세요. 나는 무슨 일이 있더라도 대학을 졸업할 거예요! 나는 절대로 도둑질하지 않았어요!"

봄비가 살짝 내리는 5월 어느 날 오후. 집을 나온 뒤 구름이 끼어 흐릿한 날씨에 오는 듯 마는 듯한 가랑비를 맞으며 종로2가에서 하염없이 몇 시간을 걷기만 한 것 같은데, 어느 순간 흑석동이 보이는 한강 다리 입구까지 와 있었다. 나는 심신이 지칠 대로 지쳐 있었지만 왠지 마음은 홀가분하고 평온했다.

나이 팔십이 넘은 인생을 산 지금에야 처음 고백한다. 그 때 나는 극단적인 생각을 했던 것 같다. 나의 머릿속은 청명한 가을 하늘처럼 깨끗했고, 공기처럼 비어져 있었음을 회상한다.

'생모가 돌아가신 뒤 나를 당신의 딸처럼 키워주신 고마운 외할머니. 나는 외할머니의 집을 지어 드렸어. 내가 할 수 있는 것은 다 했어. 이제 후회는 없어...'

이후의 일은 생각이 나지 않는다.

시간이 얼마나 지났을까.

눈을 떠보니 나는 아주 작은 방에 누워 있었고, 나를 쳐다보는 낯선 아주머니와 시선이 마주쳤다.

"이봐요 학생, 이틀 만에 깨어난 거야. 아유 이제 살았다! 학생이 한강다리 근처 뚝에서 떨어지는 것을 물고기를 잡던 우리 남편이 보고 달려가 구조했어. 다행히 숨은 쉬고 있어서 오늘까지 기다렸다오. 병원에 데려가 주사라도 맞혀야 하는데, 우리가 돈이 없어서..."

아주머니는 안도의 한숨을 쉰 뒤 나의 손과 발을 계속 주물렀다.

그제야 지난 이틀 동안 나에게 어떤 일이 벌어진 지 알게 되었다. 아주머니는 "혹시 도움 받을 친구 연락처라도 있으면 알려 달라"고 했다.

나는 대학 생활을 하면서 유일하게 사귄 친구 노옥명에게 연락했다. 아주머니에게 "은혜는 꼭 갚겠다"고 말하고 나온 뒤 친구 노옥명 집으로 갔다. 옥명이 집에서 한 달여 넘게 함께 지냈다.

경기여고 출신인 노옥명은 지금도 가까이 지내고 있는, 내 인생에서 둘도 없는 소중한 친구다.

노옥명 집에 한동안 머물다 다시 둘째 언니 집으로 옮겨 그 곳에서 1년 넘도록 거주했다.

나는 지금도 그렇지만 인복이 많은 사람이었던 것 같다. 둘째 언니 시어머니(나에겐 사돈 할머니다)가 진심으로, 따뜻하게 나를 맞아주셨다.

내가 겪은 기막힌 사연을 알고 있는 사돈 할머니는 수시로 나의 발을 주물렀다. 사돈 할머니 눈에는 내가 심리적으로 여전히 불안하다고 판단했던 모양이다.

"사돈처녀, 이제 걱정 안 해도 될 거야. 모든 건 시간이 해결해줄 테니."

둘째 언니 집에 거주하던 중 옥살이를 하던 아버지가 나의 좋지 않은 소식을 들었던 모양이다. 아버지는 어머니가 나에게 했던 행동을 심하게 꾸짖었다고 한다. 나는 4학년 때, 이사한 정릉 집으로 다시 들어갔다.

이후 대학 생활도 가시밭길이었다.

등록금 납부 시기가 다가오면 초조하고 불안했지만 신기하게도 그때마다 도움의 손길이 나타났다. 아버지 운전기사였던 신씨 아저씨가 등록금을 대신 내주기도 했으니 말이다. 이러한 우여곡절을 겪으면서 나는 가까스로 대학을 졸업할 수 있었다.

20대 초반에 극단적인 선택을 시도한 이후 나의 인생관은 완전히 바뀌게 되었다. 극내성적인 성격에서 외향적인 성격으로 변해갔다. 그때 나는 스스로에게 다짐하고 또 다짐했다.

'나는 생각대로 죽지도 못하는 신세잖아. 죽는 것도 내 마음대로 안 돼. 그래, 이왕 이렇게 된 거 나를 위해 다른 인간으로 한번 살아보자. 다시 열심히 살아볼 거야!'

17| 아버지의 옥중 편지와 정주영 회장, 그리고 '백화수복'

나의 인생에서 또 다른 중대 분기점은 정주영 회장과의 만남이었다. 그것은 운명적이었고 극적이었다.

정 회장은 내가 중학생 때부터 정치를 했던 아버지와 두터운 친분 관계로 우리 집을 자주 왕래했다. 나는 정 회장과의 이러한 인연으로 대학 졸업 후 그가 사장으로 있던 현대에 입사하게 됐고, 거기서 지금의 남편을 만나 결혼했으며, 그것이 훗날 아란유치원 설립과 사회봉사 등으로 이어졌다. 현재의 '한경자'라는 이름 석 자는 정주영 회장을 빼놓고는 설명하기 힘들다.

아버지는 짧지 않은 수형 기간에도 외국어 공부와 독서 등으로 자신을 더욱 단련시켜 나가면서 한편으로는 나라 걱정, 한편으로는 집안 걱정에 마음을 놓지 못했던 것 같다.

특히 아버지는 틈날 때마다 옥중편지를 써서 가족과 지인들한테 보냈는데, 그 중에는 막역한 사이였던 정주영 회장에게 보내는 편지도 들어 있었다.

나중에 들은 얘기지만 아버지는 정 회장에게 보낸 옥중편지에서 넷째 딸인 나를 직접 언급했다고 한다. 그 내용은 간명했다.

"정 사장, 우리 경자를 잘 좀 부탁드립니다. 경자가 대학을 졸업할 텐데, 내가 출소하기 전에는 결혼하지 않을 것 같아요, 그대로 집에서 지낼 수도 없을테니 정 사장이 데리고 있으면서 사회 생활을 할 수 있게 해주면 고맙겠습니다. 직장에 다니면 남자들 세계도 자연스럽게 알수 있게 될거고요."

아버지는 당신 스스로도 상상하기 힘든 극단적 시도를 했던 딸이 누군가의 보살핌을 받아야 한다고 믿었던 것 같다. 그 '보호자'로 아버지는 정주영 회장을 선택한 것이다.

내가 정 회장을 처음 본 건 중학교 2학년 때 부산 피난 후 다시 서울로 올라와서였다. 등교 길에 덩치가 크고 꼬질꼬질한 반팔 런닝셔츠에 땀에 찌든 듯한 흰색 타월을 목에 두른 채 옆에는 자전거를 세워놓은 정 회장을 첫 대면했다.

당시 쌀장사를 하면서 사업 확장을 모색하던 정 회장은 수시로 우리 집을 찾아와 정치 활동을 하던 아버지를 만나 긴 시간 대화를 나누었다. 앞에서 잠깐 언급했지만, 정 회장 외에도 이병철 삼성그룹 창업주, 김형철 한화그룹 창업주 등도 아버지를 자주 찾았던 대표적인 재계 인물이었다.

이들 3명은 훗날 모두 우리나라를 대표하는 기업을 운영하는 재벌그룹 회장이 되었지만, 그때만 해도 사업 확장을 구상하던 야심찬 청년 기업인들이었다.

아버지는 이들과 술잔을 기울이면서 나라 발전에 있어서 정치와 경제의 중요성, 경제인의 역할, 사업 관련 이야기 등을 주로 나누면서 조언도 아끼지 않았다.

이들이 집으로 돌아간 뒤 아버지가 가끔 나에게 했던 말이 지금도 귓전을 맴돈다. 소위 '인물 세평'이었다고 할까.

"정주영은 딱 건설 체질이야. 절대로 배신하지 않을 사람인 것 같구나."

"이병철은 먹는 것과 입는 것과 관련된 사업이 맞는 것 같아. 건축도 뭐 괜찮고."

"김형철은 화약 사업이 잘 어울려."

아버지의 이런 예상은 거짓말처럼 적중했다.

쌀장사를 했던 정주영은 현대건설을 만들었고, 이병철은 삼성물산과 제일제당을 설립했으며, 김형철은 화약사업을 본격화하면서 재벌의 반열에 오르는 토대를 닦게 되었다.

당시 중학생이던 내가 보기에 아버지와 이들의 관계는 술친구이면서 흡사 형제 같았다. 그렇게 많은 만남을 가져왔지만 이해관계에 얽힌 적이 단 한 번도 없었으니 말이다.

이 가운데 정 회장이 특히 아버지를 자주 찾았던 것으로 기억한다. 매번 술 한 병을 사들고.

정 회장은 친형과도 같던 아버지에게 정신적으로 크게 의지했다. 힘든 일이 있거나 상의할 일이 생기면 어김없이 우리 집을 찾아 아버지를 만났다.

이런 정 회장도 아버지에게 한번 '혼쭐'이 난 적이 있다.

어느 날 아침, 아버지가 집 앞에 정 회장을 세워놓고 심하게 꾸짖었다. 공교롭게도 이날은 내가 정 회장을 처음 본 날이기도 했다.

"나는 (정주영)당신이 커 나가는 모습을 보려고 했는데, 아무래도 잘못 본 것 같네. 뭐 하나 조언해주면 쌀가마 들고 오고. 조금 더 조언해주면 갈비짝 들고 오고. 더 큰 거 해주면 돈 들고 오고... 당신을 잘못 봤어. 회사는 도대체 언제 키우고, 직원들은 또 무엇으로 먹여 살릴거요?"

정 회장은 이날 사업에 조언을 아끼지 않은 아버지에게 감사의 뜻으로 자신의 가게에서 팔던 쌀 한 가마를 전달하려다 된통 혼이 난 것이다.

아버지의 계속된 질타에 정 회장은 고개를 들지 못했다.

"만일 내가 정말 고맙게 느껴지면 백화수복 한 병 들고와서 같이 술 먹으면 됩니다. 그게 전부이고 내가 바라는 걸세. 내가 (정치를) 한 오백년 할 것 같소? 내가 정치를 그만두면 그때 쌀 한가마 갖고 오소. 우리 온 식구가 넉넉하게 먹을 수 있을 것 같으니."

아버지의 이 말은 정 회장에게 금은보화보다 더 소중하게 다가왔을 것이다. 이 사건 이후 정 회장은 우리 집에 올 때마다 백화수복 한 병을 들고 나타났다.

아무튼 아버지와 정 회장은 이렇게 순수한 관계로 친분을 쌓았다. 정 회장에게 극진히 아끼는 넷째 딸을 살펴봐달라는 내용의 아버지의 옥중 편지는 그래서 가능했는지도 모른다.

1963년 대학을 졸업한 어느 날, 정 회장에게서 연락이 왔다.

"경자야, 우리 회사에 오지 않을래?"

나는 정 회장의 제안에 며칠을 고민했다. 요즘으로 치면 '아빠 찬스'

를 이용한 취업이어서 선뜻 내키지 않았다. 하지만 이대를 졸업한 나는 현대건설에 입사할 만한 충분한 자격을 갖추었다고 생각해 현대에 가기로 결정했다.

결과적으로 아버지의 옥중편지 한 장이 현대에 입사하는 계기가 된 셈이다.

18| 현대맨이 되다: '포기하지 않는 법'

나에게 20대 초반 여대생 시절은 봄날과는 거리가 멀었다. 또래의 그것과는 비교할 수 없을 만큼 힘든 시간의 연속이었음은 이미 고백한 바 있다. 인고의 시간이기도 했다. 남들은 평생 한 번도 경험하기 힘든 일들이 내내 나를 짓눌렀던 시간이었다. 이런 걸 두고 '산전수전 다 겪었다'고 하던가.

하지만 시련과 고통의 끝이 보이지 않던 나에게도 조금씩 햇살이 비쳐옴을 감지할 수 있었다. 대학을 졸업한 뒤 현대에 입사하면서 나를 둘러싼 상황이 서서히 달라지기 시작했다.

어쩌면 나의 진짜 인생은 현대 입사와 함께 시작되었다고 보는 게 옳을 것이다.

현대건설에 입사해보니 그 많은 대졸 입사 동기 중 여성은 나와 서문자, 이렇게 딱 2명뿐이었다. 그야말로 '홍이점'이었다. 여직원은 여상 졸업생인 경리직원 4명이 있었다.

여중과 여고, 여대를 나오고 딸 부잣집에서 자란 나에게 이런 현실은 매우 흥미롭게 다가왔다.

건설업계가 원래 남성 중심의 조직이라는 건 간접적으로 들어 알고 있었으나, 나의 첫 직장에, 그것도 입사 동기 중에서 여성이 단 2명이라는 것은 사실 예상하지 못했다.

당시엔 이런 엉뚱한 생각도 했던 것 같다.

'혹시 모든 건설 회사들이 남자 직원만 있는 건 아닐까?'

'현대건설만 유독 남성 문화가 강한 것일까?'

여하튼 나는 생애 첫 직장을 있는 그대로 받아들이기로 하면서도, 한편으로는 직장 생활에 묘한 자신감이 생겼다.

어렸을 때부터 외할머니와 둘이 지내는 시간이 많으면서 독립적인 사고와 행동을 키워왔고, 한눈 팔지 않고 자신에게 주어진 업무에 집중하는 아버지를 가까이에서 지켜보면서 나름의 성실성과 맷집이 만들어졌다고 여겼기 때문이다.

그래서였을까. 나는 '무슨 일이 맡겨지든 최선을 다해 인정을 받아야겠다'고 속으로 마음을 다졌다.

그런데 부서 배치를 받고 나서 세상이 내 생각대로 되지 않음을 알게 됐다. 현대건설의 당당한 구성원임을 인정하는 회사 대표 명의의 사령(辭令)장을 받은 뒤 처음 배치된 부서가 경리과였다. 한마디로 돈을 만지는 총무 부서였다.

나는 앞이 캄캄했다.

경영학과나 회계학과 출신도 아닌 가정학과를 나온 나에게 경리 업무는 생소한 분야였기 때문이다. 경리과 일을 하기 위해 가장 기본적으로 필요한 주산과 회계를 다뤄본 적이 없었다.

솔직히 쥐구멍이라도 들어가고 싶은 심정이었다. 출근 첫날은 가시방석을 넘어 흡사 '못방석'과 같이 느껴졌다. 능수능란하게 업무를 처리하고 있는 경리과의 다른 직원들이 모두 신처럼 보였다. 또 왜 그렇게 시간은 안 가는지.

출근 둘째 날도 마찬가지 상황이 반복됐고, 사흘째 되는 날부터는 회사에 가고 싶지 않아졌다. 회사 출근이 죽기보다 싫었다. 할 줄 아는 게 아무것도 없다는 생각에 심한 자괴감이 밀려 왔다.

'아! 이게 아닌데. 나는 대학 다니면서 도대체 무엇을 했던 것일까?'

'아예 사표를 내고 그만둘까?'

오만가지 생각이 머리를 스치면서 심각한 고민에 휩싸였다.

내키지 않은 직장 생활이 이어지던 중 불현듯 옥중에 있는 아버지가 떠올랐고, 나는 이내 마음을 고쳐먹었다.

'그래, 누구 딸이 그것도 못하고 회사를 그만뒀다는 소리는 듣지 말자.'

'대학까지 나왔다면서 이 정도 일도 견디지 못하면 아버지를 볼 면목이 없을 거야.'

나는 독하게 마음먹고 그날 퇴근하자마자 종로에 있는 주산부기학원에 등록을 마쳤다. 학원에 등록하면서 "사정이 있으니 속성으로 배울 수 있게 해 달라"고 부탁했다. 이른바 '속성반'이었다.

학원에서 지급한 미니주판은 나의 소중한 동반자였다. 버스로 출퇴근하는 길에 미니주판으로 연습에 집중했다.

그렇게 한 달 정도 지나니 당좌 장을 어느 정도 정리할 수 있게 되었고, 은행 업무도 수월하게 파악할 수 있었다. 회계 업무에 속도가 붙었다.

인복은 타고 난다고 했던가. 나는 생애 첫 직장인 현대건설에서도 업무에 큰 도움을 준 사람을 만날 수 있었다.

경리과 업무에 익숙하지 않아 헤매고 있을 때 나타난 은인은 같은 부서에 근무하는 경리 담당 신 주임(오래되어서 이름은 기억나지 않는다)이었다. 신 주임은 경리 업무에 서툰 나에게 장부 작성 방법을 꼼꼼하고 친절하게 가르쳐주었다. 당시 나는 이러한 신 주임이 구세주 같은 존재로 느껴졌다.

업무에 자신감이 생기면서 출근 자체가 부담스러웠던 회사 생활이 180도 변했다. 내가 맡고 있던 모든 회사 업무가 만족스럽고 재미있어졌다. 경리 업무가 온전히 나에게 몰리는 날도 적지 않았지만, 나는 오히려 이걸 기회로 여겼다. 나의 능력을 인정받는 것 같다는 생각에 업무에 매진하는 동기가 되었다.

현대건설 입사 후 첫 업무였던 경리를 하면서 익혔던 노하우는 뒤에서 언급하겠지만 훗날 아란미술학원과 아란유치원을 운영할 때에도 십분 활용할 수 있게 되었다. 이러한 경험 덕분에 나는 불과 4~5년 전까지만 해도 전자계산기를 사용하지 않고 수기로 회계 업무를 직접 처리했으며 장부 작성도 가능할 수 있었다.

현대건설 초임 시절 죽어라고 배운 경리 업무를 평생 활용했다고 하면 믿을 수 있겠는가.

누구에게나 어려움은 닥치기 마련이다. 이럴 때 누구는 포기하고 누구는 끝까지 살아남으려고 노력한다. 나는 외할머니와 외할아버지, 그리고 아버지를 통해 '포기하지 않는 법'을 배웠다.

19| '왕회장'의 비서

현대건설 근무 시절은 내 인생에서 가장 빛나고 자랑스러운 시간이었다. 그때만큼 상처받았던 자존감이 회복되고 자신감이 넘쳤던 때는 없었던 것으로 기억한다. 나에게 어떤 일이 주어져도 거침없이, 완벽하게 처리하면서 능력을 인정받았다. 회사 생활 하루하루가, 매시간이 즐거웠고 만족스러웠다.

한마디로 직장 생활의 '맛'을 만끽한 시절이었다.

경리과 업무에 완벽하게 녹아든 어느 날, 회사 차원에서 비서실을 만든다는 이야기가 들렸다. 현대건설 사세가 확장되어 사장 비서실을 만들 필요성이 있다는 논의였다.

실제로 당시 현대건설은 매년 초고속 성장을 거듭했다. 매출이 껑충 뛰어 건설업계 수위를 다퉜고, 회사 규모가 커지면서 직원 숫자도 크게 늘어났다.

사장실 비서 역할을 했던 여직원이 결혼으로 퇴사하자 새 직원을 뽑아야 했다. 당시 임원 회의에서 "이제는 사장실 규모를 늘려 대졸 직원을 선발하여 정식 비서실을 신설해야 한다"는 결정이 내려졌다.

처음엔 사장 비서실 신설이 나와는 관계없는 일이기에 무시했지만,

점점 그 반대 상황이 전개되었다. 비서실을 만든 뒤 업무 담당 직원을 새로 뽑는 것보다 경리과에 있었던 나를 인사이동시키는 것이 낫다는 쪽으로 결론이 났다.

당시 현대건설 경리 과장이었던 박영욱 씨(뒤에서 서술하겠지만 박 씨는 나의 남편이다)는 나에게 비서실 근무 의사를 타진했다. 나는 "지금 하고 있는 경리 업무가 너무 재미있어요. 경리 업무를 계속할 수 있다면 비서실로 갈 생각이 있습니다"라는 입장을 전했다.

나의 이런 생각은 박영욱 과장에 의해 수용되었고, 결국 사장 비서실은 만들어졌다.

비서실은 나와 경리과 신 주임, 그리고 업무 보조를 하는 야간중학교 재학생 옥희(성은 기억이 안 난다), 이렇게 3명으로 단출하게 출발했다.

비서실이 새로 구성된 뒤 정 회장은 나에게 큰 배려를 하셨다.

"경자는 비서와 경리 업무를 같이 하도록 하라"고 박 과장에게 지시한 것이다.

나는 현대건설 사장 비서실에서 결혼하기 전까지 2년 동안 근무했다. 그러나 5년 이상 근무한 것처럼 업무 강도가 만만치 않았다.

나는 훗날 '왕 회장'으로 불렸던 회사의 오너를 보필하기 위해 최선을 다했다.

비서실에서 처음 했던 일은 정 회장을 만나려고 찾아온 손님들의 '옥석'을 가리는 일이었다.

지금은 대부분 회사들이 외부 경비 용역을 통해 사전 약속이 안 된 외부인 출입은 엄격히 차단하는 것으로 알고 있다.

하지만 전반적으로 경비가 허술했던 1960년대 중후반은 사전 일정도 잡지 않고 무작정 정 회장을 찾아와 만나게 해달라는 손님들이 적지 않았다. 이러한 손님들을 가려서 정 회장과 만나게 하거나, 아니면 정중하게 돌려보내는 일이 나의 주된 업무였다.

나는 그때 사람을 대하는 방법을 익히게 된 것 같다.

나는 정 회장과 사전 약속을 잡지 않고 찾아온 손님들을 어떻게 하면 기분 상하지 않게 돌려보내야 할지를 고민했다. 그 해법 중 하나가 당시 현대건설 사옥 지하에 있던 현대다방을 이용하는 것이었다.

"정 사장님을 업무 때문에 뵈러 왔습니다."

"사전 약속은 하셨나요?"

"아니요."

"사장님은 지금 외출중입니다. 돌아오시면 여쭙고 연락드릴 테니 잠시 지하 현대다방에 가서 기다려주실 수 있겠습니까?"

열이면 열, 나의 이런 제안에 정 회장을 찾아온 손님들은 흔쾌히 지하 현대다방으로 내려가 기다렸다.

그 사이 나는 정 회장에게 찾아온 손님의 신원을 알려주고 면담 가능 여부를 확인했다. 정 회장이 만나고 싶은 손님은 직접 현대다방으로 내려가 모시고 올라 왔고, 면담을 원하지 않은 손님은 기분 나쁘지 않은 말로 응대했다.

"외출하신 정 사장님은 현지 퇴근하신다고 연락 오셨습니다. 다음에 다시 회사에 들려주시면 감사하겠습니다."

정 회장은 나의 이런 처세술을 보고 "경자가 제법 사람 다룰 줄 안다"며 자주 칭찬하셨다.

사실 누구나 기업의 오너 비서실에 근무하면 근거 없는 '소문'에 휩싸이게 마련이다. 그 중 하나가 밑도 끝도 없는 '실세' 소문일 것이다.

언젠가부터 나에게도 '사장 실세'라는 말들이 나돈다는 걸 알게 되었다.

'실세라니? 일찍 출근해서 밤늦게 까지 일한 것 밖에는 없는데...'

나는 이해하기 어려웠다.

어느 날, 정 회장이 나를 따로 불렀다.

"경자야, 아무 사람하고 차를 마셔선 안 된다"

내가 누구보다 언행을 경계해야 한다는 의미로 들렸다.

정 회장이 현대건설 모든 직원과 외부인들에게 "경자는 내 딸이야"라고 말했다는 것을 퇴사 후에 들었다.

나는 정 회장의 의중을 읽을 수 있었다. 옥중에 있던 아버지를 대신해 당신이 아버지 역할도 해야 한다는 일종의 사명감 같은 것이었다. 이러한 정 회장에 내가 보답하는 길은 최선을 다해 비서 업무를 열심히 하는 것 밖에는 없었다.

나는 비서실 근무 시절 단 한 번도 사적인 업무로 자리를 비운 적이 없다. 점심식사는 정 회장이 식사하러 나간 사이 위층 구내식당으로 쏜살같이 뛰어올라가 해결한 뒤 착석하는 게 일상이었다. 정 회장이 언제 점심식사를 마치고 돌아올지 몰라 비서실을 비워놓을 수 없었기 때문이다.

비서실 시절 옆에서 지켜본 정 회장은 '왕 회장'이라는 닉네임이 딱 어울리는 분이셨다.

정 회장은 근면했다. 한번 일을 추진하면 포기는 없었다. 남들이 하지 않는 일을 도전적으로 즐기는 스타일이었다.

정 회장은 일 처리만큼은 한 치의 빈틈도 보이지 않았다. 직원 보고가 마음에 들지 않으면 그 자리에서 무섭게 가르쳤다. 직원을 혼내고 종이서류를 집어 던지는 일은 다반사였다. 완벽한 일 처리를 강조했던 분이지만, 한편으로는 따뜻한 마음의 소유자였다. 눈물이 날 정도로 야단을 친 직원을 따로 불러 어깨를 두드려줬던 분이다.

어느 날 총무과 직원이 정 회장에게 1시간 정도 혼나고 나왔다. 잔뜩 어깨가 쳐져 있는 직원을 위로하려고 입사 동기 서문자와 함께 그의 사무실로 갔지만 자리에 없었다. 불현듯 좋지 않은 예감이 들어 수소문한 끝에 구내식당에서 혼자 앉아 있는 직원을 발견했다.

"괜찮아요?"

"내가 자살이라도 할 줄 알았어요? 천만에요. 지난번에도 사장님한테 깨졌는데, 그 이후 따로 불러 '마음에 담지 마라. 너한테 거는 기대가 커서 그랬어'라며 오히려 격려하시더라고요. 오늘도 그런 마음이에요 하하하..."

나는 안심하고 또 안심했다. 정 회장은 업무에 대해서는 철두철미했지만 직원들의 마음을 항상 헤아리려 노력했고, 이를 실천에 옮겼던 것이다.

조직의 리더가 지향해야 하는 것이 무엇인지 나는 정 회장을 통해 보고 익혔다. 그것은 직원에 대한 사랑과 배려였다.

20| 나의 영원한 '왕회장', 정주영(1)

형무소에 갇힌 아버지의 영어(囹圄) 기간이 길어지자 정주영 회장도 안타깝고 답답한 심정을 감추지 못했던 것 같다.

오랜 인간적 친분으로 아버지를 형님처럼 따르고 신뢰했던 분이었기에 더욱 그랬을지도 모른다.

나와 관련한 정 회장의 일화는 셀 수도 없이 많다.

이런 재미있는 에피소드도 있었다.

나는 중3때 댄스를 처음 배웠는데, 이것은 순전히 당시 정부 고위직에 있으면서 해외출장을 준비하던 아버지의 판단 때문이었다. 아버지는 댄스를 알아야 파티문화가 일반화된 해외에 나가서도 망신당하지 않을 수 있다는 생각이 확고했다. 그래서 댄스 레슨을 담당할 강사를 집으로 불렀고, 나도 자연스럽게 배우게 되었다.

이 시점이 한국전쟁이 끝난 지 얼마 안 된 1950년대 중순이었으니, 아버지는 일찍이 선진국 문화에 눈을 뜬 것이다.

내가 나이가 들어서 생각해보니 아버지의 이런 판단은 자식들이 해외에 나가서도 주눅 들지 않도록 하기 위한 일종의 '조기교육' 이 아니었던가 싶다.

나는 지르박,[2] 맘보[3] 같은 스텝 밟는 댄스를 언니와 함께 배웠는데, 아버지는 댄스를 가르치는 강사에게 "손을 놓고 추는 춤은 가르치지 말라"고 말씀하셨다. 아버지는 "혼자 추는 춤은 아주 잘 추는 춤이 아니라면 경박해보인다"고 말씀하셨다. 자기 마음대로 멋대로 추는 춤이 아니라, 파트너를 배려한 춤의 중요성을 강조했다.

아버지를 만나러 우리 집을 자주 방문했던 정 회장은 내가 춤을 추는 사실을 알고 있었다.

현대에서도 파티가 간헐적으로 열리곤 했다. 내가 비서실에 근무할 때도 이런저런 명목으로 파티가 벌어졌다.

어느 날 한 주요 언론사 고위 간부가 동석한 식사를 겸한 술자리 파티가 있었는데, 이 간부가 갑자기 나에게 다가오더니 "함께 춤추자"고 손을 내밀었다. 가까이에서 이 장면을 지켜보던 정 회장이 주위가 다 들리도록 큰 소리로 말했다.

"김 국장! 경자는 나와만 춤을 춰야 해요!"

정 회장은 내가 일면식도 없는 낯선 사람 손에 끌려 원하지 않는 춤을 추는 것을 막아선 것이다. 당시 주요 언론사 간부는 막강한 영향력이 있는 자리였으나 정 회장은 이에 개의치 않았다. 나는 그 때 정 회장이 나를 당신의 친딸처럼 진심으로 보호하고 배려해주는 분이라는 것을

---

2) 4분의 4박자의 경쾌하고 템포가 빠른 춤으로, 원래 이름은 지터벅(jitterbug)이다. 지터벅은 1930년대 미국의 한 댄스홀에서 이 춤을 '신경질적인 벌레'(jittering bug)로 부른 데서 유래하였다.

3) 룸바를 기본으로 한 리듬에 재즈 요소를 가미한 춤음악. 라틴아메리카 음악의 하나로 강렬한 음색과 신선한 음향, 자극적인 리듬으로 이루어졌다. 1940년대에 쿠바 태생의 피아니스트 프라도와 그 악단에 의해 보급된 것으로 알려져 있다.

온몸으로 느낄 수 있었다.

정 회장은 대형 건설회사의 오너답지 않게 매우 소탈했으며, 마음의 여유를 지녔던 분이다.

퇴근 시간 즈음이면 그의 단골 코멘트가 들려온다.

"경자야, 극장 같이 갈 사람 한번 소집해보자!"

정 회장의 영화 관람에는 항상 대여섯 명이 동행했다. 서울 도심에 있는 아카데미 극장과 국제극장은 현대건설 사옥에서 한눈에 보였고, 영화 관람을 즐겼던 정 회장 덕분에 나는 영화가 바뀔 때마다 자주 관람하게 되었다. 정 회장의 지방 출장 일정이 잡히면 현대건설 입사 동기인 서문자가 늘 동행했다.

정 회장은 식사를 하는 속도가 굉장히 빨랐다. 특히 뜨거운 음식을 잘 드셨다. 이러한 일도 있었다. 정 회장을 수행했던 이병규 비서실장과 나는 출장지인 울산을 가는 길에는 어김없이 금강 휴게소에 들러 식사를 했다. 휴게소에서 주문한 음식은 정 회장에게 가장 먼저 전달되었고, 우리가 음식을 기다리는 동안 정 회장은 벌써 식사를 마친 뒤 "가자"고 말씀하셨다.

정 회장과 식사 보조를 맞추는 건 여간 힘든 일이 아니었다. 이병규 실장과 나는 펄펄 끓는 곰탕에 얼음을 넣어 휘휘 저은 뒤 식혀 가며 먹어야 했을 정도였다.

정 회장은 타고난 사업 수완가였고, 디테일에도 강한 분이셨다.

이와 관련한 일화 한 토막을 끄집어낸다. 내 기억이 맞는다면 1960년대 중반이었다.

정 회장이 전북 무주 출장 중에 현지에서 한 여성 면장을 만났다. 이때는 현대에서 만든 자동차 '포니'가 나온 지 얼마 안 된 시점이었다.

정 회장은 이 자리에서 자동차 세일즈맨으로 변신했다.

"면장님, 우리 포니 나온 거 아시죠. 정말 좋아요. 한번 타보세요."

정 회장은 이렇게 말한 뒤 수행한 영업사원에게 "면장님에게 포니 한 대를 갖다 드리라"고 지시했다.

이 여성 면장은 포니 한 대가 그냥 생겼다고 기뻐했을 것이다. 그러나 그건 공짜가 아니었다. 정 회장은 포니 차량을 할부로 구입하게 한 것이다.

"한 여사, 장사는 이렇게 하는 거야. 알겠지?"

정 회장이 한수 가르쳐준 순간이었다.

현대건설 시절 정 회장이 자주 사용했던 표현은 놀랍게도 '병신'이었다. 당시 대형 건설회사 오너의 언어로는 점잖지 않은, 저속한 언어라고 볼 수 있으나, 그것은 신체적 결함을 의미하는 것이 아닌, 지적과 독려의 다른 말이었다.

어느 날 정 회장한테 불려간 한 간부가 30분 동안 혼쭐이 난 적이 있다. 나는 간부식당에서 그를 우연히 만났다.

"미스 한, 여기로 와서 점심 같이 먹지 않을래요?"

"그렇게 할게요."

"제가 오늘 사장님한테 병신 소리 몇 번 들은지 아세요?"

"한 10번 정도요?"

"내가 속으로 세어봤어요. 정확히 50번 들었어요."

"그런데도 괜찮았어요?"

"그럼요. 화장실에 가서 '병신 같이'를 1백번 말했더니 괜찮아지더군요. 하하..."

빙그레 웃던 그의 말은 이어졌다.

"회장님의 '병신' 말씀은 뒤끝이 없잖아요. '잘 하라'는 소리로 들렸어요. 오히려 나를 돌아보고 반성하는 시간이 된 것이지요."

정 회장은 그랬다. 직원을 야단칠 때는 호랑이처럼 무섭게 몰아붙였지만, 직원을 격려할 때는 한없이 인자하셨다. 그렇게 공사(公私)를 확실하게 구분하는 따뜻한 캐릭터가 오늘의 현대를 있게 한 원동력이 아니었을까.

1970년대 초반 전북 무주 구천동에서 정주영 회장과 현대 비서실 직원들이 모임을 갖고 있다. 정 회장은 격의 없는 이러한 모임을 즐기셨던 분이다.

21| 나의 영원한 '왕회장', 정주영(2)

보통 대규모 조직을 운영하는 사람들, 특히 기업의 오너는 자신만의 독특한 습관이 있다고들 한다. 누구는 이걸 '특별한 루틴'이라고 부르기도 한다.

조직에 위기가 닥치거나 그럴 조짐이 있을 때, 아니면 새로운 구상을 해야 할 필요성이 생겼을 때 개인만의 '비법'을 동원하여 헤쳐 나간다.

정주영 회장도 이러한 범주에 속했던 것 같다.

나는 현대건설 사장 비서실에 2년 동안 근무하면서, 그리고 퇴사 후에도 숱한 미팅을 통해 정 회장만의 습관을 확인할 수 있었다.

그는 중요한 구상을 해야 할 때 무조건 서울을 떠났다. 그의 최종 목적지는 주로 일본이나 싱가포르였다. 그러고 보면 정 회장은 미국이나 유럽 등 먼 나라보다 가까운 나라에서 사업 구상을 했던 셈이다.

정 회장은 분기별로 일본에 출장을 다녀왔고, 이 출장에는 나를 비롯하여 비서실 직원이 어김없이 동행했다.

정 회장의 해외 구상은 심각하지도, 그렇다고 거창하지도 않았다. 내가 보기엔 일반적인 여행에 가까웠으나, 해외 체류 중 정 회장의 눈빛은 온통 생각으로 가득차 있었다.

정 회장은 경영 일선에서 물러나 명예회장으로 있으면서도 해외 구상을 멈추지 않았고, 돌아온 뒤에는 새로운 무엇을 발표하곤 했다. 정 회장은 자신의 이런 습관을 깨뜨린 적이 거의 없다.

1998년 우리 사회를 온통 놀라게 했던 그 유명한 '소떼 방북'[4) 도 싱가포르 여행의 결과물이었음은 일반인들은 잘 모를 것이다. 이것은 정 회장이 남북화해와 평화를 기원하기 위해 소를 몰고 북한을 방문한 하나의 사건이었다.

사실 이러한 '대 사건'이 있기 몇 해 전 나는 정 회장의 싱가포르 출장길에 동행했다. 내가 현대를 그만둔 시점이었지만, 정 회장은 중요한 해외구상을 위해 출장길에 오를 때 나를 비롯하여 몇 명의 현대맨을 재직 중이든, 퇴사했든 상관없이 반드시 호출해 비행기에 태웠다.

정 회장은 싱가포르 숙소에서 나에게 느닷없이 소 이야기를 꺼냈다.

'웬 소?'

나는 이런 상황이 생뚱맞기도 했다.

"두고 봐. 앞으로 내가 소 1,000마리를 끌고 북한에 갈 거야."

소떼 방북 구상이었다.

---

4) 1998년 6월과 10월 두 차례에 걸쳐 정주영 당시 현대그룹 명예회장이 소떼 1,001마리를 이끌고 판문점을 넘어 북한을 방문한 사건을 말한다. 정 회장은 1998년 6월 16일 트럭 50대에 500마리의 소떼를 싣고 판문점을 넘었다. 4개월 뒤 2차로 501마리의 소떼를 몰고 2차 방북이 이루어졌다. 당시 정 회장은 "이번 방문이 남북 간의 화해와 평화를 이루는 초석이 되기를 진심으로 기대한다"고 말한 바 있다. 정 회장의 2차 방북 4일째인 1998년 10월 30일 밤 김정일 국방위원장이 정 회장이 묵고 있던 백화원초대소를 직접 찾아 두 사람 간의 깜짝 면담이 이루어지기도 했다. 정 회장의 소떼 방북 이후 10여 년 동안 남북 민간교류는 비약적으로 발전했다. 2차 방북 직후 금강산 관광이 시작되었으며, 2000년 6월 분단 이후 최초의 남북 정상회담이 개최되었다. 같은 해 8월 남북은 개성공단 건립에 합의했다.

"네? 소를 끌고 북한으로 들어가시겠다고요? 특별한 이유가 있으신가요. 회장님?"

"뭐 특별한 이유라기보다는 남과 북이 서로 사이좋게 지내면 좋잖아? 소떼를 몰고 가서 북한에 전달하면 남북이 지금보다 더 가까워질 거고, 그러면 남북 평화가 구축되는 데 조금이나마 기여하지 않을까?"

나는 실향민 출신인 정 회장의 심정을 충분히 이해할 수 있었다. 그러면서도 한편에선 기왕에 하는 기상천외의 소떼 방북이 최고의 효과를 내면 좋겠다는 생각을 했다.

내가 생각하는 방안을 정 회장에게 제안했다.

"회장님, 한꺼번에 그 많은 소를 끌고 가는 것보다 500마리를 먼저 갖다 주고 나중에 500마리를 또 전달하는 게 어떻겠습니까? 그렇게 하면 소떼 방북에 대한 관심이 지속될 수 있고, 효과도 더 커지지 않을까요?"

나의 제안에 대해 골몰히 생각하던 정 회장은 "그래. 그거야! 그 생각이 옳다"며 흔쾌히 수용했다.

그렇게 역사적인 소떼 방북이 기획되었고, 알려진 것처럼 그것의 결과는 대성공이었다.

정 회장은 회장으로 있으면서 직원들을 목숨처럼 아꼈고 격의 없는 대화를 즐겼다. 이러한 그의 면모는 회식 자리에서도 그대로 나타났다. 싱가포르 출장 중이던 어느 날 저녁 회식 자리가 있었다. 모든 직원들의 표정이 굳어있는 딱딱한 회식 분위기를 바꾸기 위해 나는 정 회장에게 작은 귓속말로 한마디 던졌다.

"회장님, 재미있고 웃기는 문제 한번 내보시죠."

나의 제안에 정 회장은 즉석에서 다음과 같은 문제를 냈다.

"옛날 한 마을에 만석꾼 부자가 외동딸을 시집 보내야 하는데, 남 주기 아까워 벼르다가 그만 노처녀가 되었지 뭐니. 이 만석꾼 부자는 과년한 딸을 시집 보내야 하기에 많은 사람들이 몰려드는 고을에 방을 부쳤어. 이런 내용이었지. '지금부터 내가 내는 수수께끼를 맞히는 총각에게 내 딸과 재산을 주겠다. 첫 번째 문제는 마당 한가운데에 커다란 코끼리를 세워놓고 저 코끼리를 한 번에 네 발을 번쩍 들고 뛰게 하는 사람이 바로 우승자다'. 아무리 힘이 센 장사라도 그 문제를 풀 수 없었지. 그런데 그때 많은 사람 틈 속에서 한 총각이 뛰쳐 나오면서, '내가 하겠다'고 말한 뒤 옆에 있는 돌을 양손에 들고 코끼리 배 밑으로 들어가 코끼리 거시기를 딱 쳤고, 그 순간 코끼리는 네 다리를 들고 펄쩍 뛰어. 이 총각은 문제를 맞추는 데 성공했지만, 만석꾼 부자는 마음에 내키지 않아 두 번째 문제를 냈어. '저 코끼리가 고개를 양쪽으로 절레절레 흔들게 하는 사람이 최종 승자다'. 이 총각은 이번에도 답을 맞혔어. 사다리를 코끼리 귀 옆에 대고 올라가 코끼리 귀에다 '또 한번 할까?' 했더니 코끼리가 '아~니, 아~니' 하면서 고개를 좌우로 흔들었어. 그래서 어떻게 됐냐고? 이 지혜로운 총각이 예쁜 처녀와 많은 재산을 얻을 수 있었지."

회식 자리에 모인 직원들은 정 회장의 티없는 순수함과 격의없는 말에 박장대소했고, 분위기는 웃음바다로 바뀌었다.

정 회장은 이번엔 직원에게 발언 기회를 부여했다. "누가 수수께끼 한 번 내보라"고 했고, 이에 한 직원이 일어나 큰 소리로 문제를 냈다.

"북한에서 전등은 뭐라고 하는지 누가 알고 있나요?"

정 회장은 옆에 있는 나를 쳐다봤고, 예전에 아버지로부터 이 농담을 들어 답을 알고 있던 나는 한편으론 민망하기도 했지만 정 회장에게 살짝 귀띔했다.

"불. 알. 요."

정 회장은 신이 난 표정으로 "불알"이라고 답변했고, 그러자 장내는 또 한바탕 웃음공장으로 변했다.

이것은 전조에 불과했다. 직원들의 추가 질문은 이어졌다.

"그럼 북한에서 샹들리에 전등은 뭐라고 하는지 알고 있나요?"

정 회장이 잠시 멈칫 할 때, 나는 다시 귓속말로 "떼불알"이라고 답을 가르쳐줬다.

이러한 순간들은 단순한 회식의 모습이 아닌, 노사가 하나되는 순간이었다.

정 회장의 소통법은 계획적이지 않았고 의도적이지도 않았다. 이렇게 마음을 활짝 열고 직원들에게 스스럼없이 다가가는 것, 그것이 '정주영식 소통'의 전부였다.

나는 정 회장을 보면서 리더의 본질은 격의 없는 소통이라는 생각을 하게 되었다. 훗날 아란유치원을 운영할 때, 여러 봉사단체의 대표로 활동할 때 소통의 리더십을 실천하려 했던 것도 어쩌면 정 회장으로부터 받은 영향의 결과물이리라.

1998년 11월 18일 열린 금강선 관광선 금강호 출항 행사식장에서
정주영 회장과 나

금강산 관광선 금강호 출항식 날. 출항을 축하하듯 그날 유독
날씨가 맑았던 것으로 기억한다.

22| 나의 영원한 '왕회장', 정주영(3)

내가 현대건설에 근무한 기간은 결코 길었다고 보기 힘들지만, 퇴사한 이후에도 정주영 회장과의 인연은 계속 이어졌다.

현대에 다니면서 정 회장의 비서로 있을 때보다 오히려 훨씬 홀가분하고 여유 있는 입장에서, 비서가 아닌 '일반인 한경자' 자격으로 무엇이든 자유롭게 말할 수 있는 여건이 조성되었다.

정 회장은 해외 출장 일정이 잡히면 나를 부르곤 했다. 이병규 당시 비서실장(현 문화일보 회장)을 통해서였다. 이 실장이 전한 정 회장의 메시지는 항상 같았다.

"회장님이 한 선배님도 이번 출장길에 동행하기를 원합니다. 일정이 괜찮으신지요?"

나는 정 회장 일행을 흔쾌히 따라 나섰고, 물론 남편도 나의 동행을 허락했다.

결혼과 함께 현대라는 회사를 스스로 떠났으나 나의 생각과 마음은 늘 현대에 머물렀던 시절이다. 고향을 등진 사람들이 고향을 그리워하는 마음, 뭐 그런 거였다.

무언가 새로운 구상을 위해 머리를 비워야 할 때 비서진 몇 명을 데리고 훌쩍 떠나곤 했던 정 회장의 일관된 습관을 언제부턴가 내가 그대로 실천하고 있음을 알게 되었다.

나 역시 골치 아픈 일이 생기거나 업무가 손에 잡히지 않을 때 모든 걸 내려놓고 무조건 지방으로 떠나는 버릇이 있다.

내가 움직일 수 있는 여유 시간을 활용해 적게는 한 시간, 많게는 서너 시간 지방행 버스에 몸을 맡긴다. 이건 예정에 없던 즉흥적인 행동이다.

강남고속터미널이나 동서울터미널로 달려가 버스에 오른다. 행선지는 따로 정해놓지 않는다. 곧바로 출발하는 버스가 가는 곳이 나의 행선지다. 버스가 향하는 곳은 한 시간 거리일 경우 수원이었고, 두 시간이면 천안, 서너 시간이면 대전이었다. 나는 그 곳에 내리는 즉시 돌아오는 서울행 표를 산 뒤 뒤 근처 역전 다방으로 향한다.

역전 다방은 매우 흥미롭고 재미있는 풍경이 펼쳐지기에 '무념'의 시간을 보내기에 그만이다. 다방 손님인 할아버지와 아저씨들은 옆자리에 앉은 마담이나 여종업원의 손을 만지느라 분주하다. 이들은 귀한 용돈을 털어 다방 마담과 여종업원이 마신 커피값을 아낌없이 지불하며 즐거워한다. 이들에겐 이러한 행위들이 소소한 행복일 것이다.

역전 다방을 나온 나는 걸어 다니면서 이곳저곳을 둘러본 다음 저녁 느지막한 시간에 다시 서울로 돌아온다. 이러한 '무박 일정'이 이른바 '한경자식 지방 구상'이다.

다시 정 회장의 해외 출장 동행으로 돌아가 보면, 웃지 못 할 해프닝도 적지 않았다.

비서실은 다큐멘터리와 TV드라마 보기를 즐겼던 정 회장을 위해 해외 출장이 잡히면 반드시 챙겨야 할 일이 있었다. 인기 다큐멘터리와 드라마를 담은 비디오 몇 개를 구입해 가져가는 것이다. 이병규 비서실장이 이러한 준비를 빈틈없이 했다.

싱가포르 출장길에 가져갔던 다큐멘터리 '동물의 왕국' 비디오를 정 회장 숙소에서 보고 있었는데 예상치 못한 일이 생겼다. 다큐멘터리 속 내용 일부가 문제가 될 수 있는 난감한 상황이 벌어졌다.

그것의 내용은 명료했다. 나이가 든 늙은 사자 한 마리가 이가 다 빠지고 사냥도 하지 못한 채 버려져 있는 장면이었다.

이 장면을 정 회장과 함께 시청하던 이 실장과 나는 초비상이 걸렸다. 정 회장의 심기가 불편할 게 분명했기 때문에 안절부절못하면서 정 회장의 표정을 살폈다. 정 회장의 시선은 TV로 향해 있었지만 생각은 다른 곳에 머무르고 있음을 감지했다. TV 내용에 집중하지 않고 있음을 우리는 알고 있었으나 그래도 신경이 쓰였다.

'하필 이럴 때 저런 장면이...'

우리는 쥐구멍이라도 있으면 들어가고 싶은 심정이었다.

이 실장과 나는 서로 빨리 끄라고 눈신호를 보낼 수밖에 없었다. 이걸 눈치가 빠른 정 회장이 알아챘다.

"이 실장, TV는 왜 끌려고 하나? 아직 볼 게 많이 남아 있는 것 같은데. 끝날 때까지 보는 게 좋을 것 같네."

정 회장은 이 실장과 내가 난처해하는 것을 알고 속 깊은 배려를 한 것이다.

정 회장은 이후 미동도 하지 않은 채 다큐멘터리 '동물의 왕국'이 끝날 때까지 자리를 지켰다.

앞에서도 잠깐 언급했지만 정 회장은 직원들 앞에서 특유의 불같은 성격을 그대로 드러내는 스타일이었다. 직원의 업무 처리가 미비하거나 마음에 안 들면 그 자리에서 호통을 치면서 심하게 나무랐다. 정 회장에게 업무를 보고한 직원 중에서 무사했던 직원은 손에 꼽을 정도였다.

하지만 그것은 어디까지나 업무에 국한된 일종의 '채근'이었다고 나는 생각한다. 정 회장의 직원 질타는 뒤끝이 없었다. 정 회장은 혼이 난 직원들을 반드시 보듬는 걸 잊지 않았다.

정 회장의 이러한 소탈한 성격의 리더십이 많은 현대맨들이 오랫동안 그의 곁을 지키는 원동력이 됐는지도 모르겠다. 그의 주위에는 항상 사람들로 북적였다.

23| 탁월한 비서실장 이병규

정주영 회장을 보좌하던 현대건설 비서실은 최강의 진용을 갖추고 있었다. 이것은 나의 자의적이고 임의적인 판단이 아니라 당시 사내·외에서 내린 공통된 평가라는 점을 말해두고 싶다.

보통 다른 회사의 비서실도 뛰어난 업무 능력과 행정적 감각을 지닌 유능한 직원들로 구성되는 것이 일반적이라고 알고 있다. 현대건설 비서실도 그랬다. 현대건설 비서실은 빈틈없는 일처리로 정평이 나 있었고, 일사분란했으며, 사안이 생길 때마다 대내·외적인 대처 방식이 치밀하고 유연했다.

나는 그것의 중심에 이병규 비서실장이 있다고 단언한다.

이 실장은 나보다 나이가 열세 살이나 어렸지만 업무 능력과 인품, 처세가 탁월한 인물이었다. 정주영 회장의 최장수 비서실장을 지낸 이력이 이를 말해주고도 남을 것이다.

이 실장은 정 회장이 정치에 입문했을 때에도 비서실장 역할을 맡았으며, 이후 정 회장이 세상을 떠날 때까지 최측근 비서실장으로 그 자리를 묵묵히 지켰다. 한마디로 정 회장의 수족 같은 인물이었다.

나는 짧지 않은 인생을 살아오면서 업무상, 아니면 사적으로 수없이 많은 사람을 만나왔지만, 이 실장만큼 아무리 칭찬을 해도 부족함이 없는 사람은 별로 본 적이 없다.

내가 겪어본 이 실장은 무엇보다 한 개인의 인격을 잘 보여주는 기본적인 요소인 성품이 아주 좋았다.

현대건설 비서실장은 정치로 치면 핵심 권력자나 마찬가지 위치라고 할 수 있다. 특히 정 회장의 오른팔과 같은 '2인자'나 같았기에 마음만 먹으면 얼마든지 지위를 이용해 갑질을 하는 등 전횡을 휘두를 수 있는 자리였다.

굳이 특정 기업을 거론하지 않더라도 실제로 우리는 주변에서 그런 사례를 많이 보고 있지 않나.

그러나 이 실장은 그런 스타일과는 근본적으로 거리가 멀었다.

그는 현대건설 비서실장 시절 지위 고하를 막론하고 모든 직원에게 겸손하고 낮은 자세로 대하였다. 힘들고 어려운 일을 겪는 직원에게 해결 방안을 친절하게 제시하거나, 민원인이 찾아오면 따뜻한 응대로 어느 순간 '현대팬'으로 만드는 능력이 뛰어났다.

그러면서도 업무 처리는 치밀하면서 능수능란했다. 내가 보기엔 정 회장의 의중을 그의 자식들보다 잘 헤아리고 있었다.

현대건설에 근무한 사람치고 이병규 실장의 도움을 받지 않은 사람이 거의 없을 거라는 건 현대 주변에서 전설처럼 내려오고 있는 이야기다.

이 실장은 자신이 모시던 정 회장이 세상을 떠난 뒤 현대그룹이 대주주인 중앙언론사 문화일보로 자리를 옮겨 사장을 거쳐 지금까지 8년이 넘게 회장을 맡고 있다. 사장 시절을 합치면 문화일보를 20년 이상

이끌고 있는 것이다.

그는 언론사 경영인으로도 빼어난 수완과 능력을 발휘했다. 그가 문화일보 사장이 됐을 때 회사는 적자에 시달렸다고 한다. 심각한 재정난을 겪는 언론사의 CEO를 새로 맡은 그는 직원들 앞에서 선언했다.

"흑자가 날 때까지 저는 단 한 푼의 월급도 받지 않겠습니다."

그리고 직원들에게 단호한 목소리로 호소했다.

"문화일보 구성원 모두 한마음이 되어서 이 회사를 한번 살려봅시다!"

그런 다짐과 열정은 몇 년 뒤 가시적인 성과로 나타났다고 한다.

업무 외적으로도 그는 장점을 두루 갖춘 남자였다. 매력적인 음성의 소유자였고, 술을 잘 마시며 분위기를 맞출 줄 아는 멋쟁이기도 했다.

이 실장은 불가피하게 과음을 해야 하는 자리가 있는 날이면 다음 날 업무에 지장을 주지 않기 위한 방법을 동석한 직원들에게 알려주기도 했다. 그 해법은 바로 '즉석에서 춤추기'였다.

"술에 취한 것 같다면 그 자리에서 일어나 몇 명이 함께 흠뻑 아무 춤이라도 추세요. 그 효과는 해보지 않고는 모를 겁니다."

이 실장만의 '술 깨는 비법'은 이렇게 단순했지만 즉효적이었다.

현대건설 비서실에서 함께 근무했던 시절, 그리고 현대를 그만둔 뒤에도 나와 이 실장은 요즘 말로 '케미'가 척척 맞았다. 말하자면 찰떡궁합이었던 셈이다. 물론 이 실장은 그렇게 생각하지 않을 수 있지만.

이 실장이 주축이 된 정 회장 비서실 모임은 내가 현대를 퇴사한 지 수십 년이 지난 지금까지도 이어지고 있으니 행복하고 감사할 따름이다.

나는 이병규 실장을 보면서 정 회장은 참 인덕이 많은 사람이라고 생각했다.

평생 자신의 분신(分身)처럼 의중을 정확히 꿰뚫으면서 업무 또한 깔끔하게 무리 없이 처리하는 사람을 곁에 두기란 쉽지 않은 노릇이지만, 정 회장은 그런 복을 이 실장을 통해 누렸다고 생각한다.

이 실장은 정 회장이 세상을 떠난 뒤에도 다양한 방법으로 그의 유지를 받드는 일을 멈추지 않고 있다. 고마운 사람이다.

서울 성북동 현대 영빈관에서 열린 현대건설 비서실 모임.
맨 오른쪽이 이병규 비서실장이다.

24| '왕회장'의 대통령 선거 출마와 이별

모르긴 해도 일반인에게 '정주영'이란 인물은 현대라는 재벌회사 오너로 기억될 것이다. 그는 타고난 기업인이 분명했지만, 한때 정당을 만들어 국회의원 배지를 단 데 이어 대통령 선거에도 나섰던 정치인이기도 했다. 이러한 사실은 기성세대에겐 낯설지 않겠으나, 소위 MZ세대는 생소하게 들릴 수도 있겠다.

정 회장이 정치를 하게 된 정확한 계기나 동기가 무엇인지 나는 잘 모른다. 아버지가 정치인이었던 나는 어렸을 때부터 우리 집을 자신들의 안방처럼 드나들던 수많은 정치인들을 보아 왔기에 정치라는 영역에 대해 낯선 느낌은 전혀 없었다. 이질적으로 받아들이지 않았다. 차라리 그것보다는 내가 직접 정치를 하는 것처럼 친근한 감정을 느끼는 분야였다는 표현이 맞을 수도 있다.

뒤에서 이야기하겠지만 나는 전국의 사립유치원 운영자들의 모임인 사단법인 한국유치원총연합회 회장을 하면서 유아교육법 제정 문제로 여의도 국회를 수백 번 오고 갔다. 국회 의원회관에 자리 잡은 정치인들을 일일이 찾아다니며 유아교육법 제정을 호소하기 위해선 어쩔 수 없었던 행보였다.

나는 이 과정에서 여당과 야당 가리지 않고 셀 수도 없이 많은 정치인들을 접촉해야 했다.

정치인 아버지를 보고 자란 덕분인지 여의도 정치인들과의 대화와 소통이 불편하거나 힘들다고 느낀 적은 단 한 번도 없었다. 유아교육법이 난항을 겪기도 했지만 끝내 제정될 수 있었던 것도 관련 법령 제정의 절박함을 제시하면서 정치인들을 설득하는 데 성공했기 때문이다.

아무튼 나는 직접적으로 정치를 해보진 않았으나 간접적 경험을 통해 정치의 세계를 누구보다 잘 알고 있었다고 자신했다.

우리나라를 대표하는 기업의 오너인 정주영 회장이 정치를 한 것에 대해서도 나는 부정적인 시각으로 대하지 않았다. 오히려 '기업인'이 아닌 '정치인'으로서도 정 회장이 성공하기를 기도하고 또 기도했다.

하지만 주지하다시피 세상은 그를 '대통령 정주영'이 아닌 '현대그룹 회장 정주영'으로 영원히 묶어버렸다.

현대 명예회장으로 경영에서 은퇴한 정 회장은 1992년 정치 참여를 결심하면서 당을 만들었다. 그 당의 이름은 통일국민당이었다. 그가 당을 만든 이유는 대통령 출마를 염두에 둔 것이라고 나는 직감적으로 생각했다.

정 회장은 창당 한 달 만에 치러진 14대 국회의원 선거에서 31석을 얻어 원내 교섭단체를 구성하는 데 성공했고, 본인도 전국구의원으로 당선되면서 금배지를 달았다. 나는 진심으로 축하했지만, 예상한대로 정 회장의 최종 목표는 국회의원이 아닌 대통령 출마였다.

대통령 선거가 한참 남은 어느 날 정 회장에게서 연락이 왔다.

"경자야, 내가 만든 당의 대통령 후보로 김동길 교수가 출마할 예정인데 그를 좀 도와줘야겠다."

나는 곧바로 대답했다.

"회장님이 나가면 얼마든지 돕겠는데 남의 선거는 최선을 다할 수는 없을 것 같습니다."

나는 정 회장이 국회의원 활동에 충실하기를 바랐다. 그것이 '정치인 정주영'으로서 최선의 길이라고 생각했다. 그래서 그의 대통령 출마를 만류하고 싶은 심정을 그와 가까운 김동길 교수의 대통령 출마에 부정적인 입장을 내비치는 것으로 대신했다.

그런데 한참이 지난 뒤, 정 회장이 다시 연락했다.

"경자야, 내가 대통령 선거에 나가기로 했어. 많이 도와줄 수 있지?"

결국 예감했던 일이 터지고 말았다.

나는 어떻게든 정 회장의 대통령 선거 출마를 막아야 한다는 마음이 강했던 것 같다.

"안 됩니다. 회장님, 부탁인데 대통령 선거에 제발 나가지 마세요."

단호한 나의 말에 정 회장은 크게 당황하는 목소리가 전화기 너머로 들렸다.

"그게 무슨 말이니? 경자야, 우리 당의 당원만 천만 명이 넘어. 당원들이 합심하면 충분히 대통령에 당선될 수 있지 않겠니? 그렇게 하는데 경자 네가 도와주면 좋겠다는 거야."

나는 정 회장이 무언가 오판을 하고 있다는 걸 직감했다.

"회장님, 그것은 잘못된 판단이에요. 당원이 천만 명이 훨씬 넘더라도 그들이 실제로 회장님을 지지한다고 장담하기 어렵습니다. 당원 모두 회장님을 찍을 거라고 봐선 안 된다는 거죠. 외부의 강압이나 권유로 어쩔 수 없이 당원에 가입한 숫자도 적지 않을 겁니다.”

이 말에 정 회장은 머릿속이 복잡했을 것 같다.

나는 정 회장의 대통령 출마 만류 논리를 계속 이어갔다.

“회장님은 우리나라 최고 재벌의 주인이잖아요. 막대한 부를 소유하고 있는 것에 대해 모든 사람들이 좋아할까요? 거기다가 최고 권력까지 갖겠다고 하는데, 그건 아닙니다. 다 갖는 건 아무래도 아니라고 봐요. 그리고 당원들을 너무 믿지 마세요. 저는 돌아가신 아버지를 봐서 너무나 잘 압니다.”

나의 거듭된 쓴 소리에 정 회장은 한동안 침묵했다. 그렇게 몇 분이 지났을까. 그는 몇 마디를 더한 뒤 전화를 끊었다.

“잘 알겠다. 대신 경자 너는 선거 때 절대로 움직이지 마라.”

정 회장은 내가 극구 반대하고 있지만 결국엔 자신이 대통령에 출마할 경우 도와줄 거라는 것을 알았던 것 같다. “움직이지 말라”고 얘기한 건 다른 후보를 돕지 말고 가만히 있으라는 의미였다.

그해 12월 정 회장은 통일국민당 후보로 대통령 선거에 출마했지만 낙선했다. 당시 개표가 끝난 뒤 정 회장은 “통일국민당 당원이 1,200만명인데 득표수가 400만 표도 안 된다니, 우리 당원들은 대체 다 어디에 투표한 거냐”라며 고개를 떨어뜨렸다고 언론에서는 보도한 바 있다.

나는 정 회장 낙선 후 1년 6개월 동안 그를 찾아뵙지 못했다. 죄송스런 마음이 강했다. 나를 만나면 정 회장이 크게 화를 낼 것 같은 생각이 들었다.

대통령 선거 낙선 후유증 때문인지, 자신의 모든 것을 쏟아 부어 만든 정당의 당원에 대한 원망과 실망 때문인지 몰라도 정 회장의 건강은 급격히 나빠졌다. 중풍이 온 정 회장은 세상을 떠날 때까지 고생하였다.

대통령 선거가 끝난 지 몇 년이 지난 어느 날 이병규 실장이 연락했다. 대통령 선거 당시 정 회장의 선거대책위원회 위원장급의 중책을 맡기도 했던 이 실장은 정 회장 자택에서 현대 전·현직 고위 임원단과 조촐한 저녁 식사를 하기로 했으니 참석해달라고 했다.

나는 참석을 망설였다. 무엇보다 송구한 마음이 앞섰기 때문이다. 너무나 뵙고 싶었고 대통령 선거 때 열심히 뛰어주지 못한 미안함에 대한 후회 등으로 착잡한 심경이었으나, 정 회장을 꼭 만나야 했기에 성북동으로 달려갔다.

성북동 현대그룹 영빈관에서 열린 저녁 모임에 주인공인 정 회장이 탄 차량이 들어섰다.

'왕 회장'은 불편한 몸으로 차에서 내렸다. 멀리서 이를 바라보던 나는 뛰어가 정 회장을 안고 한참을 울었다 그는 아무 말도 하지 않고 등을 토닥거렸지만, 나는 직감적으로 그가 흐느끼는 것을 알 수 있었다. 그 이후 나는 수시로 정 회장을 찾아뵈었다. 돌아가시기 며칠 전까지 그를 만나 대화했다.

나의 영원한 왕 회장, 정주영!

한국 경제의 전설이었던 그는 2001년 3월 21일 86세를 일기로 세상과 영원히 이별했다. 자신의 평생 자식 같은 비서였던 나와도 영원히 작별했다.

정주영 회장은 서울 성북동 현대 영빈관에서 비서실 모임을 수시로 가졌다.

나는 현대를 퇴사한 이후에도 정주영 회장 초청으로
비서실 출신 직원들과 함께 나들이를 가곤 했다.

제3부

도전: 일과 봉사

25| 현대 퇴사와 결혼

나와 지금의 남편인 박영욱 씨를 평생의 동반자가 되도록 해 준 '일등공신'은 다름 아닌 정주영 회장이었다. 정 회장이 우리 두 사람을 결혼에 골인하게 한 '중매쟁이'였던 셈이다.

정 회장은 전형적인 '얼리 버드'였다. 새벽에 일어나 하루 일정을 시작하는 습관이 태생적으로 몸에 밴 근면한 사람이었다. 지금은 잘 모르겠지만 내가 현대에 다녔던 1960년대 성공한 기업인의 공통적인 특징 중 하나가 '얼리 버드'였다고 하는데, 정 회장도 예외는 아니었던 모양이다.

사실 우리는 동서고금을 막론하고 대기업 오너의 일탈을 심심치 않게 목격하고 있지 않나. 그것은 그 자리가 주는 압박감과 스트레스 때문이라 생각한다. 하지만 정 회장에게서 그러한 모습은 찾아볼 수 없었다. 나는 그의 비서를 하면서 나태한 모습, 흐트러진 이미지를 본 적이 없다.

정 회장은 새벽 4시부터 현대건설이 시공에 참여하고 있는 여러 사업장을 순시하는 것으로 일과를 열었다. 회장으로 모시는 사람이 이렇게 이른 시간부터 움직이기 시작하니 나를 포함한 비서실 직원들 역시 그 시간에 맞출 수밖에 없었고, 조기출근이 일상이었다.

나는 오전 6시면 어김없이 사무실에 도착했다. 새벽에 공사 현장을 도느라 제대로 씻지도 못했을 정 회장을 위해 세면도구를 챙겨주는 것이 하루 일과의 시작이었다. 정 회장은 오전 6시에 정확히 회사에 도착하였다.

하루도 빠짐없이 매일 새벽 2시간 여 동안 사업장을 방문하고 돌아와 세면을 끝내고 한숨을 돌린 정 회장이 다음에 한 일은 뜻밖에 직원 품평이었다. 나는 이를 직원들에 대한 기업 오너의 관심으로 이해하고 있었다.

정 회장은 8층 집무실 창문을 통해 아래를 내려다보며 출근하는 직원들을 손가락으로 가리키면서 한 명 한 명 '평가'했다. 이런 식이었다.

"경자야, 저기 열심히 뛰어 오는 직원 보이지? 저 친구는 영 싸가지가 없어..."

"저 친구는 능력은 있는데 근면하지 않은 게 단점이지."

"저 직원은 겸손하고 실력도 좋아. 그런데 화를 잘 내는 성격이 문제야. 얼른 고쳐야 할 텐데..."

이러한 정 회장의 평가 대상에는 나의 남편이 된 박영욱 씨도 포함되어 있었다. 정 회장은 박씨를 아주 후하게 평가했다.

"박영욱은 똑똑하고 일도 아주 잘 해. 한마디로 흠 잡을 데 없는 친구야."

정 회장은 박영욱씨를 나의 남편감의 한 명으로 올려놓고 일부러 품평 대상으로 삼은 것이다.

시간이 지난 어느 날 정 회장은 박씨에 대한 추가 품평을 이어갔다.

"그런데 말이야. 경자야. 박영욱은 결정적인 단점이 있어."

"박영욱의 집안이 너무 가난하다는 거야. 너를 고생시키면 어떡하나? 그래서 내가 선불리 남편감으로 너의 아버지에게 추천하기가 힘들어."

정 회장이 왜 나에게 박영욱 씨 관련한 얘기를 자주 했는지 처음엔 몰랐다. 그 배경엔 아버지의 '특별한' 부탁이 있었다는 것을 나중에 알게 됐다.

아버지는 정 회장에게 편지를 보내 "직원 중에 좋은 사람 있으면 경자 좀 소개시켜줬으면 좋겠다. 딸이 좋아하는 사람이면 나는 무조건 찬성한다"고 말했다고 한다. 배우자를 찾아달라는 부탁이었다.

이후 정 회장은 실제로 나와 어울리는 사내 직원을 백방으로 물색해 박영욱 씨가 나의 남편감이라고 결론 내렸으나 가난한 집안 형편이 걸렸던 거다.

정 회장은 박씨가 모든 면에서 마음에 들긴 했지만 가난 때문에 나를 고생시킬 수 있다는 생각에 머뭇거리면서, 한편으로는 나의 반응을 떠본 것이다.

박영욱 씨 집안은 경기 양평 양동에서 오랜 기간 갑부였다. 한때 금광을 운영했고 중·고등학교도 설립할 만큼 부유했다고 한다.

그러나 박씨가 고등학교 2학년 때 아버지가 사업에 실패하면서 가세가 급격히 기울었다. 더 이상 양평 거주가 힘들어진 박씨의 가족은 결국 서울 휘경동으로 이사할 수밖에 없었다.

그때부터 박영욱 씨는 집안을 책임지는 가장 노릇을 해야 했다. 가내에 두부공장을 만들어 집안을 먹여 살렸다. 집안일과 공부를 병행해야 하는 어려운 환경에서도 박씨는 연세대 상대에 입학했고, 대학 졸업 후 현대건설 공채 1기로 입사하여 경리과 과장으로 재직하고 있었다.

나는 이렇게 어려움을 극복해온 박씨에 마음이 끌렸다. 믿음과 신뢰가 갔다. 평생을 함께 해도 되겠다는 생각이 들었다. 결국 결혼하기로 결심하고 정 회장에게 이런 의사를 전했다.

정 회장은 별다른 말씀은 안 했지만 우스갯소리를 귓전에 남겼다.

"앞으로 현대건설 신입 사원 채용 때 대졸 여성은 다시는 안 뽑을 거야. 죽어라고 일을 가르쳐 쓸만 하면 바로 그만 두니 말이야..."

정 회장은 나와 박영욱 씨의 결혼을 진심으로 반기면서도, 한편으론 서운함이 배어 있는 표정을 감추지 않았다. 딸을 시집보내야 하는 아버지의 마음이었을까?

나와 박영욱 씨는 결혼했다. 1964년 3월 4일이었다.

26| 머릿속에서 지워진 뾰족 구두

1964년 결혼과 함께 나는 온몸을 던져 일했던 현대건설을 퇴사했다. 당시 결혼하면 회사를 의무적으로 그만두어야 한다는 조항은 그 어디에도 없었지만, 나는 남편의 내조에 전념하겠다는 마음으로 퇴사를 결정했다.

결혼 초기는 내 인생에서 가장 힘들고 어려웠던 시기였음을 고백해야 할 것 같다.

지인들은 내가 젊은 시절 경제적으로, 정신적으로 아주 힘들게 살았다고 하면 "그런 거짓말하지 마세요"라며 믿지 않으려 한다.

지금의 내 모습 속에는 그 어디에도 고생의 흔적이 남아있지 않기에 "한 회장님이 고생했다고요? 에이 농담하지 마세요"라고 말하는 남을 탓할 수도 없다.

하지만 이건 분명한 사실이다. 내가 경제적으로, 정신적으로 자유로워지기까지에는 결혼 이후 한참이 걸렸다는 점을 말하고자 한다.

결혼 전 "박영욱은 너무 가난한 게 유일한 흠이라면 흠"이라고 했던 정주영 회장의 말은 100% 사실이었다. 남편과의 결혼 과정을 앞에서 잠시 얘기했지만, 남편은 전형적으로 자수성가한 사람이다. 남편은 5남매

중 셋째였지만 고등학교 때부터 집안의 생계를 사실상 책임져야 했다. 10대 고등학생에게 주어졌던 그 무게감이 어땠을지는 짐작하고도 남는다.

경기 양평에서 서울 휘경동으로 이사한 지 몇 년이 지난 뒤 자그마한 단독주택을 구입했는데, 이 집은 남편이 현대에 다니면서 받은 월급을 모아 구입한 집이었다.

나의 결혼생활은 휘경동에서 시작됐다.

결혼 이후 휘경동 집에는 시댁 식구 5남매와 시어머니, 나를 포함해 7명이 함께 살았다. 한마디로 대가족이었다. 이것이 전부가 아니었다. 여기에 시댁 친척들이 휘경동 집에 자주 드나들면서 실제로 거주하는 사람은 15명이 넘는 경우가 허다했다.

남편이 혼자 버는 월급으로 15명이 넘는 식구의 삼시세끼 식사를 책임지는 일이 나에게 주어진 가장 중요한 임무였다.

하루하루가 시댁 식구들 식사 준비로 시작해 식사 준비로 마무리하는 단조롭고 힘든 일상이 반복되었다.

1960년대 당시엔 보일러가 보급되지 않았다. 연탄에 난방을 의존하던 시절이었다. 이러한 연탄 가는 일은 왜 그렇게 어려웠는지 지금 생각해도 숨이 막힌다. 방마다 돌아다니면서 연탄이 꺼지지 않게 교체하느라 밤을 꼬박 샌 날이 한두 번 아니다.

당시 현대건설 과장이었던 남편은 월급봉투 전체를 갖다 주는 일은 없었다. 대신 일부만 생활비로 내게 줬다. 내 기억으로는 월급 4,500환 중 2,000환[5)]만 생활비로 받았다. 남편의 전체 월급의 50%도 안 되는

5) 당시 우리나라 화폐는 '원화'가 아닌 '환화'였다. '환화'는 1975년 3월 22일 유통이 정지되었고, 이후엔 '원화'를 사용하고 있다.

금액이었다.

남편의 월급봉투를 한 번도 제대로 받아본 적이 없었지만, 이런 남편을 원망하지도, 시쳇말로 바가지를 긁지도 않았다. 남자가 정상적인 사회생활을 하려면 돈 없이는 불가능하다는 사실을 현대건설에 근무하면서 잘 알고 있었기 때문이다.

'그래 어쩔 수 없어, 절약하면서 살아야지. 그게 최선의 방법이잖아.'

나는 허리띠를 졸라맬 수밖에 없었다.

이런 식으로 생활비를 절약했다. 저녁 무렵 동네시장을 돌면서 떨이로 남은 콩나물을 샀다. 그래야만 양도 많고 가격도 쌌기 때문이다. 그렇게 구입한 콩나물을 커다란 대야에 넣고 버무린 뒤 식탁에 올렸다. 꽤 많은 양의 콩나물 무침이었지만 대식구가 먹기에도 빠듯한 탓에 정작 나는 제대로 먹어본 적이 없었다.

신혼여행에서 돌아온 날, 한 켤레 밖에 없는 구두를 시멘트 포대 종이로 둘둘 말아 신발장 꼭대기에 처박아 놓고 나는 다짐했다.

'첫째 아이가 유치원 갈 때까지 구두를 신지 않겠다'고.

실제로 나는 결혼 후 6년 동안 단 한 번도 구두를 신지 않았다. 현대건설에 다니면서 즐겨 신었던 구두는 머릿속에서 아예 지워버렸다. 흰 고무신에 흰 양말이 나의 스타일이었다.

하루에 3시간 밖에 잠을 잘 수 없는 고되고 힘든 결혼 생활이 반복되었다.

남편이 갖다 주는 빠듯한 생활비로 시댁 식구들을 건사해야 하는 것이 육체적으로 매우 힘든 일이었다면, 정신적으로는 친정어머니와 남편의 갈등이 나를 더욱 지치게 만들었다.

친정어머니는 결혼 전부터 남편을 탐탁지 않게 여겼다. 남편이 아무것도 가진 게 없다는 이유로 결혼을 사실상 반대했던 분이다. 약혼까지 했는데도 친정어머니는 사위에게 따뜻한 눈길조차 주지 않았다. 한마디로 사위 대우를 해주지 않았던 것이다.

친정어머니의 비웃음과 거친 언어는 점차 수위를 높여갔다. 결혼 후에도 전혀 변함이 없었다.

"어미 덕 없는 사람은 남편 덕도 없어. 남편 덕 없는 사람은 자식 덕도 없다."

나를 비롯하여 나를 낳아준 생모, 그리고 결혼한 남편 등 3명을 싸잡아 꼬집은 것이다.

나는 결혼 전부터 장모로부터 덕담이 아닌 악담을 들으면서 이런 대접을 받아야 하는 남편에게 미안한 마음이었다. 남편이 있는 자리에서 거친 말이 나오면 쥐구멍이라도 있으면 들어가고 싶은 심정이었다.

신혼여행에서 다녀온 뒤 친정집에 갔지만 친정어머니는 밥상도 차려주지 않고 어디론가 가버렸다. 갓 결혼한 딸 부부를 아예 안 보겠다는 심산이라고 밖에 볼 수 없는 이해 못할 행동이었다. 나는 남편에게 너무 미안하고 송구한 마음이었다.

그런데 시댁에서는 화살이 고스란히 나에게 날아왔다. 이번엔 시댁 사촌들이 한목소리로 나와 친정집을 비꼬았다. 시집에 가던 날 폐백을 드려야 하는데 아무것도 없었기 때문이다.

"새며느리는 친모가 없다지? 폐백상은커녕 버선 한짝 구경할 수 없어."

이를 옆에서 듣던 시어머니가 사태를 수습하느라 분주했다. 시어머니는 나에게 다가오더니 귓속말로 조용히 말했다.

"아가야, 네가 시집올 때 갖고 온 혼수 중에 버선이 100켤레가 있더라. 영욱이 사촌들에게 버선 두세 켤레씩만 싸서 나눠주는 건 어떻겠니?"

"네 어머니. 알려줘서 고마워요."

나는 즉시 실행에 옮겼지만 더 큰 사달이 벌어졌다. 남편 친척들은 혼수를 갖고 말들이 많았다. 혼수는 외형적으로 화려해 보였지만 내용은 극히 부실했기 때문이다. 친정어머니는 당신이 입거나 신던 것을 세탁 후 다시 뜯어 꿰맨 뒤 혼수로 보냈던 것이다. 명색이 시댁 식구들한테 주는 선물인데 제품이 불량했다. 이를 받아든 남편 친척들은 혼수물의 바느질 자국이 찢어지는 등 상태가 좋지 않음을 확인하고 불만들을 쏟아냈다.

"이렇게 안 좋은 제품들을 어떻게 혼수로 가짓수만 늘려 보낼 수 있나요? 너무 하지 않나요?"

시댁 식구들은 이 같은 불평을 그대로 친정에 전하라는 투로 목소리를 높였다.

남편은 이러한 상황을 보면서 처갓집과 장모에 대한 불만이 쌓일 수밖에 없었을 것이다. 장모에 대한 극심한 스트레스를 토로한 적이 한두 번 아니었다.

결혼 초부터 불안하고 아슬아슬한 살얼음판 시댁 생활은 이렇게 계속되었다.

어쩌다가 친정식구들을 만나면 남편은 노골적으로 불만을 터뜨렸다. 남편의 화풀이 대상은 다름 아닌 나였다.

남편은 하나뿐인 나의 남동생이 미국 이민을 위해 공항으로 출발해야 하는 시간에 준비하느라 살짝 늦게 내려온 나를 향해 "왜 그렇게 늦느냐"며 고래고래 소리를 지르거나, 무섭게 주먹을 휘두르며 욕을 하기도 했다. 함께 차를 타고 이동해야 할 어머니와 여동생이 보는 앞에서 그랬다. 친정 식구들 앞에서 벌어진 이러한 장면에 나는 울고 싶어졌다.

사실 나는 남편의 자상한 모습을 친정식구들에게 보여주고 싶었으나, 결과는 정반대였다.

남편은 평소엔 나에게 잘 해주려고 애쓰는 편이었지만, 친정어머니만 만나면 화를 쏟아냈다. 왜 그랬을까. 남편의 머릿속은 장모에게서 사위 대접을 못 받았다는 생각이 줄곧 지배했고, 그로 인한 스트레스를 고스란히 나에게 분출한 것이다.

당시엔 서운했지만 지금 생각해보면 그런 남편을 이해할 수 있을 것 같다. 사위는 '백년손님'이라고 하지 않나. 그런데 나의 친정어머니는 손님 대접은 고사하고 오히려 사위의 기를 꺾으려 했으니 입이 열 개라도 할 말이 없다. 남편에게 죄송한 마음이다.

27 | 첫 아이 출산과 인생의 전환점: "내 인생을 살자"

결혼한 이듬해인 1965년 1월, 우리 부부가 그렇게 기다렸던 첫째 아이가 태어났다. 아들이었다.

한 집안에서 첫째 아이의 출생이 갖는 의미는 남다를 수밖에 없을 것이다. 온 가족과 주위에서 축하를 아끼지 않는 이유는 아이의 탄생 자체가 그 무엇과 비교할 수 없을 만큼 경사스러운 일이기 때문이다.

하지만 나에겐 이런 법칙, 이런 상식이 적용되지 않았던 것 같다.

나는 첫째 아이(박장호)를 낳던 그 날을 잊을 수 없다. 보호자 없이 아이를 혼자 낳았기 때문이다. 남편은 곁에 없었다. 눈코 뜰 새 없이 바쁜 회사 업무로 첫 아이의 탄생을 함께 하지 못했다.

출산 예정일을 며칠 앞둔 어느 날 밤 갑자기 진통이 왔다. 그날 밤 9시에 입원했는데, 의사는 "첫 아이여서 내일 아침에야 출산할 것 같으니 보호자는 내일 아침에 오라"고 했다.

친정과 시댁 식구들이 모두 돌아가고 혼자 남았지만, 웬일인지 진통은 더 심해졌고, 이후 몇 시간 만인 새벽 1시에 첫 아이가 태어났다.

남편은 그날 오전 6시에 급하게 들러 태어난 첫 아이의 얼굴을 본 뒤 출근했지만, 그 이후 내가 미역국을 비우고 난 뒤에도 시댁과 친정

식구 어느 누구 하나 나타나지 않았다.

내가 누워있는 침대의 옆에는 다른 산모가 친정어머니로 보이는 여성이 가져온 꿀물과 호박죽을 먹으면서 산후조리를 하고 있었다. 그러면서 곁에 아무도 없는 내가 안 되어 보였는지 한마디 던지는 게 아닌가.

"아주머니는 아무도 없어요? 손자가 태어났는데 시어머니와 친정어머니도 병원에 안 와요?"

나는 기어들어갈 것만 같은 작은 소리로 겨우 입을 열었다.

"아니요. 급한 일들이 있으셔서요. 곧 오신다고 했어요..."

그때 나는 내색은 안 했지만 서러움과 원망 같은 감정이 한꺼번에 밀려 왔다. 나에게 가족은 과연 존재하는 건가.

그날 오전 11시가 넘어서야 시어머니가 시누이 2명과 함께 입원실에 들어섰다. 셋 모두 눈이 잔뜩 부은 걸 보니 많이 운 것 같았다. 왜일까?

시어머니는 병실에 들어서면서 철제 침대 모서리를 잡고 첫 마디가 "너는 좋겠다. 복도 많아 남편 잘 만났고, 아들까지 낳았으니 얼마나 좋을까" 하면서 눈물을 흘렸고, 시누이도 눈물을 흘렸다.

나는 순간 당황했다. 아기 탄생을 축하해도 모자라는 판에 오히려 시어머니와 시누이가 우는 이유를 알 길이 없었다. 나는 이 상황에 어떻게 대처해야 할지 몰라 한동안 침묵을 지킬 수밖에 없었다.

큰 시누이는 결혼한 지 10년이 넘었지만 자식이 없었다. 그런 상황을 감안하면 큰 시누이의 행동이 한편으로는 이해가 되었지만, 그렇다고 보호자 한 명 없이 아이를 막 낳은 올케에게 할 수 있는 언행으로는 부적절하다는 생각이 들었다.

나와 동갑인 작은 시누이는 결혼을 하지 않은 상태였으며 극심한 신경통 때문에 웃는 얼굴보다 찡그리고 우는 날이 더 많았다.

큰 시누이는 그날 집안의 경사를 함께 나누기보다는 시종 울다가 집으로 돌아갔다.

그날 나는 평범하지만 중요한 사실 하나를 확인할 수 있었다. 그리고 다짐하고 또 다짐했다. 시댁 식구들이 독립해야만 우리 가족이, 내가 행복해질 수 있다는 것을.

'이렇게 많은 식구들이 한 집에 모여 살게 해서는 안 되겠다. 식구들이 독립해서 살 수 있도록 내가 직접 나서야겠다.'

첫 아이를 낳은 출산의 기쁨도 잠시, 삼칠일(출산 후 21일)이 지난 다음날 나에게 친어머니와 같았던 외할머니가 세상을 떠났다는 연락을 받았다.

하늘이 무너지는 듯 슬픔이 한꺼번에 밀려 왔다.

외할머니를 하늘나라로 보내 드리고 돌아오는 길에 나는 굳은 다짐을 다시 다졌다. 이것은 외할머니와의 약속이기도 했다.

'무슨 일이 있더라도 이제 내 인생을 살아야겠다!'

'누구에게 의존하지 않고 한경자를 위한 인생을 만들고 말거야!'

28| 시댁 식구 독립시키기 작전

첫 아이 출산 후 겨우 몸을 추스른 나는 정계를 떠나 재계에 있던 아버지를 찾아갔다. 내가 아버지의 직장으로 찾아가기는 생전 처음이어서 아버지도 적이 놀라워하는 표정이었다. 아버지를 만난 이유는 남편의 큰형 일자리를 부탁하기 위해서였다. 이것은 시댁 식구를 독립시키기 위한 나의 첫 번째 프로젝트라고 할 수 있다.

한편으로 생각하면 무모할 수도, 수포로 돌아갈 수도 있는 계획일 수도 있지만, 어쨌든 나는 최선의 노력을 다해 시댁 식구 독립 작전에 뛰어 들었다.

아버지는 결혼 후 연락이 뜸했던 나를 보시더니 반가움을 감추지 못했다. 첫 아이 출산 등 이러저러한 시집살이 얘기를 길게 나눈 뒤 나는 본론을 꺼냈다.

"아버지, 사실 부탁 하나 드리러 왔어요. 꼭 들어주셔야 해요."

"부탁? 경자가 나에게 부탁을 할 때도 다 있니?"

나는 결혼 이전까지 특정한 목적을 달성하기 위해 아버지를 조른 적이 단 한 번도 없었기에 아버지는 의아해하신 것이다. 흔히 또래들이 부모에게 옷을 사달라거나, 화장품을 사달라거나. 용돈을 달라거나, 맛

있는 음식을 사달라거나 하는 등의 요구를 나는 그때까지 해본 적이 없다.

"그래, 우리 딸, 무슨 부탁인지 구체적으로 말해보렴."

"시아주버니 건이에요 아버지. 제가 시집와서 겪어본 시아주버니는 굉장히 실력 있고 능력 있는 분이에요. 인성도 훌륭한 편이고요. 그런데 지금 마땅히 하는 일이 없어서요. 남편은 시아주버니에게 여러 사업을 해보도록 했지만 그 분은 사업과는 거리가 멀었어요. 제가 보기엔 직장에서 차근차근 일하는 게 천직이라고 생각해요. 아버지께서 어디 취직자리 좀 알아봐주셨으면 좋겠어요."

아버지는 한참을 생각하시더니 말문을 열었다.

"경자 너 같이 자존심 강한 딸이 부탁할 정도니 한번 알아보마."

이후 남편의 큰 형은 출판사에 일자리를 얻었다.

아버지는 출판사를 운영하는 가까운 지인에게 큰 시아주버니를 추천했고, 큰 시아주버니는 면접을 거쳐 취업에 성공했다. 회사를 다니게 된 큰 시아주버니는 빈틈없이 착실한 사람이었다. 그는 회사에서 성실함과 능력을 인정받아 부장자리까지 오르게 되었다.

다음엔 남편의 누나, 즉 큰 시누이 차례였다. 결혼한 큰 시누이는 불임으로 10년 동안 아이가 없었다. 아이를 못낳자 남자 아이를 데려와 키웠으나, 손 버릇이 나빴던 그 아이는 결국 집을 나가 버렸다.

나는 큰 시누이에게 아이가 생겨야 본인의 인생도 행복해질 수 있을 거라 믿었다. 고심 끝에 당시 서울대병원 내과 교수였던 셋째 형부를 찾아갔다.

“형부, 큰 시누이가 아이가 없어 너무 힘들어해요. 형부가 좀 도와주셨으면 좋겠어요. 딸이든 아들이든 꼭 아이를 가질 수 있도록 실력 있는 산부인과 의사 좀 소개해주세요.”

“누구 부탁인데... 알았으니 시누이를 나에게 보내 처제.”

형부는 최고의 의술을 갖춘 같은 대학 병원 산부인과 교수에게 부탁했고, 세 번의 불임시술을 통해 큰 시누이는 딸을 2명이나 낳을 수 있었다.

이번엔 결혼을 하지 않은 막내 시누이가 걸렸다.

남편한테 본격적으로 매달렸다.

“당신 동생 결혼 적령기 훨씬 지났잖아요. 어디 마땅한 배우자 감 있으면 꼭 찾아주세요. 막내 시누이도 결혼해서 행복하게 살 권리가 있어요. 꼭!”

나는 남편에게 귀찮을 정도로 틈만 나면 막내 시누이 결혼의 필요성을 강조하고 또 강조했다.

그러던 중 드디어 막내 시누이의 남편감을 발견하게 되었다. 남편은 자신의 동기이자 친한 친구로 인품이 훌륭했던 이 남성에게 선뜻 동생을 소개시켜주기 힘들었던 것 같다. 서씨 성의 이 남성은 서울대 공대 출신으로 당시 농촌진흥청 경기 양평지소에 근무하고 있었다.

이 남성의 존재를 들은 나는 당시 둘째를 임신 중이었지만 시외버스를 타고 양평까지 찾아가 그를 만났다.

“우리 막내 시누이는 같은 여자인 내가 봐도 정말 똑똑하고 지혜로운 여자에요. 선생님 내조를 아주 잘할 겁니다. 결혼하면 결코 후회하지 않고 행복한 가정을 꾸릴 수 있을 거예요."

한 달에 몇 차례씩 이 남성을 만나러 갔다. 몇 달이 지났을까. 어느 날 이 남성은 나에게 심각한 표정으로 말했다.

"이제 더 이상 저를 만나러 오지 마세요. 양평 사람들이 뭐라고 하는지 아세요? '웬 아가씨가 저렇게 자주 무거운 몸으로 오는 걸로 봐선 조용하고 실력 있는 서 주임이 서울에서 아가씨를 임신시키고 여기까지 온 게 분명해.' 이렇게 말하고 있어요. 그러니 제가 제수씨 말대로 결혼할테니 제발 이제 오지 말아주세요."

나의 진심이 통했던 걸까. 막내 시누이는 결혼에 성공했다.

결혼 후 서주임은 현대건설에 공채로 입사했고, 능력을 인정받아 임원까지 오르게 되었다.

나는 이런저런 많은 일들을 하면서도 남편 형제들의 '분가 프로젝트'는 게을리 하지 않았다.

첫 번째가 직장에 다니는 시아주버니의 네 식구 분가였다.

나는 주택공사에서 추진하고 있는 국민주택 청약을 신청했다. 100평 규모의 꽤 넓은 땅에 방이 세 개나 되는 집으로, 내가 시도한 최초의 청약이었다. 나는 간절한 마음으로 기도했다. 시아주버니 이름으로 화곡동 국민주택에 청약했는데 기적처럼 당첨되었다. 그때의 기쁨은 무엇으로도 표현할 수 없었다.

시아주버니 분가에 성공했지만 시어머니의 걱정은 다시 시작됐다. 딸들 걱정이었다. "집이 없어서 어떻게 하느냐"였다. 나는 큰 시누이 집을 장만해줄 계획을 세웠다. 주택공사가 시행한 잠실 지역에 주공 아파트 15평형에 청약했는데 운좋게 당첨됐다.

나는 세 번째로 작은 시누이 앞으로 잠실 주공아파트를 청약했고, 이 역시 당첨의 행운을 잡게됐다. 경제적 부담이 따르긴 했으나, 이 모든 일이 신나고 행복했기에 만족하고 즐거웠다.

1명의 시아주버니와 2명의 시누이 독립은 모두 성공적으로 마무리되었고, 마지막으로 남편의 막내 동생만 남게 되었다.

시어머니가 한숨지었다. 원래 엄마는 아들 걱정이 많다고 했던가. 시어머니는 군에 간 막내아들 걱정이 태산 같았다.

"우리 막내아들 군 제대하면 뭐하겠어. 집이라도 한 채 있으면 그나마 걱정이라도 덜 텐데."

나는 시누이들에게 했던 주택공사 청약 방법을 다시 떠올려 청약을 시도했는데 이것이 천만 다행스럽게도 주효했다. 막내 시동생은 그렇게 경기 광명에 이미 결혼 전에 자기 명의의 집을 마련할 수 있었다.

남편은 하나밖에 없는 남동생에게 특히 각별했던 것 같다. 나도 모르게 경기 포천에 5,000평 규모의 땅을 사준 것을 나중에 알게 됐으니 말이다.

아무튼 이렇게 나의 시댁 식구 독립 프로젝트는 꽤 오랜 시간에 걸쳐 긍정적인 결과로 막을 내리게 되었다.

돌이켜보면 이 과정에서 나는 수많은 어려움을 겪었고 고민도 컸지만, 시댁 식구들이 궁극적으로 행복할 수 있는 기반을 마련해줬다는 점에서 뿌듯함을 느끼고 있다.

사실 내 인생은 이것을 시작으로 분수령을 맞게 되었다.

29| 동대문 시장 아줌마

극심한 정신적 고통으로 삶에 깊은 회의가 밀려오고 우울함이 끝을 모르고 치닫던 대학 시절, 극단적인 선택을 시도했음을 말한 바 있다.

당시 한강변 어부의 도움으로 극적으로 살아났던 나는 그 후 캐릭터가 180도 변했다. 소극적인 성격에서 적극적이고 삶을 긍정적으로 받아들이는 아주 당찬 여성으로 성장해 갔다.

현대건설 근무 시절은 이렇게 변화한 나를 더욱 강하고 단단하게 만들었던 것 같다. 더욱이 현대 비서실에 근무하면서 오너였던 정주영 회장을 한때 모셨던 나의 소중한 업무 커리어는 세상과 사람을 대하는 인식 자체를 바꿔놓았음이 분명했다. 그것은 한마디로 '인생 공부'였던 셈이다.

결혼과 함께 현대를 떠났지만 매사에 적극적이고 도전적인 성향으로 바뀌었던 나의 사고는 오히려 강화되었다.

10명이 넘는 대식구를 챙기며 살던 고된 시집 생활의 토대를 근본적으로 흔들어 놓은 것도 바로 나 자신이었다. 여기에는 '시댁 식구의 독립'이라는 나만의 프로젝트가 견고하게 작동했음은 앞에서 술회했다.

그러나 이와 같이 전업주부로서의 다양한 시도와 경제적 문제로부터의 해방은 별개임은 살아가면서 절감하게 되었다.

시아주버니와 시누이 등 시댁 식구들에게 일자리를 만들어주고 독립을 하게 했지만 정작 살림살이 형편은 크게 나아지지 않았다. 경제적으로 호전될 기미가 보이지 않았던 것이다.

남편이 갖다 주는 넉넉하지 못한 생활비로 가계를 꾸려가기엔 한계가 있었다.

나는 아이를 키우면서 나 자신은 잘 입지 못하고 먹지 못하더라도 내 자식들만큼은 남부럽지 않게 입히고 먹이고 교육시켜야 겠다는 생각이 머릿속을 떠나지 않았다. 아마 이것은 대한민국의 부모라면 누구나 같은 생각일 것이다.

그런데 내가 생각하는 '부모의 역할과 책임'은 여기에서 조금 더 나아갔다.

모르긴 해도 나를 나은 지 얼마 안 돼 돌아가신 친모를 대신하여 나를 키워주신 외할머니의 양육 방식에 적지 않은 영향을 받았던 탓이다. 외할머니는 입는 옷, 먹는 음식, 학용품 등 손녀에게 필요한 모든 것을 당시 최고의 제품으로만 준비했던 분이다.

외할머니는 손녀가 "엄마 없는 아이"라는 소리를 안 듣게 하기 위해 무던히 노력하셨고, 나 역시 외할머니 손을 벗어날 때까지 남부러울 것 없이 생활할 수 있었다. 나 또한 결혼 후 외할머니의 이런 가르침을 실천하려고 했으나 월급쟁이 회사원 남편에 절대적으로 의존할 수밖에 없는 현실이 앞을 가로 막았다.

그렇지만 나는 포기하지 않고 주어진 여건을 최대한 활용하여 부족한 것이 무엇이든, 그것을 메워 나가기로 했다.

그 첫 번째가 아이들에게 비싼 옷은 사 입히지 못하더라도 그것에 버금가는 옷을 직접 만들어 입히는 것이었다.

아이를 업고 동대문시장을 찾아 옷을 만드는 데 필요한 원단을 구입했다.

당시 동대문시장은 구루마에 목판을 얹혀놓고 그 위에 천조각을 수북이 쌓아놓고 팔고 있었다. 작은 조각천에서부터 크게는 반마 정도 되는 큰 조각천들을 쌓아놓고 싼 값에 팔 때였다.

원산지는 대부분 외국산이었으나, 원단만큼은 최상급이었다. 이 원단을 갖고 나는 아이들의 옷과 내복을 직접 만들어 입혔다.

내 자식뿐 아니라 시댁 형님네 아이를 포함해 4명의 옷을 만들어 입혔다. 아이들은 기성복이 아닌데도 대만족해했다.

"엄마, 이 옷 너무 마음에 들고 예쁘다!"

"이 옷 정말 엄마가 만들었어?"

아이들은 학교 친구들에게 내가 만든 옷을 자랑했다.

시장에서 원단을 사다가 아이들의 옷을 만들어 입히는 검소한 생활이 5년 정도 계속되었다.

그 사이에 나의 옷 만들기 실력도 일취월장했던 것 같다. 그 비결은 다름 아닌 '공부'에 있었다.

업무상 일본 출장을 자주 다녔던 남편에게 옷을 만드는 데 필요한 실과 관련 서적을 사오라고 부탁했다. 일본어는 몰랐지만 책에 나와 있는 옷 만들기 관련 그림을 보고 따라하면서 실력을 키울 수 있었다. 책을 보면서 옷을 만드는 데 밤을 지새운 적도 한두 번 아니었으니, 내가 생각해도 그 열정은 대단했던 것 같다.

1970년대 당시 어린 딸들에게 만들어 입혔던 옷은 몇해 전까지만 해도 남아 있었다.

어느 날 친정집에 들렀던 결혼한 작은 딸이 웃으면서 말했다.

"엄마가 내가 어렸을 때 만들어 입혔던 옷, 그 옷이 얼마나 예쁘고 소중한지 모를 거야. 그 옷을 지금 엄마 손녀가 입고 자랑스러워해요."

그땐 넉넉하지 못한 형편 때문에 어쩔 수 없이, 남보다 더 잘 입혀야겠다는 일념 하나로 만들었던 아이들의 옷은 일개 옷 한 벌 따위가 아니었다. 그건 엄마의 사랑이었고, 아이들은 그 옷을 입으면서 엄마의 사랑을 체감할 수 있었던 것이다. 매장에서 사 입는 옷과는 비교할 수 없을 정도의 의미와 가치를 지니고 있었던 거다.

아이들의 옷을 만들어 입힐 때에는 명동 거리도 헤매었다. 1960~1970년대엔 '베이비센터'라는 유명한 어린이 옷가게가 명동에 있었다. 옷값이 비싸 사 입힐 수 없어 가게 밖에서 걸려 있는 옷의 디자인과 색을 기억한 다음 동대문에서 옷감을 사 집에서 만들기도 했다.

문제는 추운 겨울이었다. 지금은 없어졌지만 그 시절 명동 미도파 백화점은 외국 브랜드만 있었다. 나는 코트나 스웨터 등 겉옷만큼은 아껴모은 돈으로 최고급 제품을 구매해 아이들에게 입혔다. 내복은 털실을 기계 편물을 이용해 얇고 따뜻하게 짜 만들어 입혔다. 말그대로 엄마의 정성이 담긴 '수제품'이었던 셈이다.

30| 또 한 차례의 죽을 고비

대가족인 시댁 식구를 챙겨야 하는 나의 결혼 초기 시집 생활은 20대 중·후반의 젊은 여성이 감당하기에는, 짊어지기에는 결코 가볍거나 쉬운 일이 아니었다. 큰 시누이를 포함하여 시댁 식구들이 분가하여 독립하기 이전까지 크고 작은 일들이 집안 주변에서 쉴 새 없이 벌어지곤 했다. 그 수습은 고스란히 며느리인 나의 몫이었다.

여기에 남편과 친정어머니와의 갈등도 여전히 봉합되지 않은 채 해결의 기미 없이 계속되었으니 그야말로 죽을 맛이었다.

사람은 보통 큰 어려움에 처하거나 심한 고통을 겪을 때, 그것이 주는 스트레스로 인해 건강에 적신호가 켜진다. 나 역시 이를 피해가지 못했다.

셋째 아이를 낳은 지 몇 년 안 돼 심한 복통 증상이 나타났다. 진단 결과 일종의 급성 복막염이었다. 빨리 수술을 해야 하는 위급한 상황이었다. 내 나이 서른한 살 때였다.

그러나 체질적으로 마취가 안 되는 나의 몸 상태로는 수술이 불가능했다. 복막염 제거 수술을 하려면 반드시 마취를 해야 하는 데 이게 안 되니 수술 자체가 힘든 상황이 벌어진 것이다.

이런 나를 지켜보던 주변에서는 모두 안타까워하면서 발을 동동 굴렀다.

"○○엄마는 죽을 수밖에 없대요. 남편과 아이들도 있고 나이도 젊은데 불쌍해서 어떡해요…"

병원에 입원한 이후 나는 수술 대신 마취를 하지 않은 상태에서 배에 여러 개의 주사기를 꽂아 놓았다. 그렇게 며칠 동안 고름을 빼냈다. 수술 불가 상태에서 일종의 응급 처치가 반복되었던 셈이다. 이로 인해 몸무게가 40kg도 채 안되기도 했다. 그야말로 뼈만 앙상하게 남은 흉측한 몰골이었다.

의사도 죽음을 준비하라고 했고, 시댁 식구들도, 친정 언니들도 모두 나의 임종을 침통한 표정으로 기다리고 있었다. 사경을 헤매던 그때 나는 꿈을 꿨던 것 같다. 그런데 지금도 그 꿈에 관한 기억이 생생하다. 꿈속에서 나는 큰소리로 세상을 떠난 친어머니를 불렀다.

"엄마! 나 좀 살려줘요."

뚜껑이 열린 관 속에 어머니가 반듯하게 누워 있는 게 아닌가. 족두리를 쓰고 원사를 입은 어머니의 모습이었다. 나는 어머니에게 떼쓰듯이 말했다.

"엄마가 날 낳고 죽었잖아. 내가 얼마나 힘들었는지 알기나 해?"

나의 울부짖음은 계속 되었다.

"엄마, 내가 저 어린 자식들 셋 남겨놓고 죽으면 어떡해. 저 자식들이 나와 같이 또 힘들게 살아야 되잖아. 제발 부탁이야 엄마. 자식들 결혼할 때까지 살게 해줘. 엄마, 이렇게 빌게…"

나는 누워 있는 엄마를 바라보며 살려달라고 매달렸다.

"엄마, 날 살려준다면 눈 한 번 떠봐요, 응?"

잠시 후, 거짓말처럼 엄마가 눈을 떴고, 웃음을 띤 얼굴로 아무런 말없이 나를 바라보았다. 나는 그 때 처음 엄마 얼굴을 보았다. 내가 태어난 지 1년도 안 돼 산후후유증으로 세상을 떠난 엄마의 얼굴은 한없이 맑았고 환했으며 인자한 모습이었다. 중학생 때 외할머니가 나에게 건네 준, 한 장밖에 없는 엄마의 사진 속 얼굴 모습 그대로였다.

"엄마가 눈을 떴으니 날 살려준다는 거죠?"

그렇게 말하는 순간 엄마의 모습은 사라졌고, 나도 꿈에서 깨어났다. 침대 메밀 베개가 온통 눈물과 땀으로 흠뻑 젖어 있었다.

임종을 보려고 모여 있던 식구들은 기운 하나 없던 내가 갑자기 큰 소리로 애원하는 목소리를 들었고, 이후 눈을 뜨는 모습을 목격한 뒤 이구동성으로 "이제 당신은 살았어. 당신 어머니가 살려주신거야"라며 함께 눈물을 흘렸다.

엄마를 꿈에서 만난 이후 나는 믿기지 않을 만큼 기운을 차릴 수 있었다. 미음을 먹기 시작했다.

건강을 어느 정도 되찾은 뒤 남편이 말했다..

"당신 친모가 딸을 살린 거야. 잊지 말고 감사 인사를 꼭 드려!"

다 죽어가던 사람이 살아나자 의료진과 시댁 식구들도 놀라워했다.

"뼈 밖에 안 남은 사람이 어디서 이렇게 눈물이 많이 나와요?"

죽음 문턱까지 갔다가 살아난 나는 이후 5개월 여 동안 몸을 추스르면서 건강을 회복할 수 있었다.

'친어머니가 나를 버리진 않으셨구나. 감사해요 엄마!'

남편은 쾌유한 나에게 "당신 어머니 산소를 꼭 한번 찾아 인사드리고 오는 게 좋을 것 같다"고 조언했다. 안 그래도 그럴 계획을 갖고 있던 차에 남편의 이런 권유는 나에게 큰 용기가 되었다. 한편으로는 어머니가 더욱 사무치게 그리워졌다.

따뜻한 봄날, 나는 두 명의 언니들과 함께 어머니 산소가 있는 경남 창녕을 찾았다.

그러나 정작 산소의 위치를 찾을 수 없었다. 친어머니 사후 30여 년 동안 자식 중에서 산소에 간 사람이 아무도 없었던 탓이다.

나와 언니들은 궁리 끝에 창녕면사무소에 들러 수소문하기로 했다.

"혹시 창녕군수를 지냈던 한희석 전 군수 부인 산소가 어디 있는지 알 수 있을까요?"

아주 오래 전 일이라 처음엔 기억하는 사람이 아무도 없었다.

그렇게 한참의 시간이 지났을까. 면사무소 직원 중 한 사람이 벌떡 일어섰다.

"아. 생각났어요. 제가 산소가 어딘지 알아요. 저희 할아버지가 제가 어렸을 때부터 말씀하셨거든요. '한희석 군수님 부부는 도와드려야 할 분들'이라고요. 한 군수님 사모님 산소가 어디 있는지도 할아버지를 통해 알고 있어요. 저를 따라 오세요."

그렇게 천신만고 끝에 친어머니 산소를 찾을 수 있었다. 양지바른 야산에 자리 잡은 산소는 규모가 꽤 컸으며, 깨끗한 상태였다.

나중에 알고 보니 창녕 주민들이 순번을 정해 정기적으로 친어머니 산소를 관리해왔다고 한다.

창녕 주민들이 특정 군수의 부인 산소를 그렇게 정성스럽게 관리해 온 이유도 알게 되었다.

친어머니는 부유했던 외가에서 쌀 등 농사 지은 곡식을 모두 구루마에 실어 창녕으로 보내면 이걸 고스란히 주민들에게 나눠줬다고 한다. 먹을거리가 절대적으로 부족해 굶는 사람이 속출했던 1940년대 초 친어머니의 이런 선행이 주민들을 감동시켰던 모양이다. 친어머니가 돌아가신 뒤에도 외할머니가 쌀과 옥수수, 감자 등을 창녕에 계속 보내줬다는 사실도 새롭게 알게 되었다.

나는 친어머니 관련 일화를 지역 주민들을 통해 들으면서 부모란 존재를 다시 생각하게 되었다.

'부모가 생전에 주민에게 베풀던 선행은 그걸로 끝이 아니었구나. 부모가 행했던 의미 있는 일들이 자식들에게는 복으로 돌아오는 구나.'

31| 친어머니 산소 이장

사경을 헤매다 겨우 살아난 나는 친어머니에 대해 숙고하는 시간을 갖게 되었다.

아버지와 친모가 창녕 주민들을 위해 헌신적으로 일했던 사실들을 결혼한 지 한참 후에야 알게 되었고, 하마터면 무연고로 방치될 수 있었던 친모 산소를 현지 주민들이 번갈아가면서 관리하고 있었다는 사실에 한없이 감사하고 고마운 마음을 갖게 됐다.

1975년 쯤 나는 친어머니 산소에 다녀온 뒤 반성하고 또 반성했다. 그리고 다짐했다. 정기적으로 어머니 산소를 찾아와야겠다고.

언니들도 나의 생각에 흔쾌히 동의했다. 이후 1년에 한 번씩 언니들과 친모 산소 방문을 빼놓지 않았다.

그렇게 몇 년이 지난 어느 날 아버지가 나를 찾았다.

"경자야, 나도 나이를 먹었으니 언젠가 죽지 않겠니? 내가 죽게 되면 누울 산소 자리를 좀 봐 놓아야 할 것 같구나."

연로하신 아버지는 자신의 산소를 고향인 충남 천안 병천 매당리에 마련했으면 하는 바람이었다. 이후 몇 년의 시간이 흐른 뒤 아버지는 친모 산소 이장 문제를 함께 꺼낸 것이다. 뜻밖이었다.

"창녕에 있는 너의 친모 산소도 천안으로 옮겨올 생각이란다."

아버지는 오래 전에 세상을 떠난 아내의 묘지가 남쪽 지방의 외딴 곳에 멀리 떨어져 있는 것에 불편해하는 표정이었다.

나는 내색은 하지 않았지만 아버지의 어머니 산소 이장 언급에 진심으로 감사한 마음이었다.

그런데 변수가 생겼다. 어머니가 친모 산소 이장을 반대하고 나선 것이다. 어머니는 반대하는 이유에 대해서는 구체적으로 말하지 않았지만, 친모와 아버지 묘소가 같은 장소에 있는 것이 달갑지 않은 눈치였다.

하지만 아버지는 당신의 뜻을 굽히지 않았고, 어머니도 결국 반대를 접었다. 친모 산소는 그렇게 천안으로 옮겨오게 되었다. 1980년대로 기억한다.

산소 이장을 위해 나는 창녕으로 직접 내려갔다. 넷째 딸인 내가 친모 산소 이장을 주도했던 셈이다.

나는 친모의 유골을 수습한 뒤 천안에 새로 안장할 계획을 갖고 있었다. 이러한 구상에 따라 인부들을 동원해 이른 새벽부터 창녕 친모 산소 이장 작업이 시작되었다.

인부들은 산소를 해체한 뒤 시신이 들어 있는 관(棺)의 뚜껑을 뜯기 시작했다. 깔끔하고 고급스럽게 옻칠한 관이었다.

어머니가 돌아가신 뒤 창녕 지역의 유지 한 분이 자신이 사후에 쓸 관을 구입해 1년에 한 차례 옻칠을 하였다. 이렇게 옻칠을 한 관은 최고의 관으로 여겨졌다.

유지였던 그 분은 군수 부인이던 어머니가 돌아가시자 자신들을 위해 아낌없이 베풀었던 어머니에 갚을 길이 없다며 자신의 관을 내준 것이다.

이제 40여년 만에 옻칠한 관의 뚜껑을 뜯어야 하는 시간이 다가왔다.

순간 나는 걱정이 밀려왔다.

'만일 엄마 시신이 썩지 않았으면 어떻게 하지?', '또 눈을 뜨지는 않을까?'

하늘이 도운 것일까? 공개된 옻칠 관은 흠집 하나 없었고, 관에 들어 있던 친모 시신은 황골의 유골이 되어 있었다. 나는 안도했지만 참았던 눈물이 쏟아지기 시작했다.

수북이 쌓인 먼지같은 재에 앙상한 뼈가 올려져 있었다. 나는 가늘게 꼰 노끈으로 흐트러지지 않도록 뼈를 이어 묶는 과정을 지켜보면서, 먼지 한 줌도 모두 같이 갖고 가야 될 것 같은 소중함을 느꼈다. 내가 그토록 원망하던 어머니에게 너무 미안한 마음이 들어 하염없이 눈물을 흘리고 또 흘렸다.

수습한 유골을 무릎에 놓고 이장지인 천안으로 향하는 4시간여 동안 내내 눈물을 흘렸다. 커다란 수건이 모두 젖을 정도였다.

나는 엄마를 하늘나라에 보내드리는 마지막 기회가 주어진 것에 감사했다. 하늘이 주신 선물이라고 믿었다.

칠성판(七星板)[6]에 엄마 유골을 올려놓고 창호지로 곱게 싼 다음에

---

6) 북두칠성을 본떠 일곱 개의 구멍이 뚫려 있으며, 염습한 시신을 눕히기 위해 관 속 바닥에 까는 얇은 널판을 말한다.

안동포로 곱게 둘러 묶어 관을 닫는 방식으로 이장을 마무리 했다.

하지만 이러한 과정이 순탄하지만은 않았다. 친모 산소 이장 반대 고집을 꺾었던 어머니의 시선이 여전히 곱지 않았기 때문이다.

그런데 극적인 반전이 일어났다. 어느 날 오전 7시도 채 되기 전에 누군가 우리 집을 두드리는 소리가 들렸다. 놀라 뛰어 나가보니 어머니였다. 아버지도 함께 옆에 있었다. 어머니는 문을 연 순간 대뜸 나의 손을 잡고 "경자야, 나를 용서해 달라"고 했다.

"경자야, 너의 친엄마 산소 이장 이후에 7일 동안 꿈 속에 너의 어머니가 계속 나타났어. 화장실 문을 열면 거기에, 방에 앉아 있어도, 누워 있어도, 아버지 방에 가도 마찬가지야. 낮밤 가리지 않고 짓눌리는 느낌 때문에 죽을 것 같구나. 너무 무서워 견디기 힘들단다."

"그게 정말이에요?" 나는 믿을 수 없었다.

"잠을 자는 데 몸이 눌려서 살 수가 없었다. 꿈에 나타난 너의 친모에게 무릎을 꿇고 말했지. '잘못했으니 제발 살려 달라'고. '당신의 이장도 내가 해야 하는 데 경자가 하게 해서 미안하다'고 했다. '진심으로 미안하다'고. 그리고 내일 경자한테 빌겠다고 했더니 위는 보이지 않고 잠자리 날개같이 얇은 치마 밑부분과 흰 버선만 보이는 너의 친모가 아버지가 자는 방을 한번 둘러보고 현관문 쪽을 향해 사라지더라. 나를 용서한 것 같다. 그길로 너한테 달려 온 거야."

진통을 겪었던 친모 산소 이장 문제는 이렇게 일단락됐다. 하늘에 계신 엄마가 결국 해결사 노릇을 한 건 아닐까.

그 이후에 나는 심리적 안정을 찾을 수 있었다. 어머니와의 불편한 관계도 어느 정도 해소되었다. 경제적으로도 여유가 생기면서 33세에 넷째이자 막내아들을 낳을 수 있었다. 당시 기준으로 보면 노산(老産)이었지만 복덩이가 태어났다고 생각했다.

32| 시집 생활의 종지부

결혼 후부터 줄곧 이어진 나의 시집 생활은 한마디로 남편의 형제, 누나, 동생 등 시댁 식구들을 위한 삶이나 마찬가지였다. 며느리에 불과했지만 나는 시댁 식구들에게 집과 일자리를 마련해주는 데 전력을 다했다. 남들이 보기엔 일개 며느리의 무모한 시도일수도 있었지만, 나의 이런 노력 덕분에 시댁 식구들이 본가를 나와 독립적인 생활을 할 수 있었다는 사실 하나는 변하지 않는다.

시댁 식구들 입장에서는 내가 단순한 며느리 역할을 넘어 부모도 하기 힘든 큰일을 해낸 것으로 이해했을 수도 있다.

시댁 식구들의 홀로서기를 위해 동분서주하는 바쁜 일상 속에서도 나에겐 놓쳐선 안 될 '연례행사'가 있었다. 그것은 매년 설날에 정주영 회장을 찾아뵙고 새배를 드리는 일이었다. 결혼과 함께 직장이던 현대건설을 퇴사하고 평범한 주부로 숨가쁘게 살아가면서도 설날 정 회장댁 방문은 단 한 번도 거르지 않았다. 아버지와 같았던 정 회장을 설날에 찾아 뵙고 인사 드리는 건 당연한 도리라고 생각해서다.

결혼 생활이 정신적으로, 경제적으로도 어느 정도 안정을 찾아갈 무렵에 찾아온 신년의 설날에도 남편과 나는 어김없이 정 회장 댁을 방문했다.

세배를 마치고 차를 마시던 중 정 회장이 남편에게 대뜸 한마디 던졌다. 살짝 정색을 한 표정이기도 했다.

"박 과장! 자네 마누라 고생 좀 그만 시키는 게 어때?"

남편은 갑작스런 정 회장의 말에 당황해하는 눈치였고, 옆에 있던 나 역시 깜짝 놀랐다.

순간적으로 나는 생각했다.

'내가 결혼 생활이 힘든 줄 회장님이 어떻게 알았을까. 남편이 이야기했을 리는 없고. 회장님과 형제처럼 지내는 친정아버지도 잘 모를 텐데...'

이러한 궁금증이 커지기도 전에 정 회장은 하던 말을 계속 이어갔다.

"현대건설이 종로 세운상가에 지은 25평짜리 아파트가 있는 거 자네도 잘 알고 있지? 이 아파트를 줄 테니 휘경동을 나와서 독립하는 게 어떤가?"

정 회장이 아파트를 '주겠다'는 말에 남편과 나는 깊은 고민에 빠졌다. 우리 부부는 고민하고 또 고민한 끝에 정 회장의 제안을 받아들여 독립하기로 결정했다.

나는 처음에 정 회장이 세운상가 25평 아파트를 우리 부부에게 공짜로 주는 줄 알고 있었다. '주겠다'는 표현을 썼으니 그렇게 생각할 만도 했다. 우리에게 큰 선물을 선사하려고 독립을 권한 것 아니냐는 생각을 했던 거다.

그런데 알고 보니 그게 아니었다. 정 회장의 캐릭터를 누구보다 잘 알고 있는 남편은 "두고 봐, 그럴 리 없어. 회장님이 어떤 분인데 아파트를 공짜로 주겠어?"라며 손사래를 쳤다.

아니나 다를까. 남편 말대로 정 회장은 공사(公私)가 분명했다. 아파트에 입주할 때 500만 원을 내고 나머지 잔액은 남편 월급에서 매월 원천징수하는 식으로 아파트 한 채를 우리 부부에게 판 것이다.

이렇게 명절날 선물 해프닝은 허무하게 막을 내렸지만, 어쨌든 정 회장의 배려 덕택에 나는 결혼 후 7년 만인 1971년에 우리 집을 마련하여 휘경동을 벗어나 독립할 수 있었다. 휘경동 집은 남편의 형이 사는 쪽으로 정리되었다.

세운상가 아파트 시절은 나에게 잊지 못할 추억이 켜켜이 쌓여 있다.

우리 집은 현대 직원들로 손님이 끊이지 않았다. 퇴근한 남편이 직원들을 데리고 와서 밤새 놀다 가는 일이 반복되었지만 나는 그것을 즐겁게 받아들였다. 얼큰하게 술에 취해 들어온 현대 직원들에게 밤참과 만둣국을 끓여주는 일이 그렇게 행복할 수 없었다.

세운상가의 작은 아파트에서 현대맨들은 이렇게 서로 어울리면서 정을 나누어갔다.

누가 뭐라고 하지 않아도 애사심이 자연스럽게 생길 수밖에 없는, 그런 분위기가 회사 내부만이 아닌 우리 아파트에서 만들어지고 있었던 거다.

이후 이사했던 반포아파트와 압구정동 현대아파트 21동, 그리고 같은 아파트 80동을 거쳐 1980년대 초반 지금의 삼성동 단독주택으로 이사 온 이후에도 이러한 전통은 계속되었다. 그 전통의 초석을 세운상가 아파트에서 닦았다.

정주영 회장은 농담으로 나를 '강남 주모'라고 불렀다. 삼성동 우리 집이 생각날 때는 비서를 통해 "강남 주모한테 동동주 좀 준비해놓으라고 연락하라"고 했을 정도다.

나는 10여 년 전만 해도 동동주 같은 전통주를 직접 담가 우리 집을 찾는 손님들을 대접하곤 했다. 외가 할머니와 살던 시절부터 관심을 갖고 익힌 나만의 특별한 제조법이 있기 때문이다. 그 비법을 잠깐 소개하면 이렇다.

전통주를 만드는데 필요한 누룩은 시골의 아는 집에 부탁해 가장 좋은 재료를 공수해온다. 이렇게 귀한 누룩으로 빚은 전통주를 20일 정도 보관한 다음에 식사 테이블에 올리고 있다.

지금 살고 있는 삼성동 우리 집은 정 회장이 자주 찾았을 당시엔 식사 테이블이 성한 곳이 없었다. 정 회장은 흥이 많았다. 커다란 함지박에 물을 담고 그 위에 바가지를 올려놓고 두드리면 장고소리 못지 않은 악기로 변신하였다. 흥이 더해지는 순간이기도 했다.

정 회장이 방문하는 날에는 삼성동 일대에 사는 현대 계열사 사장 등 임원들이 모두 참석하여 단독주택인 우리 집 앞마당은 한바탕 파티장으로 변모하였다. 이런 모임이 있는 날 우리 집을 찾는 현대 임원 부부는 줄잡아 20명이 넘었다. 삼성동 우리 집이 현대 계열사 임원들의 신나는 회식 장소로 활용되었던 것이다. 나는 현대 가족들을 위해 음식을 준비하면서 집이란 공간이 이렇게 다양하게 활용될 수 있다는 사실을 새삼 깨닫게 되었던 것 같다.

우리 집을 찾은 현대 임원 등 손님들에게 내가 할 수 있는 일은 단 한가지 밖에 없었다. 온 정성을 들여 푸짐하게 음식을 대접하고, 손님들이 이 음식들을 맛있게 먹고 기분 좋게 우리 집을 나서게 하는 것이다.

이것이 일종의 나의 '손님 대접 철학'이다.

몸에 밴 나의 이런 습관은 외할머니의 영향을 받았다고 볼 수 있다. 외할머니는 인부들을 수십 명 거느린 부유했던 시절에도, 한국 전쟁 때 모든 재산을 잃어버린 뒤 그 후유증으로 어렵게 살던 시절에도 당신 집을 찾아온 손님들에겐 최고의 음식을 대접하는 데 소홀하지 않았다. 당신은 먹지 못해도 손님만큼은 맛있고 좋은 음식을 대접해야 한다는 생각이 확고하셨다.

나는 이런 외할머니를 보고 자라면서 남을 돕는 삶, 베푸는 삶에 자연스레 관심을 갖게 된 것 같다. 뒤에서 언급하겠지만, 훗날 내가 다양한 사회봉사활동을 하는 데 주저함이 없었던 것도 여기서 비롯되었다고 생각한다. 외할머니에게 진심으로 감사해야 할 일 아닌가.

33| '한경자'로 살아가기

태어난 아이들을 키우면서 한편으로는 그 많은 시댁 식구들을 건사하고 남편을 내조하는 데 사실상 전부를 바쳤던 나의 결혼 생활에 일대 변화가 시작된 시점은 사경을 헤매다가 극적으로 살아난 31세 때부터 였던 것으로 기억한다. 그러니까 1970년대 초반이었다.

사실 결혼 이후 셋째 아이를 낳을 때까지 5~6년 동안은 '한경자'라는 이름 석 자는 아예 존재하지 않았다고 해도 과언이 아니다. '장호 엄마', '며느리', '새댁' 등으로 불리면서 자아가 상실된 것이나 마찬가지인, 지독히도 끌려가는 삶을 살았음을 털어놓는다.

복막염으로 죽을 고생을 하다 가까스로 생명을 건진 나에게 퇴원 후 6개월 여 동안의 건강회복 기간은 새로운 인생을 준비하는 시간이 되었다.

나는 그 시간 동안 나의 생명을 살려준 것이나 마찬가지인 친모에게 감사하면서, 한편으로는 누구의 아내, 누구의 엄마가 아닌 '한경자'로 살아보자고 스스로에게 약속하고 동시에 다짐했다.

'한경자로 살아가기'의 첫 번째 목표는 나만의 일을 시작하는 것이었고, 두 번째 목표는 남편으로부터 경제적으로 자유로워지는 것이었다.

한마디로 말하자면, 결혼과 육아 때문에 현대건설 퇴사 후 중단되었던 사회생활을 재개하는 계획이었던 셈이다.

하지만 계획은 거창했지만 구체적인 실천 방안이 막막했다. 무엇을 해서 경제적 독립을 이룰지에 대한 해법이 보이지 않았던 거다.

나는 그럴 때마다 포기하지 않고 할 수 있는 일, 잘 할 수 있는 일에 방점을 두고 이에 부합하는 일들을 찾아 나섰다. 어떻게 보면 무모해보일 수도 있지만, 나는 희한하게 자신감이 넘치는 것을 느꼈다. 어떤 일이 주어지더라도 거뜬히 해낼 수 있을 것 같았다. 아마도 아버지의 근성과 정주영 회장의 도전 정신이 당시 나의 세계관을 지배했던 게 아닐까.

기회는 가까운 곳에 있음을 감지했다.

큰 딸(박혜성)을 유아미술 학원에 데리고 다니면서 수업이 끝날 때까지 기다렸다가 데리고 오는 생활이 이어졌다. 미술에 흥미가 있고 재능을 보이는 큰 딸의 손을 잡고 학원에 가는 날이 신기하게도 기다려졌다. 학원에 가면 모든 아이들이 선생님들보다 나를 더 따랐고 좋아했다.

그러면서 자연스럽게 유아미술에 대해 관심을 가지게 되었다. 이때는 세운상가 아파트에 살고 있을 때였다.

이후 반포 주공아파트로 이사하게 됐는데, 그 경위를 이야기해야겠다. 1960대 후반에 지어진 반포 주공아파트는 서울에서 동부이촌동 한강맨션에 이어 두 번째로 큰 대규모 아파트 단지였다. 강남 개발의 상징으로 불리기도 했던 곳이다.

한강변에 위치해 있어 교통이 편리하고 강북으로 오가는 데 있어서도 불편함이 전혀 없었다.

큰 딸의 학원 등·하원을 통해 익숙해진 반포 주공아파트가 이사할 곳으로 괜찮다는 생각을 갖게 되면서 부동산을 통해 시세를 알아보는 데까지 자연스레 이어졌다.

"반포 주공아파트는 얼마를 주면 살 수 있나요?"

나는 아이가 학원에 있는 동안 잠시 짬을 내어 상가 부동산에 들러 정확한 시세를 파악했다.

"매매가는 500만 원이에요. 전세는 295만 원인데, 입주하고 3년 후 매입할 수 있는 조건입니다."

며칠을 두고 이사 여부를 고민한 우리 부부는 논의 끝에 세운상가 아파트를 팔고 이 돈으로 반포 주공아파트로 전세 입주하기로 결정했다.

충분한 시간을 두고 아파트 매입에 따른 유·불리를 꼼꼼하게 따지는 게 맞지만, 주거가 안정되어야 생활이 안정된다는 것이 나의 판단이었기에 시세에 비해 싼 값으로 반포 주공아파트를 매입하는 데 주저할 이유가 없었다.

그렇게 반포 주공아파트에 정착했는데, 이것이 향후 내가 50여 년 동안 아란유치원을 운영하게 된 결정적인 계기가 될 줄은 꿈에도 몰랐다.

34| 반포 주공아파트 59동 206호

반포로 넘어온 우리 가족이 마침내 둥지를 튼 곳은 반포주공아파트 59동 206호였다. 나는 이 집을 평생 잊을 수 없다.

지금 살고 있는 삼성동으로 이사한 지 수십 년이 지났지만 반포아파트의 동과 호수를 여전히 기억하고 있는 것은 '한경자의 역사'가 시작된 곳이기 때문이리라.

반포아파트 생활이 익숙해지면서 나는 점점 나만의 일이 하고 싶어졌다. 직업을 가져야겠다는 생각이 갈수록 강하게 다가왔다. 요즘으로 치면 경단녀(경력단절여성)의 일자리 찾기였다.

그러나 당장 사무실을 얻어 무엇을 하기엔 경제적으로나 남편 동의를 얻기 어려웠다.

고민 끝에 일단 남편이 출근한 시간에 우리 집에서 동네 아이들 서너 명을 가르치는 것으로 '일'을 저질렀다. 이는 아이들과 함께 놀아달라는 지인들의 부탁으로 시작한 일이다. 초등학교에 들어가기 전의 미취학 아동을 대상으로 국어와 미술, 음악 등을 가르치는 일종의 '가정 보습학원'을 운영하기로 한 셈이다.

'이대 나온 경단녀 아줌마'는 반포아파트 59동 206호 우리 집을 찾은 아이들을 가르치기 위해 하루에 서너 시간 밖에 못자면서 수업을 준비했다.

나는 스스로 선택한 일이기에 매사에 최선을 다했다.

서너 명으로 시작한 반포아파트 59동 206호의 '이름 없는 학원'은 입소문이 나면서 어느 새 수강생이 10명 이상으로 늘었다. 더 이상 집에서 감당하기 힘든 숫자로 불어나 있었다.

남편 모르게 했던 가정식 학원이었는데, 일찍 들어온 남편에게 들키게 된 것이 오히려 전화위복이 되었다.

기왕 이렇게 된 것, 나는 남편을 설득하면서 졸랐다.

남편의 허락이라는 1차 관문을 통과한 나는 이번엔 학원으로 사용할 상가를 구하러 반포 일대를 찾아 다녔으나 마땅한 공간이 없었다. 소규모 학원을 하기에는 지나치게 크거나 작은 곳이 대부분이었다.

그러는 동안 우리 집으로 찾아오는 아이들은 점점 늘어났다. 반포아파트 59동 206호가 이 정도 규모의 인원을 수용하기에는 더 이상 불가능한 상태가 되었고, 나는 임시방편으로 근처 비어 있는 1층 아파트를 빌렸다.

이러한 '아파트 학원' 운영은 이후에도 상당기간 계속되었고, 수강생 수는 계속 늘어만 갔다. 그때마다 나는 다짐했다.

'여기서 반드시 성공해서 상가를 구해 나가야겠다.'

자신의 구상이 현실로 다가왔을 때의 기쁨이란 경험해보지 않고선 모르는 법이다. 나에게도 이런 소중한 기회가 드디어 찾아왔다.

우리 집에서 운영하던 '아파트 학원'이 아이들로 초만원일 즈음 주택공사가 반포에 상가를 새로 분양한다는 소식이 들려왔다. 나는 그 즉시 주공을 찾아갔다. 그리고 한동안 우두커니 앉아 사무실 직원을 응시했다. '누구를 잡고 부탁해야 할까?'

그러던 중 듬직한 남성 직원이 눈에 띄었다. 나는 이 남성에 다가가 문의했다.

"상가를 분양받아 학원을 하고 싶은데 어떻게 하면 되나요?"

"혹시 지금 학원을 하고 계신가요?"

"네. 하긴 하는데 가정집에서 조그맣게 하고 있어요. 상가를 분양받으면 정식으로 인가내서 하고 싶어요."

내 이야기를 듣던 주공 직원은 "부동산 업소를 소개해 줄 테니 그곳을 통해 한번 알아보라"고 친절하게 안내했다.

그 때 상가를 분양받기 위해 처음 만났던 반포 부동산 업소 대표와는 지금도 연락을 주고 받으면서 인연을 이어가고 있다.

당시 주공 상가는 입찰 방식으로, 내가 관심을 가졌던 상가는 18.33평짜리였다.

부동산 업소 대표를 만나 입찰 참여를 의논했다.

"상가를 낙찰 받으려면 950만 원은 있어야 할 거예요. 주변 비슷한 규모의 상가 공시가는 1,000만 원이 넘지만 여기 상가는 주공이 분양하는 거여서 비교적 싼 가격에 낙찰 받을 수 있을 겁니다. 갖고 있는 돈은 얼마나 되나요?"

"100만 원 정도요."

부동산 대표는 100만 원을 갖고 상가 입찰에 나서는 나를 이해할 수 없다는 표정으로 빤히 쳐다봤다.

"네? 100만원요? 그럼 나머지는요?"

"대출 받으면 되잖아요."

"그래요? 뭐 일단 알겠습니다. 한 번 해봅시다."

나는 955만 원을 써서 입찰에 응했고, 그 가격에 상가를 거뜬히 낙찰 받았다. 내 명의의 상가를 소유하게 되는 순간이었다.

그러나 상가 낙찰 소식을 들은 남편은 크게 화를 냈다.

"당신, 무슨 돈으로 상가를 살려고 그렇게 일을 저질렀어?"

"대출만 받게 해주세요 여보. 내가 은행 빚은 꼭 갚을게요."

남편은 그럴 수 없다고 단호하게 말했다. 포기하라고 했다.

낙심한 나는 암담했지만 남편의 대출 없이는 낙찰 받은 상가를 살 수 없는 노릇이었다. 나는 남편을 끈질기게 설득했다. 남편은 나의 집요한 요구에 두 손을 들었고, 결국 대출을 받아 생애 최초로 반포 상가를 소유하게 되었다.

그러던 중 부동산 업소 대표로부터 연락이 왔다.

"저 좀 빨리 만났으면 좋겠어요."

"왜요?"

"유찰된 상가 하나가 물건으로 나왔어요. 위치가 아주 좋아 몇 달 안에 다시 팔아도 수백만 원 충분히 벌 수 있어요."

나는 갖고 있던 돈으로 이 상가를 헐값에 계약했다. 부동산 업소 대표의 말대로 정확히 한 달 후 되팔아 200만원이라는 당시로서는 적지 않은 수익을 남길 수 있었다.

얼마 후 처음 인연을 맺었던 주공의 직원(연 과장으로 기억한다)이 전화를 했다.

"사모님이 구입한 반포 상가 바로 밑층에 반지하 65평짜리가 유찰이 됐는데 수의계약이 가능합니다. 관심이 있으시면 사 두는 것도 나쁘지 않을 것 같아서요. 아이들이 운동장처럼 넓게 사용할 수 있는 공간입니다."

주공 직원이 추천한 이 상가가 없었다면 지금의 압구정 아란유치원도 태어나지 못했을 것이다. 그렇게 매입하게 된 반포 상가 반지하 65평은 아란유치원의 산실(産室)이었다.

35| 반포 아란미술학원 문을 열다

주택공사 직원의 소개로 시세보다 훨씬 싼 가격에 구입한 반포상가는 상가였지만 나는 내가 사는 집과 동일한 공간으로 인식했다.

생전 처음 자신의 이름으로 된 상가를 구입해본 사람은 그 기분을 잘 알 것이다. 그것이 주는 살짝 흥분되고 묘한 느낌을. 한집에 모여 살던 대가족 형태의 시댁 식구들을 한 명씩 독립시키고, 죽을 고비를 넘긴 뒤 이제는 내 인생을 살아야겠다는 목표 중 하나가 드디어 결실을 맺는 순간이기도 했다.

1971년 마침내 반포상가에 정식으로 학원 문을 열었다. 그 이름은 '반포 아란미술학원'. 훗날 압구정 아란유치원의 전신(前身)이었다.

내가 반세기가 넘도록 사립유치원 교육자 겸 경영자로 큰 탈 없이 살 수 있었던 토대와 노하우는 반포 아란미술학원 운영을 통한 축적된 경험에서 비롯되었다고 감히 말할 수 있을 것 같다.

나는 학원 운영에 거의 올인하다시피했다. 학원 운영 초기에는 경비 절감을 위해 강사를 제외하곤 별도의 직원을 고용하지 않았다. 행정 업무는 물론이고 학부모 면담, 접수, 교사, 청소 등 궂은일은 모두 내가 도맡아 했다. 이렇게 하려면 적지 않은 시간이 필요했기 때문에 아침 6

시 학원에 나와 밤 11시가 넘어서야 귀가하는 고된 생활이 이어질 수밖에 없었다. 다행히 우리 집과 학원의 거리가 가까웠던 것은 학원 일을 하는 데 크게 도움이 되었다. 가족들과 온전히 시간을 보낼 수 있는 시간은 주말과 일요일뿐이었다.

나는 반포 아란미술학원을 운영할 때 나만의 교육철학이 있었다. 그것은 아이를 가르치는 강사만큼은 최고 실력을 갖춘 인재들을 채용하고, 다른 학원에서는 찾기 힘든 체험형 교육 프로그램 운영이었다.

반포 아란미술학원 초창기 주요 강사로는 홍익대 미대 출신인 박영하 선생과 유광숙 선생이 있었다. 이들은 지금도 나와 함께 하고 있는 대표적인 강사 멤버들이다.

나는 1970년대 초부터 이들과 함께 강사들이 일방적으로 가르치는 주입식 교육이 아닌, 아이들이 직접 체험을 하게 함으로써 주어진 주제에 흥미를 느끼게 하는 선진형 체험형 교육 방식을 도입했다.

이러한 교육 방식이 입소문이 나면서 당시 반포 아란미술학원은 말 그대로 문전성시(門前成市)였다. 입학 정원이 정해져 있었는데도 서로 우리 학원에 들어오려고 전쟁이 벌어졌다. 심지어 다른 학원에 다니는 아이들도 우리 학원으로 옮겨 오는 일도 적지 않았다.

당시 반포 일대에는 전문직과 유명 인사들이 특히 많이 거주했는데, 이들의 자녀와 손자 및 손녀들이 우리 학원 입학을 위해 안간힘을 썼다. 아예 입학원서를 학원 문 앞에 놓고 가는 아빠, 엄마, 할아버지, 할머니 등이 셀 수도 없이 많았고, "제발 우리 아이가 다닐 수 있게 해 달라"는 읍소형도 적지 않았다.

이런 걸 두고 '즐거운 고민'이라고 하던가.

빈자리가 없을 정도로 학원은 아이들로 늘 만원이었다. 자연스럽게 학원 수입도 늘어나게 되었던 같다. 이 때가 내가 살면서 가장 많은 돈을 만져보던 시절이었다. 가장 재미있고 의미 있고 보람을 느꼈던 시절이기도 했다.

학원 규모가 훌쩍 커지면서 웃지 못 할 일도 벌어지곤 했다.

추운 겨울 어느 날 값비싼 여우 목도리를 한 여성이 우리 학원에 나타났다. 30대 후반에서 40대 초반의 여성이었다.

"이 학원이 그렇게 유명하다면서요? 이 곳에 내 남편이 다니는 회사의 직원 부인이 일하고 있다고 들었어요. 그리고 학원 원장은 누군가요?"

나는 거만스러운 표정으로 거들먹거리는 이 여성의 모습이 우스웠고 한편으론 신원이 궁금했다. 현대 직원 부인이라면 이런 식으론 물어보지 않았을 테고. 정주영 회장 부인이었더라도 이렇게 무례하진 않았을 거라는 생각이 스쳐 지나갔다.

나는 시치미를 떼고 모른 척 청소를 하고 있었다. 알고 보니 이 여성은 내 남편이 다니던 현대건설 직원 부인이었다. 현대건설 해외 주재원으로 나가 있다가 귀국 후 자녀를 입학시키기 위해 자신의 남편을 활용하려 했던 것이다. 이른바 '아빠 찬스'였다.

나중에 이 여성은 내가 학원 원장이라는 얘기를 듣고 놀라 다시 학원에 나타났다.

"선생님이 원장일줄 몰랐어요. 정말 죄송합니다."

"괜찮아요. 그럴 수도 있지요 뭐."

학원이 알려지다 보니 크고 작은 에피소드가 적지 않았다. 이러한 에피소드는 하나같이 자녀들의 입학 관련 민원으로 수렴됐다는 공통점이 있었다.

날이 갈수록 반포아란미술학원은 번창하면서 행복감이 밀려왔고 일에 대한 자신감이 커졌지만, 마음 한편으로는 책임감 같은 것이 무겁게 다가오기도 했다.

그것은 더 나은 유아 교육 프로그램에 대한 갈증이었다.

돌이켜보면 압구정 아란유치원에서 시행하여 학부모와 다른 유치원의 호평을 한 몸에 받은 선진형 유아교육 프로그램의 시발점이 반포아란미술학원이었다.

그때 반포 아란미술학원을 운영하면서 터득하고 경험했던 체험형 유아교육 프로그램 상당수가 압구정 아란유치원으로 옮겨져 적지 않은 성과를 낼 수 있었다.

당시 나는 유치원을 운영하고 어린 아이들을 교육하려면 보다 전문적인 지식을 갖춰야겠다는 생각이 들었고, 남편도 나의 생각에 동의했다. 그렇게 중앙대 교육대학원 1기생으로 입학했다. 한편으론 내가 공부하는 모습을 보이면 자식들에게 "공부하라"는 잔소리를 하지 않아도 되겠다는 의미도 내포했다. 그렇게 해서 중앙대 교육대학원 1기생으로 입학했다.

교육대학원 시절 담당 교수는 이원영 교수와 이연석 교수로, 두 분 모두 유아교육 전문가였다. 교육대학원에 다니면서 내가 생각해도 공부에 매진했던 것 같다. 사실 나는 공부엔 별 관심이 없었지만, 2년 6개월의 교육대학원 과정은 유아교육을 이해하는 데 반드시 필요한 의미 있는 시간이었다.

36| 반포에서 얻은 새로운 에너지

반포에서 아란미술학원을 운영하게 된 주된 이유 중의 하나는 나 스스로 돈을 벌어 남편으로부터 경제적 독립을 도모하고 싶어서였다. 미술학원 운영으로 경제적 여유가 생기면 대기업 간부인 남편이 갖다 주는 생활비에 의존하지 않아도 되고, 자식들 과외비에 큰 보탬이 될 것이며, 봉사 등 미뤄왔던 다양한 사회활동도 가능해질 거라 믿었다.

1970년대만 해도 '남편은 바깥 일, 아내는 집안 일'이 도식화되어 있던 터라 여성의 경제 활동을 위한 사회적 여건과 상황은 매우 열악할 수밖에 없었다. 이러한 시기에 나는 겁도 없이 도전장을 내민 것이다.

내가 이렇게 결심하게 된 배경에는 남편과 둘째 형부의 돈 거래 문제도 어느 정도 작용했다.

세운상가 아파트에 살던 당시 남편과 별다른 직업이 없던 둘째 형부는 나 몰래 돈 거래를 했던 모양이다. 남편이 둘째 형부에게 당시 적지 않은 돈을 빌려줬으나, 형부는 원금은커녕 이자도 갚지 않았다.

둘째 형부가 남편에게서 빌린 돈으로 무엇을 했는지 나는 알 도리가 없었다. 다만 한량 기질이 다분했던 둘째 형부는 돈이 생기면 무조건 쓰고 보자는 생각이 강했던 사람이다.

문제는 변제 일정이 지나도 둘째 형부가 돈을 갚지 않자 화가 난 남편은 이에 대한 스트레스를 고스란히 나에게 풀었다는 거다.

남편은 툭하면 "당신 형부는 아직도 내 돈을 안 갚고 있어. 도대체 신뢰할 수 없는 사람이란 말이야" 등의 말로 상처를 주기 일쑤였다.

나는 남편이 왜 나에게 화를 내는지 이해할 수 없었고, 원망스럽기도 했다. 이것은 반포아파트로 이사한 이후에도 계속되면서 나에겐 특단의 결단이 필요했다.

그것은 경제적으로 남편에 기대야 하는 생활에서 벗어나 직접 돈을 벌고, 둘째 형부가 빌렸던 돈도 내가 대신 갚아줘야겠다는 다짐이었다.

이러한 목표가 반포 아란미술학원을 운영한 지 불과 몇 년 만에 달성된 걸 보면, 나도 참 독한 마음을 먹고 부지런을 떨며 살았던 것 같다.

그도 그럴 것이 반포 아란미술학원을 운영하면서 나는 학원 경영자, 엄마, 아내 등 1인 3역을 소화해내며 어느 하나도 소홀하지 않았다. 오히려 "내가 돈을 벌수록 가정에는 더 충실해야겠다"는, 오기 같은 것이 발동했던 것 같다.

시간을 쪼개 써야 하는 바쁜 날이 반복됐지만, 하루 3시간 밖에 못 자 몸은 지치고 고단했지만, 입술 립스틱도 제대로 바르지 못하고 출근하는 일이 다반사였지만, 이상하게 갈수록 정신적으로 건강해지는 것을 느꼈다. 육체적 피로도 전혀 문제될 것이 없었다.

나는 남편이 퇴근하는 시간에 맞춰 집에 들러 저녁 식사를 준비했고, 아이들의 교육에도 시간과 노력을 아끼지 않았다. 자투리 시간도 허투루 쓰지 않았다.

남편은 내가 5분이라도 귀가가 늦으면 타박하는 스타일이라는 것을 잘 알고 있었기에 충돌을 피하기 위해서라도 제 시간에 저녁 식사를 할 수 있도록 최선을 다했다.

아이들 교육은 내가 특히 신경을 썼던 것 같다. 학원을 운영하면서 아이들에게 더 나은 교육을 시키는 데 온통 집중하는 학부모들에게 자극을 받은 측면도 있지만, 남편의 충고 한마디가 약이 되었다. 이 대목에서 나는 남편이 존경스럽다.

남편은 "당신이 일 하는 것은 좋지만 대신 빈자리가 있으면 안 된다"고 입버릇처럼 말해 왔다. 일을 핑계로 가정, 특히 아이 교육을 놓치지 말라는 것으로 나는 이해했다.

그래서일까.

'필요하다면 과외를 시켜서라도 내 아이들이 최고의 교육을 받도록 해야 겠다'는 것이 나의 일관된 자녀 교육관이었다.

아이들 교육이 계기가 되어 부모들끼리 평생 인연이 이어진 경우도 있었다.

지금은 이름만 대면 알 수 있는 군인 출신 정치인들이지만, 1970년대 초반까지는 평범한 군 장교였던 J씨 등의 아들과 나의 첫째 아들은 나이가 같고 과외 선생도 같았다.

지방 군부대에서 근무하다가 주말 등에 가끔 서울 집으로 올라온 아들의 친구 부모는 우리 집에 모여 자신들의 진로를 논의하기도 했다. 내가 직접 빚은 막걸리를 곁들여 함께 식사를 하며 시간 가는 줄 모르고 밤새 세상 돌아가는 이야기를 나누었다.

어느 날 식사 자리에서 J씨의 아내가 우리 부부에게 하소연 했다.

"남편이 진급하기가 너무 어려워요. 서울과 지방을 오가는 생활도 힘들고요. 이제 예편할 때가 된 것 같아요."

동석했던 다른 군인의 아내 역시 비슷한 말을 하면서 "예편 후 무엇을 할지 고민이 된다"고 털어놓았다.

나는 이들에게 조언 아닌 조언을 하면서 예편 계획을 적극적으로 만류했다.

"군인은 힘든 직업이지만 장군이 되면 30가지 이상 혜택이 있다고 들었어요. 바보같이 왜 그만 두려고 해요? 진급이 너무 힘들다고요? 서울과 지방 군부대를 오가는 생활이 힘들다고요? 힘들지 않은 사람은 이 세상에 단 한명도 없습니다."

잠시 침묵이 흘렀다.

자녀들이 함께 공부한 것이 인연이 되어 우리 부부와 왕래했던 군인들은 훗날 모두 장군으로 진급했다. J씨 부인은 남편이 장군으로 진급한 뒤 만난 식사 자리에서 고맙다는 말을 전하기도 했다.

"장호 부모님 말에 백배 용기를 얻어 남편이 군을 떠나지 않았어요. 끝까지 버틴 덕분에 결국 별을 달았어요. 감사합니다."

아이들 때문에 우리 부부와 오랜 사적 인연을 맺어 왔던 이들 군인 가운데 한 명은 나중에 국가 최고지도자가 되었다.

37| 압구정 아란유치원 시대의 개막

남편은 그 대상이 무엇이든 100% 이상, 즉 완벽히 준비되어 있어야 실행에 옮기는 신중한 사람이었다. 이와 달리 나는 10%만 준비됐다고 판단하면 일단 저지르고 보는 스타일이다. 이렇게 우리 부부는 캐릭터가 달라도 너무 달랐다.

사실 남편의 논리대로였다면 나는 반포에 미술학원 개원은 엄두도 내지 못했을 게 분명하다.

남편은 자신이 생각하기엔 준비가 안 된 나의 모습이 한심해보였을 수도 있었을 것이다. 어쩌면 불가능한 계획, 무모한 계획으로 여겼을지도 모른다. 실제로 그랬다.

반포에서 유아미술학원을 열기 위해 상가를 구할 계획을 말했더니 남편은 그 자리에서 반기를 들었다. 노발대발했다.

"돈도 없으면서 어떻게 상가를 얻겠다는 거냐"는 게 남편의 일성이었다.

남편은 내가 유아대상 미술학원 개원을 위해 상가를 얻으려는 시도 자체를 "즉흥적이고 안이한 발상"이라며 못마땅해했다. 앞에서도 잠깐 언급했지만 이것은 1970년대 사회적 분위기와도 연관성이 있었다고 나는 생각한다.

당시엔 아내가 밖에 나가 일하는 것은 남편의 무능을 의미하는 시대이기도 했다. 남편이 국내 최고의 건설회사 사장인데 아내가 일을 한다는 것은 남편의 자존심을 상하게 하는 것이나 마찬가지였다.

하지만 나는 남편이 보란 듯이 반포 아란미술학원을 개원한 데 이어, 원생들로 초만원을 이루는 속칭 '대박'을 터뜨리며 학원의 조기 안착에 성공했다.

반포 아란미술학원이 완전히 자리를 잡으면서 나는 또 다른 목표가 생겼다. 유아미술학원 운영으로 유아교육의 중요성에 눈을 뜨게 되었고, 이를 실천하기 위한 방안 중의 하나가 넓은 마당이 있는 곳에서 유치원을 운영하는 것이었다.

나는 아란미술학원에 다니는 어린 아이들을 보면서 유아교육의 힘을 새삼 깨닫게 되었다. 5세 미만의 아이들이 하루가 다르게 성장하고 발전해가는 모습을 옆에서 지켜보는 것은 학원 운영자 입장에서 놀랍고 크나큰 행복이었지만, 갈수록 사명감과 책임감 같은 것이 밀려왔다.

'미술학원이 아니라 유아교육기관인 유치원을 열어 좋은 교육 프로그램을 통해 이 어린 아이들을 좀 더 체계적으로 가르치면 얼마나 좋을까.'

우리 옛말에 '뜻이 있으면 길이 있다'고 했던가.

기회는 조용히, 그리고 우연히 다가왔다.

1970년대 현대건설이 압구정동에 아파트 건설 계획을 발표했다. 나는 이 소식을 듣고 '압구정동 현대아파트 단지 내에 유치원을 개원하면 되겠구나'라는 생각을 했다.

남편에게 이런 구상을 애기했으나 예상대로 반대가 심했다.

"땅을 사서 유치원을 하는 것은 절대로 안 된다"는 게 남편의 생각이었다.

그렇다고 나는 포기할 수 없었다. 이미 머릿속에는 유치원 운영 구상까지 마련해놓은 상태라 밀고 나가기로 했다.

그래서 어느 날 정주영 회장을 직접 찾아갔다.

"회장님, 현대가 압구정동에 아파트를 짓게 되면 제가 거기서 유치원을 했으면 좋겠습니다."

"유치원을? 왜?"

정 회장은 놀란 표정이었다. 나는 반포 아란미술학원 운영을 계기로 유아교육의 중요성을 인식하게 됐다고 설명하면서, 이를 실현하기 위해 유치원을 운영할 생각을 갖고 있다는 말씀을 드렸다.

그러나 정 회장은 땅을 사서 유치원을 하겠다는 발상에 대해선 여전히 부정적이었다.

"경자야, 차라리 아파트가 들어서면 상가가 들어설 거고, 그 상가를 몇 개 사는 게 어떻겠니? 코흘리개 상대로 유치원을 아파트 단지에 새로 지어서 운영한다는 것에 나는 반대한다."

하지만 나는 물러서지 않았다.

"회장님, 아파트가 지어져서 수많은 사람들이 입주하면 아이들도 자연히 따라 오게 되어 있잖아요? 아이들이 모이는 곳에는 교육기관이 반드시 들어서야 하고요. 저는 학교는 못하지만 유치원은 할 수 있어요. 어릴 때부터의 교육이 얼마나 중요한지 저는 반포에서 유아미술학원을 운영하면서 잘 알게 됐어요."

정 회장은 결국 내 편이 되어 주었다. 반대 의사를 접은 것이다.

"경자 생각이 정 그러면 압구정 현대아파트 건설 부지에 유치원을 지을 땅을 사도록 해라!"

정 회장을 설득하는 데는 성공했지만 남편은 반대를 굽히지 않고 있었다.

"당신, 유치원 하려면 이혼하고 해!"

"내가 명색이 현대 고위임원인데 왜 하필 현대아파트 안에서 유치원을 하려고 하는지 모르겠어..."

그래도 나는 주장을 밀고 나갔다.

"유치원을 하려면 이왕이면 많은 사람이 거주하는 곳에서 하는 게 낫지 않겠어요?"

"아무튼 안 돼. 하려면 다른 데 가서 해!"

시간이 지나면서 남편의 무조건 반대는 다소 누그러졌지만, 현대아파트 안에 유치원을 개원하는 것에 대한 부정적인 입장은 변함이 없었다.

유치원 개원 문제로 남편과의 실랑이가 한동안 계속되던 중에 대반전이 일어났다.

그것은 현대그룹이 매년 연초에 강릉 경포에서 개최하는 신입사원 환영회 자리였다. 나는 임원 가족 자격으로 아이들을 데리고 남편을 따라 강릉으로 갔다. 1970년대 초반의 일이다.

행사가 끝난 뒤 남편과 나는 경포 인근 횟집에서 소주 15병을 나눠 마셨다. 나는 남편의 허락을 받아낼때까지 절대로 취하지 않겠다고 이 악물고 다짐했다.

그 자리에서 나는 남편에게 거듭 간청했다.

"여보, 제발 유치원을 할 수 있게 해주세요."

시간은 자정을 훨씬 넘겨 새벽 4시를 가리키고 있었다. 이 때 남편의 한마디가 내 귀에 꽂혔다. 정신이 번쩍 들 정도의 기다렸던 희소식이었다.

"당신 마음대로 해!"

내가 이 기회를 놓칠 리 없었다. 술김에 나는 테이블을 덮고 있던 종이를 찢어 남편에게 유치원을 할 수 있게 허락한다는 내용의 일종의 '각서'를 써달라고 했다. 남편은 순순히 각서를 썼고, 테이블에 있던 고추장으로 지장까지 찍었다.

이후 남편과 나는 만취 상태로 숙소로 돌아왔다.

다음 날 술이 깬 남편은 "유치원은 안 된다"며 다시 입장이 돌변했으나, 자신이 쓴 각서가 있었고, 정 회장도 허락한 사안이기에 되돌릴 수 없었다.

나는 이후 압구정동 현대아파트가 들어설 부지 중에 450평짜리가 나와 일단 계약금을 걸었다.

그런데 잔금 마련이 관건이었다. 남편은 "무슨 돈으로 유치원 부지 잔금을 마련할 거냐"며 채근했다.

나는 "반포 아란미술학원이 들어있는 상가를 팔면 된다"는 논리로 남편을 설득했다.

그런데 이게 순탄치 않았다. 아란미술학원이 문을 닫을 수도 있다는 소문이 나면서 자녀들을 우리 학원에 보내던 반포아파트 주민들이

"절대로 학원 문을 닫으면 안 된다"고 반대하고 나선 것이다. 결국 반포 아란미술학원을 그대로 운영할 수밖에 없었다.

정주영 회장은 아란유치원 개원 과정에서도 나를 크게 배려했다. 압구정 현대아파트 주민 중에서 자녀를 유치원으로 보내려는 주민들이 많아 아란유치원 개원 전에 아파트관리사무소 일부를 유치원 시설로 일시 제공한 것이다. 그것도 임대료 등 사용료는 한 푼 받지 않았다.

훗날 정 회장은 이렇게 회상하셨다.

"딸과 같은 경자가 유치원을 하겠다는 데 내가 당연히 도와줘어야지."

아란유치원은 개원하기 전 3~4년 동안 현대아파트 관리사무소를 빌려 운영하다가 유치원이 모두 완공된 1978년 정식으로 문을 열었다.

그러나 아란유치원 개원의 밑바탕이 됐던 반포 아란미술학원도 1980년 초반까지 함께 운영해야 했다. 그것은 두 가지 이유에서다.

첫 번째는 반포 학부모들이 아란미술학원의 계속 운영을 요구했기 때문이었고, 두 번째는 압구정동 공사가 아직 마무리되지 않았기 때문이다.

나는 본의 아니게 한동안 반포와 압구정동을 오가는 생활을 해야 했다.

아란유치원의 사계절은 거짓말을 하지 않는다.
사진 위로부터 유치원의 사계절(봄, 여름, 가을, 겨울)

38| 체험형 유아교육의 메카: 문화문해교육의 위력

현대건설이 시공한 서울 압구정 현대아파트는 가구 수가 총 6,300 세대가 넘는 대규모 아파트 단지이다. 압구정 현대아파트에서 미취학 자녀를 키워본 경험이 있는 학부모 중 아란유치원을 모르는 이는 거의 없을 거라 생각한다.

자녀를 아란유치원에 보내거나, 아니면 다른 유치원에 보내더라도 아란의 차별적인 교육 방식과 유치원을 운영하던 나의 교육 철학에 대해서는 한 번쯤은 들어봤으리라.

반포 아란미술학원 학부모의 요구 등으로 몇 년간 불가피하게 반포와 압구정 두 곳에서 미술학원과 유치원을 각각 운영하면서 나는 고민거리가 생겼다.

압구정 아란유치원 개원에 따라 반포 아란미술학원은 폐원이 기정사실화되어 있다고 한다면, 아란유치원에 모든 역량을 쏟아 부어야 했기 때문이다.

문제는 아란유치원 운영을 어떻게 차별화하느냐는 것이었다. 다른 유아교육 기관에서 시도하지 못한 양질의 교육을 새로 문을 연 아란유치원이 실행해야 하는 과제가 주어진 셈이다.

이것은 공급자인 교사 중심이 아닌, 수요자인 원생들이 재미있어하고 만족해하는 수업 프로그램 운영에 대한 고심이기도 했다.

나는 아란유치원 개원 후 몇 년간은 반포 아란미술학원 운영을 통해 축적됐던 노하우를 접목시키면서, 아이들에게 '유치원 가는 날은 신나게 노는 날'이라는 생각을 심어주는 것에 최대한 초점을 맞추었다.

우리 주위를 살펴보면 "유치원에 안 가겠다"고 습관적으로 소위 '땡강'을 부리는 아이들이 적지 않다.

나는 이미 아란유치원이 정식 개원하기 전인 1970년대 초반부터 아이들이 이런 반응을 보이는 건 유치원 교육 프로그램에 무언가 구멍이 뚫려 있다는 의미로 받아들였다.

그렇게 아란유치원만의 특성화 교육 프로그램을 추구하던 1990년대 중반, 교육 연수를 위해 유아교육의 선진국 이스라엘을 방문한 이후 나의 유아교육에 대한 관점은 180도 바뀌게 됐다.

이스라엘의 유아교육은 암기식 교육을 철저히 지양하고, 대신 토론 놀이와 체험형 교육에 모든 방향이 맞춰져 있었다. 이른바 '하브루타'(Havruta) 교육이다.

암기식 교육은 일회용에 그치는 반면, 체험형 교육은 평생 뇌리에 남아 의식구조를 지배한다는 것이 이스라엘 유아교육을 관통하는 주요 기조였다.

나는 말로만 듣거나 책에서만 보던 이스라엘의 교육적 특성을 현장에서 접한 뒤 머리를 한 대 얻어맞은 것 같은 느낌이었다. 그토록 찾아 헤매던 유아교육의 정답을 이스라엘 교육에서 비로소 찾았다는 판단 때문이다.

"그래, 바로 이거야!"

귀국 후 나는 유아교육 전문가들을 만나 이스라엘 교육 연수에서 보고 들은 내용과 나의 구상을 설명하고 유치원 교육의 방향을 근본적으로 바꿀 프로그램 도입을 논의하기 시작했다.

당시 나와 함께 아란유치원의 유아교육 혁신 프로그램을 만든 전문가들이 나정 박사, 최윤정 교수, 안소영 박사, 최수경 박사 등이다.

이들 유아교육 전문가들은 체험교육을 바탕으로 한 이른바 '문화문해교육 프로그램'을 개발하였고, 나는 아란유치원에서 이를 본격적으로 적용하기 시작했다.

아이들에게 프로그램을 본격적으로 적용하려면 유치원 교사부터 관련 내용을 정확히 이해하는 건 필수다. 이를 위해 아란유치원의 모든 교사들을 대상으로 '문화문해교육 프로그램' 시행을 위한 연수를 진행했다.

교육의 최초 단계에 위치한 유치원에서 아이들을 가르치는 교사들도 정기적으로 연수를 받아야 한다는 것이 내가 생각하는 유아교육의 주요한 방향성이다. 이것은 아이들에게 올바른 교육을 위해서도 반드시 필요하며, 교육의 질을 높이는 데에도 기여한다고 생각한다.

아란유치원의 '문화문해교육 프로그램' 골격은 한마디로 수많은 교재교구를 활용한 체험형 교육으로 정리할 수 있다. 아이들이 모든 프로그램을 직접 해보도록 설계되었다. 이스라엘뿐만 아니라 핀란드 등 유럽과 미국을 포함한 교육 선진국에서 시행하는 유아교육 프로그램의 장점을 한데 모아 우리 식으로 개발하였다.

예컨대 책에 나와 있는 우리 전통 악기가 무엇인지 무작정 외우도록 하는 게 아니라, 교실에 비치된 악기를 아이들이 만지고 연습하여 실제로 연주까지 이어지도록 하는 식이다.

이렇게 하려면 꽤 오랜 시간이 걸릴 수밖에 없다. 무용과 풍속놀이 같은 프로그램은 더 오랜 기간이 요구된다. 아이들이 꼬박 1년 동안 수많은 경험을 해본 뒤 갈고 닦은 자신의 기량을 뽐낼 수 있었으니 그 노력의 강도가 어땠을지는 짐작할 수 있을 것이다.

5~6세 어린 아이들이 일사분란하게 부채춤을 추는 장면을 한번 상상해보라. 학년 말, 자녀들이 1년 동안 공들여 준비한 공연을 보러 아란유치원을 찾은 학부모들은 놀란 표정으로 입을 제대로 다물지 못한다.

"어떻게 우리 아이가 저렇게 어려운 전통 무용을 할 수 있게 됐나요? 저것 보세요. 전통악기까지 연주하다니 믿을 수 없어요. 감사합니다 선생님."

아란유치원의 교육 프로그램은 그렇게 자리를 잡아가면서 명성을 높이고 있었다.

내가 추구하는 또 다른 교육 철학 중 하나는 아이들의 인성 배양이었다. 아이들에게 어렸을 때부터 좋은 습관과 인성을 키워주는 것이 유치원 교육의 중요한 과제라고 믿었기 때문이다. 나는 이러한 교육을 위해 다양한 교재를 동원했으며, 특히 문용린 전 교육부 장관이 주창한 '정약용책배소' 교육을 십분 활용하여 현장에서 실천했다.

서울대 사대 교수 출신인 문 전 장관이 기획한 그림책의 제목이기도 한 '정약용책배소'는 '정직', '약속', '용서', '책임', '배려', '소유'의 앞글자를 딴 것으로, 이와 같은 여섯 가지 미덕을 주제로 가족단위 체험활동을 통해 가족의 힘을 키우는 것이 목적이다. 체험교육의 중요성을 일찍이 간파했던 나는 유치원 교육에도 '정약용책배소'를 적용해 아이들에게 여섯 가지 도덕원칙을 강조해 나갔다.

2018

아란유치원의 연말 행사.
아이들이 선보이는 핸드벨 연주와 난타 및 부채춤,
노래극(오즈의 마법사)(이상 사진 위로부터) 등의
멋진 공연에 현장을 찾은 학부모들은 입을 다물지 못한다.
"우리 아이가 이렇게 잘 하다니 믿을 수 없어요!"

39| 피카소보다 그림을 잘 그리는 아이

아란유치원을 운영하면서 나는 두 가지 핵심 원칙을 세워놓고 이를 실천하는 데 최선을 다해왔다.

첫 번째는 아이들이 최상의 교육 여건에서 최고의 교육을 받을 수 있게 하는 것이고, 두 번째는 아란유치원에 근무하는 교사의 처우를 업계 최고 수준으로 해주는 것이었다.

반포 아란미술학원을 포함하여 50년이 넘도록 유치원을 운영하는 과정에서 이러한 교육 운영 방침은 한 치의 흔들림 없이 지속되었다. 내가 이렇게 하는 이유는 명료하다.

유치원에 다니는 아이들과, 아이들을 가르치는 교사가 만족하지 않는 유치원은 존재할 가치가 없다는 게 나의 일관된 생각이었다. 유치원 교육은 철저하게 교육 소비자 중심으로 이루어져야 한다는 믿음이기도 했다.

아란유치원은 교육의 무대를 교실만이 아닌 현장으로도 넓혀 나갔다. 그 현장은 아란 내부에도 있었고, 아란 바깥에도 존재할 만큼 다양했다.

현대아파트 단지 내에 들어선 아란유치원은 뒷마당이 아주 넓은 편이다. 마치 작은 숲속의 공원 같은 이 곳은 아이들이 마음껏 뛰어놀 수 있는 안전한 공간이었다.

아란유치원 뒷마당은 아이들의 과학놀이 장소로 이용됐으며, 때로는 즉석에서 동시를 지어 읽어보는 근사한 예술 공간으로 활용되기도 하였다.

활짝 피었던 벚꽃이 떨어지는 어느 봄 날, 나는 아이들과 함께 뒷마당으로 나가 아이들에게 시를 한번 지어보게 하는 시간도 가졌다. 떨어지는 벚꽃잎을 보며 어린 아이들이 어떤 생각을 하는지, 대체 생각이라도 할 수 있는지 궁금했다. 저 어린 아이들의 시상(詩想)은 어떤 것인지 듣고 싶어졌다.

그런데 이게 웬일인가. 아이들은 즉석에서 자신만만하게 지은 시를 큰 목소리로 읊어대는 게 아닌가.

"잎아! 네가 떨어지니 너무 좋다/
나도 너 같이 뒹굴었으면 좋겠다/
그런데 네가 땅에 떨어지는 게 너무 슬프기도 하다/
사람들이 밟고 가면 먼지가 되는 게 너무 슬프다"

나는 감탄했고, 아이들을 따라온 부모들도 박수를 치며 환호성을 질렀다.

유치원 교육에서 빠질 수 없는 프로그램은 미술, 즉 그림 그리기이다.

대개 그림 그리기에서 아이들의 감정이 그대로 표출된다. 아이들의 마음이 평온할 때 그리는 그림과 화가 나고 짜증날 때 그리는 그림, 기분 좋을 때 그리는 그림이 모두 다르다.

예를 들어 아빠와 엄마 그림을 그려보라고 하면 어떤 아이는 도깨비를 그린다. 그것은 가정이 평온하지 않다는 의미였다. 아이를 힘들게 할 만큼 가정이 불안하다는 뜻이다.

미술 전시 관람도 빼놓을 수 없는 프로그램이었다. 피카소 전시 관람, 국립민속박물관, 경기도 영은미술관 등 수도권에서는 가보지 않은 미술관·박물관이 없을 정도로 아이들은 현장을 마음껏 헤집고 다녔다. 모두 다 체험형 교육으로 분류할 수 있다.

아란유치원이 추구하는 이러한 체험형 현장 교육을 부정적으로 보는 학부모들의 시선도 있었다. "저렇게 어린 아이들이 뭘 안다고 피카소 전시에 데리고 다니냐"는 식이었다.

나는 그때마다 이렇게 답변했다.

"절대로 그렇지 않아요. 보는 것만으로도 교육적 효과가 큽니다. 아이들에게 모든 것을 할 수 있다는 자신감을 심어주는 것이 중요하기 때문이죠."

피카소 전시를 갔다 온 한 아이가 '관람평'을 내놓기도 했다.

"원장님! 피카소가 나보다 그림을 못 그려요."

"왜 그렇다고 생각하니?"

"사람인데 눈이 하나밖에 없는 그림을 그리니까요. 사람은 눈이 두 개잖아요. 하하"

어린 아이들에게 세상은 가식적이지 않다. 세상의 가식은 어른들이 만들어내고 있는 것이다.

3

체험용 교육은 아란유치원의 트레이드 마크와 같다.
영은미술관을 찾은 아이들이 물레를 활용한 도예체험, 쪽빛 물들이기,
흙놀이, 작품 감상 등 다양한 체험활동을 하고 있다.

40| 교육의 진정한 해법은 현장에

앞에서 언급한 미술 전시 관람처럼 아란유치원 교육 프로그램에서 현장 교육은 그 무엇보다 중요시되었다. 나는 그것의 일환으로 계절이 바뀔 때마다 용인 자연농원(현 에버랜드), 천마산 스키장 등을 돌면서 아이들에게 자연을 만끽하게 했다. 갇힌 교육의 한계를 열린 교육을 통해 해결하려는 시도였다.

스키 시즌이 시작되기 전 천마장 스키장은 매우 한가로운 편이었다. 나는 이런 여유를 이용해 아예 하루 동안 스키장 전체를 빌린 적도 있다. 이날만큼은 아란유치원 원생들의 전용 공간이었던 셈이다.

당시 천마산에는 소 달구지가 있었다. 아이들에게 소 달구지를 타는 경험을 통해 자연스럽게 호연지기를 키울 수 있게 했다.

천마산 계곡은 자연을 경험하는 데 최상의 조건을 갖추고 있었다.

계곡 귀퉁이 한 쪽을 돌로 막은 다음에 거기에다 두꺼운 비닐을 깔았다. 아이들이 발을 다치지 않게 하기 위해서였다. 이렇게 해서 마련한 조그마한 공간에 수산시장에서 구입한 미꾸라지 떼를 풀어놓는다. 아이들이 가만있을 리 없다. 너도나도 뛰어들어 미꾸라지 잡기에 시간가는 줄 모른다.

아란유치원에서는 아이들에게 잊혀져 가는 우리 전통풍습을 가르치기도 했다. 가령 새끼 꼬는 방법 등이다. 급변하고 있는 과학기술의 발달로 현대 문명에 자연스럽게 동화되어가는 어린 아이들이 한국의 전통문화를 경험하는 것은 소중한 우리 문화체험의 첫 단계라고 나는 판단했다.

집에서는 왕초 노릇을 하는 아이들도 유치원에 오면 수줍음을 타는 경우가 적지 않다. 나는 이런 현상을 해소하기 위해 유치원에서 전날 있었던 하루 일과를 발표하도록 유도하였다.

발표를 할 때는 반드시 마이크를 잡고 말하도록 했는데, 이것은 아이들에게 자신감을 심어주기 위한 조치였다.

처음에 머뭇거리던 아이들은 다른 아이들이 마이크를 잡고 하루 일과를 당당하고 신나게 말하는 것을 보면서 자신이 생겼는지 어느 사이 마이크 행렬에 가담한다.

아란유치원은 연말에는 신나는 오케스트라장, 파티장으로 변모한다. 이것은 아이들의 성장을 확인할 수 있는 시간이기도 하다.

아이들은 1년 동안 배운 음악과 부채춤, 악기 등을 부모와 조부모 앞에서 마음껏 선보인다. 아이들의 현란한 연주와 춤 솜씨에 깜짝 놀란 부모와 할머니들은 박수를 치면서 감격의 눈물을 흘리곤 한다.

아란유치원은 개원 이래 줄곧 학급 당 30명 이내 정원을 유지해왔다. 한 반 30명 이내의 정원이 가장 교육적 효과가 크다고 판단해서다.

내가 아란유치원 운영을 통해 돈을 벌려고 했다면 정원을 무작정 늘렸을 것이다. 그러나 나는 공교육의 영역이기도 한 유아교육은 그래선

안 된다고 생각했다. 백년지대계(百年之大計)라고 하는 유아교육이 양질의 교육이 되려면 소규모 정원이어야 가능하다는 생각을 일관되게 가져왔다.

나는 아이들을 가르치는 교사들이 자긍심을 가져야 유치원 교육도 순탄하게 이뤄질 것이라는 일종의 믿음 같은 것이 있었다. 이것은 반포 아란미술학원을 운영하면서 터득한 경험이기도 했다.

나의 유치원 운영 주요 원칙이기도 한 "아란유치원 교사들에게 최고의 대우를 해주겠다"는 생각은 유치원 개원 이후 단 한 번도 바뀐 적이 없다.

사립유치원 업계에서 최고 수준의 보수를 지급한 것은 물론이고 정기적으로 교사 연수를 실시하였다.

1973년부터 용평스키장은 아란유치원 교사들의 단골 연수 장소였다. 매년 겨울이면 10여 명의 교사들은 3박 4일 동안 스키장에 머물며 교육 연수 외에도 스키 레슨을 받기도 했다.

가을에는 단풍구경을 떠났다. 전국의 주요 단풍 명소를 찾아다니면서 머리를 식히고 단합을 다지는 시간이었다.

나는 여행을 할 때 가급적이면 그 지역에서 시설 등이 가장 좋은 숙소와 최고의 먹을거리를 찾아다닌다. 여행이란 무엇보다 잠자리가 편해야 하고, 또한 제대로 먹지 못한다면 그 의미가 반감된다는 생각을 갖고 있다.

교육 연수를 하는 아란유치원 교사들에게도 그 지역에서 가장 좋은 호텔에 묵고, 가장 맛있는 음식을 먹을 수 있는 식당을 사전 물색하는 게 나의 중요한 임무였다.

아란유치원 교사 중에는 미혼도 적지 않았다. 결혼 후 남편을 따라 지방으로 내려가는 바람에 아란을 떠나게 된 교사들은 "평생 잊지 못할 추억을 아란에서 만들 수 있게 해줘 감사하다"는 소회를 잊지 않는다.

나는 대학에 유치원 교사 추천을 의뢰할 때 학점이 좋은 학생보다는 인성이 좋은 학생을 요청한다. 그것에는 이유가 있다. 유치원 교사들은 어린 아이들을 상대하는 직업이기에 다른 직업에 비해 훨씬 육체적으로, 정신적으로 힘들다. 이러한 유치원 환경에 잘 적응하면서 아이들을 가르치려면 넉넉하고 후덕한 인성이 큰 힘이 된다.

아란유치원 교사 중에는 업무가 힘들어 유치원을 그만두는 경우는 거의 없다. 결혼으로 인한 지방 거주 등 불가피한 사유가 아니면 결혼 후에도 평생직장으로 생각할 만큼 애착심이 높은 편이다.

결혼 후 경남 통영에서 살고 있는 아란유치원 전직 교사가 어느 날 전화가 왔다. 압구정 아란유치원이 문을 닫고 경기 의왕에 유아교육 시설을 새로 문 열 계획을 전해들은 것이다.

"원장님, 의왕에 유아교육기관을 만들게 되면 저 좀 꼭 다시 불러주세요. 얼른 달려가서 일하고 싶어요."

나는 이러한 교사들에게 항상 감사하는 마음을 갖고 있다. 아란유치원에 재직했던 모든 교사들이 나를 지탱하게 했던 든든한 버팀목이었다.

사실 아란유치원에서 내가 지향한 교육은 성공적이었지만 여기까지 오는 동안 여러모로 힘들었고, 어렵기도 했고, 경제적 부담도 만만치 않았다. 유치원 운영 수입만으로는 도저히 실행할 수 없는 교육 프로그램이었기에 적지 않은 사비(私費)가 들어갈 수밖에 없었다.

그러나 나는 아란유치원을 열 때부터 이런 교육을 줄곧 소망했기에 한 치의 후회도 없다. 오히려 '한경자, 참 잘했다'는 칭찬을 스스로에게 하고 있다. 내가 가야 할 길, 해야 할 일을 묵묵히 실천했으니 대견하지 않나.

아란유치원 학부모와 유치원생들이 강영훈 대한적십자사 총재를 방문해 북한 어린이 돕기용 쌀을 전달하고 있다. 유치원생들은 하루에 자신이 먹는 만큼의 쌀을 유치원에게 가져왔고, 아란유치원은 이를 대한적십자사에 전달했다.

아란유치원은 부모가 참여하는 다양한 수업을 시도했다.
한옥만들기, 농악놀이, 패션쇼 의상 만들기, 떡메치기 등은
아이들과 학부모가 하나 되는 시간이다.

41| 평범하지만 특별했던 자녀 교육

오랜 세월 인연을 맺어온 지인들은 대놓고 묻곤 했다.

“반포 아란미술학원과 압구정 아란유치원을 동시에 운영하면 가정에는 아무래도 소홀할 수밖에 없었을텐데 자녀들은 도대체 어떻게 키우셨어요? 자녀 교육에 시간을 내기 힘들었을 것 같은데요.”

지금부터는 평범할 수 있지만 조금 특별하다면 특별했던 나의 자녀 교육 방식을 말하고자 한다.

휘경동에서 세운상가 아파트로 이사했을 때는 첫째 아이가 초등학교 입학하기 전이었다. 다행히 이 시기는 내가 반포에 유아미술학원을 하기 이전이기도 했다.

나는 세운상가 아파트로 이사 온 이후에 나름의 ‘3년 계획’을 세웠다. 이 계획은 우리 가족이 경제적으로 좀 더 안정되기 위한 야무진 ‘경제 플랜’이었다.

남편이 매월 월급날에 갖다 주는 생활비가 그렇게 넉넉하진 않았지만 이 돈을 아껴 저금도 하면서 가계를 살뜰하게 꾸려보겠다는 다짐이기도 했다.

이러한 목표를 달성하기 위해 나는 그야말로 기를 쓰고 살았던 것 같다. 그 덕분인지 3년 계획이 1년 반만에 달성되기도 하였다.

이러한 '경제 플랜' 외에 내가 특히 비중을 두었던 것은 아이들 교육이었다. 반포 아란미술학원 운영을 시작하기 전이라 자녀 교육에 대한 열정은 누구보다 컸었다. 아란미술학원을 하면서도 자녀교육은 빈틈없이 내 손으로 직접 챙기기를 잊지 않았다.

아이들에게는 내가 경험해보지 못한 것을 포함해 무엇이든 해주고 싶고, 시키고 싶은 욕망이 강했다. 그래서 아이들이 어려서부터 배워야 할 것은 빼놓지 않고 교육을 받도록 했다.

아이들이 유치원에 들어가기 시작하면서 나의 목표는 보다 구체화 했다.

그 출발점이 첫째 아이였다. 첫째 아이는 종로YMCA 부설 유치원에 등록해 본격적으로 교육을 받게 했다.

첫째 아이가 종로YMCA 부설 유치원에 다니게 된 인연으로 나도 자연스럽게 YMCA와 가까워질 수 있었다. 종로YMCA 수영장에 큰아이 레슨을 받게 하면서 나도 수영을 배우기 시작했다. 수영 외에 다이빙과 인명구조법도 자연스럽게 익혔다.

나는 수영을 배운 덕분에 나중에 YMCA 어머니회 일원으로 태릉 수영장 준공식에서 다이빙 시범을 보이기도 했다. 그 때는 내가 셋째 아이를 임신한 지 7개월째이기도 했다.

나는 우리 아이들이 어릴 때부터 다양한 취미생활을 할 수 있고, 동시에 이를 즐길 수 있기를 진심으로 바랐다. 수영을 가르친 것도 그런 이유에서였다.

우리 아이들은 처음에는 무섭고 낯설어하던 수영이었지만 어느 정도 자신감이 생기면서 궤도에 오르자 '선수' 수준이 되었다.

주위에서 아이들이 수영하는 모습을 보고 "물개가 노는 것 같다"는 말을 할 정도로 아이들은 수영을 좋아하고 잘 했다. 수영대회에 나가 상을 받아오는 일도 적지 않았다.

아이들이 초등학교에 입학한 뒤에는 공부와 운동을 병행하도록 유도했다. 자라나는 아이들에게 공부와 운동은 서로 보완적 역할을 한다는 것을 알고 있었기 때문이지만, 그것보다는 운동이 가져다주는 실질적인 효과, 즉 육체적 성장을 가능하게 하는 주된 요소라고 믿었다.

나는 아이들에게 수영 외에도 스케이팅을 가르쳤다. 손과 발을 뻗어야 할 수 있는 운동인 스케이팅이 키가 자라게 해준다는 이야기를 지인으로부터 들은 직후였다.

우리 부부는 둘 다 키가 큰 편이 아니어서 자식의 키 높이에 신경이 쓰일 수밖에 없었다.

오죽하면 해외 출장에서 돌아온 남편은 "키가 큰 외국인들 틈에 서 있으면 숲속에 서 있는 것 같아 목이 아팠다"면서 "당신은 아이들 잘 먹이고 운동시켜 키를 크게 하는 데 전념하라"고 했을까.

아이들은 사립인 서대문 경기초등학교에 추첨을 통해 입학했다. 그런데 스케이팅을 제대로 배우고 연습하려면 서대문에서 꽤 멀리 떨어진 태릉스케이트장까지 가야 했다.

학교가 끝난 아이들을 태릉스케이트장까지 실어 나르는 일이 나의 주요한 하루 일과 중 하나였다.

생각해보면 그 때처럼 나는 남편이 고맙게 느껴진 적이 드물었던 것 같다.

1960년대 말 세운상가 아파트에 살 때 남편은 “당신도 운전을 배워. 운전이 필요할 일이 생길 거야. 우리나라도 마이카 시대가 곧 올거야”라는 말을 일상적으로 했다.

나는 운전을 배우기로 결심을 하고 현대건설 입사동기인 친구 서문자 등 세 명과 운전학원에 등록했다. 이론을 공부하고 주행연습을 한 끝에 필기와 주행시험에 합격해 운전면허를 따게 되었다. 1969년 10월이었다.

이 운전면허가 첫째 아들을 태릉스케이트장까지 차량으로 실어 나르는 데 효자 역할을 톡톡히 한 것이다.

둘째인 딸은 동대문 스케이트장에서 피겨를 가르치면서 나도 덩달아 피겨를 배우게 되었다. 이를 통해 당시엔 생소했던 피겨라는 스포츠 종목을 이해하게 되었으며, 이러한 경험이 나중에 아란유치원을 경영하면서 원생들의 스포츠 활동 프로그램을 기획할 때 큰 도움이 되었다.

아이들에게는 남편의 극구 반대에도 불구하고 초등학교 때부터 영어 과외를 시켰다. 1970년대 초등학교 커리큘럼에는 영어가 없었으나 나는 영어의 중요성을 일찍이 간파했다. 나는 아이들이 성장 후 좀 더 넓은 세상으로 나아가길 바랐고, 그렇게 하기 위해 가장 필요한 요소 중 하나가 영어라는 것을 알고 있었다.

자식들은 이러한 나의 영어 조기교육 덕을 톡톡히 본 것 같다.

훗날 미국 유학을 간 자식들은 이구동성으로 전화를 걸어 왔다.

"엄마 고마워. 어렸을 때부터 영어를 가르쳐줘서."

"학교에 적응할 만하니?"

"물론이지. 학교에서 아시아 출신 유학생들은 한결 같이 영어를 잘 못하는데 나는 잘하잖아. 모두 다 엄마 덕분이야, 한국에서 일찍 영어 공부를 안 했다면 내가 어떻게 이렇게 자신만만하게 유학생활을 할 수 있겠어?"

나는 유학생활, 특히 미국 유학이 성공하기 위한 필수조건이 조기 영어교육이라고 생각한다. 그 나라 언어에 능통하지 않으면 적응에 문제가 생길 수밖에 없고, 학업뿐만 아니라 유학생활 전반에 좋지 않은 영향을 미치게 된다. 이것은 아이들을 유학시킨 학부모 입장에서 경험적으로 얻은 교훈이다.

나는 큰아들의 미국 경영전문대학원(MBA) 졸업식 때 처음 미국을 방문한 뒤 세계무대에서 일하려면 영어를 모르고선 불가능하다는 현실을 목도할 수 있었다. 영어 조기교육의 중요성을 새삼 절감하게 되었던 것이다.

이에 영향을 받아 1990년대부터 아란유치원에서 한국어와 영어를 동시에 교육하는 이른바 '바이링귀얼' 수업을 실시했다. 유치원에서의 바이링귀얼 수업은 아란유치원이 처음이었고, 이후 다른 유치원에서도 이를 벤치마킹하면서 일종의 붐이 일기도 하였다.

42| 소방안전관리사와 위험물취급사 자격증을 딴 유치원 원장

압구정 아란유치원은 내 삶의 전부라고 해도 과언이 아니다. 아란유치원은 곧 나의 인생이기도 했다.

반포 아란미술학원이 모태(母胎)가 되어 탄생한 아란유치원은 나에게 각별한 의미가 있었다.

당시 나에게는 나름의 유치원 운영 철학 같은 게 있었다.

나는 아란유치원을 개원하기 훨씬 전부터 사립유치원이 돈벌이의 대상이 되어선 안 된다고 생각해왔다. 일부 사립유치원 경영자와 원장의 일탈이 문제가 되어 사회적 지탄을 받기도 하지만, 대다수 사립유치원 경영자들은 나와 비슷한 인식을 하고 있을 거라 믿고 있다.

유아교육법 적용을 받는 교육 시스템의 한 축인 사립유치원은 기본적으로 유아교육 기관에 해당한다. 형태는 사립이지만 그 역할은 공교육 기관과 마찬가지라고 생각한다.

교육 기관이란 무엇인가. 학생들이 올바르게 성장할 수 있도록 그 토대를 닦아주는 곳이 바로 교육기관이라는 게 나의 판단이다.

나는 아란유치원 개원 이후 이와 같은 생각을 저변에 두고, 적극적으로 실천에 옮기면서 유치원을 운영해왔다.

반포 아란미술학원 시절에 행정과 청소를 도맡아했듯이 아란유치원에서도 나는 원장실을 지키지 않았다. 하루 종일 원장실에 앉아 교사들을 지시하는 그런 스타일은 질색이었다.

모름지기 사립유치원 경영자는 유치원 곳곳을 세밀하게 챙겨야 조직이 막힘없이 돌아갈 수 있다. 이렇게 하기 위해선 사립유치원 경영자는 유치원을 둘러싼 내·외부 환경에 스스로 전문가가 되어야 한다.

또한 유치원도 하나의 조직체이기에 경영적 누수가 생기지 않게 해야 하고, 재정 문제도 면밀하게 살필 필요가 있다,

나는 이러한 이치를 반포 아란미술학원 운영을 통해 숙지할 수 있게 되었고, 아란유치원에서 이를 그대로 적용했다.

지금은 도시가스를 통해 난방 공급이 이루어지고 있으나 아란유치원 개원 초기인 1970년대 후반만 하더라도 기름으로 난방을 공급하였다.

소방안전법에 따라 이를 담당할 자격증이 있는 소방안전관리사 배치는 필수였다. 나는 매월 10만 원씩 지출되는 소방안전관리사 비용이 아깝다고 느꼈다. 난방공급이라는 아주 단순한 업무에 당시로서는 적지 않은 금액을 매월 지불하는 것에 문제의식을 가졌던 것이다.

'내가 직접 이 업무를 맡으면 어떨까'

마음 속 한편에서 이런 생각이 꿈틀거렸다.

수소문 끝에 영등포에 있는 자격증 전문 학원에 등록하여 소방안전관리사 자격증을 땄다. 크게 어려움이 없는 이수과정이었다.

소방안전관리사 자격증 취득에 고무된 나는 내친김에 위험물취급

사 자격증에도 도전했다. 위험물취급사도 유치원 운영에 필수적이었는데, 이 역시 매월 20만 원을 지급하면서 위험물취급사 자격증 소지자를 고용하는 게 일반적이었지만 경비 절감 차원에서 내가 직접 하기로 한 것이다.

이후 조리사 자격증 등 몇 가지 자격증을 더 취득하게 되었다. 유치원 교사들은 이런 나를 보고 "자격증 전문 원장님"이라고 농담을 던지기도 했다.

이렇게 취득한 자격증은 유치원 운영 경비를 줄이는 데 기여했을 뿐만 아니라 소방 시설 등 유치원 내부의 안전과 관련한 사안들을 내가 직접 확인하는 데에도 일조하게 되었다.

여러 자격증을 소지한 유치원 원장에게는 이러한 일화도 있었다.

언제부턴가 유치원 난방을 위해 들어가는 기름 값이 이상하리만큼 많이 지출되고 있는 걸 발견했다. 직감적으로 이상하게 여긴 나는 기름 탱크를 직접 확인한 결과, 주유량에는 변동이 없는 것을 파악할 수 있었다. 그렇다면 원인은 다른 곳에 있었다. 결론은 담당 직원이 난방 기름 지출 장부를 속인 거였다.

마음 같아선 당장 내보내고 싶었지만, 이에 앞서 우선 담당 직원을 불러 경위를 들을 필요가 있겠다 싶었다. 정확한 사실 관계 파악이었다고 할까.

"당신에게 확인하고 싶은 사항이 있어서 불렀어요. 매월 27개 드럼 분량의 기름이 난방에 투입되고 있는데, 장부에는 32개 드럼 분량의 기름이 들어갔다고 기재했더군요. 사실인가요?"

이 직원은 처음엔 시치미를 떼다가 추궁 당하자 사실을 털어 놓았다. 이 직원은 주유소로부터 공급받는 기름의 일부를 빼돌려 되팔아 개인적 이익을 취한 것이다. 말하자면 횡령이었다. 나는 크게 실망했고 화도 났다.

"어떻게 당신이 이럴 수 있나요? 자녀 학자금을 전액 보조하면서 교육비까지 대줬는데 이런 행동을 할 수 있나요?"

이 직원은 "죄송하다"는 말 밖에 하지 않았다.

나는 사람을 의심하지 않는 편이다. 웬만하면 사람을 믿고 맡긴다는 것이 정확한 표현일 것이다.

나는 함께 일했던 유치원 교사와 직원들을 조금도 아쉽거나 서운하게 한 적이 없다. '최고 수준의 보수, 최고 수준의 복지'가 내가 일관되게 지향했던 경영 원칙의 하나였기 때문이다.

오래 전 결혼으로 유치원을 떠난 교사와 직원들과 지금도 소통하는 것도 사람을 신뢰하는 나의 스타일에 기인한다.

그러나 이런 나를 감쪽같이 속이고 잇속을 챙기는 사람들이 있다. 유치원 내부뿐만 아니라 유치원 밖에서도 존재한다. 이해할 수 없는 일이다.

나이가 들면서 사람 속은 더욱 모르겠고, 사람 관계는 더 힘든 것 같다는 생각을 자주 하게 된다. 나만 그럴까.

43| 압구정 아란유치원 '폐원' 결심

이제야 말할 수 있을 것 같다.

나는 코로나 팬데믹이 정점을 지나던 2022년 3월 압구정 아란유치원을 더 이상 운영하지 않기로 결심했다. 50년을 운영해 온 유치원의 폐원을 결정한 것이다.

사실 이러한 결심을 어느 날 갑자기 즉흥적으로, 충동적으로 한 건 아니다. 비교적 오랜 시간 생각하고 고민을 거듭한 끝에 내린, 참으로 어려운 결론이었다.

압구정 아란유치원 시대를 접기로 한 결정에는 행정당국과 교육당국에 대한 실망이 자리하고 있음을 말하고자 한다.

수년 전 어느 날 아란유치원으로 한 학부모가 찾아 왔다.

"아란유치원이 현대 소유라면서요?"

뚱딴지같은 소리에 나는 말문이 막혔다.

"뭐라고요? 박영욱과 한경자 부부 소유로 되어 있는데 무슨 말씀을 하시는 거죠?"

내가 번 돈으로 땅을 사서 시설물 건축만 현대에 맡겼고, 등기까지 되어 있는 압구정 아란유치원이 현대 소유라니? 어이가 없었고, 기가 막혔다.

그렇지만 무언가 찜찜해서 이 학부모가 돌아간 뒤 바로 등기소로 달려갔다. 지번과 소유자를 재차 확인하기 위해서였다.

그런데 나도 새까맣게 몰랐던 놀라운 사실을 알게 되었다.

요약하자면, 압구정 아란유치원 지번이 당초 배정받았던 압구정동 240-5 박영욱, 한경자가 아닌, 현대산업개발 소유로 등기되어 있었던 것이다.

결과적으로 현재 지번의 압구정 아란유치원 소유자가 우리 부부가 아닌 것으로 되어 있던 것이다. 이렇게 변경된 게 1980년대 초반이지만, 그 긴 세월이 지나도록 나는 이를 모르고 있었던 거다.

상식적으로 설명이 안 되는 상황이었다. 이후 나는 구청과 시청을 뛰어 다니면서 경위를 따졌지만, 공무원들의 반응은 한결 같았다.

"이것 보세요. 제 이름으로 된 땅이 나도 모르는 사이에 없어졌어요. 이게 말이나 되나요?"

"죄송합니다. 경위를 알아보고 연락드리겠습니다."

이후 관청에서는 한동안 연락이 없다가 어느 날 시 관계자로부터 전화가 왔다.

"좀 덮어줄 수 없겠습니까? 잘못하면 시청·등기소의 담당 공무원과 현대 직원들이 다칠 수도 있어서요, 용서해주시면 감사하겠습니다. 등기는 바로 정정하겠습니다."

땅 소유자도 모르는 상태에서 등기가 넘어가 지번이 바뀌는 이런 어처구니없는 상황을 초래한 데 대해 행정당국이 사안을 정확히 규명하고 책임을 지기보다는, 면피를 먼저 생각하는 공무원의 말에 크게 실망할 수밖에 없었다.

나는 몹시 화가 났지만, 아버지가 생전에 하셨던 말씀이 생각났다.

"경자야! 살다보면 많은 일들이 생기게 마련이지만 너로 인해서 공무원이나 다른 사람들이 피해를 보게 해서는 안 된다."

아버지를 떠올리며 겨우 화를 진정시킬 수 있었다. '그래, 내가 참자. 원상복구됐으니. 6~7명의 공무원들의 옷을 벗길 수는 없는 일 아닌가.'

몇 년이 지난 어느 날, 이번엔 등기부 등본을 떼러 구청에 갔던 유치원 직원이 급하게 들어왔다.

"회장님, 우리 유치원 등기는 뗄 수가 없대요."

이건 또 무슨 일인가 싶어 구청으로 달려갔다. 내가 원래 소유한 지번인 230−5가 여러 지번으로 쪼개져 있어 구청 직원도 뗄 수가 없었던 거다. 알고 보니 1개 지번이 무려 8개의 지번으로 둔갑해 압구정동 일대에 사방으로 흩어져 있었다.

상식 밖의 일이지만 그 이유에 대해 아는 공무원은 아무도 없었다. 나는 구청에 거듭 질의했지만, "1990년대 도시계획을 할 때 그렇게 되었나 봐요"라는 하나마나한 답변만 들을 수 있었다. 행정당국의 공무원을 상대로 이유를 따지는 것은 무의미했다. 1개 지번이 8개 지번으로 둔갑한 현실에 또 분노가 치밀었지만, 이 또한 참을 수밖에 없었다. 전체 평수는 변동이 없었으니 그나마 다행이었다고나 할까.

교육당국의 횡포는 이보다 더 심했다. 행정당국은 무능했지만 교육당국은 멋대로 권한을 남용하였다.

나는 압구정 아란유치원 개원 이후 교육청의 유치원 운영 지침을 충실히 이행하였다. 교육청의 유치원 운영 매뉴얼을 군말 없이 따랐다. 쉽게 표현하자면 교육청이 하라는 대로 한 거다.

그러나 갈수록 교육청의 간섭과 갑질은 도를 넘어섰다. 마치 나와 같은 교육현장 종사자들의 인내심을 시험해보는 것 같았다.

교육행정 당국인 교육청은 최일선 유아교육 기관인 사립유치원의 운영을 도와 유아교육이 자리를 잡게 하기보다는 사사건건 행정적 규제로 발목을 잡았다.

예컨대 하루 종일 어린 아이들 교육에 정신이 없는 교사들에게 시간대별로 업무일지를 쓰게 한 것이 대표적이다. 교육청 규정에 따르면 이러한 업무일지는 폐기처분도 마음대로 할 수 없다. 고스란히 모아 두어야 하기 때문에 수십 년 분량의 관련 서류만 한 트럭 분량이 족히 되고도 남을 정도다.

내가 압구정 아란유치원 문을 닫기로 결심한 결정적인 계기는 나와 평생을 함께 한 유광숙 아란유치원 원장의 수술비 보조 문제가 발단이었다.

유 원장은 반포 아란미술학원 시절부터 나와 함께 한 평생의 파트너였다. 그의 나이 스물한 살 때부터 45년 동안 동고동락한 사이다.

이런 유 원장이 몇 년 전 퇴근길에 갑자기 머리가 아파 병원에 입원했다. 진단 결과 긴급 수술이 필요할 만큼 위중했고, 한밤중에 뇌수술을 하여 다행히 큰 위기를 넘길 수 있었다.

나는 천운이라 생각했다. 유 원장 수술을 집도했던 담당 의사는 "조금만 늦었더라면 위험할 뻔 했다"고 했다.

유 원장의 수술비를 포함한 병원비가 꽤 많이 나왔다. 나는 아란유치원을 운영하면서 직원들을 위한 복지기금을 유치원 전체 예산에 반영하였다. 그동안 사비로 유치원 운영비를 보조해왔지만, 이와 별개로 복지기금 예산을 마련한 것이다.

나는 복지기금 중 일부를 유 원장 수술비로 유치원 예산에 편성한 뒤 이 돈으로 병원비를 지급했다. 그런데 이게 문제가 된 것이다.

유치원 정기 감사를 나온 교육청 관계자의 말은 지금도 잊히지 않는다.

"복지기금에서 지급한 유 원장 수술비를 한경자 회장 개인 돈으로 다시 채워넣어야 합니다."

복지기금 명목으로 사비로 유치원 회계에 입금한 뒤 병원비로 지불한 것인데, 또 입금하라니?

나는 귀를 의심했다.

"복지기금은 직원 복지에 쓰라고 되어 있고, 수술비 보조도 그것의 일환인데 뭐가 문제가 된다는 거죠? 개인 돈으로 다시 채워놓으라고요? 이런 법도 있나요?"

나는 거세게 항의했지만 소용없었다. 오히려 교육청 관계자는 한술 더 떴다. 분통이 터졌다.

"회장님은 이렇게 개인 돈 들어가는 유치원을 왜 하세요?"

"내가 좋아서 하는 거예요. 차라리 문을 닫으라고 하세요!"

교육청의 한심하고 도를 넘어선 횡포는 또 있었다.

지방에서 교육연수를 마친 뒤 밤늦게 서울에 도착한 교사들의 안전한 귀가를 돕기 위해 나는 개인 돈으로 택시비를 지급했다. 이것도 교육청은 감사를 하면서 트집을 잡았다. "왜 택시비를 줬냐"는 것이었다. 사비로 고생한 교사들에게 택시비를 주는 게 대체 무슨 잘못이란 말인가.

매년 3억~4억 원을 유치원 운영비로 보조해오던 나로선 교육청의 처사를 이해할 수 없었다.

이런 일도 있었다.

아란유치원은 지은 지 오래되어 마당 하수관이 모두 막히고 토관이 무너져 하수관을 새로 묻게 되었다. 교육청은 이 공사를 지적하기도 했다.

"왜 교육청에서 지정한 건설회사에 맡기지 않고 개인에게 주었느냐"는 것이다.

하수관 공사는 인부들이 하는 일이라, 건설회사에 맡길 필요가 없는 업무였는데 교육청은 생트집을 잡았다. 교육청은 하수관 공사를 했던 인부들을 불러 조사하면서 마치 죄인 취급을 하는 비상식적인 행태를 보이기도 했다.

이처럼 교육청은 상식적으로 전혀 납득할 수 없는 처사를 답습하면서 나의 가슴에 대못질을 해댔다.

이렇게 어처구니없고 납득이 안 되는 유치원 관련 일을 수년 째 겪으면서 나는 지쳐갔고, 특단의 결심을 해야 할 시기가 왔음을 감지했다.

'아, 이제 압구정 아란유치원을 접을 때가 됐구나…'

44| 궁원예식장을 운영한 사연

사람들이 나를 '사립유치원의 대모(代母)'로 부른다는 걸 잘 알고 있다. 모르긴 해도 반세기 이상을 사립유치원 경영자로 지냈기에, 사립유치원 발전에 적지 않은 기여를 했기에 붙여진 이름일 것이다.

그런데 내가 예식장을 운영했다는 사실을 아는 사람은 그렇게 많지 않은 것 같다.

'사립유치원과 예식장 운영'.

도무지 연결 고리가 잡히지 않을 수 있지만, 예식장 운영은 사립유치원 경영과 유아교육에 몰입하던 나에게 소중한 선물이자 단비 같은 존재였다.

내가 예식장을 운영한 것은 순전히 우연이었다.

세운상가 아파트에 살던 1960년대 중후반, 남편과 나는 주말이면 두 아이 손을 잡고 배를 타고 한강을 건너 강남으로 가곤 했다. 가족 나들이가 목적이었다.

그 때 남편은 이런 이야기를 농담 반, 진담 반처럼 했다.

"여기(강남)에 우리 소유의 배 밭이라도 있으면 노후도 대비할 수 있을텐데."

우리는 겨우 20대 후반과 30대 초반의 젊은 부부였으나, '노후 대비'라는 남편의 말에 나는 웬일인지 고개가 끄덕여졌다.

앞에서도 언급했지만 남편은 그 대상이 무엇이든 사전 준비를 생활의 중요한 원칙으로 여기는 사람이었다. 그 때 나는 남편이 한 말이 노후도 미리 준비해야 한다는 취지로 이해했고, 또한 동의했다.

며칠 뒤 강남에 있는 부동산에 전화를 돌렸다.

"혹시 가장 작은 평수의 배 밭이 매물로 나오면 꼭 알려주세요."

그렇게 강남과의 인연이 시작되었고, 얼마 뒤 부동산에서 소개해준 배 밭을 구입하게 되었다. 남편의 월급을 저축해서 모아둔 돈이 배 밭 구입의 종잣돈이 되었다.

이 배 밭이 있던 곳이 나중에 내가 궁원예식장을 지은 논현동이다.

강남 배 밭을 구입한 지 몇 년이 지난 어느 날 남편이 퇴근 후 어디서 들었는지 황급하게 한마디 던졌다.

"여보, 논현동 우리 땅이 없어질 수도 있다고 하네. 도로 건설 때문에 정부에서 강제 수용하는 계획을 갖고 있는 모양이야"

남편의 말은 일부는 맞고 일부는 틀렸다.

사실을 확인해보니 논현동 우리 땅의 일부가 도로건설로 편입이 불가피하게 되었으나, 대부분의 부지는 그대로였다. 오히려 인근 도로 공사로 땅의 평수는 적어졌지만 땅값은 더 오르게 되었다.

이 얘기를 들은 남편의 말은 지금도 잊히지 않는다.

"우리 땅이 기막힌 땅이 됐구나!"

나는 논현동 땅을 산 뒤 그 곳에 아무런 시설물을 짓지 않았다. 사실상 오랫동안 빈 땅으로 방치했던 셈이다.

그런데 1980년대 초반 정부가 이른바 공한지세, 즉 빈 땅에 세금을 부과하는 정책을 내놓으면서 비상이 걸렸다. 당시 남편 월급으로 논현동 땅에 대한 별도의 세금을 낸다는 것이 불가능했다. 세금을 감당할 수 없는 여건이었다.

결국 논현동 빈 땅에 무엇이든 지어야 하는 상황이 되었고, 나의 고민은 깊어갔다.

'창고라도 지을까? 아니면 유치원 체육시설?'

고민을 거듭하던 중에 지인 중 한 명이 "예식장이 어떻겠느냐"고 제안했다.

1980년대 당시만 해도 결혼을 많이 하던 시기라 서울의 주요 지역에 예식장들이 속속 들어서고 있었다. 수익성이 보장된 것은 물론이다. 공한지(空閑地) 세금만 안 내도 돈을 버는 거라 생각할 때였다.

나는 예식장 수입이 어느 정도 보장되면 아란유치원 운영에도 재정적으로 도움이 되어 양질의 유아교육을 순탄하게 할 수 있을 거라 생각했다.

결국 예식장을 짓기로 했고, 이름은 '궁원예식장'으로 정했다.

문제는 웨딩홀의 규모였다. 당초엔 하나의 홀만 만들 생각이었으나 결혼식이 계속 늘고 있는 추세를 감안할 때 적어도 두 곳의 홀은 확보해야 할 것 같았다. 이렇게 대형 웨딩홀 두 개가 탄생했다.

그러나 웨딩홀 2개만으로는 예식장 기능을 제대로 수행할 수 없는 게 당시의 현실이었다. 예식장을 찾은 하객들이 식사할 수 있는 공간인 식당이 필요했기에 부대시설로 대형 식당을 갖추게 되었다.

궁원예식장을 신축할 때 내가 외할머니의 시골집을 지을 때 일조했던 경험이 크게 도움이 된 기억이 생생하다. 예컨대 벽돌은 어떤 종류를 사용해야 하고, 몇 장정도 들어가는지 등을 세세하게 알고 있었을 정도다. 시공업체도 전문가 빰치는 나의 이러한 '건축 상식'이 대체 어디서 나왔는지 궁금해 하는 눈치였다. 아무튼 궁원예식장은 건축 과정에서 큰 문제없이 순탄하게 완공될 수 있었다.

궁원예식장은 1984년 문을 열었다.

나는 궁원예식장 식당의 음식을 직접 준비했다.

당초엔 식당 운영을 만만하게 보았지만 그게 아니었다.

결혼식이 몰려 있는 토요일과 일요일에 하객들이 식사를 하게 하려면 화요일부터 준비를 시작해야 했다. 화요일에 시장을 다녀온 뒤 수·목·금요일 사흘을 꼬박 준비해야 토요일과 일요일에 하객들이 제대로 된 식사를 할 수 있었던 것이다.

궁원예식장 식당 운영과 관련한 일화도 적지 않다.

궁원예식장 식당은 갈비탕으로 특히 유명했다. 요즘으로 치면 '갈비탕 맛집' 같은 곳이었다. 보통 토요일과 일요일 하객들의 식사에 필요한 갈비는 천근 정도 되었다. 그런데 어느 날인가부터 갈비가 모자라는 것이 아닌가.

이상하다고 생각한 나는 갈비를 공급하는 정육점을 직접 찾아가 "갈비가 왜 이렇게 갑자기 부족해졌냐"고 물었다.

"우리도 모르겠어요. 우리는 정상적으로 공급하고 있습니다."

나중에 알고 보니 식당 주방장과 갈비 공급 업자가 짜고 갈비를 빼돌린 것이다. 궁원예식장 인근 건물 경비원이 이걸 말해줘서 알게 되었다.

"사장님, 오후 3시쯤 예식장 근처 쓰레기 통으로 한 번 가보세요. 이상한 일이 벌어지고 있어요."

나는 그 시간에 경비원이 말한 쓰레기 통 근처에 잠복했다. 잠시 후 어떤 여성이 나타나 쓰레기통에서 커다란 검은 봉지를 꺼내어 좌우를 살핀 뒤 사라졌다. 이 봉지엔 갈비가 가득 담겨 있었던 것이다.

이 여성은 곧 덜미가 잡혔다. 나는 현장을 적발하고 이 여성에게서 범행 일체를 자백 받았다. 알고 보니 이 여성은 궁원예식장 식당 주방장 가족이었다.

그런데 다음 날 자신의 잘못을 반성하며 용서를 빌 줄 알았던 주방장은 오히려 난동을 부렸다.

"사장 당장 나오라고 해!"라면서 들고 있던 대형 식칼을 식탁에 내리치는 게 아닌가. 일종의 협박이었다. 말 그대로 적반하장(賊反荷杖)이었다.

나는 바짝 긴장했지만, 원칙대로 대응하지 않으면 주방장이 더 큰 '사고'를 칠 수 있음을 직감했다.

주방으로 급히 뛰어간 나는 주방장이 소지하고 있던 칼보다 더 큰 식칼을 들고 나왔다. 주방장의 난동으로 어차피 식탁은 망가졌기에, 나는 있는 힘을 다해 주방장이 칼로 내리 꽂은 식탁 옆에 대형 식칼을 힘껏 내리쳤다. 나는 여기서 멈추지 않고 목소리를 높였다. 일종의 반격이었던 셈이다.

"야, 주방장! 네가 도둑질한 주제에 어디서 큰소리냐. 그래 어디 한

번 해보자."

내가 질러대는 소리는 천장에 부딪치며 몇 배의 엄청난 울림으로 다가왔다.

"주방장, 당신은 지금 크게 잘못하고 있는 거 알기나 해? 범행을 인정하고 지금 식당을 그만 둘래? 아니면 도둑질 혐의로 경찰에 넘길까?"

주방장은 나의 기세가 두렵고 무서웠는지 "잘못했다"고 말한 뒤 식당을 떠났다.

나는 이 일을 겪으면서 '사람을 너무 믿으면 안 되겠구나'라는 생각을 새삼 하게 되었다. 식당일을 믿고 맡겼던 주방장의 배신은 사람에 대한 신뢰를 거듭 생각하게 했다.

주방장의 난동이 있은 뒤 나는 직접 조리사 자격증을 따야겠다고 생각했고, 그 결심은 자격증 취득으로 이어졌다.

궁원예식장은 갈비탕이 특히 맛있는 강남의 유명 예식장으로 꼽힐 만큼 인기였다. 나의 네 명의 자식 중 세 명이 여기서 결혼했다.

특히 1,000평 가까운 드넓은 정원은 젊은이들이 수시로 드나들면서 사진을 찍을 만큼 유명세를 탔다. 이른바 '핫플'이었던 셈이다.

나는 궁원예식장 정원을 우리 집 마당처럼 직접 꾸몄다. 잔디와 예쁜 꽃을 데코레이션 하는 것이 사립유치원 운영과 함께 나의 주요한 일상이었다.

뒤에서 말하겠지만 궁원예식장을 운영하면서 수많은 사람들을 만나게 된 것도 나에겐 큰 복이었다. 많은 사람들의 도움을 받았고, 나 역시 받은 것 이상으로 베푸는 삶이 예식장 운영 내내 계속 되었다.

강남에 사는 많은 유지들과 여러 단체들이 예식장 홀이 비어 있는 월~금요일에 장소를 빌려 모임이나 행사를 가졌다. 나는 예식장을 무료로 대여했고, 혹시 식사가 필요할 경우 실비만 받고 제공했다.

결혼이 몰리는 주말과 일요일엔 당시 학생이던 두 딸이 나를 도와 예식장 식당 '알바'를 하기도 했다. 두 딸은 음식 서빙을 하면서 다른 직원보다 갈비탕도 더 많이 담아 나르는 넉넉함을 보였고, 친절함의 중요성도 몸소 익히게 되었다.

45| 봉사의 시작

나에겐 '회장님' 직함이 늘 따라 다닌다. 대기업 오너도, 일반 기업도 아닌, 일개 사립유치원 경영자에게 '회장님' 소리는 어울리지 않는다. 그런데 어쩌랴. 외부에서는 나를 "원장님" 보다는 "회장님"으로 부르기를 선호하니 말이다.

처음에는 나도 어색해서 지인들에게 "원장이면 족하니 제발 회장님이라고 부르지 말라"고 손사래를 쳤지만, 사회 활동을 하면서 여전히 "회장님" 소리를 훨씬 많이 듣고 있다.

따지고 보면 '한경자 회장'은 내가 아란유치원 경영 못지않게 열정적으로 일했던 한국유치원총연합회 회장 등 사회봉사 활동에서 비롯된 직함이라는 생각이 든다.

봉사 활동과의 첫 인연은 아란유치원 운영으로 눈코 뜰 새 없이 바빴던 1980년대 초 강남구에서 나를 아동위원회 위원으로 위촉하면서 시작되었다.

'아동위원회'라는 기구 이름이 매우 생소할 것이다.

'아동위원회'는 강남구가 강남지역에서 형편이 어려운 가정의 아이들을 돕기 위해 만든 기구로, 강남구 내 각 동에서 한두 명씩 위촉되어 활동했다.

나는 강남구 관계자로부터 아동위원회 활동의 취지를 듣고 흔쾌히 참여하기로 결정했다. 안 그래도 아란유치원을 운영하면서 시간이 나고 기회가 닿으면 봉사 활동을 해야겠다고 여기던 참에 기회가 주어진 것이다. 나로서는 생전 처음으로 공식적인 봉사 활동의 무대에 뛰어들게 되는 순간이었다.

나는 압구정동 몫으로 아동위원회에 참여했는데, 초창기 아동위원회의 전체 위원 수가 50여 명이었다. 모두 무보수 명예직이었음은 물론이다.

아동위원회 첫 회의에서 위원들은 아란유치원을 오랫동안 운영한 사회 경력을 높이 사 나를 부위원장으로 추대했다.

봉사하는 데 자리는 중요하지 않다는 게 평소의 나의 소신이었다. 이런 까닭에 처음엔 부위원장을 고사했으나, 다른 위원들이 워낙 강력하게 권유해 어쩔 수 없이 맡게 되었다.

여기서 끝나지 않았다. 4년 여 후에는 아동위원회 위원장으로 다시 추대되면서 그야말로 봉사 활동의 선봉에 서게 되었다.

1981년부터 그렇게 시작한 아동위원회 봉사 활동은 20세기가 끝나갈 무렵까지 무려 18년 동안 계속되었다.

나는 아동위원회 활동을 하면서 어떻게 하면 가장 뜻 깊게, 의미 있게 봉사활동을 할 수 있을지 고심하고 또 고심했다.

일차적으로 나는 아동위원회 위원들과 함께 경제적으로 힘든 가정의 초등학생 자녀들에게 학자금을 보조하고 학용품을 지원하는 것으로 봉사의 첫 발을 떼었다.

사실 이러한 활동은 물질적 봉사라고 할 수 있다. 나는 이 같은 물질적 도움 외에도 부모가 대부분 맞벌이인 초등학생 아이들이 하교 후 방치되는 일이 있어선 안 된다고 판단해 이를 막기 위한 방안을 고민했다. 어릴 때부터 방과 후 누군가의 돌봄 없이 지낼 경우 예견치 못한 나쁜 결과로 이어질 수 있기에 대책이 시급하다고 생각했다.

나는 아동위원회 위원들과 머리를 맞대고 이런 위기의 아동들을 위한 교육 프로그램을 직접 고안했다.

당시 강남구 아동위원회가 활발하게 펼쳤던 봉사용 교육 프로그램은 점심 제공, 민요 가르치기, 고전 춤 가르치기, 인성 교육 등이 대표적이었다.

이와 같은 봉사활동을 하려면 위원들이 관련 프로그램에 능통해야 했다. 외부에 의존할 경우 비용이 만만치 않게 들 뿐 아니라 봉사의 의미도 퇴색되기 때문이었다. 그래서 나를 비롯한 아동위원회 위원들은 전문 강사를 불러 고전과 민요, 예절을 배운 다음에 이를 아이들에게 전수했다.

문제는 이런 활동을 할 수 있는 공간의 확보였다. 다행히 학교 강당이나 구민회관 등 각 동에서 지정해주는 곳에서 주로 활동하게 되면서 아이들과 본격적으로 눈높이를 맞춰 나갔다.

강남구 아동위원회의 왕성한 봉사활동은 다른 지역에서도 보기 힘든 장면이었던 것 같다. 당시 조선일보와 KBS 등 주요 언론 매체에서 취재를 통해 아동위원회 위원들과 아이들을 직접 인터뷰 한 내용을 뉴스로 내보기도 했다. 대서특필했다는 표현이 어울릴 것이다.

취재 기자가 아동위원회 위원들에게 질문을 던졌다.

"어떤 경위로 봉사활동을 시작하게 됐나요?"

"사람들은 강남하면 부자동네로만 알고 있지요, 하지만 강남지역은 모두가 잘 사는 곳이 아닙니다. 어려운 가정도 적지 않지요, 경제적으로 힘든 가정의 아이들이 주눅 들지 않고 잘 성장할 수 있도록 도와야 한다는데 위원들 모두 한마음이었습니다. 그것이 강남구 아동위원회의 목표였지요."

기자가 이번엔 아이들에게 질문했다.

"무엇이 가장 좋나요?"

"학교가 끝나고 집에 돌아와도 외롭지 않고 심심하지 않아서 좋아요! 신나게 놀 수 있잖아요."

아이들의 이구동성이었다.

주요 신문과 방송 등 언론 매체에 강남구 아동위원회 활동이 상세하게 보도된 이후 서울의 다른 자치구에서 벤치마킹하기 위해 연락이 쇄도했다. 강남구 아동위원회 봉사 활동을 시작한 지 꼭 10년 만에 벌어진 일이다.

봉사의 기쁨과 보람을 처음 느껴본 순간이 바로 이때였다.

강남구아동위원회 봉사는 지금 생각해도 뿌듯하다.
강남보육원에서 열린 운동회.

1988년 강남구아동위원회 주최로 아동예절교육 제1회 개강식이 열리고 있다.

1992년 5월에 열린 제4회 강남구어린이합창경연대회.
강남구 아동위원회 위원들이 한자리에 모였다.

1997년 5월 강남구가 주최하고 강남구아동위원회가 후원하는 제8회 강남구 어린이 백일장이 도산공원에서 열렸다. 나는 그림 그리는 어린이의 마음을 읽고 싶었고, 이 어린이는 이런 나에게 그림에 담고 싶은 자신의 이야기를 솔직하게 말했다.

어린이 그림 그리기 대회도 강남구아동위원회가 매년 개최하는 주요한 봉사행사의 하나였다.

강남구아동위원회 활동을 오랫동안 함께 한 임원들이 모처럼 한자리에

강남지역 내 다양한 봉사활동 등을 한 공로로
권문용 강남구청장으로부터 강남구민대상을 받았다.

46| 보길도 초등학교의 '피아노'

내 인생에서 봉사의 시발점이 되었던 강남구 아동위원회 활동은 서울 강남지역에만 국한되지 않았다.

강남 지역의 아동만을 대상으로 봉사 활동을 하라는 규정은 없었기에 아동위원회 위원들은 활동의 범위를 점차 넓혀가기로 의기투합하였다. 봉사 활동에 굳이 지역을 한정시킬 필요가 없다는 데 대체로 같은 생각을 한 것 같다.

강남구 아동위원회가 지방 여러 곳을 두루 다니면서 봉사를 하게 된 것도 이러한 배경에서 비롯되었다.

특히 지리적으로 멀리 떨어져 외부 도움의 손길이 미치기 쉽지 않은 섬 지역 같은 곳을 봉사 대상으로 정하여 활동 반경을 확대한 것은 지금 생각해도 잘한 일 같다.

그렇다고 무계획적으로 지방을 찾아가 이른바 '묻지마 봉사 활동'을 한 것은 아니었다. 우리는 나름의 봉사 원칙을 갖고 있었다. 그것은 강남구와 인연이 있는 지방을 일단 봉사 활동의 우선순위에 올려놓은 것이다.

서울에서 7시간은 족히 넘게 걸렸던 전남 보길도 봉사 활동이 바로 여기에 해당한다. 보길도는 강남구와 일종의 자매결연한 지역이다.

지금은 풍부한 해산물과 수려한 경치로 연중 많은 사람들이 찾는 유명 관광지로도 잘 알려져 있지만, 1990년대 초만 해도 오지나 다름없었다.

강남구는 '보길도 해산물 특판 행사' 같은 이벤트를 구청 한쪽 공간에서 열어 보길도에서 생산되는 자연산 및 바다양식 전복과 김 등 직접 공수한 싱싱한 해산물을 강남 지역 주민들에게 비교적 저렴한 가격에 판매할 수 있도록 주선했다. 결과적으로 강남구는 보길도 지역을 경제적으로 돕는 역할을 하였다.

나는 봉사를 위해 강남구 아동위원회 위원들과 함께 보길도의 초등학교를 직접 방문했다. 섬 지역 학교 교사와 아이들을 만나 이들에게 가장 필요한 것들이 무엇인지를 경청했다.

아이들은 한목소리로 "사전을 갖고 싶어요!"라고 했다.

교실을 돌아보니 실제로 사전이 단 한 개도 없었다. 그 흔한 백과사전은 물론이고 영한사전, 한영사전, 옥편 등도 찾아보기 어려웠다.

오지 학교의 딱한 상황을 접한 나는 출판사에 연락해 백과사전과 영한사전, 한영사전 등을 10여 권 구입한 뒤 이들에게 보내줬다.

서울로 올라온 지 얼마 안 돼 보길도 초등학교에서 다시 전화가 왔다. 무슨 일이 생긴 건 아닌지 걱정이 앞섰는데 그건 아니었다.

"수업에 오르간이 꼭 필요한 데 예산이 없어 구입할 수 없습니다. 도와주실 수 있나요?"

나는 학교 측의 이런 설명을 이해하기 힘들었다.

"그럼 오르간 없이 어떻게 음악 수업을 하세요?"

"그냥 맨 손으로 박자를 가르치고 있습니다."

나는 그때 알게 되었다. 도시와 지방의 교육 격차가 이렇게 심각하다는 사실을. 오르간 없이 음악 수업이 가능하다는 것도 처음 알았다.

서둘러 오르간 구입을 정식 회의 안건으로 올렸고, 때마침 강남구에서도 아동위원회에 "오르간을 사서 전달해주면 고맙겠다"는 의견을 공식적으로 전해왔다. 보길도 초등학교에서 강남구에도 오르간 구입을 요청한 것이다.

아동위원회 위원들과 오르간 구입을 위해 논의했더니, 뜻밖에 진일보한 의견이 나왔다. 오르간 대신 아예 피아노를 구입해 보내주자는 매우 현실적인 아이디어였다.

이제 남은 건 피아노의 종류였다. 어떤 피아노를 사서 보내야하는 하는지를 놓고 다양한 의견이 오갔다. 아동위원회 위원장을 맡고 있던 나는 기왕에 피아노를 사주기로 한만큼 최고의 제품으로 하자는 제안을 했고, 다른 위원들도 흔쾌히 동의했다.

보길도 초등학교에게 전달될 피아노는 당시 가장 인기가 있고 비싼 제품이던 영창피아노였다.

영창피아노를 실은 차량이 보길도로 떠나기 며칠 전 현지에서 다시 연락이 왔다.

"위원님들이 함께 방문해주셨으면 더 의미가 있을 것 같아요. 시간적 여유가 있을지 모르겠지만요."

나는 아동위원회 위원들을 이끌고 보길도행 버스에 몸을 실었다.

난생 처음 피아노를 만져본 아이들은 감격해했고 학부모들도 "고맙다"는 말을 아끼지 않았다.

지금도 그렇지만 섬 지역 등 시골의 인심은 후한 편이었다. 대부분 어업 활동으로 생계를 이어가는 학부모들은 "대접할 게 없다"면서 전복을 한 더미 가져와 식사로 제공하는 게 아닌가.

보길도는 우리나라에서 처음 전복 바다양식을 했던 '전복의 고장'이다. 나는 태어나 이렇게 싱싱하고 커다란 전복을 본 적이 없었다. 그날만큼 어민 학부모들이 배를 타고 나가 직접 채취한 전복으로 배를 채웠던 적은 없었던 것 같다.

식사를 하면서 학부모들과 이런 저런 이야기를 나누던 중 귀를 솔깃하게 하는 내용이 들렸다.

"우리 아이들이 서울에 가서 지하철 한번 타보는 것이 소원이에요."

나는 쑥쑥 성장하는 아이들이 우리나라의 미래라는 생각을 놓치지 않고 있다. 서울로 올라오자마자 강남구에 보길도 초등학생 서울 방문 프로젝트를 제시했고, 강남구도 환영했다.

그렇게 해서 보길도 초등학생 20명 전원이 2박 3일 동안 꿈에 그리던 서울 구경을 할 수 있게 됐다.

누구에게나 어린 시절의 추억은 뇌리에 강하게 남는 법이다. 나는 아이들에게 서울 나들이가 평생 잊지 못할 추억이 될 거라 생각했다.

서울 송파구 올림픽 공원 내 올림픽파크텔에 투숙한 아이들은 용인 에버랜드, 덕수궁 등 놀이시설과 공원을 찾아 다녔고, 남산 케이블카를 탔다. 아이들이 바라던 지하철 탑승 경험을 한 것은 물론이다.

보길도 아이들은 서울 여행이 두고두고 기억에 남았던 모양이다. 이후 10여 년 동안 한 해도 거르지 않고 감사 편지를 보내는 아이들이 있었다.

보길도 봉사를 다니면서 새삼 깨달은 것이 있었다. 이심전심(以心傳心). 봉사도 마음이 통해야 오래 지속될 수 있다는 것을.

47| 봉사의 씁쓸한 기억들

강남구 아동위원회의 봉사 활동은 보길도 봉사가 그 보폭을 넓히는 데 기폭제가 되었다.

가벼운 마음으로 시작한 섬 지역 초등학교 봉사 활동이 봉사가 갖는 의미를 새기게 하면서, 동시에 그 중요성을 절감하게 했다.

보길도 초등학교 봉사 활동이 계기가 되어 이와 유사한 형태의 지방 봉사가 강남구 아동위원회의 자연스럽고 빼놓을 수 없는 주요한 봉사 일정으로 자리 잡게 되었다.

오랜 기간 이어진 강남구 아동위원회 봉사는 보람으로 가득 찬 뜻깊은 활동이 많았지만, 안타까운 일도 적지 않았다. 가슴 아픈 기억을 먼저 떠올리게 된다.

그 가운데 하나가 1999년 8월 초강력 태풍 '올가'가 휩쓸고 간 전남 지역을 방문했을 때였다. 구호 물품을 가득 싣고 찾았던 전남의 한 지역을 보고 나는 망연자실했다.

엄청난 강풍에 스러진 나무와 지붕이 날아간 수많은 집들, 폐허가 되다시피 한 동네 마을은 봉사 활동을 하는 내내 마음을 무겁게 짓눌렀다.

봉사로 인해 허무함을 느낄 때도 있었다.

강남구 아동위원회의 봉사는 갈수록 활동 반경을 확대하여 나갔다. 섬 지역을 중심으로 시골 봉사는 정례화되다시피할 정도였다. 이렇게 지역의 오지를 찾아 집중적으로 봉사 활동을 벌인 이유는 그 지역이 특히 경제적으로 궁핍해 도움의 손길이 절실했기 때문이다.

1990년대 말까지만 하더라도 지방자치단체는 자치시대가 열렸지만 낮은 재정자립도로 인해 어려운 살림살이를 할 수밖에 없었고, 그러다 보니 복지 등 여러 혜택이 모든 지역에 골고루 퍼지기엔 무리가 따랐다.

그런데 2000년대 이후 정부의 보조금 지원이 늘어나고 지역 경제 활성화로 지방자치단체의 재정이 조금씩 좋아졌으며, 풍족한 재정 상태를 보이는 곳도 곳곳에서 나타났다.

이런 변화에도 불구하고 나와 강남구 아동위원회 위원들의 오지 봉사는 중단되지 않았다. 섬 지역 같은 외딴 곳에는 재정의 온기가 제대로 전달되지 않았을 것이라는 판단에서였다.

그러나 이건 기우에 불과했다.

어느 날 방문한 섬 지역 학교 운동장을 보고 깜짝 놀랐다. 1년 전만 해도 맨 땅이었던 곳에 인조잔디가 깔려 있었다. 이러한 인조잔디에 인부들이 동원되어 물을 뿌리는 모습을 처음 목격했다.

"인조잔디에 왜 물을 뿌리나요?"

"인조잔디가 건조하면 아이들이 놀다 넘어질 경우 화상을 입어 다칠 수 있어요."

인조잔디를 깔고 여기에 별도 고용한 인부를 동원해 물을 뿌릴 만큼 섬 지역 초등학교 재정이 좋아진 것이다. 한편으로는 이런 생각도 했다.

'그 좋은 자연 흙길과 마당에서 아이들이 뛰어놀 수 있는 것이 얼마나 중요한데...'

아이들이 이제는 먼지 걱정 안 하고, 다칠 염려 없이 마음껏 운동장에서 뛰어 놀게 되어 다행이라는 생각도 잠시, 교실에 들어섰더니 딴 세상이 펼쳐졌다.

'컴퓨터교실', '영어교실' 등으로 이름 붙인 특별활동 교실이 수두룩했고, 영어교재도 산더미처럼 쌓여 있었다.

'이 정도로 시설을 잘 갖추고 있다면 굳이 외부 도움을 받을 필요가 없을 텐데.'

나의 혼자만의 넋두리였다.

섬 지역 초등학교의 놀라운 변화를 목격한 강남구 아동위원회 위원들은 더 이상 시골학교에 물품 기증 등 봉사는 무의미하다는 결론을 내리고 서울 근교 봉사 활동에 전념하기로 했다.

그런데 여기서도 봉사의 큰 상처를 받았다.

2000년 강남 구룡마을에 대형 화재가 발생했다. 인명피해가 크진 않았지만 나는 졸지에 터전을 잃을 뻔했던 주민들을 위로하려고 라면, 햄버거 등 부식을 잔뜩 구입한 뒤 강남구 아동위원회 위원들과 함께 구룡마을을 찾았다.

"많이 힘드시죠? 이거 좀 드시고 힘내세요!"

"강남구에서 왔다고요? 그런데 뭘 가지고 왔나요?"

구룡마을 주민이 퉁명스럽게 말한 뒤 한 마디 덧붙였다.

"뭘 사올려면 초밥이나 사오시지, 라면과 빵은 왜 갖고 오셨어요?"

라며 반문했다.

나는 경악했다. 봉사에 깊은 회의감이 몰려 왔다.

알고 보니 구룡마을 주민 중에는 재개발을 노리고 소위 '딱지'를 받으려고 위장 전입한 부자들이 꽤 있었던 것이다.

이 사건 이후 나는 자연스럽게 강남구 아동위원회 봉사 활동을 접기로 했다.

18년 동안 아동위원회 위원장을 하면서 '장기집권' 얘기도 나왔던 터라 이번 기회에 무보수 명예직 위원장에서 물러나는 것이 맞다고 생각했다.

나는 1990년대부터 아동위원회 위원 자격으로 병행했던 서울시 산하의 강남구 여성단체연합회 활동과 회장 직함도 함께 내려놓았다.

오랜 기간 강남구 아동위원회와 여성단체연합회 활동은 나에게 봉사에 대한 마인드를 확고하게 심어주었다. 돈이 많다고 봉사를 하는 것이 아니며, 봉사가 상처를 주기도 한다는 교훈도 함께.

강남구여성단체연합회 활동을 하던 1993년 11월 개최한 사회기강확립 실천 결의대회. 사회 기강이 무너지는 시기라 의미있는 활동이었던 것으로 기억한다.

1991년 9월 강남구 여성단체연합회장 자격으로
쓰레기줄이기운동 실천 결의대회 인사말을 했다.

강남구여성단체연합회장 시절인 1994년 10월 청와대를 방문하여
영부인 손명순 여사와 많은 대화를 나누었다.
나를 따뜻하게 맞아주던 손 여사의 모습이 선하다.

1990년 12월 강남구여성단체연합회 회원들과 개최한
청소년 선도 및 소외이웃 돌보기 캠페인

48| 강남경찰서 전·의경 어머니회

강남구 아동위원회와 여성단체연합회 활동이 나의 인생에 있어 봉사의 마지막은 아니었다. 나이가 들수록, 사회 경험이 쌓여갈수록 다른 봉사 활동의 기회가 주어졌다.

대체 봉사란 무엇인가.

나는 '이타적인 마음'이라고 나름의 결론을 내리고 있다.

반포 아란미술학원과 압구정 아란유치원을 운영하던 나에겐 봉사의 시간이 자연스럽게 찾아왔다. 모르긴 해도 내가 특정 단체의 자리를 탐내 접근했다면 해당 단체의 봉사 활동은 단기간에 그친 건 물론이고, 봉사의 의미를 훼손했을 게 분명하다.

하지만 어릴 때부터 당신은 제대로 먹지도, 입지도 못해도 이웃에게 베푸는 것을 일종의 소명으로 알고 살아온 외할머니의 영향을 받은 나는 봉사 활동을 통한 베풂의 실천에 목표를 두었다.

나에게 주어진 강남구 아동위원회 및 여성단체연합회 회장 자리는 봉사 활동을 더욱 독려하는, 말하자면 자극제 이상의 의미는 아니었기에 미련 없이 홀가분하게 마무리할 수 있었다.

내 인생에서 봉사의 또 다른 한 축이라고 한다면 '강남경찰서 전·

의경 어머니회' 활동이었다. 1991년 결성된 강남경찰서 전·의경 어머니회는 코로나 팬데믹 기간을 제외하곤 30여 년 동안 매주 단 한 번도 거르지 않고 봉사 활동을 벌였다.

강남경찰서 전·의경 어머니회와의 인연은 순전히 우연이었다.

당시 강남경찰서로부터 전화 한통이 걸려 왔다.

"한 회장님, 시간 되실 때 경찰서로 한번 오시면 감사하겠습니다. 서장님이 뵙으면 합니다."

'강남경찰서? 서장이 왜 나를 부르지?'

"제가 경찰서에 갈 일은 없습니다."

나는 단박에 거절했지만, 이후에도 몇 차례 전화가 걸려왔다. 성가시고 귀찮기도 했지만 무슨 이유가 있을 거라는 생각이 들어 당시 강남경찰서장이었던 이팔호 전 경찰청장을 만났다. 반갑게 인사를 나눈 이 서장은 대뜸 나의 아버지를 언급했다.

"한희석 전 국회부의장님 따님을 만나 영광입니다."

나는 깜짝 놀랐다.

"저희 아버지를 개인적으로 아세요?"

"아닙니다. 제가 대학 다닐 때 한희석 전 국회부의장님 이야기를 듣고 너무나 감동을 받았습니다."

나는 무장해제된 기분이었다.

처음 만난 경찰서장이 "공무원이 되어 높은 자리에 앉게 되면 한희석 국회부의장님처럼 부하를 아끼고 보듬는 상관이 되겠다고 결심했었다"고 하는데, 딸인 내가 마음이 동요하지 않겠는가.

아버지는 1950년대 고위 공직 시절 서울 용산구 갈월동 굴다리를 지날 때면 어김없이 차에서 내렸다. 아버지는 반드럼통으로 만든 길거리 초소에서 추위에 떨며 근무 중인 경찰에게 “정말 수고가 많다. 내가 돈이 없는 정치인이라 좋은 건 못사주지만 추운데 따끈한 고구마를 품고 있다가 끝나고 들어가 동료들과 맛있게 먹게.”라면서 군고구마와 군밤 등 먹을거리를 쥐어주었다. 특히 겨울철 엄동설한에 경비 근무를 해야 하는 경찰에게 고위 공직자인 아버지의 이런 작은 선물은 감동 그 자체였을 것이다.

그 당시만 해도 선출직 정치인을 비롯한 고위공직자는 군림하는 자리였다. 고위공직자가 퇴근길에 일선 경찰에게 다가가 따뜻한 말을 전하고 먹을거리를 주는 것은 상상하기도 어려웠다.

아버지 얘기는 금세 퍼졌고, 당시 대학을 다니던 이팔호 서장은 이러한 스토리에 고무되어 공직자의 삶을 살기로 결심했다는 것이다.

그런데 이팔호 서장이 나를 만나기로 한 이유는 정작 다른 곳에 있었다.

“정부에서 전국에서 고생하는 전·의경들을 위로하고 격려하자는 취지로 경찰서별로 전·의경어머니회를 만들도록 하는 방안을 각 경찰서에 내려 보냈습니다. 그래서 저희 강남경찰서도 전·의경어머니회를 조직해야 하는데, 다른 분들이 그동안 꾸준하게 봉사활동을 해 오신 한 회장님을 반드시 참여시켜야 한다고 해서 이렇게 뵙자고 한 것입니다.”

취지를 이해한 나는 참여하기로 결정했다.

그렇게 강남경찰서 전·의경 어머니회는 1991년 10월에 결성되었다. 아들보다 어린 20대 초반의 전·의경을 대상으로 한 봉사활동의 출발은 이랬다.

출범 당시 강남경찰서 전·의경 어머니회 회원은 총 72명이었는데, 이중 상당수가 강남 지역의 단체장을 맡는 등 봉사 활동의 직함을 갖고 있었다. 나 역시 강남구 아동위원회 및 여성단체연합회 회장직을 수행할 때였다. 강남 지역 주요 단체의 장(長)들이 강남경찰서 전·의경 어머니회 활동에 대거 참여하게 된 것이다.

강남경찰서 전·의경 어머니회 회원들이 점심식사 봉사를 마친 뒤
어청수(왼쪽 세 번째) 당시 강남경찰서장 등 강남서 직원들과 한자리에 모였다.

강남경찰서 전·의경 어머니회 회원들이 제54주년 경찰의 날을 맞아
직접 만든 음식 등으로 이를 축하했다.

강남경찰서는 전·의경어머니회 활동에 대한 감사의 의미로 전·의경들이
식사하는 곳을 '매화홀'로 이름 붙였다. 김학관(왼쪽에서 6번째) 당시
강남서장 등 경찰 직원들이 '매화홀' 현판식을 갖고 있다.

서울 강남경찰서 내 식당인 매화홀은 소중한 기억을 간직하고 있다. '매화홀'은 강남경찰서 직원들이 전·의경과 경찰관들을 위한 어머니회의 값진 봉사를 기념하기 위해 붙인 이름이다. '매화홀' 앞에 문구가 쓰여져 있다.

서울 강남경찰서에서 전·의경 어머니회 회원들과 함께
점심식사 배식을 준비할 때의 모습

한경자 회장님께 올립니다.
제가 어느덧 강남경찰서 취사 대원 생활을 한지
1년 7개월 이라는 시간이 지나 다음달 초에 제대를
하게 되었습니다. 군생활 동안 언제나 매번 찾아오셔서
따듯한 맛있는 음식을 대원들과 경찰 분들에게 제공해주시고
저희 취사 대원들도 뜻 깊은 행사에 일조 할 수 있어서
보람차고 감사한 마음 입니다.
올해초 회장님께서 취사 대원들과 저녁식사를 함께
해주신 시간이 제게는 너무나도 감사할 따름이였습니다.
매번 어머니회 행사를 옆에서 보조하며 봉사하는
마음과 대원들과 취사반을 가족같이 아껴주시고
챙겨 주시는 따듯한 마음을 몸소 느낄 수 있었습니다.
저도 제대후에 포부를 크게 가지고 사회에 나가
어머니 회를 하며 깨달은 봉사 정신을 가지고 많은
사람들에게 좋은 기억으로 남는 사람이 되도록 하겠습니다.
그동안 정말 감사 드립니다!
강남경찰서 취사 회고참 홍 준 호 드림. 16. 7. 20

강남경찰서에 근무했던 한 전·의경이 보내온 편지.
나는 이러한 편지를 받아들면 왠지 눈물이 난다. 편지 한통의 힘은 위대하다.

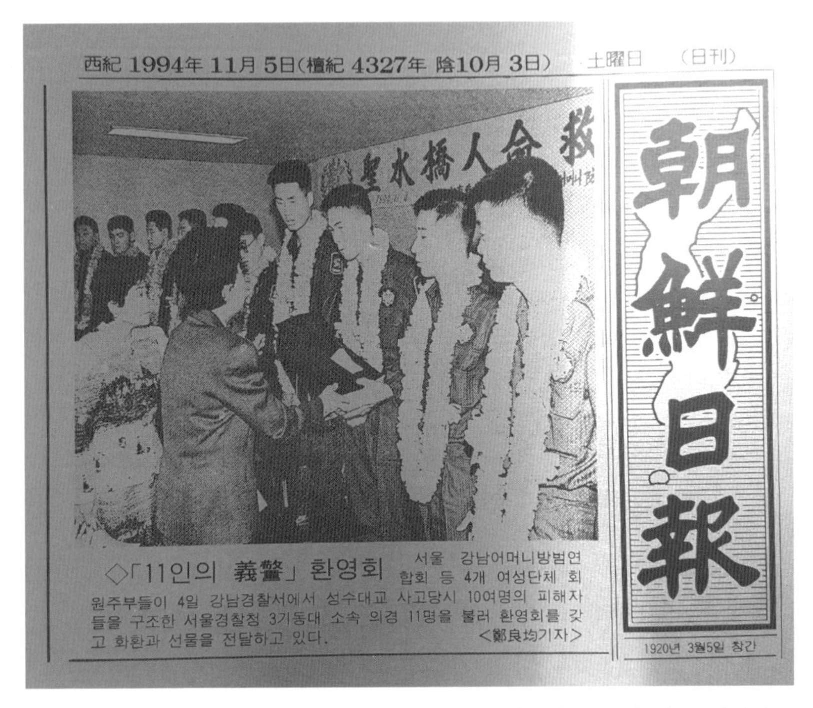

西紀 1994年 11月 5日(檀紀 4327年 陰10月 3日) 土曜日 (日刊)

朝鮮日報

1920년 3월5일 창간

◇「11인의 義警」 환영회 서울 강남어머니방범연합회 등 4개 여성단체 회원주부들이 4일 강남경찰서에서 성수대교 사고당시 10여명의 피해자들을 구조한 서울경찰청 3기동대 소속 의경 11명을 불러 환영회를 갖고 화환과 선물을 전달하고 있다. <鄭良均기자>

강남경찰서 전·의경 어머니회는 1994년 11월 성수대교 붕괴 사고 피해자
10명을 구조한 의경들을 격려하는 자리를 마련했다.
당시 강남경찰서 소속이던 의경들은 모범의경상을 받기 위해
성수대교를 건너던 중 붕괴 사고로 타고 있던 차량이 한강으로 추락했으나
모두 빠져 나온 것은 물론, 긴박한 상황에서도 다른 사고 피해자들을 구조했다.
이 소식은 당시 조선일보 등 주요 매체를 통해 크게 보도되었다.

49| "교통딱지 민원이라도 생기면 나는 그만둔다"

강남경찰서 전·의경 어머니회 참여를 수락한 것은 엄마의 심정이 발휘되었기 때문이다. 툭하면 시위를 막는 데 동원되는 등 힘든 근무로 고생하는 20대 초반의 젊은 전·의경들을 조금이라도 돕고 싶은 생각이 앞섰기 때문이다.

군 복무를 대신하여 전·의경으로 근무하는 이들 청년들은 대부분이 대학 재학 중에 군에 입대했지만, 당시 정치적 상황으로 인한 시위 차단 병력 차출 등으로 또래 대학생들과 대치하는 모습이 너무 안쓰러웠다.

새로 발족한 강남경찰서 전·의경 어머니회는 이들 전·의경들에게 보탬이 될 수 있는 봉사 활동을 해보자는 다짐이 강했다.

강남경찰서 전·의경 어머니회에서도 나는 회장을 맡게 되었다. 어머니회 회의가 열린 첫날, 누가 먼저라고 할 것도 없이 "한경자 회장님이 어머니회 회장을 맡으면 좋겠다"는 발언이 여기저기서 나왔다. 어머니회 회원들은 자연스럽게 나를 회장으로 추대했다.

요즘말로 '답정회'(답이 정해진 회장님)였다고 할까. 고사할 분위기가 아니었기에 나는 회장직을 받아들였다.

강남경찰서 전·의경 어머니회 회장직을 맡기로 한 대신 나는 어머니회 봉사 활동을 위한 몇 가지 조건을 회원들에게 제시했다. 만일 이러한 조건이 지켜지지 않으면 즉시 회장직을 그만 둘 것이라는 '경고성' 설명도 덧붙였다.

그것은 이런 내용이었다.

첫 번째, 회원 개인의 교통법규 위반에 따른 범칙금 납부 관련 민원 등 그 어떤 종류의 민원도 경찰서를 통해 해결하려 해서는 안 된다.

두 번째, 전·의경 어머니회 활동에 필요한 경비는 회비를 갹출해 조달한다. 강남경찰서에 지원을 요구하면서 손을 벌려서는 절대로 안 된다.

세 번째, 전·의경을 위해 실질적인 봉사 활동을 하는 단체가 되어야 한다. 활동 내용은 없고 이름만 있는 단체가 되어선 안 된다.

네 번째, 매월 한 차례 열리는 회의는 격조 있게 운영되어야 한다. 이를 위해 회원들은 매월 시 한 편을 암기하고 이를 낭독한 뒤 회의를 시작한다.

나는 이렇게 네 가지 조건을 강남경찰서 전·의경 어머니회 회장직 수락 조건으로 내걸었고, 만약 회원들이 이런 조건들을 어길 시 회장직을 그만두겠다고 선언했다. 회원들도 나의 이런 제안에 선뜻 동의했다.

이제부터는 본격적인 활동이었다. 무엇부터 해야 할지가 관건이었다.

나는 어머니회의 구상보다 당사자인 전·의경들의 생각이 훨씬 중요하다고 판단했다. 소위 수요자 중심의 사고였던 것이다.

그래서 전·의경들을 한명씩 면담해 이들이 가장 필요로 하는 것부터 해결하는 것이 봉사 활동의 시작이라고 결론을 내렸다.

어머니회 임원들은 근무가 끝난 전·의경들을 차례로 만났고, 이들에게 당장 시급한 것은 다름 아닌 '푸짐한 식사'라는 사실을 확인했다. 경찰서에서 매끼 먹거나, 시위에 동원되어서 먹는 식사로는 한창 먹을 나이인 20대 청년들의 허기를 채워주기엔 충분하지 않았다.

전·의경들로부터 이 같은 '소원수리'를 접수하고 한편으론 놀랐다. 그 시절만 해도 전·의경들에게 제공되는 식사는 양적으로는 충분했으나, 고기나 생선 종류로 배를 불리기에는 아무래도 부족한 감이 있었다.

이러한 현실을 감안하여 일단 전·의경들이 실컷 먹을 수 있는 환경부터 만들어야겠다고 다짐했다.

매주 수요일을 '전·의경 식사 봉사의 날'로 정하고 어머니회 회원들이 당번제로 음식 봉사를 하기로 결정했다.

봉사 활동의 내용이 구체적으로 정해지면 회원들의 조(組)가 편성되어 시장보기를 맡았다. 회원들은 시장을 구석구석 돌아다니며 전·의경들에게 제공할 식사에 필요한 고기와 계란 등 재료를 손수 구입했다.

이런 재료를 갖고 음식을 만들었는데, 특히 소고기와 돼지고기, 닭고기 등 고기류는 단연 인기가 있었다.

1990년대 당시 강남경찰서에 근무하던 전·의경은 250여 명으로, 점심 식사를 제공하던 매주 수요일은 강남경찰서 구내식당이 시위를 나갔던 전·의경들까지 합류해 초만원이었다.

특히 고기를 굽는 바비큐를 하는 날에는 마치 파티장 같은 분위기였다.

나는 바비큐에 필요한 참숯을 강원 지역에서 구입했다. 참숯을 이용한 바비큐 고기는 일반 후라이팬에 굽는 고기와는 비교할 수 없을 정도로 맛이 있다는 사실을 잘 알고 있었기 때문이다. 바비큐용 대형 드럼형 통도 보통 6개 이상 구입해 한꺼번에 고기 굽기가 가능했다. 물론 이런 바비큐 용기나 재료 등은 아란유치원에서 아이들과 교사들을 위해 사용하는 것과 동일했다.

전·의경들에게 제공되는 고기는 보통 수백 근은 족히 되었다. 고기를 부드럽게 하기 위해 식사 전날부터 그 많은 고기를 재는 것은 빼놓을 수 없는 준비 과정이었다. 이러한 준비 역시 아란유치원 주방에서 이루어졌다.

재료 구입에 들어가는 비용은 어머니회 회원들이 매월 내는 월 2만원의 회비로 충당했으며, 재료 구입비가 부족하면 내 개인 돈으로 충당했다.

어머니회 봉사활동은 경찰서 내부에 고착화된 현안을 해결하는 뜻밖의 수확으로 이어지기도 했다. 지금 생각해도 흐뭇한 미소가 지어지는 광경이다.

원래 경찰 간부와 전·의경들은 수직적 구조를 보인다. 당시엔 과장급 간부만 들어와도 전·의경들이 바짝 긴장하는 모습은 흔한 장면이었다.

어머니회 활동을 하면서 나는 이러한 위계가 조직에 긍정적인 영향을 미치긴 어려울 것이라 생각했다.

경찰 간부와 전·의경이 가까워질 수 있는 계기가 필요했고, 나는 이를 위해 식사자리를 활용해보자는 아이디어를 어머니회 회원들에게 제시했다.

그래서 강남경찰서장을 찾아갔다.

“서장님, 점심 식사 때 식판을 들고 전·의경들과 같이 줄 서서 식사하는 건 어떨까요. 기다리면서 전·의경들과 대화도 나누고요. 기억에 남지 않겠어요?”

“좋은 생각이십니다. 그렇게 해볼게요.”

강남경찰서 전·의경 어머니회가 기획한 경찰 간부와 전·의경의 거리 좁히기 프로젝트는 성공했다.

이러한 기획이 주효했는지 몰라도 강남경찰서는 얼마 뒤 전국에서 전·의경 관련 사고율이 가장 낮은 곳으로 선정되기도 하였다.

어머니회는 이 외에도 틈나는 대로 전·의경들과 대화하면서 고민거리를 듣고 해결책을 함께 모색했다. 가정문제, 여자 친구 문제, 제대 후 진로 문제 등을 전·의경들은 공통적으로 고민하고 있었다.

나는 어느 전경과 대화하면서 이런 말을 한 적이 있다.

“시위 막는 걸로 너의 전경 복무가 끝나면 너무 무의미하지 않을까? 책을 읽거나 컴퓨터를 공부하는 식으로 제대 후를 생각해 좀 더 의미 있는 일들을 해보는 건 어떻겠니?”

한참을 듣고 있던 전경은 공감한다면서 즉각 실천에 옮기겠다고 약속했다.

어머니회 상담 활동에 힘입어 전·의경들은 스스로 목소리를 내기 시작했다. 일종의 권리를 요청한 것이다. 그 중 하나가 도서관 설치였다. 나는 서장에게 도서관 설치를 포함하여 전·의경들을 위한 시설 등을 구비해줄 것을 요청했다.

서장도 선뜻 동의했고, 얼마 뒤 작은 도서관이 경찰서에 만들어졌다. 도서관에 비치될 책은 강남경찰서 예산으로 구입하거나 일부는 출판사로부터 기증을 받기도 하였다.

어머니회 회원들도 전문서적과 세계전집을 기증하는 식으로 여기에 힘을 보태었다. 강남경찰서 도서관에는 서적뿐만 아니라 컴퓨터 5대와 음악 감상을 할 수 있는 시설이 함께 마련되었다. 지금 생각해보면 많은 전·의경들이 쉬는 시간 독서와 음악 감상 등으로 심리적 스트레스를 해소할 수 있었던 것 같다. 경찰서에 마련된, 작지만 뜻깊은 도서관이라는 공간이 그 역할을 톡톡히 한 것이다.

나는 전·의경들의 애로 사항 해결을 위해 적극적으로 나서는 강남경찰서에 진심으로 고마운 마음을 갖게 되었다. 그러면서 강남경찰서에 도움이 될 만한 것이 무엇이 있을지 찾았다.

서울 강남구 삼성로에 위치한 지금의 강남경찰서는 새로 지어진 건물이다. 신축 전에는 청사가 오래되어 시설이 좁고 낡아 경찰의 근무환경이 매우 열악했다. 민원인들의 불편도 적지 않았다.

전·의경 어머니회는 경찰의 근무 환경을 개선할 방안을 고심한 끝에 에어컨과 공기청정기, 선풍기 등을 구입해 강남경찰서 내 의경들의 주방과 숙소, 독서실 등에 기증했다. 이러한 봉사 활동은 전·의경 제도가 해체될 때까지 계속되었다. 햇수로는 25년 넘게 이어진 잊을 수 없는 '장수 봉사'였던 셈이다.

이처럼 장기간에 걸친 나의 전·의경 봉사 활동 이력은, 동시에 민간인이 우리나라 경찰 행정을 이해하는 시간이기도 했다.

봉사활동을 하는 동안 만난 강남경찰서장과 경찰 간부만 해도 수십 명이 넘는다. 강남경찰서 전·의경 어머니회 회장을 하면서 40여 명의 서장을 알게 됐는데, 이들은 모두 엘리트 경찰이었다. 이들 대부분은 역량을 인정받아 경찰 고위직을 지냈다.

나는 지금도 강남경찰서장 출신들과 모임을 갖는다. 1년에 한두 번 만나 즐겁고 맛있는 식사를 함께 한다. 이들과는 30여 년 가까이 알고 지내다보니 마치 가족 같은 느낌이다.

이들이 다른 곳으로 근무지를 옮겼을 때 전·의경 어머니회 회원들과 '위문 공연'을 가기도 하였다. 강남경찰서장으로 있을 때 함께 했던 추억을 나누는 시간이다.

나는 경찰을 가까이에서 오랜 기간 지켜보면서 그들의 애환을 너무도 잘 알게 되었다. 특히 요즘처럼 경찰이 어려운 상황을 보면 고생하는 경찰의 모습이 오버랩 되면서 마음이 아프고 속상하다.

그래서 나는 이런 바람을 가져본다.

'적어도 열심히 일하는 경찰이 외부의 요인에 의해 다치는 사태가 생겨선 안 된다.'

50| 베풂의 가치

강남구 아동위원회와 여성단체연합회 활동에 이어, 강남경찰서 전·의경 어머니회로 계속된 공익적 성격의 사회봉사 활동을 하면서 나는 봉사란 다름 아닌 베풂이라는 사실을 새삼 깨닫게 되었다.

셀 수도 없을 만큼의 다양한 봉사 활동 중에는 선거 때의 자원 봉사 활동도 포함되어 있었다. 이를 언급하려면 '정치'라는 키워드를 소환하지 않을 수 없다.

나는 정치인이었던 아버지 때문에 수많은 정치인들을 옆에서 보고 자랐지만, 정치를 해봐야겠다는 생각은 추호도 없었다. 정치인들을 직·간접적으로 겪어보면서, 정계가 돌아가는 것을 시민의 한 사람으로서 지켜보면서 나와는 맞지 않는 영역이라고 일찌감치 판단했기 때문이다.

지인이나 정치인들은 선거철이 다가오기만하면 "한 회장님, 정계로 진출하세요"라는 권유를 입버릇처럼 했으나, 그때마다 "저는 대학도 이미 2학년 때 졸업했습니다"라는 말로 단박에 거절했다.

하지만 나는 여당과 야당을 가리지 않고 많은 정치인들이 도움의 손길을 뻗어오면 이를 모질게 뿌리치진 않았다. 무엇이든 도와야겠다는 생각을 했다.

그것은 정치가 잘 되어야 경제가 선순환적으로 성장하고, 이것이 결국 나라 발전에 도움이 된다는 것을 정치인 아버지를 통해 경험칙으로 알고 있었던 탓이다.

국회의원 선거와 지방자치단체장 선거 등 '선거의 계절'이 되면 나는 어김없이 여러 정치인들의 전화 세례를 받는다.

"한 회장님, 좀 도와주세요!"

"그럼요. 제가 도울 수 있는 거라면 무엇이든 도와드릴게요."

나는 선거 운동도 봉사 활동의 하나로 인식하고 있다.

인품이 훌륭하고 역량이 탁월한 정치인이 많이 배출될수록 우리나라 정치의 수준이 높아질 것이고, 이는 국가 발전을 위해서도 바람직한 현상이라고 나는 믿고 있다. 미국 등 선진국을 봐도 그렇다. 그래서 여야를 떠나 인품과 능력을 갖춘 정치인의 도움 요청이 있으면 마다하지 않고 적극적으로 자원 봉사 활동에 나섰다.

1990년대 초쯤으로 기억한다. 남편과 친분이 있던 황병태 전 주중대사[7]로부터 연락이 왔다.

황 전 대사는 나도 개인적으로 잘 알고 있었다. 내가 현대건설에 근무할 때 황 전 대사의 여동생이 현대에 입사해 직장 동료로 한동안 함께 일한 적이 있었기 때문이다.

"한 여사님. 제 고향에서 국회의원 선거에 출마합니다. 좀 도와주셔야겠어요."

황 전 대사 정도의 인품과 실력을 갖춘 분이라면 그가 어떤 일을 하

7) 제13 · 15대 국회의원과 통일 민주당 부총재, 국회 재정경제위원회 위원장을 역임하였다.

던 힘을 보태야겠다는 생각은 하고 있던 차에 이런 제안을 받은 것이다.

"꼭 당선되기를 바랍니다!"

이후 황 전 대사는 어느 식사모임에 나를 초대했다. 모임 이름은 '수요회'. 황 전 대사를 지지하는 사람들의 모임이었다. 요즘 식으로 하면 '황사모'(황병태를 사랑하는 사람들의 모임) 정도 될 것이다. 서울시의회 의장 출신과 황 전 대사와 같은 고향 출신의 사업가 등 면면이 다양했다. 회원은 20여 명 정도 됐는데 여성은 나 혼자였다.

그런데 이런 자리에 처음 참석한 나에게 회장을 맡아달라는 제안이 뒤따랐다. 내가 유일한 여성이었기에 특별한 이유없이 부여된 직책으로 여겨졌다. 유치원을 운영하면서 여러 단체의 회장으로 봉사 활동을 해왔던 나의 경력을 '수요회' 회원들은 속속들이 알고 있었던 거다.

거절하기도 애매해서 '수요회' 회장직을 수용하기로 했다. 일종의 벼락감투를 쓰게 된 셈이다.

나는 선거 운동도 봉사이기에, 그것도 자기 돈을 쓰면서 활동하는 자원 봉사이기에 최선을 다하자고 '수요회' 회원들을 독려했다.

선거 운동이 시작되자 나는 '수요회' 회원들과 함께 황 전 대사의 고향인 경북 예천에 내려갔다. 여기서 뜻밖의 '우군(友軍)'을 만나게 되었다.

강남경찰서 전·의경 어머니회 봉사 활동을 하면서 알게 된 전경 출신 청년을 예천에서 조우하게 된 것이다. 군 복무를 마친 이 청년은 고향인 예천에서 조그마한 사업을 하고 있었다.

내가 예천에서 황 전 대사 선거를 돕는 자원 봉사 활동을 하는 걸

어떻게 알았는지 찾아와 열정적으로 선거를 도왔다.

"회장님이 어떤 분인데 제가 모르겠어요. 회장님이 황병태 후보를 돕기 위해 예천으로 내려오셨다는 말을 강남경찰서 전·의경 동기한테서 들었어요. 그래서 제가 수소문해서 찾아온 겁니다."

그랬었다.

강남경찰서 전·의경 출신들은 제대 후에도 서로 연락하면서 안부를 주고받았고, 이 과정에서 어머니회 이야기를 자주 나눴다고 한다. 우연히 내 얘기가 나왔는데, 어디서 들었는지 전·의경 중 한명이 내가 황병태 후보를 돕는 자원봉사 활동을 예천에서 하고 있다는 것을 이 청년에게 알려줬다는 것이다.

나는 천군만마를 얻은 것처럼 기뻤다.

이 청년은 자신이 나온 초·중·고등학교 인맥과 사업으로 알게 된 지인들을 총동원하여 황 전 대사를 도왔다. '황병태' 이름이 적힌 어깨띠를 두르고 예천시내를 누비고 다니면서 지지를 호소했다.

결과는 2위와 압도적인 표차이의 당선이었다.

한 달 여 동안의 선거 자원봉사 활동을 하면서 내가 지지했던 황 전 대사가 당선된 것도 기뻤지만 그것 못지않게 베풂의 가치를 다시 생각하는 기회가 됐다.

'살아가면서 남에게 좋은 일 하면서 베풀면, 그 베풂은 언젠가는 반드시 자신에게 돌아온다'는 것을.

혼신을 다했던 강남경찰서 전·의경 어머니회 봉사 활동이 이처럼 커다란 복으로 다가올 줄은 몰랐다.

51| 끝나지 않은 인연

나는 인연의 소중함을 굳게 믿는 편이다. 인연은 거짓말을 하지 않는다. 좋은 인연은 평생 이어진다는 확신을 갖고 있다.

'봉사'라는 단어에 서로 마음을 활짝 열고 만난 강남경찰서 전·의경 어머니회와의 찰떡 같은 인연도 그렇게 맺어졌다.

사실 전·의경 어머니회는 어떠한 보상도 없는 순수한 자원봉사 활동 모임이었다. 사명감 같은 게 없었다면 50명 넘는 사람들이 20여 년 동안 같은 일을 하기엔 불가능했을 것이다.

나는 이 대목을 높이 산다. 어머니, 할머니의 마음이 아니었다면 이렇게 오랜 기간 일면식도 없는 전·의경들을 위해 대체 어떻게 봉사를 할 수 있었을까.

전·의경 제도의 해체로 어머니회 봉사 활동도 자연스레 막을 내렸지만, 어머니회에서 임원을 했던 10여 명과는 지금도 친자매처럼 가깝게 지내고 있다.

우리는 틈나는 대로 또 다른 봉사 활동을 하거나, 정기적으로 모여 한국의 전통 민요와 성인 발레 등 취미활동을 이어가고 있다. 우리는 결혼으로 독립적인 생활을 하는 서로의 자식들보다 더 자주 만나는 관계가 된 것 같다.

나는 어머니회 임원들을 만날 때마다 우스갯소리를 한다.

"모르긴 해도 죽을 때까지 우린 만나야 할 것은 예감이 들지 않나요?"

이 말에 모두 박장대소한다. 어느 임원은 한술 더 뜬다.

"무슨 말씀을요. 우리는 하늘나라에 가서라도 모임을 지속할 것 같은데요."

내 인생에서 강남경찰서 전·의경 어머니회와의 동행이 가져다준 가장 큰 기쁨 중 하나는 여행이다.

어머니회 회원들과는 주로 1박 2일 여행을 즐겼다. TV예능 '1박2일'처럼 우리는 다녀보지 않은 곳이 없을 정도로 정말 많은 국내 지역을 여행했다.

계절이 바뀔 때마다 그 계절에 딱 맞는 지역, 예를 들어 가을 단풍철에는 설악산과 지리산 등을 다니는 일정이 있었지만 그것보다는 소위 '번개 여행'이 더 많았고, 그래서 기억이 오래가는 것 같다.

이런 식이다.

"회장님, 갑자기 여수 앞바다가 생각나는데요. 우리 한번 떠나볼까요?"

"여수? 좋죠. 기차타고 가서 바다보고 맛있는 음식 먹고 옵시다!"

이런 식의 농담 같은 즉흥 대화가 끝나면 길면 1주일, 짧게는 3~4일 뒤에 실행에 옮긴다. 시간적 여유가 있는 어머니회 임원들과 기차에 몸을 맡긴 채 훌쩍 서울을 벗어난다.

여행은 정신적으로나 건강 면에서도 크게 도움을 주는 유익한 선물 같다는 느낌을 받는다. 나는 여행을 떠나는 생각만 해도 스트레스가 풀리는 스타일이다. 특히 머릿속이 복잡할 때는 혼자 여행을 떠나는 버릇이 있다. 유치원을 운영하면서 이런 습관은 하나의 루틴으로 자리 잡았다.

앞에서도 언급했지만, 40~50대 시절에는 아침 일찍 고속버스 터미널로 가서 서울과 가까운 지역으로 가는 버스에 오른다. 버스로 이동하는 시간이 나에겐 가장 의미 있는 순간들이다. 이런 생각, 저런 생각을 정리하는 데 그만이다. 목적지에 도착해선 터미널 근처 식당에 들러 식사를 한 다음에 다방이나 카페에서 커피 한잔을 시켜 먹는다. 이게 전부다.

별것 아닌 것 같은 '나홀로 무박여행'이지만, 이것이 주는 만족감과 행복감은 말로 표현하기 힘들다.

여행을 하면서 나는 가끔 현대건설 근무 시절 정주영 회장의 단기 출장 겸 여행을 떠올리게 된다.

사업 구상을 할 때는 만사 제쳐놓고 일본이나 싱가포르 등지로 짧은 해외여행을 떠났던 정 회장의 마음을 나는 유치원을 운영하면서 비로소 헤아릴 수 있게 되었다.

나는 오늘도 여행 생각에 설렌다.

강남경찰서 전·의경 어머니회 임원들의 "회장님, 우리 여행 가요", "우리 여행 언제 가요?"라는 전화가 마치 소녀처럼 기다려진다.

집중과 결실

52| 한국유치원총연합회가 뭐길래

이 나이 먹도록 살아오면서 나는 참 일복이 많다고 생각한다. 봉사 활동 성격의 여러 일들을 한꺼번에 해왔으니 말이다.

강남구 아동위원회와 여성단체연합회 활동, 강남경찰서 전·의경 어머니회 활동, 그리고 이제부터 언급할 한국유치원총연합회 활동과 한국유아교육발전재단 활동 등이 그것이다.

세월이 한참 지난 이 시점에서 생각해도 “그 많은 일을 어떻게 했을까?”라는, 스스로의 질문에 부딪치곤 한다.

아란유치원 운영에도 시간이 모자라 헉헉거린 적이 한두 번 아닌데, 외부 활동까지 이렇게 했으니 나도 참 일 욕심이 남달랐던 것 같기도 하다. 때로는 극성스러웠던 게 아니었을까 반성도 하면서.

분명한건 일의 과소(過少)를 떠나 이러한 활동들이 모두 의미 있게 다가왔다는 사실이다. 이와 같은 외부 활동 어느 하나도 소홀히 다룰 수 없을 만큼 묵직한 무게감을 지니고 있었다.

한국유치원총연합회 활동은 그 가운데에서도 최상의 위치에 있었다.

나는 아란유치원을 운영하면서 사립유치원연합회 강남지회장을 맡고 있었다. 1990년대 초반까지는 사립유치원 관련 단체는 사립유치원연합회와 자율장학회, 사립유치원 설립자연합회 등 세 곳으로 나뉘어져 있었다.

그런데 이 세 단체가 합쳐야 하는 상황이 전개되기 시작했다.

1993년, 정부는 초등학교 입학 연령을 만 5세로 낮추기로 하는 방안을 발표했다. 그러니까 우리나라 나이로 7세가 되면 초등학교에 입학할 수 있도록 허용하겠다는 발상이었다. 초등학교에 들어갈 수 있는 연령을 1년 앞당기기로 한 것이다.

정부가 초등학교 입학 연령을 낮추기로 한 중요한 이유 중 하나가 초등학교 교실이 남아돌기 때문이라는 설명에는 어이가 없었고 분통이 터졌다.

이러한 발표가 있자마자 전국의 사립유치원들은 발칵 뒤집혔다. 사립유치원연합회는 물론 자율장학회까지 강력 반발이 이어졌다.

사립유치원들이 정부의 초등학교 입학 연령 하향 조정 결정을 반대한 이유는 교육 주무 부처인 교육부가 유아교육의 중요성을 간과했기 때문이다. 유치원 단계에서의 교육이 충분히 이루어진 다음에 초등학교에 입학하는 게 순서인데도 정부는 이를 무시하고 행정편의주의적 발상으로 접근한 것이다.

지금은 1명도 채 안 되는 세계 최저 수준의 출산율로 사립유치원에 다니는 아이들이 크게 줄었지만, 1990년대 초만 하더라도 전국 사립유치원 숫자는 4,900여 개, 유치원생 숫자는 75만 명에 달할 정도로 규모가 컸다. 당시 우리나라 유아교육은 사실상 사립유치원에 의존하는 구조였다.

사립유치원쪽에서는 총연합회를 만들어 본격적으로 대응해야 한다는 공감대가 자연스럽게 형성됐다. 사립유치원연합회가 중심이 되어 총연합회를 구성하는 논의까지는 일사천리로 진행됐다.

문제는 누가 이 거대한 조직의 회장을 맡느냐였다. 시선은 어느 순간부터 나에게 쏠리게 되었다.

나는 처음엔 회장 자리를 고사했다. 사립유치원연합회 강남지회장 정도가 나에게 적절한 자리였고, 다른 단체의 봉사 활동을 하기에도 바빠 시간적 여유가 없었다.

그렇게 6개월 정도는 회장직을 맡지 않고 버틸 수 있었으나, 사립유치원쪽에서는 “한경자 회장 외에는 총연합회 회장을 맡을 분이 없다”며 거듭 권유했고, 그 수위도 높였다.

나는 고민 끝에 한국유치원총연합회 회장직을 받아들이기로 했다. 누군가는 반드시 해야 할 일이고, 조직은 구심점이 있어야 한다고 생각했다.

1994년 5월, 연합회 구성을 위한 첫 발기인 모임을 가졌고, 이듬해인 1995년 10월, 드디어 가칭 한국유치원총연합회 창립총회가 열렸다. 이후 2개월여 뒤인 1995년 12월 교육부의 승인으로 사단법인 한국유치원총연합회가 정식 발족하였다.

당시 한국유치원총연합회 설립 발기인으로 참여한 전국의 사립유치원 원장들은 한결같이 유아교육의 새로운 시대를 여는 데 기여하겠다는 각오와 사명감으로 가득차 있었다. 지금부터 소개하는 이름들은 그래서 더욱 빛나는지도 모른다.

서울에서는 나를 포함하여 김태원 원장, 윤순애 원장, 홍은순 원장, 이정순 원장, 유경손 원장, 안창희 원장, 오세숙 원장, 함승자 원장, 최완영 원장, 김현자 원장, 김승우 원장, 신정자 원장, 유선희 원장, 전종숙 원장, 신응철 한국유치원총연합회 사무국장, 장정자 원장, 이기호 원장, 양원숙 원장, 김경일 원장, 석종희 원장, 석성환 원장, 한용수 원장, 이경희 원장, 강병동 원장, 주영자 원장, 윤군자 원장, 김문정 원장, 김두자 원장, 정주자 원장, 박은덕 원장, 윤우회 원장, 박영옥 원장, 황금숙 원장, 김현숙 원장, 이옥자 원장 등이 참여했다. 경기에서는 손상규 원장, 강선주 원장, 최익화 원장, 이종선 원장, 신승팔 원장, 원유순 원장, 석호현 원장, 박현옥 원장, 김명자 원장, 안승순 원장 등이, 부산에서는 김방자 원장, 현영희 원장, 김재남 원장, 인천은 최덕순 원장, 이귀순 원장, 김홍철 원장 등이 발기인 명부에 이름을 올렸다.

또 대구 권은자 원장, 김초자 원장, 김석일 원장, 대전 김경일 원장, 문채련 원장, 김재희 원장, 신영자 원장, 광주 이건주 원장, 최창선 원장, 정봉례 원장, 김용권 원장, 충남 양래승 원장, 충북 허선행 원장, 전남 김재천 원장, 서병을 원장, 경북 김덕순 원장, 구건성 원장, 곽영자 원장, 장정희 원장, 경남 김재현 원장, 이귀련 원장, 김명하 원장, 울산 박영하 원장, 정명숙 원장, 최해철 원장, 제주 황옥선 원장 등도 한국유치원총연합회 설립 발기인으로 한배를 타게 되었다.

나는 거대한 민간 조직인 한국유치원총연합회를 이끄는 수장을 맡게 되면서 마음 한편에서는 오만가지 걱정과 무거운 책임감이 동시에 밀려 왔다.

'5,000여 개 육박하는 사립유치원의 입장과 의견을 어떻게 조율해야 할까?'

'내가 과연 이 거대한 조직을 이끌고 갈 수 있을까?'

하지만 다른 한편으로는 남다른 의욕과 도전 정신이 꿈틀거리기 시작했다.

'그래, 유아교육의 미래를 위해 이 한몸 던져보자. 우리나라 유아교육이 새롭게 도약할 수 있는 계기를 이번 기회에 만들어보는거야!'

'하늘나라에 계신 아버지, 할머니 꼭 도와주셔야 해요...'

나는 정주영 회장에게 한국유치원총연합회 회장을 맡게 됐다고 말씀드렸다. 그랬더니 정 회장은 그 자리에서 "경자가 뭘 모르고 회장을 맡았나 보다. 그 힘든 자리를 잘 이끌고 가야 할텐데, 우리 경자를 어떻게 도와주면 좋을까"라고 말했다. 한편으로 걱정은 되지만 이왕 맡은 회장 자리인만큼 성공할 수 있도록 돕겠다는 의미였다.

때마침 제1회 한국유치원총연합회 전국대의원 연수를 지방에서 개최할 준비를 하고 있었다.

그로부터 얼마 뒤 정 회장은 한국유치원총연합회 임원과 전국 지회장을 현대자동차와 현대중공업 등 현대 계열사가 있는 울산으로 초청하였다.

정 회장은 한국유치원총연합회 임원들과 전국 지회장들이 울산으로 올 수 있도록 대형 버스를 각 지역에 보내줬고, 이들이 모두 울산 현대호텔에 투숙할 수 있도록 배려하고 지원해주셨다. 눈물이 나도록 고마웠다.

이렇게 대규모 인원이 몰리는 행사에, 그것도 사립유치원 현안을 논의하는 자리에 정치인이 빠질 수 없는 노릇이었다. 전화기를 직접 돌리거나 여의도 국회를 찾아 친분이 있던 여야 중진 정치인들을 한국유치원총연합회 대의원 연수 행사에 초청하였고, 이들은 흔쾌히 울산에 내려왔다.

여야 중진 의원들이 나의 제안에 응한 건 순전히 아버지 때문이라고 생각했다. 내가 만난 의원들은 아버지 얘기를 꺼내면 100% 벌떡 일어나 다시 인사를 청한다.

"한희석 국회부의장님 따님이라고요?"

아무튼 정 회장의 화끈한 지원 덕분에 전국의 사립유치원 원장과 한국유치원총연합회 임원들, 그리고 여야 정치인들이 대거 참석한 제1회 한국유치원총연합회 전국 대의원 울산 연수는 순조롭게 마무리될 수 있었다.

나는 이 행사를 기점으로 전국의 사립유치원 원장들이 하나가 되었다고 느꼈다.

이런 걸 두고 '원팀'이라고 하나.

1995년 한국유치원총연합회 발족 후 정주영 회장의 배려로 전국의 유치원 원장들이 울산 현대자동차와 현대중공업을 견학하는 시간을 가졌다.

한국유치원총연합회는 다양한 봉사활동도 병행했다. 2000년대 초반 한국유치원총연합회 임원, 유치원생들과 함께 독도를 방문했다.

독도를 방문한 한국유치원총연합회 임원들이 독도 수비대장과 함께 했다.

53| 유아교육법 제정을 위한 첫 걸음 떼기

울산에서 열린 한국유치원총연합회 전국 대의원 연수를 앞두고 나는 '기대 반, 걱정 반'의 심정이었다. 아니 노심초사라는 표현이 더 어울리겠다. 행사 날이 가까워질수록 초조함이 더하여 갔다.

새로 설립된 매머드 조직인 한국유치원총연합회 회장의 첫 번째 행사, 그것도 지방에서 열리는 대규모 행사라는 점에서 상징성이 자못 컸기에 여간 신경이 쓰이는 게 아니었다.

정주영 회장이 물심양면으로 울산 행사에 큰 힘을 실어주었지만, 그래도 나는 행사가 시작되고 끝날 때까지 긴장의 끈을 늦출 수 없었다. 그동안 맡았던 여러 봉사단체의 업무와는 그 성격과 차원이 달랐기에 집중하고 또 집중하는 것 외에는 달리 방법이 없었다.

다행히 행사는 성공적으로 마무리되었고, 무엇보다 전국의 사립유치원 원장들이 서로 친목을 다지고 끈끈한 관계를 형성할 수 있는 전기가 마련되었다는 데 적지 않은 의미를 부여할 수 있었다.

사립유치원은 교육 기관이 분명하지만, 어떻게 보면 개인사업체적인 측면도 있는 게 사실이다. 일부 원장들이 사립유치원 운영을 일종의 사업으로 인식하다가 사달이 나는 경우가 바로 이러한 배경에서 기인한다.

비슷한 이유로 유치원 분야는 다른 조직이나 단체에 비해 상대적으로 단합이 약하다는 인식이 있었고 누구는 "모래알 같다"고 비판하지만, 적어도 울산 행사를 계기로 하나로 뭉칠 수 있게 된 것만은 분명하다.

실제로 울산 행사 이후 한국유치원총연합회 임원들과 전국의 사립유치원 원장들은 사립유치원에 가장 시급한 현안부터 해결해야 한다는 목소리를 정면으로 내기 시작했다.

나는 사립유치원 원장들을 만나 주요 현안과 관련하여 대화하면서, 이들과 함께 전국의 지방자치단체를 찾아다니며 사립유치원 지원을 호소했다.

"사립유치원은 우리나라 유치원생의 80%가 다니고 있을 만큼 국가 초기 교육에서 아주 중요한 역할을 하고 있습니다. 공교육과 같은 역할을 하고 있는 것이지요. 그런데 정부와 지방자치단체에서 이런 사립유치원에 해준 것이 과연 무엇이 있나요? 지금이라도 늦지 않았으니 우리나라 유아교육 발전을 위해 사립유치원을 지원해주시면 감사하겠습니다."

그런데 이런 요구가 수용되려면 관련 법령이 상위법에 마련되어 있어야 했지만, 현실은 그렇지 못했다.

우리나라에 사립유치원이 처음 세워진 지 1994년 당시 시점으로 90년 가까이 되었고, 이후 수많은 사립유치원이 설립돼 유아교육의 핵심적인 역할을 하고 있음에도 불구하고, 지원에 필요한 그 흔한 관련 법령조차 하나도 없었다.

내가 만난 정부와 지방자치단체의 유아교육 관계자들은 이구동성으로 말했다.

"근거 법령이 있어야 지원을 해 줄 수 있습니다. 현재로선 지원할 수 없습니다."

무엇이 문제인지 확인되는 순간이었다. 해법이 제시된 셈이어서 한국유치원총연합회가 최우선적으로 해야 할 일은 정해졌다. 그것은 관련 법령 개정과 제정이었다.

우선 강남구를 찾아가 사립유치원을 지원할 수 있는 근거 조례를 만들 필요성을 제시했다.

"강남구가 전국에서 지자체로는 처음으로 사립유치원 지원 조례를 만들어 주신다면, 이것은 지자체의 유아교육에 관한 관심을 보여주는 대표적인 사례로 남을 겁니다. 구청장의 주요한 업적으로 기록될 것이고요. 뿐만 아니라 다른 지자체도 충분히 벤치마킹할 사안이 될 거라 믿습니다."

처음엔 시큰둥했던 강남구도 계속된 나의 설득에 결국 백기를 들었다. 이게 1995년이었다. 이것이 기폭제가 되어 지방의 사립유치원들도 지자체에 유치원 지원 근거 조례 제정을 요구하여 대부분 받아들여졌다.

예상대로 다른 지방자치단체들은 강남구의 선도적인 사립유치원 지원 조례를 사례로 삼아 긍정적으로 정책에 반영한 것이다.

그러나 하위법령인 지자체의 조례 제정에 만족하면서 그 자리에 머물 수는 없었다.

나는 상위법령에 사립유치원 지원 근거를 마련하는 게 필수라고 판단하여 주 활동 무대를 여의도 국회와 정부 세종로 청사로 옮기게 되었다. 한국유치원총연합회 임원들과 서류 한보따리를 들고 일주일에 몇 차례씩 교육부와 국회를 쫓아다니면서 사립유치원 지원 관련 법 제정을 호소했다.

교육부 관계자는 사흘이 멀다 하고 사무실을 찾고 있는 나와 한국유치원총연합회 임원들이 안쓰러웠는지 어느 날 이런 말을 꺼냈다.

"전두환 전 대통령 시절 만들어진 영유아보육법법이 있는데, 일단 여기에 사립유치원을 지원할 수 있는 근거를 넣으면 어떨까요?"

영유아보육법은 전두환 정부 시절 어린이집이 우후죽순으로 만들어지면서 어린이집을 지원하기 위해 만든 법령이었다. 이 법령에 사립유치원 지원 근거를 추가하자는, 일종의 법 개정을 교육부 관계자가 언급한 것이다.

이런 과정을 거쳐 1997년에 영유아보육법 개정이 이뤄졌으나, 나는 이것으로는 사립유치원을 발전시킬 동력이 크게 부족하다고 느꼈다. 영유아보육법은 사립유치원을 위한 법령이 아니라 어린이집 관련 법령이라는 판단에서다. 이를테면 남의 집에 전세나 월세를 살기보다 집의 규모가 다소 작더라도 우리 집을 갖고 있어야 생활이 전반적으로 안정된다는 생각이었다.

사립유치원만을 위한 법령이 반드시 새로 만들어져야 한다는 게 나의 일관된 요구였고, 그 이후 한국유치원총연합회의 모든 역량은 유아교육 관련 별도의 법령 제정에 모아지게 되었다.

한국유치원총연합회 서울지회 회원들이 세종문화회관 옆에서 유치원 5세아 무상교육 실현을 위한 백만인 서명운동을 벌이고 있다. 서울 외 지방에서도 서명운동 열기가 확산되어 완료될 시점에는 총 150만 명이 서명했다.

54| 10년 만에 결실 맺은 유아교육법 제정(1)

'비로소 말할 수 있다!'라는 표현이 있지 않나.

이를 두고 여러 해석을 할 수 있지만, 나는 어떤 일을 이루기까지의 모질게 힘들었던 과정을 마침내 공개할 수 있게 된 순간을 의미한다고 본다.

사단법인 한국유치원총연합회가 만들어진 뒤 나는 백방으로 뛰어다니면서 정부와 지방자치단체가 사립유치원을 지원할 수 있는 근거가 될 법령, 즉 유아교육법 제정 필요성을 끈질기게 호소했다.

그 결실을 맺는 데 무려 10년이라는 긴 시간이 필요했다.

유아교육법 제정을 위한 첫 걸음을 뗀 1994년 한국유치원총연합회 창립총회부터 유아교육법이 제정되어 시행된 2004년 1월까지의 세월이다.

이 기간까지 한국유치원총연합회의 주요한 대외 활동은 이사들에 의해 이루어졌다고 해도 과언이 아니다. 여기서 한국유치원총연합회 이사로 유아교육법 제정을 위한 운동에 발 벗고 나섰던 분들을 소개할 필요가 있겠다.

유아교육법 제정을 위한 한국유치원총연합회의 활동이 정점에 달했던 2002년 기준으로 이건주 이사, 전종숙 이사, 김명자 이사, 원유순 이사, 김용권 이사, 이귀순 이사, 우성자 이사, 오세숙 이사, 박현옥 이사, 강선주 이사, 김재남 이사, 장정자 이사, 이정순 이사, 김현자 이사, 이종선 이사, 조현숙 이사, 석호현 이사, 이귀련 이사, 양원숙 이사 등이 활동의 중심에 섰다.

유아교육법이 제정된 2004년을 기준으로 하면 이사 구성에 다소 변화가 있다. 김재남 이사, 윤군자 이사, 김정애 이사, 김진숙 이사, 최전규 이사, 이건주 이사, 손정애 이사, 장정희 이사, 양영자 이사, 최중희 이사, 이성주 이사, 김순녀 이사, 하지연 이사, 석호현 이사, 곽영자 이사, 전종숙 이사, 원유순 이사, 김명자 이사, 최덕순 이사, 차명숙 이사, 이종선 이사, 김태환 이사, 김명화 이사, 윤영환 이사, 김현각 이사, 황옥선 이사 등이 유아교육법 제정 이후 시행령 등 후속 작업을 위해 분주히 뛰어다녔던 분들이다.

전국의 모든 사립유치원의 염원이자 유아교육계 종사자들의 바람이기도 했던 유아교육법이 탄생하기까지의 과정은 순탄하지 않았다. 산고(産苦)의 과정처럼 힘들었고, 고비도 적지 않게 찾아왔다.

분명한 건 국회와 교육 당국, 언론의 도움이 없었다면, 전국 사립유치원 원장과 교사들의 열렬한 지지가 없었다면, 유아교육법 제정이 불가능했다는 사실이다. 이 책의 말미에 소개한 유아교육법 제정까지의 주요 일지는 그것을 확인하고도 남는다.

나는 사흘이 멀다 하고 국회를 쫓아다니면서 유아교육 소관 상임위원회인 교육위원회 소속 의원들을 만나 유아교육법 제정의 필요성을 역설했다.

2000년 초반 당시 여당의 한 중진 의원을 만나 유아교육법 제정이 국가의 유아교육 발전에 어느 정도 기여하는지를 설파했던 기억이 남아 있다.

"사립유치원은 우리나라 유아교육에서 절대적인 비중을 차지하면서 사실상 공교육 기관의 역할을 수행하고 있습니다. 그렇다면 정부와 지방자치단체는 이런 사립유치원을 당연히 지원해야 하지만 변변한 법령 하나 없는 게 우리나라 유아교육의 현실입니다. 사립유치원이 유아교육을 선도할 수 있도록 입법을 통해 적극적인 지원을 부탁드립니다."

나는 1994년부터 유아교육법이 제정된 2004년까지 입법기관인 국회를 그야말로 '문턱이 닳도록' 출입하였다. 하루에 많게는 너댓 명의 의원을 만나 사립유치원을 국가가 지원할 수 있는 근거 법령인 유아교육법을 제정해줄 것을 호소했다.

우리나라 유아교육 발전이라는 일념 하나로 시작한 이러한 활동은 공청회나 세미나, 간담회 등이 열리는 오전부터 시작되어 밤늦게 끝나는 경우도 적지 않았다. 하루에 공식적인 일정이 무려 10개나 되는 날도 있을 정도였으니, 더 이상 무얼 말하겠는가.

이에 앞서 법령에 대한 지식과 이해가 사실상 전무했던 내가 유아교육법 제정에 도전해보기로 결심한 주요 배경엔 서남수 전 교육부 장관의 따뜻한 조언이 자리했다.

내가 유아교육법 제정을 위해 동분서주했을 당시 서 전 장관은 교육부의 교육정책총괄과장이었다. 나는 일면식도 없던 서 전 장관에게 무작정 전화를 했다.

"한국유치원총연합회장 한경자라고 합니다. 유아교육 문제로 상의드릴 게 있습니다. 꼭 좀 만나고 싶습니다."

나는 교육계 인사를 통해 서 전 장관이 원칙을 중시하는 공무원이라는 정도를 들었을 뿐이었다.

"만나 달라"는 나의 요구에 서 전 장관은 "교육부 내 사무실로 들어오라"고 했다.

나는 교육부가 위치한 딱딱한 분위기의 광화문 정부 청사가 내키지 않아 청사 인근에서 봤으면 좋겠다는 의사를 전했다.

"교육부는 너무 높은 곳이라 가기 어려울 것 같아요. 근처 세종문화회관 커피숍에서 선생님을 뵙으면 합니다. 오실 때까지 기다릴게요."

일개 사립유치원 단체 회장이 교육계의 '갑'이나 마찬가지였던 교육부 관료에게 무슨 배짱으로 이렇게 얘기했는지 지금 생각해도 잘 모르겠다.

얼마 후 서 전 장관이 커피숍에 들어섰다. 대체 어떤 여성이기에 교육부 관료를 오라가라 하는지 모르겠다는 표정이었다.

나는 처음 만난 서 전 장관에게 단도직입적으로 결론을 꺼냈다. 사립유치원이 안고 있는 현안과 애로사항을 구체적으로 제시했고, 이를 해결하기 위한 별도의 법령을 제정할 수 있도록 해달라고 매달렸다. 간곡하게 부탁했다.

한참을 듣고 있던 서 전 장관은 몇 가지를 질문한 뒤 이렇게 말했다.

"사립유치원 담당 직원에게 얘기해놓을테니 앞으로 중요한 현안들을 함께 논의하세요, 제가 도와주겠습니다."

구세주가 나타난 기분이었다. 그것도 사립유치원 업무를 담당하는 최상위 기관인 교육부 관료로부터 이렇게 희망적인 말을 듣다니. 엔도르핀이 솟구치는 느낌이었다.

이후 교육부 사립유치원 업무 담당 직원과 한국유치원총연합회 임원들은 수시로 만나 법령 제정에 필요한 기본적인 내용을 협의해 나갔다.

오래된 일이어서 이 직원의 이름은 정확히 기억나지 않지만 상세하고 친절한 설명이 인상 깊었다. 예컨대 법령에 들어갈 문구를 어떤 식으로 표현하는 게 적합할지 등을 알려주는 식이었다.

"사립유치원을 '지원할 수 있다'와 '지원해야 한다'는 큰 차이가 있습니다. 사립유치원이 안정적인 지원을 받으려면 '지원해야 한다'라는 문구가 들어갈 수 있도록 해야 할 겁니다."

따뜻하고 고마웠던 분이다.

교육부의 적극적인 도움으로 나는 유아교육법 제정을 위한 본격적인 준비에 돌입했다.

유아교육법 제정에 필요한 공청회와 세미나를 개최했고, 언론자문과 법률자문도 받으면서 세부적인 내용들을 보완해나갈 수 있었다.

55 | 10년 만에 결실 맺은 유아교육법 제정(2)

유아교육법 제정이라는 지상지고(至上至高)의 목표가 정해진 이상 나는 앞만 보고 달렸다. 향후 우리나라 사립유치원 운영의 방향성을 결정할 만큼 중요한 법령이기에 치밀하게 준비하는 것이 나에게 주어진 책무라고 생각했다.

우선 유아교육법 제정의 당위성을 알릴 필요성을 느꼈다.

앞부분에서 잠시 언급했지만. 사실 나는 유아교육법 제정을 위한 전초기지로 지방자치단체의 사립유치원 지원 조례부터 만들어져야 한다는 생각이 강했다.

그것은 일종의 전략이기도 했다. 상위법령인 유아교육법 제정이 명분을 얻기 위해선 하위법령에 해당하는 지방자치단체의 조례에 사립유치원 지원 근거가 마련되는 것이 필수라고 판단했다.

그래서 소위 '투 트랙'으로 유아교육법 제정 운동을 추진하기로 했다. 지자체의 사립유치원 지원 근거 조례 제정과 유아교육법 제정을 함께 도모하는 구상이었다.

이 두 가지 전략을 추진하기 위해선 무엇보다 전국의 사립유치원 원장들의 적극적인 참여와 관심이 선행되어야 한다고 생각했다.

나는 수시로 전국의 사립유치원 지회장들에게 연락하여 법령 제정 관련 회의를 열었다. 회의 전날 급하게 일정을 통보하여도 대부분의 사립유치원 지회장들이 서울로 달려오곤 했다.

제주에서 한 번도 빠지지 않고 비행기를 타고 참석할 만큼 열성적이었던 황옥선 지회장 같은 분이 있었기에 지자체 지원 근거 조례 제정과 유아교육법 제정 추진이 가능했을지도 모른다.

그러나 회의 진행 과정에서 여러 가지 아쉬움도 표출되었다. 정작 수도 서울의 사립유치원에서는 이상할 정도로 비협조적인 태도를 보였기 때문이다. 이유는 단 한 가지, 나에 대한 근거 없는 편견과 오해였다.

"한경자 회장이 뭘 하려고 하는 거 아니냐"는 시각이 그것이었다.

내가 한국유치원총연합회 회장 자리를 이용하여 정계 진출 등을 고려하고 있다는, 한마디로 터무니없고 어처구니없는 발상들이었다.

나는 일부 원장들의 이러한 시각을 아예 무시하고 오직 지자체 조례 제정과 유아교육법 제정 추진에 집중하고 또 집중했다.

이를 위해 직접 차를 몰고 지방을 셀 수도 없이 많이 돌아다녔다.

"회장님, 우리 지역은 지자체가 움직이지 않아요. 회장님이 내려오셔서 좀 도와주면 좋겠어요"

지방에서 사립유치원을 운영하는 지회장의 연락을 받으면 나는 곧바로 지방으로 내려갔다.

어느 날, 전남 지역 사립유치원 지회장에게서 전라남도 주최로 사립유치원 지원 관련 회의가 열린다는 전화를 받았다. 회의 시간은 오전 7시. 도지사와 담당 국·과장, 실무자, 사립유치원 원장들이 참여하는 중요한 조찬회의 자리였다.

회의 참석을 위해 나는 오전 3시 30분에 일어나 차를 직접 운전하여 서울을 떠나 광주에 도착했다.

회의에서 나는 전남도 관계자들에게 호소했다.

"전남도가 유아교육에서 중요한 역할을 맡고 있는 사립유치원을 지원할 수 있는 근거 조례를 만들어주신다면, 정부에서 논의하고 있는 유아교육법 제정이 탄력을 받을 겁니다. 아니 유아교육법은 꼭 제정될 거라 확신합니다. 지역에서 제발 도와주시면 감사하겠습니다."

이런 호소가 통했을까. 전남도 측의 이해와 협조로 전남 지역의 사립유치원을 지원하기 위한 조례 제정이 가시화되는 성과를 거두었다.

나의 지방 회의 투어는 광주에서 끝나지 않았다. 마침 그날 오후에 경북 구미에서 또 다른 회의가 잡혀 있었기 때문에 광주 일정이 마무리되자마자 구미로 이동하였다.

그 곳에서도 지역의 사립유치원장들과 함께 현지 도지사, 시장, 군수를 만나 같은 취지로 설명하고 도움을 부탁 드렸다.

결과는 희망적이었다.

지금은 그 영향력이 다소 약해지긴 했으나, 당시 지방에서 사립유치원을 운영하는 경영자들은 그 곳의 유지로 통했다. 지방자치시대이기에 선출직인 도지사와 시장, 군수 등 지방자치단체장들은 사립유치원 경영자들의 목소리를 외면하기 힘든 구조였다.

하지만 지자체가 사립유치원에 호의적이었던 건 생애 교육의 시작점인 유아교육의 중차대함을 어느 정도 이해했기 때문이라고 나는 생각했다. 국가가 아닌 민간이 운영하고 있지만 사립유치원이 공적 기능을 수행하고 있기에 공공 지원이 필요하다는 걸 지자체도 인식했다고 본다.

지방 회의 일정을 마치고 집에 도착하면 보통 새벽 3시가 넘어 있었다. 24시간을 꼬박 밖에서 지낸 셈이다. 그렇지만 전혀 피로감을 느끼지 못했다. 오히려 유아교육법 제정에 한 발 다가갈 수 있는 토대를 만들고 있다는 자부심으로 가득 찼다.

여하튼 나는 이런 식으로 강원도와 경기도 등 16개 시도를 돌아다니며 지자체의 사립유치원 지원 근거 조례 제정과 유아교육법 제정의 기반을 닦는 데 주력했다.

NO. DATE.

10月 29日 · 교육부 법무관실 방문
· 교육부 반부패담당관 방문 4시
10月 30日 교육부 영유아보건 서류전달 10시
10月 31日 영유아교육관 개막 10시 10月31日 ~ 11月3日 까지 여의도
11月 5日 교육부 유아교육진흥개정안 協議.
11月 6日 서상목의원 방문 (유아교육진흥법 개정안)
11月 9日 국회 법제 예산실 (정순임) 방문
11月 12日 손학규의원방문 (이경ㅁ.
11月 13日 · 교육부협의회 3시 교육부
· 국회 제3정책실장 정영훈 위원장 11시 당사
강선주. 하순의원 김순이, 한경자.
· 교육부 및 재야 협의 (구. 이영섭. 임재택) 7시 국
11月 15日 경북지회 참여 구미 出發. 10시 경주보문단지內 교육문화회관.
(경북회원200매. 식사 28명. 숙박및교통)
11月 16日 경남총회 참여. 마산 11시 창원좋은유치원
(경남 회원 150매. 교통경비. 식비
11月 22日 KBS 박인영 부장.
11月 26日 교육부 공청모임 10시 교육부16층 회의실.
11月 27日 교개위 (민주시민 교육개혁방안) 2시
11月 29日 강원도 연합회 교원연수회 강원도 대명콘도
(손상주. 신응철. 한경자. 최익환) 11月29日 ~ 11/30까지
12月 3日 교개위 김종기 박사 방문 (인창희. 한경자)
12月 4日 교육개혁위원회 유아교육분야 공청회 2시 중앙교육행정 연수원
(조윤자. 한경자 이원영. 이기숙. 청주大교수 보육協회장
12月 14日 유아교육전 11시 KOEX 본관1층 [illegible]
(최익환 신응철 한경자)
12月 17日 교육개발원 세미나 1시 개발원 신관 2층 회의실
12月 19日 (사)유치원 총연합회 단합대회 및 사례발표) 1時30분 세종회관 대회의실
전국회원 500여명 참석

morning glory

나는 한국유치원총연합회 회장 시절부터 유아교육법이 제정된 이후까지 10년이 훨씬 넘는 기간에 일어났던 일을 요일별로, 시간대별로 자세하게 기록한 노트를 지금도 갖고 있다. 유아교육법 제정 '족보'인 셈이다.

56| 10년 만에 결실 맺은 유아교육법 제정(3)

2004년 유아교육법을 제정할 때까지 우여곡절도 적지 않았지만, 이를 위해 전국의 사립유치원들은 10여 년 동안 한국유치원총연합회 주도로 똘똘 뭉쳤다.

전국의 사립유치원 원장들과 유치원 교사, 직원 등 3만 명 가까이 운집한 대규모 행사를 무려 6번이나 개최하면서 일종의 세 과시를 했다.

그 첫 번째 행사가 1997년 5월 서울 잠실실내체육관에서 열렸는데, 주최자인 한국유치원총연합회도 놀랄 만큼 거대한 인파가 몰렸다. 2만 8,000여 명이 그 넓은 잠실실내체육관 좌석을 가득 채웠다. 당시 앉을 자리가 부족해 많은 인원들이 복도나 계단을 점유할 수밖에 없었고, 그렇게 하더라도 행사장인 잠실실내체육관 안으로 들어올 수 없는 인원이 적지 않을 정도였다.

유치원 종사자들에게 유아교육법 제정이 절실하지 않았다면 이러한 폭발적인 관심이 불가능했을 것이라 생각했다.

이 행사의 이름은 '유치원 100주년 기념 교육자 대회'로, 외형적으로는 우리나라 유치원 설립 100주년을 기념하는 자리로 비쳐졌다. 그러나 이 행사의 실질적인 목적은 전국의 사립유치원 원장과 교사들이 한

자리에 모여 우리나라 유아교육 발전을 위한 법령 제정을 촉구하는 성격이 강했다.

나는 이 행사의 성공적 개최에 모든 역량을 쏟아 부었다. 그 중에서도 전국의 사립유치원이 유아교육법 제정을 얼마나 갈망하고 있는지를 법령을 만드는 국회의원과 정부 관계자들이 알아야 한다고 판단했다.

그래서 나와 한국유치원총연합회 이사들의 인적 네크워크를 총동원하여 여당과 야당 중진 의원들을 비롯하여 국회 교육위원회 위원들, 정부와 교육청 주요 관계자들을 대거 초청했다.

나는 특히 여야의 거물급 정치인들에게는 직접 전화를 걸어 반드시 참석하여 행사를 빛내달라고 간곡하게 부탁했다. 참석 여부를 확인 전화도 수십 차례 돌렸던 것 같다.

행사는 대성공으로 마무리되었다.

당시 정치권에서는 김종필 전 총리(당시 자유민주연합 명예총재)를 비롯하여 이홍구, 김용환, 안택수, 민식, 김중위 의원 등이 참석하였고, 정부에서는 교육부 차관이 모습을 드러냈다. 이 외에도 서울 지역의 주요 교육청 교육장들이 참석하여 행사에 힘을 실어주었다.

나는 이 행사 개회사에서 국가가 왜 유아교육의 핵심 교육기관인 사립유치원을 지원해야 하는지를 역설했다.

"우리나라는 교육으로 이렇게 일어선 나라입니다.

교육은 유아 때부터 이루어져야 하고, 그래야 초중등교육이 무리없이 시행되어 이후 고등교육, 평생교육으로 이어질 것입니다.

이러한 측면에서 유아교육은 그 중요성을 아무리 강조해도 모자람이 없을 것입니다.

그런데 현실은 그렇지 않습니다.

사립유치원은 공교육이나 마찬가지인 유아교육의 대부분을 담당하고 있지만 공공적 지원을 받지 못하고 있습니다. 그 이유는 변변한 법령 하나 없기 때문입니다. 유아교육법을 제정해야만 이러한 숙제가 풀릴 수 있을 것입니다."

우레와 같은 박수가 쏟아졌다.

행사에 참석한 김종필 전 총리의 한마디는 무게감을 더했다.

"대한민국의 유아들을 위해 이렇게 큰 행사를 하는 데 내가 와서 격려해주지 않으면 되겠습니까?"

잠실실내체육관 행사가 기폭제가 되어 이후 다른 대규모 집회가 5차례 더 열리면서 유아교육법 제정 운동이 탄력을 받게 되었다.

잠실실내체육관 행사는 특히 언론에서도 주목하면서 대대적으로 보도하였다. KBS, MBC, SBS 등 지상파 방송들이 앞다퉈 저녁 메인 뉴스로 보도하였고, 특히 KBS는 밤 11시 마감뉴스에 행사를 다시 보도하면서 관심을 나타냈다.

나는 이 행사를 준비하면서 언론 매체가 갖는 영향력이 얼마나 큰지 절감할 수 있었다. 신문과 방송 등 언론 매체에서 사립유치원 행사를 크게 보도하자, 그동안 유아교육법 제정에 별 관심을 보이지 않던 정치권과 정부에서도 적극적으로 나서는 모습을 확인할 수 있었다.

또한 자녀를 유치원에 보내고 있는 학부모들도 유아교육법 제정의 필요성을 생각하게 한 것은 뜻밖의 수확이었다.

나는 행사 이후 언론 매체에 적극적으로 도움을 요청하기로 마음먹었다. 유아교육법이 순탄하게 제정되려면 여론을 우호적으로 만들어야 하고, 이렇게 하기 위해선 언론 매체의 긍정적인 보도가 필수적이라고 여겼다.

그래서 주요 언론 매체 간부들과 교육 담당 기자들을 수시로 만나 유아교육법 제정 필요성을 설명했다. 이게 계기가 되어 지금도 인연을 이어가고 있는 언론인들도 있다.

잠실실내체육관 행사부터 시작해 서울 잠실 주경기장 집회를 마지막으로 대규모 집회는 마무리되었는데, 나는 이것이 결과적으로 유아교육법 제정의 원동력이 되었다고 생각한다. 유아교육법이 제정될 때까지 함께 고생했던 당시 전국의 사립유치원 원장들 이름을 한 명씩 불러보고 싶다.

서울 강신익 원장, 권명희 원장, 김순녀 원장, 김현란 원장, 김승현 원장, 김애순 원장, 석성환 원장, 윤군자 원장, 석종희 원장, 전종숙 원장, 강병동 원장, 김민식 원장, 노근택 원장, 유선희 원장, 윤우해 원장, 경기 강선주 원장, 석호현 원장, 원유순 원장, 홍사혁 원장, 이경자 원장, 성회장, 김재원 원장, 방영실 원장, 안승순 원장, 우의창 원장, 윤영환 원장, 이경희 원장, 이순자 원장, 이미진 원장, 인천 신혜숙 원장, 김숙이 원장, 부산 김방자 원장, 동래유치원, 강원 권영옥 원장, 김원식 원장, 김원희 원장, 박효경 원장, 박희순 원장, 석순옥 원장, 신승팔 원장, 이상욱 원장, 이한선 원장, 정병국 원장, 정태환 원장, 최필순 원장, 춘천 산들유치원 원장, 황재봉 원장, 김형기 원장, 경남 김명화 원장, 양외선 원장, 최정혜 원장, 박영송 원장, 이귀련 원장, 경북 유해숙 원장, 장정희 원장, 구건성 원장, 김덕순 원장, 김용현 원장, 김창환 원장, 대구 곽영자 원장, 울산 박영하 원장, 김미숙 원장, 박만선 원장, 정명숙 원장, 최해철 원장, 대전 양영자 원장, 김재희 원장, 신의숙 원장, 충남 서성강 원장, 김을해 원장, 김세린 원장, 김흥수 원장, 맹상복 원장, 문혜원 원장, 양래승 원장, 오성근 원장, 정윤숙 원장, 최경희 원장, 최규명 원장, 해미유치원, 충북 백승찬 원장, 김경석 원장, 유상태 원장, 청주 선행유치원, 최기분 원장, 전남 김재천 원장, 서병을 원장, 한동수 원장, 곽영신 원장, 전북 유명숙 원장, 박휘원 원장, 김준성 원장, 김혜숙 원장, 이승호 원장, 장호준 원장, 이금선 원장, 광주 김용권 원장, 선일유치원, 이건주 원장, 정봉례 원장, 최권규 원장, 풍향 유치원, 제주 황옥선 원장.

한 분 한 분 고맙고 감사한 이름들이다.

'뭉치면 살고 흩어지면 죽는다!'

유아교육법 제정을 추진하면서 목표를 향해 함께 하는 사람들이 많으면 많을수록 그 목표에 도달할 가능성이 높다는 평범한 사실을 절감할 수 있었다.

단언하건대, 유아교육법 제정은 전국의 사립유치원 원장들이 한목소리로 염원하고, 기도하고, 응원을 보내지 않았다면 불가능했을 것이다.

1997년 5월 서울 잠실실내체육관에서 열린 '유치원 100주년 기념 교육자 대회'는 빈자리가 없을 정도로 열기가 뜨거웠다.
이 열기가 훗날 유아교육법 제정의 첫 단추였는지도 모른다.

'유치원 100주년 기념 교육자 대회'에 김종필 전 총리(왼쪽)와 이홍구 당시 총리가 입장하고 있다. 두 전·현직 총리의 유아교육에 대한 관심은 지대했다.

서울 잠실학생체육관에서 유치원 100주년 기념 전국유치원 교육자 체육대회가 시작되고 있다.

유아교육법 제정을 위한 사립유치원의 열망은 갈수록 뜨거워졌다.
1999년 9월 서울 여의도 63빌딩 앞 고수부지에서 열린 사립유치원
유아교육자 대회는 대규모 장외집회로 성황을 이루었다.

2001년 5월15일
유아교육 공교육화를 위한 유아교육법제정 촉구
여의도
국민대회
유아교육법제정! 유아교육 공교육화쟁취!

사립유치원의 유아교육법 제정 요구가 최고조에 달했던
2001년 5월 여의도에서 '유아교육 공교육화를 위한 유아교육법 제정 촉구'
국민대회가 열렸다. 행사에는 김종필 전 총리 등이 참석했으며,
이후 가두행진이 벌어져 열기를 고조시켰다.

57 | 노무현 전 대통령과 유아교육

유아교육법이 세상에 나오기까지엔 적지 않은 진통이 뒤따를 수밖에 없었다. 법령 하나를 제정하는데 추진부터 무려 10여 년 가까이 걸렸다는 건, 뒤집어 말하면 입법을 위한 충분한 논의를 거쳤고 온갖 어려움을 견뎌냈다는 의미로 이해할 수 있을 것이다. 이러한 과정의 결실이 유아교육법이기에 더욱 소중하게 다가오는지도 모르겠다.

유아교육법은 어느 한 명의 도움으로 만들어진 법령이 아니다. 전국의 사립유치원 원장과 교사들, 학부모들이 자신의 일처럼 한국유치원총연합회가 추진하는 유아교육법 제정에 힘을 합치면서 여러 대규모 행사에 자발적으로 참여한 것은 크나큰 동력이었다.

이러한 동력이 구비되어 있었기에 나는 법령 제정에 명분을 갖췄다고 믿었고, 이를 기반으로 법을 만드는 수많은 국회의원과 정부 관계자들에게 법령 제정을 당당하게 요구할 수 있었다.

유아교육법 제정 당시 법안을 적극적으로 검토하면서 법령 처리의 필요성에 한목소리를 냈던 국회의원들이 새삼 떠올려진다.

유기홍 의원, 설훈 의원, 이재정 의원, 정동영 의원, 정봉주 의원, 정세균 의원, 함종한 의원, 황우여 의원 등은 평생 잊지 못할 감사한 분들이다.

국회 교육위원회 소속이었던 이들은 소속된 정당은 서로 달랐지만 우리나라 유아교육이 체계적으로 성장하기 위해선 유아교육법이 반드시 만들어져야 한다는 데 공감대를 이뤄내는 모습을 수 십 차례 회의를 통해 지켜보았다.

유아교육법 제정을 위해 사활을 걸다시피 하던 당시 가장 잊을 수 없는 인물은 고 노무현 전 대통령이다. 노 전 대통령이 없었다면 유아교육법 제정이 순탄하지 않았을 수도 있었다는 게 나의 솔직한 생각이다.

노 전 대통령과의 첫 만남은 2002년 10월 24일 세종문화회관 세종홀에서였다.

대통령선거를 불과 20여 일 남겨두고 한국유치원총연합회는 여·야당 대통령 후보들을 초청하여 유아교육 관련 토론회를 개최하였다.

이 자리에는 전국의 사립유치원 원장 500여 명이 새벽부터 모여 들었다.

나는 당초 이회창·노무현·정몽준·권영길 후보 등 주요 후보 네 명이 한 자리에 모인 가운데 합동 기자회견을 열 계획이었다.

그런데 그날 당시 노 후보는 토론회 시작 1시간 전인 오전 10시 30분쯤 이재정 의원과 일찌감치 등장했다.

나는 노 전 대통령을 귀빈실로 모셨고, 노 전 대통령은 토론회에 참석한 전국의 사립유치원 지회장들과 자연스럽게 즉석 간담회를 갖게 되었다.

노 전 대통령은 1시간 여 동안 대화를 나누면서 사립유치원 원장들이 요구하는 사항을 메모하면서, 한편으로는 자신이 생각하는 유아교육에 대한 입장과 소신 등을 비교적 담담하게 설명했다.

대화 말미가 백미였다. 노 전 대통령은 대뜸 이런 말을 꺼냈다.

"제가 대통령이 되면 유아교육법이 반드시 제정될 수 있도록 해드리겠습니다."

우리는 환호하며 그 자리에서 모두 박수를 쳤다.

노 전 대통령과의 간담회가 끝난 이후에도 다른 후보들이 나타나지 않아 초조함이 고조될 무렵 권영길 후보가 등장해 다행히 기자회견은 시작됐다.

당시 대통령 선거의 전반적 분위기는 이회창 후보가 당선이 유력시 됐지만, 나는 이런 분위기와 관계없이 대통령 당선을 전제로 거침없이 유아교육법 제정 약속을 해준 노 후보가 고마웠고 감사했다.

권영길 후보가 참석한 합동 기자회견에서도 노 전 대통령은 사전에 열린 간담회 때 했던 구두약속을 대외적으로 천명했다.

"유아교육법은 당연히 있어야 할 법령입니다. 제가 도와드리겠습니다."

수십 차례의 박수가 쏟아졌다.

권영길 후보도 거들었다.

"제가 하고 싶은 말을 노 후보가 다했네요. 저도 대통령이 된다면 노 후보처럼 유아교육법이 제정될 수 있도록 하겠습니다"

노 후보는 대통령이 된 후 이런 약속을 실제로 이행했다. 공약을 100% 지킴으로써 자신의 발언이 허언(虛言)이 아니었음을 증명했다.

대통령 취임 첫 해인 2003년 어느 날, 교육부에서 연락이 왔다.

"청와대에서 교육부 업무보고가 있는 데, 사립유치원 쪽을 대표하여 한 회장님이 꼭 참석하셔야 합니다. 그런데 교육부로서는 난감합니다."

당시 유아교육 관련 단체는 사립유치원을 비롯하여 국공립유치원, 국공립 및 사립 어린이집, 미술학원 등 다양해 대통령 업무보고에 사립유치원만 참석시키면 다른 단체의 불만이 커질 것이라는 우려였다.

나는 이런 고민을 하고 있는 교육부 관계자에게 '해법'을 제시했다.

"유아교육 관련 단체를 대표하는 인물만 대통령 업무보고에 참석시키면 되잖아요. 유치원은 국공립과 사립을 참석시키고, 어린이집은 교육부 산하가 아니기 때문에 국공립만. 그리고 학원은 사설 단체이기 때문에 빼도 상관 없고요." 모르긴 해도 당시 교육부는 나의 이런 방안에 큰 고민거리 하나를 덜었을 것이다.

나중에 들은 이야기지만, 노 전 대통령은 청와대 비서진에게 교육부 업무보고 때 공무원만이 아닌 현장 전문가, 즉 나를 참석시키라는 지시를 했다고 한다.

나는 이후 교육부의 대통령 업무보고 때 매번 참석하는 기회를 가질 수 있었다. 이것은 유아교육 현장의 현안을 정부에 전달하여 함께 고민해보는 시간이 되었다.

교육부의 대통령 업무보고 자리에서 나에게 발언권이 주어졌다.

나는 대통령을 응시하면서 솔직하고 담담하게 말했다.

"대통령님이 사립유치원들이 가장 힘들어하는 부분을 해결하기 위해 관련 법령을 만들어주신다고 공약하셨는데, 전국 원장들과 학부모들은 이를 굳게 믿고 있습니다."

내 말이 끝나자 노 전 대통령은 화답했다.

"함께 노력해봅시다. 유아교육법을 만들어준다는 건 내가 대통령후보시절에 공약한 겁니다. 유아교육을 발전시키기 위한 거라면 이 정도는 해줘야 하지 않겠습니까?"

노 전 대통령은 유아교육법 제정 약속을 지키기 위해 국회 교육위원들에게 직접 연락해 협조를 당부했다고 한다. 유기홍·정봉주 의원과 설훈 의원을 통해서다.

"유아교육법이 꼭 만들어져야 한다는 말을 노 전 대통령에게 한두 번 들은 게 아닙니다."

노 전 대통령 사후 의원들에게서 들은 말이다.

내가 만나 본 노 전 대통령은 따뜻한 사람이었다.

그가 대통령 퇴임 후 머물던 봉하마을을 찾아 인사를 드려야겠다는 생각을 여러 차례 했었지만 실천에 옮기지 못한 게 아쉬움으로 남는다. 지금은 운명을 달리했기에 더욱 그런 마음을 갖게 된다.

노무현 정부 때 사립유치원은 정부로부터 혜택을 받고 있다는 느낌이 왠지 강하게 들었다. 유아교육법 제정 촉구를 위한 대규모 집회 겸 행사를 서울 시내에서 자주 열었지만 한 번도 제지 받은 적이 없었다. 여의도에서 열렸던 유아교육법 제정 촉구 대형 집회때 경찰이 해산을 요구하는 대신에 오히려 안전 집회를 유도하는 모습은 이것의 사례였다고 할까.

2002년 10월 열린 대통령 선거 후보 초청 유아교육정책 토론회에
참석한 노무현 당시 후보가 토론자들과 이야기를 나누고 있다.

노무현 당시 후보가 유아교육정책 토론회에서 유아교육
관련 공약을 설명하고 있다. 노 후보는 대통령에 당선된 뒤
"유아교육법을 제정하겠다"는 약속을 지켰다.

58| 드디어 유치원 원장이 된 설립자들

이쯤에서 사단법인 한국유치원총연합회가 만들어지기까지의 진통을 언급해야 할 것 같다. 전국의 사립유치원의 염원이기도 했던 유아교육법 제정을 앞장서 추진했던 한국유치원총연합회는 법령 제정의 일등공신임에 틀림없다.

하지만 한국유치원총연합회의 결성은 '한 지붕, 세 가족'의 형태를 '한 지붕, 한 가족'으로 바꿔야 하는 아주 어려운 작업의 연속이었다. 하나가 되기까지의 과정이 그야말로 '총성 없는 전쟁', '험로' 그 자체였다.

한국유치원총연합회가 꾸려지기 전까지 우리나라 사립유치원은 크게 세 개의 단체로 나뉘어져 있었다. 원장을 따로 두고 유치원을 운영하는 설립자들의 모임인 설립자연합회, 그리고 대개 설립자가 원장으로 참여하고 있는 사립유치원 연합회, 그 다음이 교육청 산하의 사립유치원 자율장학회 등이었다. 우리는 이를 사립유치원 3개파(派)로 불렀다.

이렇게 3개의 사립유치원 단체들은 유치원 운영의 관점이 서로 달라 관계가 원만한 편은 아니었다. 유치원과 관련하여 어떠한 현안이 불거지면 서로 다른 목소리를 낼 수밖에 없는 이유이기도 했다.

그러나 만5세아 초등학교 조기입학과 유아교육법 제정이라는 대형

이슈가 발생하면서 세 단체는 통합의 절실함에 부딪칠 수밖에 없었다. 세 단체가 무슨 수를 쓰더라도 하나로 합쳐야 하는 절박함이 목전에 다가온 것이다.

나는 원래 자율장학회 회장을 역임하다가 사립유치원 연합회로 옮긴 경우여서 세 단체의 통합에 자율장학회 설득은 크게 문제될 것이 없다고 생각했다.

문제는 설립자연합회였다. 전 재산을 쏟아 부어 유치원을 만든 설립자들은 유치원 운영에 남다른 애착을 갖고 있었다. 그렇지만 정작 설립자 자신은 유치원 원장을 할 수 있는 자격증이 없어 자격증을 소지한 원장을 고용하여 운영하는 경우가 적지 않았다. 어떻게 보면 이러한 이유 때문에 설립자들은 유치원에 더 애정을 느끼고 있었는지도 모르겠다.

아무튼 나는 세 단체를 합치는 단일화가 급선무였기에 당시 사립유치원 연합회와 자율장학회 집행부와 함께 설립자연합회 최익화 회장, 부회장으로 있던 원유순 원장을 만나 설득에 올인하다시피했다.

우여곡절 끝에 세 단체는 마침내 통합하기로 결론을 내렸다.

그 당시 어려운 결정을 내려준 최익화 회장을 비롯하여 원유순 원장, 유순옥 원장 등 단체 통합에 발 벗고 나선 사립유치원 원장들이 고마울 따름이다.

나는 사단법인 한국유치원총연합회가 결성된 뒤, 이와 별개로 설립자연합회의 현안인 '설립자 원장'이 가능하게 하는 방안을 추진했다.

전국의 사립유치원 중에는 설립자와 원장이 서로 다른 경우가 적지 않았다. 이것은 설립자들이 유치원 원장을 하기 위해 필요한 자격 조건을 구조적으로 충족시키기 어려웠기 때문이었다. 교육대학원을 졸업한 뒤 유치원 교사 자격증을 취득해야 유치원 원장이 될 수 있는 제도에 부합하는 설립자들은 많지 않았다.

나는 설립자들의 연령이 높다 보니 대학원 과정 이수는 생각도 못한 경우가 대부분인 현실을 감안한 교육정책이 필요하다고 생각했다. 서울 소재 대학의 교육대학원 입학은 40대 이상의 설립자들에게는 너무 문턱이 높았다.

나는 유치원 설립자가 원장을 할 수 있는 다른 방법을 교육부에 정식으로 질의했는데, 의외의 해결책을 찾아낼 수 있었다.

"지방 대학에 유아교육과가 설치된 곳이 있어요. 이 대학들이 서울에 대학원대학을 설치해서 사립유치원 설립자를 대상으로 위탁교육을 실시하는 방법이 있습니다. 이렇게 되면 유치원 설립자들이 교육대학원 과정을 이수하기에 수월하지 않겠어요? 이걸 한번 활용해보세요."

이 얼마나 귀중한 조언인가.

나는 직감적으로 "바로 이거였어!"를 외쳤다.

드디어 설립자도 유치원 원장을 할 수 있는 길이 열리게 됐다고 판단해 교육부 관계자가 언급한 대학을 수소문하기 시작했다.

1999년 봄부터 당장 실행에 옮겼지만 현실은 녹록치 않음을 깨달았다.

광주대 유아교육과 등 유아교육과가 있는 지방 대학을 찾아 서울에 대학원대학 설치 의향을 타진했더니 하나같이 부정적 반응을 보였다.

"관심 없습니다."

"재정적으로 여유가 없어 대학원대학을, 그것도 서울에 대학원대학을 설치하는 것은 불가능합니다."

나는 지푸라기라도 잡는 심정으로 1999년 7월 전북 군산에 있는 호원대를 방문해 대학원대학 설치를 통한 유치원 설립자 위탁교육을 호소했다. 사실상 마지막 대학 방문이었다.

그때 만난 호원대 총장은 다른 지방 대학들과 다르게 서울에 대학원대학 설치에 매우 긍정적이었다. 다만 전제 조건을 제시했다.

"행정적으로는 대학원대학을 서울에 설치할 수 있지만, 강의실과 학과 사무실 확보가 쉽지 않을 것 같아요. 혹시 한국유치원총연합회에서 강의실을 마련해줄 수 있나요? 강의실과 사무실만 확보되면 위탁교육이 가능할 것 같습니다."

이 같은 호원대 총장의 말에 "어떻게든 서울에 강의실을 확보해보겠다"고 약속했다. 강의실 확보 때문에 어렵게 찾아온 기회를 날려 버릴 수는 없는 노릇이었다.

나는 당시 직접 운영했던 논현동 궁원예식장의 2개 홀을 호원대 위탁교육 강의실로 쓰기로 했다. 그렇게 호원대 대학원대학 위탁교육이 실시되어 2년 과정으로 운영되었고, 사립유치원 설립자들은 대거 이 과정에 등록하여 유치원 교사 자격증을 딸 수 있었다. 떳떳하게 유치원 원장을 할 수 있는 토대가 마련된 것이다.

호원대 위탁교육과정은 2000년 3월 드디어 개강해 2년 뒤인 2002년 2월 첫 졸업생이 배출되었다. 총 38명이 입학했는데, 단 한명의 낙오자도 없이 전원 졸업하면서 수료증과 함께 교사 자격증을 취득했다.

사립유치원 설립자들은 지금도 나를 보면 당시를 회상하며 우스갯소리를 한다.

“한 회장님이 아니었으면 내가 어떻게 유치원 교사 자격증을 딸 수 있었겠어요? 가방끈을 늘려줘서 정말 고맙습니다!”

나는 당시 호원대 대학원대학 2년 위탁교육 과정을 서울에 설치한 것이 참 잘 한 결정이라고 스스로를 칭찬한다. 평일에는 결혼식이 거의 없어 쉬는 공간이나 마찬가지인 예식장 홀을 강의실로 활용할 생각을 어떻게 했는지, 지금 생각해봐도 대견스럽다.

이것은 아마도 유치원 설립자들도 원장을 할 수 있게 해야 유아교육 발전에 촉매제가 될 수 있다는 확신에서 였을 것이다.

59| '더 행금'(행복한 보금자리)

'공간이 사고를 지배한다'는 말이 있다. 어떠한 공간에 위치하느냐가 개인 혹은 조직의 사고와 생각에 영향을 미친다는 의미로 알고 있다.

동시에 이 말은 공간의 중요성을 시사하는 것으로 이해한다.

그래서 자기만의 공간이 필요하고, 원하던 공간이 확보될 경우 나타나는 결과물도 그렇지 않았을 때보다 뚜렷하게 대비된다는 연구도 있다고 하지 않나.

모르긴 해도 개인이든 조직이든 자신만의, 혹은 그들만의 단독 공간을 마련하려는 심리는 크게 차이가 없을 것 같다.

우리나라 사립유치원을 대표하는 단체인 한국유치원총연합회도 마찬가지였다.

1995년 사단법인으로 발족한 한국유치원총연합회는 정작 변변한 사무실조차 갖추지 못하고 있었다. 앞에서 언급한대로 세 단체가 합쳐져 만들어진 조직인 만큼 조기 연착륙을 위해선 단독 건물이 필요했으나 재정적 어려움 등으로 엄두도 내지 못한 상태였다.

유아교육법 제정 등 유아교육 발전을 위한 한국유치원총연합회의 활동이 활발해질수록 각종 회의와 외부인의 출입이 잦아지고, 이러한 수

요를 원활하게 해결할 단체만의 단독 공간 마련이 절실해졌다.

내가 소유한 궁원예식장 한쪽을 빌려 한국유치원총연합회 사무실로 사용하는 것은 한계가 있었다. 사단법인으로서의 위상을 찾을 수 없었고 업무 능률도 갈수록 떨어지고 있음을 절감했다.

나는 고민 끝에 임원들과의 논의를 거쳐 작은 규모라도 한국유치원총연합회가 사무실 전체를 사용할 수 있는 건물을 서둘러 매입하기로 하고 부동산을 찾아 다녔다.

"저희 단체는 돈이 별로 없지만 건물은 꼭 필요합니다. 작지만 괜찮은 건물이 나오면 알려주세요."

얼마 후 부동산에서 연락이 왔다. 경매로 넘어갈 상황에 처한 2층짜리 단독 주택인데, 집 주인이 급매를 내놓았다는 것이다.

나는 즉시 현장인 역삼동으로 달려가 건물을 확인한 뒤 매입 계약을 체결했다. 2005년 초의 일이다. 이 건물이 지금의 재단법인 한국유아교육발전재단이 들어선 역삼동 830－61번지다.

관건은 어떻게 7억 원 규모의 단독주택 매입 대금을 마련하느냐였다.

방법은 세 가지로 모아졌다. 첫 번째는 한국유치원총연합회 전국 각 지회를 통한 매입 자금 일부 확보, 두 번째는 매입 예정인 단독주택을 담보로 한 은행 대출, 세 번째는 한국유치원총연합회 이사 개인의 십시일반 지원 등이었다.

당시 한국유치원총연합회 전국 지회는 앞다퉈 단독주택 매입 자금을 내놓았다. 서울지회 770만 원, 부산지회 2,010만 원, 대구지회 1,450

만 원, 인천지회 743만 원, 울산지회 1,155만 원, 경기 2,592만 1,320 원, 강원 680만 원, 충남 90만 원, 충북 470만 원, 전남 505만 원, 전북 200만 원, 경남 2,075만 원, 경북 1,340만 원, 제주 260만 원 등 총 1억 4,340만 1,320원에 달했다.

이 돈과 은행 대출, 그리고 한국유치원총연합회 이사들 개인의 지원금을 합친 7억 원으로 2005년 마침내 한국유치원총연합회가 들어설 역삼동 건물을 매입하게 되었다.

나는 사들인 단독주택을 개조해 1층은 한국유치원총연합회와 한국유치원총연합회 서울지회 사무실로 각각 사용하고, 2층은 강당으로 활용했다.

이렇게 한국유치원총연합회는 2012년 3월말까지 7년 여 동안 역삼동 사무실을 거점으로 무난하게 전국적인 활동을 이어갈 수 있었다. 우리만의 공간 확보가 가져다 준 업무의 여유로움이 다가왔던 시절이었다.

그런데 뜻하지 않은 변수가 생겼다.

사실 나는 한국유치원총연합회를 이끌면서 뜻 있는 전국의 사립유치원 원장들과 함께 유아교육 발전을 위한 별도의 재단법인 설립을 추진해왔다. 이를 위해 이미 2003년부터 재단건립 기금을 모으는 중이었고, 2007년 12월 당국으로부터 한국유아교육발전재단 설립 허가를 받을 수 있었다.

결국 사단법인 한국유치원총연합회와 재단법인 한국유아교육발전재단 두 단체의 시너지 효과가 가능한 구조가 구축된 셈이다.

나는 이를 계기로 비좁은 한국유치원총연합회 건물을 헐고 이 자리에 규모를 넓힌 새 건물을 짓기로 법인 이사회 논의를 통해 결정한 뒤 실행에 옮기게 되었다. 당시는 내가 한국유치원총연합회 회장을 그만두고 한국유아교육발전재단 이사장으로 일할 때였다.

새로운 건물을 짓는 데 들어가는 예산은 은행 대출을 비롯하여 나의 개인 출연금, 그리고 한국유치원총연합회와 한국유치원총연합회 서울지회에서 각 1억원 씩을 내는 것으로 마련할 수 있었다.

이러한 과정을 거쳐 2012년 4월 역삼동 건물 신축 공사에 들어가 그해 12월 입주가 가능하게 되었다.

그러나 새 건물 입주를 약속했던 한국유치원총연합회와 한국유치원총연합회 서울지회가 이를 어기고 다른 곳에 사무실을 내겠다는 이유로 신축 건물 건립 자금 반환을 요구하는 상황이 벌어진 것이다.

당시 한국유치원총연합회 S 회장은 별도의 총연합회 건물을 짓겠다고 했고, 당시 한국유치원총연합회 K 서울지회장도 서울시청 앞에 사무실을 얻겠다며 건물 신축 비용으로 냈던 각 1억 원을 돌려달라고 요구했다.

나는 이들의 처신을 비상식적이라고 생각했다. 우리나라 유아교육 발전을 견인할 목적으로 만들어진 한국유치원총연합회와 한국유아교육 발전재단이 하나의 공간에 자리 잡는 것은 지극히 상식적인데, 이들은 오히려 그 반대 결정을 한 것이다. 더구나 당초 약속을 헌신짝처럼 뒤집으면서도 여기에 대한 납득할 만한 설명 하나 없었던 것은 유감이었다.

나는 이사들과 논의 후 이들로부터 받은 건물 신축 기금을 돌려줬지만, 이로 인한 신축 자금 구멍의 손실은 개인 사재를 털어 충당하느라 한동안 경제적으로 힘들었던 기억이 있다. 역삼동 건물 신축을 위해 빌렸던 은행 대출금도 2022년 12월이 되어서야 모두 상환할 수 있었다.

지금의 건물은 원룸 9개가 구비된 5층짜리 신축 건물이다. 이 건물이 들어서는 데에는 유아교육재료 전문 회사 프뢰벨 정인철 대표의 조언이 큰 도움이 되었다.

"제가 아는 건축회사가 있는데, 규모는 작지만 의뢰해볼 만합니다. 나중에 지어놓고 집세라도 나올 수 있도록 하는 방안을 고민해보면 좋을 것 같습니다."

사무실 외에도 정기적으로 집세가 나올 수 있는 고정수익 확보 공간, 이를테면 원룸을 함께 꾸며보라는 얘기였다.

정 대표의 조언 덕분에 단독주택을 허물고 지하 1층, 지상 5층의 신축 건물을 지을 수 있게 되었다. 새로 지어진 건물의 이름은 '더 행금'. '더 행복한 보금자리'의 약어로 이 곳에 거주하는 모든 사람의 행복을 기원하는 의미를 담고 있는 순 우리말이다.

어쨌든 나를 비롯하여 한국유치원총연합회 전직 임원들이 주축이 되어 만들어진 한국유아교육발전재단은 원룸 수익금으로 은행 대출금을 모두 갚을 수 있었고, 2023년 1월부터는 안정적인 재정을 확보할 수 있는 기틀을 마련하게 되었다.

변변한 사무실조차 하나 없던 한국유치원총연합회는 2005년 서울 역삼동에 드디어 단독 건물을 매입했다. 한국유치원총연합회 역삼동 시대를 연 셈이다.

60 | 신뢰와 배신

조직은 그것의 규모와 성격 등에 관계없이 원래 갈등이 있기 마련이다. 조직의 대표와 구성원 사이에, 구성원과 구성원 사이에는 끝없는 갈등과 대립이 벌어지는 게 세상의 이치다.

그래서 조직의 수장은 늘 공격과 비판의 대상이 될 수밖에 없는 태생적 한계를 지니고 있는지도 모른다.

1995년 사단법인으로 출범한 한국유치원총연합회 초대 회장을 맡은 이후 10년이 넘는 기간 동안 조직의 책임자 역할을 수행한 나에게도 적지 않은 시련이 닥쳤다. 그것의 원인은 외부가 아니라 내부에 있었다.

흔히 '적은 내부에 있다'고 하는 데, 나도 오랜 기간 한국유치원총연합회를 이끌면서 이 말을 실감했다.

특히 가까운 사람의 배신과 터무니없는 공격, 음해 등을 경험한 이후엔 인간이란 존재에 대해 회의감도 적이 들곤 했다.

그때마다 나는 나쁜 기억, 부정적인 생각들을 훌훌 털어버리고 나의 길을 묵묵히 걸어갔다. 회상하건대 그것이 나중에 오히려 잘 한 결정으로 결말지어진 것 같다.

첫 번째 '사건'은 고발 건이었다.

한국유치원총연합회 회장이던 2000년 초 어느 날 서울 강남경찰서에서 전화가 왔다. 공금 횡령 혐의로 고발이 됐으니 나와서 조사를 받으라는 것이었다.

고발자는 인천에 위치한 사립유치원 원장이던 J · K 씨와 서울 소재 사립유치원 원장 C 씨 등 몇 명의 유치원 원장이었고, 고발 사유는 내가 유아교육법 제정 등 유치원 현안 관련한 공청회를 하면서 회비를 받아 횡령했다는 것이다.

또 한 가지는 교육부 간부가 퇴직 후 사무실을 열었는데, 그곳에 한국유치원총연합회 공금으로 TV 등 사무실 집기를 사줬다는 것이다.

나는 고발됐다는 소리를 듣고 어이가 없었다. 나는 한국유치원총연합회 회장을 맡은 이후 월 100만 원의 판공비도 단 한 번 받은 적 없었다. 지방 행사 때에는 지방의 사립유치원 원장들에게 사비로 식사를 대접한 나였기에 쓴웃음이 나왔다. 나는 고발한 원장들의 저의가 의심스러웠다.

'도대체 무슨 이유 때문에 유치원 원장들이 나를 고발했을까?'

나는 경찰 조사를 받으며 두 건 모두 관련 혐의를 전면 부인했지만 경찰은 교육부 전직 간부에게 TV 등 집기를 공금으로 사준 혐의만 무혐의로 처리하고, 공청회 회비 횡령 건은 기소 의견으로 검찰에 올렸고 결국 기소되었다.

법원에서도 나는 일관되게 "공금 횡령은 논리적으로 성립되지 않는 허위"라며 무죄를 주장했으나, 검찰은 "무죄를 입증할 증인이라도 있느냐"면서 압박해왔다.

나는 고민이 되었다. 왜냐하면 지방에서 열렸던 공청회에 참석했던 토론자 중에는 국·공립대 교수와 현직 언론인이 있었기 때문에 이들에게 증언 요청은 심리적 부담이 될 수 있다는 생각이 들었다. 공청회 참석 토론자들에게 증언 관련한 이야기를 꺼내기 어려운 이유였다.

그런데 이 사건 변론을 맡았던 법무법인 동인 소속의 박세규 변호사가 "이 사안은 증인을 세워야만 해결이 된다"면서 당시 공청회 참석자들에게 법정 증언을 부탁했다. 이후 공청회 참석자들은 "법정에 나가 사실을 낱낱이 말하겠다"고 증인을 자처하고 나서면서 상황이 급반전됐다.

임재택 부산대 교수, 최영선 한겨레신문 실장은 법원에 증인으로 출석해 공청회 당시 상황을 구체적으로 증언했다.

"한경자 회장이 자기 개인 돈으로 공청회 참석자들에게 호텔을 잡아줬고, 비행기 값도 사비로 지출했습니다. 그것이 팩트입니다."

무죄가 내려졌다. 무죄판결을 한 판사는 나에게 물었다.

"혹시 고발자를 대상으로 무고죄로 맞고발할 생각이 있나요?"

나는 대답했다.

"저를 무고한 원장들을 맞고발한다면 사회에서 사립유치원을 어떻게 생각하겠습니까? 콩가루 같은 집단으로 생각하겠지요. 앞으로 누가 사립유치원을 도와주려고 할까요. 무죄 판결로 마무리하겠습니다."

두 번째 '사건'은 일명 비자금 해프닝이다.

이 역시 2000년 초쯤으로 기억한다. 한국유치원총연합회 회의에서 사립유치원생들에게 방학 기간에 사용할 방학 책을 만들자는 아이디어가 나왔다.

이것은 두 가지 목적이 있었다. 유치원 방학 책을 통해 원생들이 알찬 방학을 보낼 수 있도록 하자는 게 하나였고, 또 하나는 교재 발행으로 생기는 수익금을 유치원 원장들의 활동비로 사용하는 거였다.

나는 급여 외에는 별다른 수입이 없어 외부 활동에 애로를 겪는 유치원 원장들에게 필요하다고 판단해 이런 아이디어를 수락하고 실행에 옮겼다.

유치원 방학 책 발행은 서울에서 유치원을 운영하는 K 원장이 몇 년 동안 해오던 업무라 자연스럽게 그에게 맡겨졌다. 출판 등 관련 업무는 K 원장이 알고 지내는 유치원 운영자이자 출판업을 하는 A 사장이 담당했다. A 사장은 유치원 방학 책을 2년째 발행하고 있었다.

나는 이들이 원가 3,000원 짜리 유치원 방학 책을 각 지회에는 4,800원을 받고 팔라고 한 사실을 나중에 알게 되었다.

유치원 방학책이 발행된 지 얼마쯤 지났을까. 유치원 원장들 사이에서 이상한 소리가 들렸다.

"유치원 방학 책은 한경자 회장 도와주려고 하는 사업이래요. 그래서 그렇게 비싸게 책값을 매겨서 파는 겁니다."

"방학 책 한 권당 1,800원 이상 남는다고 하네요."

"..."

나는 기가 막혀 먼저 출판업자를 불러 경위를 따졌다.

"방학 책 발행 수익금을 한경자 회장에게 갖다 준다는 소리가 있는데 사실인가요?"

"네. K 원장이 한회장님 비자금 만들어줘야 한다고 해서 그렇게 했습니다."

비자금 소문의 실체를 확인한 나는 마지막으로 K 원장을 불렀다.

"방학 책 발행 수익금을 나에게 갖다 준 적 있나요? 나는 수익금에 1원 하나 건든 적이 없어요. 그 수익금을 어떻게 했나요?"

K 원장은 "잘못 했다."고 말했다.

최종적으로 확인한 결과, 유치원 방학 책 제작비는 3,000원이 아닌 2,300원에 만들었고, 나에게는 3,800원에 판다고 해놓고 각 지회에는 4,800원에 넘긴 것으로 드러났다. 이들은 각 지회에 권당 5,300원을 받고 팔라고 한 뒤, 이렇게 해서 남는 권당 500원의 수익은 지회가 갖도록 했다. 결과적으로 이들은 이런 식으로 유치원 방학 책 한 권당 3,000원의 폭리를 취한 셈이었다.

나는 전모를 확인한 뒤 K 원장에게 단호하게 말했다.

"내가 당신에게 비자금을 만들어 달라고 했다고요? 이제부터 당신하고는 어떤 일도 함께 하지 않겠습니다."

이후 K 원장은 한국유치원총연합회 임원에서 물러났다.

사실 나는 한국유치원총연합회 회장을 하면서 당시 강남의 아파트 두 채 값에 해당하는 정도의 개인 돈을 사용했다. 공식적인 행사 외에는 공금을 사용해본 적이 없다.

만일 내가 계산적이었다면 구체적인 사용 내역도 일일이 적어놓았겠지만, 사비로 쓴 활동 자체가 더욱 의미가 있었기에 그럴 필요성을 느끼지 못했을 뿐이다.

이 두 가지 '사건'으로 나는 한국유치원총연합회 회장에서 물러나기로 결심했다. 사람에 대한 배신과 실망으로 더 이상 회장직을 수행하기 힘들었다.

10년 이상 내가 갖고 있는 모든 에너지를 쏟아 부어 한국유치원총연합회를 이끌고 왔지만, 중요한 업무를 맡긴 사람은 오히려 이를 악용하면서 사적인 이득을 취한 사실에 화가 났고 실망했다. 벌어지지 않아도 됐을 일에 신경을 쓰느라 심신이 지칠 대로 지쳤다.

2006년 2월 열렸던 한국유치원총연합회 총회에서 나는 회장 직을 사임했다.

나는 사람에 대한 신뢰가 비교적 큰 스타일이다. 나의 지인들은 인연을 맺은 지 대개 20년이 훌쩍 넘는다. 그러나 한국유치원총연합회 회장을 하면서 내가 믿었던 사람들이 조작에 가까운 음해와 공격을 서슴지 않은 것을 보면서 배신감이 몰려 왔다.

문뜩 이런 생각이 들었다.

'이 정도면 내가 해야 할 일은 다 이뤄놓은 건 아닐까? 유아교육진흥법을 개정했고, 유아교육법을 10년이 걸려 제정했으며, 대통령령과 교육부령을 만들어 사립유치원에 아이를 보내는 학부모들에게 월 28만원씩 지원받도록 했잖아. 사립유치원 교사들도 수당을 받도록 했고, 사립유치원에 교재교구비를 지원받게 했지. 나의 작은 힘을 믿고 따라와준 전국의 사립유치원 원장들도 내가 해야 할 일은 마무리됐다고 생각하지 않을까?'

61| 우리나라 최초의 유아교육발전재단을 만들다

2005년 7월, 한국유치원총연합회가 구입한 서울 역삼동 단독주택에 대한 리모델링 공사가 마무리되면서 개원식과 함께 입주를 하게 되었다.

한국유치원총연합회의 역삼동 시대가 열리면서 나는 건물을 관리하고 향후 유아교육 발전을 체계적으로 도모할 별도의 재단법인을 설립하는 방안을 본격적으로 추진했다. 구상을 실천에 옮기게 된 것이다. 이것이 지금의 한국유아교육발전재단이 설립된 배경이었다.

한국유아교육발전재단은 설립을 위한 출발은 순탄했지만 숱한 난관을 겪었다.

재단 설립이 처음 논의됐을 때 한국유치원총연합회 임원이었던 사립유치원 원장들은 재단의 설립 취지에 충분히 공감하고 동의했다.

2007년 5월 한국유아교육발전재단 설립을 위한 제1차 발기인 총회가 있었고, 그해 12월 재단법인 설립허가와 함께 창립 이사회 및 기념식을 갖게 되었다.

오랫동안 교육 현장에서 묵묵히 유아교육에 헌신했던 사립유치원 원장들이 한국유아교육발전재단 초대 이사를 맡게 되었다.

그 이름을 호명하자면, 윤순애 이사, 김재남 이사, 강선주 이사, 유명숙 이사, 윤군자 이사, 김순녀 이사, 양영자 이사, 곽영자 이사, 장정희 이사, 최정혜 이사, 서성강 이사, 김미숙 이사, 석호현 이사, 김애순 이사, 김명화 이사, 박영하 이사, 황옥선 이사, 강신익 이사, 백승찬 이사, 양외선 이사, 원유순 이사, 김양순 이사, 박현옥 이사, 박휘원 이사, 이금선 이사, 유혜숙 이사, 이귀련 이사 등이다.

2007년 12월 14일 열렸던 한국유아교육발전재단 창립 이사회에서 문용린 전 교육부 장관이 했던 격려사가 기억난다.

"한국유아교육발전재단은 벌써부터 있었어야 할 재단이고 꼭 필요했던 재단입니다. 이렇게 민간이 아니라, 유아교육에 힘을 모으는 그런 많은 사람들을 격려하고 지원하기 위해서 국가가 벌써부터 시작했어야 할 재단입니다.

한국유아교육발전재단이 유아교육에 몸담고 있는 모든 이에게 희망의 등불이 되어 주길 희망합니다. 특히 헌신과 희생으로 젊은 정열을 유아들에게 쏟고 있는 유아교육 교사들에게 힘을 불어 넣어 주고, 용기를 백배시켜주는 그런 든든한 뒷그림자가 되어 주시길 바랍니다."

격려사를 듣는 순간 가슴이 뭉클했고 책임감이 스멀스멀 올라왔다.

나는 재단 출범으로 초대 이사장을 맡게 되었고, 재단 창립 멤버로 참여하게 된 원장들은 누가 먼저랄 것도 없이 재단 설립에 필요한 일정 금액의 출연금을 납부함으로써 재단 이사로 등재되었다.

그런데 재단이 제대로 자리 잡기도 전에 일부 이사와 사립유치원 원장들이 나를 향해 명예훼손성 발언을 하고 다닌다는 것을 알게 되었다.

"한경자 회장이 자식들에게 물려주려고 재단법인을 만들었다."는 게 요지였다. 그래서 자기들을 이용했다는 내용이었다.

황당했고, 일고의 가치도 없는 마타도어에 가까운 공격이었다.

나는 "전혀 근거가 없는 허무맹랑한 이야기"라며 반박했지만, 이들은 들은 척도 하지 않았다.

오히려 자신의 주장을 기정사실화하려는 행동도 서슴지 않았다.

특히 나와 오랫동안 한국유치원총연합회 임원으로 활동하면서 유아교육법 제정 등 중요한 현안들을 해결하기 위해 동분서주했던 K 수석부회장을 비롯하여 C 원장, K 이사 등은 도무지 말이 통하지 않았다.

나는 이들의 사고와 행동을 이해할 수 없었다.

'타인의 명예를 심각하게 훼손할 수 있는 근거 없는 말들을 어떻게 저렇게 아무렇지도 않게 할 수 있을까? 그것도 사실인 것처럼...'

부산에서 유치원을 운영하던 K 수석부회장의 경우 재단법인 설립 출연금으로 납부한 1,000만원을 다시 돌려달라고 요구하기도 했다.

재단법인을 운영하고 있는 이들은 잘 알겠지만 법인 출연금은 함부로 인출할 수 있는 성격의 돈이 아니다. 잘못 했다간 횡령이 될 수 있다는 점을 K 수석부회장에게 강조했지만 막무가내였다.

나는 고집을 꺾지 않는 K 수석부회장에게 법률자문까지 거쳐 1,000만 원의 출연금을 돌려줬으나, 이 과정에서 겪은 고충은 이루 말로 표현하기 힘들 정도였다.

이렇게 상식 밖의 일을 당하면서 윤군자 한국유치원총연합회 부회장이 떠올랐다. 윤군자 부회장은 한국유치원총연합회 시절부터 나와 줄곧 함께 하면서 지금의 한국유아교육발전재단이 있게 한 주역 중의 한 명이다. 나와는 친자매처럼 지내고 있는 오랜 파트너로, 현재 재단 이사장을 맡고 있다.

오직 유아교육 발전만 바라보고 함께 달렸던 사람 중의 한 명인 K 수석부회장이 터무니없는 이유로 재단을 이탈한 이후, 나는 윤군자 부회장에게 수석부회장을 맡기지 않은 것을 한동안 후회했다.

윤군자 부회장이 수석부회장이었다면 자신이 재단에 출연한 돈을 다시 회수해가는 비상식적이고 기괴한 일은 벌어지지 않았을 것이기 때문이다.

이쯤에서 재단의 주요 활동을 소개할 필요가 있겠다.

나는 한국유아교육발전재단을 설립할 때 일종의 사명감 같이 마음속 깊은 곳에서 솟구치는 걸 느꼈다.

한국유아교육발전재단은 설립 후 다양한 사업을 시행해왔다. 가장 큰 사업은 유아교육을 전공하는 대학생들에게 정기적으로 장학금을 주는 장학활동이라고 할 수 있다. 이에 대해선 뒤에서 자세히 언급하겠다.

재단은 설립 후 유치원 원생들을 데리고 독도를 방문해 '독도는 우리 땅' 행사를 갖기도 했다. 경북과 울산에 있는 유치원의 원생들과 재단 이사들이 함께 독도를 찾아 우리 땅의 소중함을 인식할 수 있는 시간을 마련하였다.

봉사도 재단의 빼놓을 수 없는 활동이다. 2010년대 초반 전남 지역을 휩쓴 태풍 피해 학생들을 돕기 위해 현지 교육청을 통해 각급 학교에 학용품과 책, 먹을거리를 기부했다.

지금은 잠시 중단한 상태이지만, 한국유아교육발전재단은 전국의 유치원에 싼 가격에 질 좋은 문구와 선물용품 등을 공급하기 위한 인터넷 쇼핑몰 '해피올'을 운영하기도 했다. 이 쇼핑몰은 전국의 유치원이 필요한 물품을 저렴한 가격에 공급함으로써 큰 인기를 끌었다.

나는 한국유아교육발전재단이 갖는 의미가 명징하다고 본다. 100년을 훨씬 넘긴 우리나라 유치원 교육의 역사에서 온전히 유아교육발전을 위한 민간 재단으로써의 기능이 그것이다.

지금 생각하면 한국유치원총연합회가 역삼동에 새로운 둥지를 틀고, 이후 한국유아교육발전재단 소유로 이 자리에 건물을 신축할 당시 조금 무리해서라도 재단 부지를 좀 더 확보했으면 어땠을까라는 아쉬움도 남는 게 사실이다.

이렇게 되면 고정적인 임대료 수입 확보 등을 통한 재단의 수익 확충이 가능해져 이를 기반으로 유아교육 발전을 위한 다양한 사업 추진에도 탄력이 붙을 수 있기 때문이다. 지금은 아니지만 언젠가는 그런 날이 올거라 나는 굳게 믿는다.

한국유아교육발전재단은 매년 유아교육 전공 우수 학생들을 선발하여 장학금을 수여하고 있다.

제2기 장학금 수여식이 열려 문용린(두 번째 줄 왼쪽에서 네 번째) 전 교육부 장관 등과 장학생들이 자리를 함께 했다.

한국유아교육발전재단 자문위원인 김진각 성신여대 교수가
장학금 수여식에서 격려사를 하고 있다.

한국유아교육발전재단 임원진들이 태풍 피해가 심각했던 완도 지역을
방문해 초등·유치원생 학용품 및 의류 등을 전달했다.

62| 아주 특별한 장학금

한국유아교육발전재단을 설립하게 된 주요한 동기에는 사립유치원에 대한 사회의 잘못된 인식을 바꿔야 한다는 절박감이 자리한다.

2004년에 그토록 바라던 유아교육법이 제정되었지만, 그렇다고 사립유치원 이미지가 하루아침에 좋아질 정도의 인식 제고가 되는 것은 아니었다.

2000년 초반까지만 해도 사립유치원 원장은 일개 업자로 취급되기도 했다. 그도 그럴 것이 지방의 사립유치원 원장 중 일부가 사립유치원을 교육기관이 아닌 영리업체처럼 운영한 사례들이 확인되었기 때문이다.

일부 사립유치원 원장은 유치원 공금을 사적으로 사용한 사실이 드러나 물의를 빚기도 했다. 언론에서는 이런 내용을 침소봉대하여 "유치원이 아이들 장사를 한다"고 보도하기도 했다.

이런 소식을 들을 때마다 우울해졌고 자존심이 몹시 상했다.

나는 언론사를 찾아가 부탁하고 싶은 생각도 있었다. 일부 사립유치원에서 벌어진 불미스러운 일을 마치 전체의 모습인 양 확대 과장 보도하는 것은 지양해야 한다고. 특히 팩트를 왜곡한 자극적인 보도는 언론의 바람직한 역할이 아니라는 것을 지적하고 싶은 심정이었다.

대다수 사립유치원은 오직 어린 아이들의 교육에만 몰입하고 있으며, 유치원 원장들은 양질의 유아교육을 위해 프로그램 개발과 교사 정기 연수 등의 피나는 노력을 하는 모습은 제대로 부각되지 않았다.

언론 보도를 접하면서 사회에 비쳐지는 조직이나 단체는 긍정적인 모습보다는 부정적인 모습이 더 강조되고, 일부의 사례가 마치 전체의 사례처럼 전달되는 측면이 있음을 새삼 깨닫게 되었다.

나는 사단법인 한국유치원총연합회만으로는 사립유치원에 대한 잘못된 인식을 바로 잡기에 한계가 있다고 느꼈다.

한국유치원총연합회는 유아교육법 제정 이후에도 수시로 행사와 집회를 이어갔다. 왜냐하면 사립유치원을 지원할 수 있는 근거 법령인 모법(母法)이 만들어졌지만, 이를 뒷받침할 세부 시행령과 시행규칙을 시급히 마련해야 했기 때문이다.

예를 들어 사립유치원 교사 인건비 지원과 5세 무상교육 연령을 3~4세까지 낮추기 등을 시행령 등에 담을 것을 정부에 줄기차게 요구했다.

나는 한국유치원총연합회의 이러한 활동과는 별개로 사립유치원 인식 개선이 절실한 과제라고 판단했고, 그 역할을 새로 설립되는 한국유아교육발전재단이 맡는 게 필요하다고 파악했다.

이 같은 맥락에서 유아교육발전재단이 가장 우선적으로 추진한 사업은 장학금 전달 활동이다.

나는 사람이 지니고 있는 능력, 인적자원의 힘을 믿고 있다.

우리나라 미래 유아교육을 담당할 교사를 제대로 육성하는 것이야말로 그 어떤 사업보다 우선시돼야 한다는 생각을 가졌다.

그래서 각 대학 유아교육과로부터 우수 학생을 추천받아 장학금을 전달하는 것을 재단의 최우선 사업으로 정하고 이를 실행에 옮겼다.

코로나 팬데믹으로 사업이 일시 중단된 것을 제외하면 한국유아교육발전재단의 장학금 전달식은 매년 3월과 9월 두 차례 시행되었다. 지금까지 15차례의 장학금 전달식이 재단 강당에서 개최되었다.

매년 열리는 장학금 전달식에는 장학생으로 선발된 학생과 지도교수가 참석함으로써 사제 간의 정을 나누는 시간으로 확장되기도 한다.

유아교육을 전공하는 이들 장학생들에게는 1인당 100만 원의 장학금을 연 2회 수여하고 있다. 여기에 소요되는 비용은 한국유아교육발전재단 이사로 참여하고 있는 사립유치원 원장들의 기부금으로 충당되고 있다.

장학금 전달식에 한 번도 빼놓지 않고 참석하여 학생들에게 격려의 말을 아끼지 않고 있는 사립유치원 원장들의 생각은 모두 동일하다.

유아교육을 전공한 우수한 인재들이 사립유치원 교사로 많이 진입해야 유치원 교육의 질이 높아질 것이고, 이것이 유아교육 전반의 발전으로 이어지는 선순환으로 나타날 것이라는 희망을 갖고 있다. 국·공립유치원들이 크게 늘어났지만, 누가 뭐라고 해도 우리나라 유아교육을 최일선에서 담당하고 있는 기관은 사립유치원이라는 자부심을 우리는 갖고 있다.

대학 졸업 후 어느 덧 유치원 교사가 된 장학금 수혜학생들은 감사의 연락을 해오곤 한다.

"한국유아교육발전재단의 장학금이 촉매제가 되어 공부에 매진할 수 있었습니다. 유치원 교사가 되는 데 큰 힘이 되어준 재단 이사님들에게 진심을 담아 감사의 말씀을 올립니다. 고맙습니다."

2023년 현재 한국유아교육발전재단을 이끌고 있는 이사들은 앞에서 소개한 설립 초기 이사 명단과는 다소 차이가 있다. 재단 운영에 힘을 싣고 있는 현 이사들에게 감사한 마음을 전한다.

그들은 윤군자 이사, 서병직 이사, 서성강 이사, 이경자 이사, 김승현 이사, 김미숙 이사, 양영자 이사, 백승찬 이사, 박영하 이사, 황옥선 이사, 강신익 이사, 원유순 이사, 김명화 이사, 홍사혁 이사, 김현란 이사 등이다. 물론 나도 여기에 포함되어 있다.

재단 발전을 위해 조언과 쓴소리를 아끼지 않고 있는 문용린 전 교육부 장관, 이병규 문화일보 회장, 박세규 변호사, 나정 전 동국대 교수, 김진각 성신여대 교수 등 다섯 명의 자문위원들은 하나 같이 든든한 재단의 자산이다. 이 가운데 문 전 장관은 최근 별세했다. 지면을 빌어 고인의 명복을 빈다.

63| 아란유치원의 서울대병원 후원

아란유치원을 경영하면서 마음 한편에서는 뜻깊은 일에 대한 고민을 잊은 적이 없다.

나의 성장에 지대한 영향을 미친 아버지와 외할머니의 인생철학은 '남에게 베풀면서 살자'는 것이었다.

두 분을 보고 자란 나는 20대까지 경제적으로 힘든 시기를 거쳐 반포 아란미술학원과 아란유치원 경영으로 남부럽지 않은 안정적인 생활을 하게 된 이후에는 사회에 대한 기여를 끊임없이 생각했다. 유치원을 운영하면서 강남구 아동위원회와 여성단체연합회 활동, 강남경찰서 전·의경 어머니회 활동 등 봉사를 멈추지 않은 것도 사회에 대한 기여의 일환이었다.

나는 이러한 봉사 활동과 함께 사회의 힘들고 어려운 계층에 실질적으로 도움을 줄 수 있는 일이 또 무엇이 있는지 찾아 나섰다.

그러다 우연한 기회에 선천성 신장병을 앓고 있는 어린 아이들의 딱한 사연을 접했다.

태어난 아이가 선천성 신장병임을 안 부모가 병원에 아이를 그대로 버려두고 연락이 두절되는 경우가 있다는 내용이었다. 이러한 아이들은 결국 고아원에 보내질 수밖에 없는데, 문제는 신장병을 앓는 상태로는 이마저 불가능했다.

병원 입장에서는 신장병을 어느 정도 치료한 다음에 고아원에 보내는 게 순서이지만, 여기에 들어가는 치료비 등 진료 예산이 절대적으로 부족한 상황이 반복되었다.

나의 관심은 선천성 신장병 아이를 돕는 쪽으로 쏠렸다. 병원 등 의료기관에 이들의 치료를 위한 후원금을 내기로 결정했다.

후원할 의료기관을 고심한 끝에 서울대병원을 선택했다.

그 많은 병원 중에서 서울대병원에 후원하기로 한 이유는 셋째 형부가 서울대병원 교수였다는 점을 감안했다. 기왕이면 우리나라 최고의 병원으로 꼽히는 곳에 선천성 신장병 아이 진료를 돕기 위한 후원을 하는 것이 명분도 있다고 판단했다.

셋째 형부가 근무하던 국립대병원인 서울대병원에 후원을 정식으로 문의했고, 병원 측에서는 소아병원쪽을 연결해주었다.

나중에 알고 보니 소아병원 원장 자녀가 아란유치원 졸업생이었다. 이 때문인지 소아병원 원장은 아란유치원의 선천성 신장병 소아 돕기 후원에 매우 적극성을 보였다.

"신장 수술에는 보통 거액의 비용이 들고, 투석을 하는 어린이들이 너무 많다 보니 병원비가 많이 듭니다. 서울대 병원도 마찬가지고요. 소아 신장병 환자들이 의외로 많기 때문에 아란유치원에서 보조해준다면 정말 큰 힘이 될 겁니다."

아란유치원의 서울대병원 후원은 그렇게 시작됐다.

1995년부터 시작된 아란유치원의 서울대병원 선천성 신장병 소아 돕기 후원은 2023년으로 18년째를 맞았다. 지금까지의 후원금만 5억 원이 넘는다.

서울 연건동 서울대병원 본관에 들어서면 병원 후원자 명단이 빼곡하게 공개되어 있다. 아란유치원과 나의 이름도 발견할 수 있다.

나는 서울대병원 후원금을 마련하기 위해 1990년 후반부터 매년 아란유치원 바자를 운영해왔다. 아란유치원 학부모들에게 서울대병원 후원을 위한 바자 개최 취지를 설명하자 이구동성으로 "적극적으로 돕겠다"고 약속했고, 여기에 힘입어 바자를 이어가고 있다.

서울대병원 후원금 마련을 위한 바자는 낙엽이 떨어지는 매년 늦가을 아란유치원 마당에서 열린다. 바자가 개최되는 날 아란유치원은 한마디로 축제 분위기다.

학부모들이 마당에 대형 텐트를 치고 다양한 음식을 만들어 판다. 맷돌로 콩을 갈아 즉석에서 두부를 만들어 팔거나, 품질 좋은 돼지고기를 삶아 판매한다. 또한 매실과 새우젓갈, 솜사탕 등도 바자 현장에서 맛볼 수 있는 음식이다.

바자의 하이라이트는 아무래도 아란유치원 2층에서 열리는 중고물품 판매다. 넥타이와 티셔츠, 블라우스, 청바지 등 의류를 비롯하여 피아노, 침대 등도 중고판매 물품으로 나온다. 바자에 나온 이와 같은 물건들은 대부분 명품에 버금갈 만큼 품질이 좋은 것이 특징이다.

책과 운동화 등 여러 가지 생활 물품을 서울대병원 선천성 신장병 소아 후원금 마련을 위한 아란유치원 바자에서 저렴한 가격에 만날 수 있다.

바자에 나온 물건의 질이 좋고 가격이 저렴하다는 소문이 퍼지면서 아란유치원이 소재한 강남이 아닌 강북 지역에서 소비자들이 달려오는 경우도 적지 않다.

나는 1995년 서울대병원 첫 기부에서 3,000만 원을 내놓았으며, 이후 코로나 팬데믹 이전까지 매년 바자 등을 통해 마련한 수익금과 개인 사비를 통한 후원을 멈추지 않고 있다.

선천성 신장병 소아 환자를 위한 후원금을 전달하러 가는 날에는 서울대병원장 등 관계자들이 본관 입구까지 나와 따뜻하게 맞아준다.

바자 수익금은 동행한 아란유치원 학부모 대표가 서울대병원 측에 전달하고 있다.

서울대병원 후원으로 가장 보람을 느끼는 순간은 아란유치원의 도움으로 무료 진료 혜택을 받은 아이들과 부모들이 보내온 편지를 받아 들 때다.

"아란유치원이 아니었다면 제 아이는 아마 이 세상 사람이 아니었을 겁니다. 정말 감사합니다. 평생 잊지 않고 살겠습니다."

남을 돕는다는 것은 생각만 해도 가슴 벅찬 일이다.

나는 지금도 서울대병원에 소아 환자 돕기 후원금을 전달하러 가는 날이 가장 기다려지고 설렌다.

아란유치원 학부모들이 바자를 통해 모은 성금을 서울대병원에 기탁하고 있다.
성금은 선천성 신장병 소아 돕기용으로 전달됐다.

1997년 10월 아란유치원 학부모들이 자선바자를 연 뒤 한 자리에 모였다.
바자 수익금은 전액 서울대병원에 전달되었다.

5억원 이상

재경다음재단
김 영 숙
동아제약
한국가스해운㈜
㈜아모레퍼시픽
STX Pan Ocean
남촌재단
金 榮 煥 松園그룹 會長
곽 유 지
장석희 · 김희영 하동관 대표

유 선
故앙드레김
명 위 진
최혁상 · 유정순
최 구
고려아연㈜
최종록 · 김숙
故김 등 려 서울의대 제 5회 졸업
허 준 구
염달수·박혜본 부부

압구정 아란유치원·아란포레스트클래스
이 상 일
최일남 · 박상악
은희성 · 최양순
㈜아성 다이소
㈜카버코리아
㈶씨젠의료재단
장 정 숙

아란유치원이 그동안 기탁한 성금은 5억 원이 넘는다. 서울대병원이 건물 내에 게시한 5억 원 이상 기탁자 명단에 아란유치원이 보인다.

선천성 신장병 소아환자를 돕기 위한 아란유치원의 바자는
흡사 잔칫집을 연상케 한다.

64| '그들만의 리그'를 뒤엎은 강남구체육회

서울 강남구체육회 활동은 살아오면서 경험했던 수많은 봉사 활동 중에서도 손꼽힐 정도로 기억나는 일이 많다.

강남구체육회 활동을 하게 된 건 다른 봉사활동처럼 우연성이 강했다. 강남구 아동위원회 등 강남구 관련 여러 봉사 활동을 하면서 자연스럽게 강남구체육회와도 인연을 맺게 되었다.

나의 강남구체육회 활동은 기간으로만 따지면 2001년 4월부터 시작해 코로나 팬데믹 직전까지 무려 20여 년 동안 이어졌다.

그러나 실질적으로 활발하게 봉사 활동을 한 시기는 신연희 전 강남구청장 시기인 2014년부터라고 해야 할 것 같다.

주위 지인들의 권유로 이사로 참여하게 된 강남구체육회는 그 활동이 그동안 지지부진했다. 뚜렷하게 봉사라고 할 만한 내용도 없이, 강남구체육회 이사들이 정기적으로 모여 형식적인 회의만 하고 끝나는 소위 '그들만의 리그'가 반복되었다.

당시 강남구체육회 부회장을 맡고 있던 나는 계속된 강남구체육회의 무기력한 모습에 실망했다. 제대로 된 사업 하나 없는데도 어느 누구도 이러한 문제점을 개선하려고 하지 않았다. 그렇다고 내가 선뜻 나서기도 힘든 상황이었다.

결국 "내가 있을 자리는 아닌 것 같다"는 결론을 내리고 더 이상 회의에 참여하지 않았다.

그렇게 10여 년의 세월이 흘렀다.

그런데 2014년 신연희 전 구청장[8]이 취임한 이후 분위기가 180도 달라졌다. 유명무실했던 강남구체육회를 활성화시키겠다는 것이 신 전 구청장의 일성이었다.

이렇게 반전된 분위기 속에서 강남구체육회를 맡고 있던 수석부회장이 어느 날 아란유치원으로 찾아왔다.

"한 회장님은 강남구체육회 활동을 안 하고 계시지만 그동안 회비는 꾸준히 납부해 오셨기 때문에 엄연히 강남구체육회의 임원입니다. 그러니 앞으로 강남구체육회 회의에 반드시 참석하셨으면 좋겠습니다."

나는 수긍할 수 없었다.

"회비 냈다고 강남구체육회에 다시 나오라는 게 말이 되나요?"

당시 강남구체육회 수석부회장은 내가 강남구체육회의 임원이어서 회비를 납부해야 하고 회의에도 참석해야 한다는 입장을 굽히지 않다가 이에 거세게 반발하자 한발 물러섰다.

"그렇다면 회비는 이번 달까지만 내주십시오"

"알았어요. 이번 달이 정말 마지막입니다."

---

8) 신연희 전 구청장은 2014년 7월부터 2018년 6월까지 강남구청장을 지냈다.

그러나 얼마 후 나와 강남구체육회 수석부회장과의 이러한 대화는 공허한 약속이 되고 말았다.

새로 취임한 신연희 구청장이 강남구체육회 이사 명단에 이름만 올리고 회비도 안 내고, 참석도 안 하는 이사들이 적지 않은 등의 체육회 기능이 유명무실한 현실을 파악한 뒤 강남구체육회를 백지상태에서 새로 구성하라는 지시를 내린 것이다.

신 구청장은 나를 만난 자리에서 "활동이 사실상 전무한 강남구체육회를 반드시 활성화시켜달라"고 부탁했고, 나는 그의 진정성을 믿고 이를 수락했다. 그것은 강남구 소속 봉사 기구로서 강남구체육회에 주어진 책무가 막중하고, 누군가는 이 일을 해야 한다고 판단했기 때문이다.

강남구체육회 회장은 강남구청장이지만 당연직으로, 사실상 수석부회장이 회장 역할을 하는 조직이다. 물론 강남구체육회 이사들은 모두 무보수 봉사직이다.

이후 강남구체육회가 새로 꾸려져 3명의 부회장이 선임되었다. 실질적인 회장 업무를 하게 될 수석부회장은 부회장 3명 중 호선으로 선임했는데, 이사들의 추천으로 내가 맡게 되었다.

나는 수석부회장직을 받아들이면서도 단서를 달았다.

"역량이 부족한 저에게 강남구체육회 수석부회장 자리를 맡겨주신데 대해 우선 감사의 말씀을 드립니다. 다만 수석부회장은 강남구체육회가 일정 궤도에 올라갈 때까지만 하겠습니다. 자리가 잡혔다고 생각하면 바로 사임하겠습니다."

이렇게 시작한 강남구체육회 수석부회장 활동은 코로나 팬데믹으로 활동이 중단되기 전인 2019년 말까지 계속되었다.

나는 강남구체육회 수석부회장을 하면서 '강남구민을 위한 제대로 된 체육봉사'를 하자고 스스로에게 다짐했고, 다른 체육회 이사들에게도 이를 천명하고 적극적인 협조를 당부했다.

새로 구성된 강남구체육회 이사들은 총 35명으로 당연직 2~3명을 제외하곤 강남을 이끌어가는 유능한 인물들로 채워졌다. 내가 수석부회장이라는 직함으로 이들과 활동을 함께 했다는 건 지금 생각해도 엄청난 일이었다.

강남구체육회의 대표적인 봉사 활동은 매년 한 차례 개최하는 강남구민체육대회와 외부에도 많이 알려진 강남국제평화마라톤대회이다.

이 두 행사 개최가 강남구체육회 봉사의 '1년 농사'나 마찬가지였다. 대회를 앞두고 강남구체육회는 두 행사에 되도록 많은 강남구민들이 참여하여 잔치 분위기 속에서 치러질 수 있도록 하기 위해 모든 열정을 아끼지 않았다. 품질 좋은 원단으로 기념티셔츠를 제작하거나 다양한 이벤트 행사를 열었는데, 결과는 항상 최고의 환호로 마무리되었다. 강남구체육회 행사의 성공은 당시 신 구청장을 비롯한 강남구 담당 공무원들의 노력의 결실이기도 했다.

또한 강남경찰서 등 강남 지역 유관 기관들의 협조로 두 행사는 점점 인지도를 높이며 강남구체육회를 대표하는 봉사 활동으로 자리를 굳히게 되었다.

나는 코로나 팬데믹 직전에 수석부회장에서 물러났다.

그런데 그 시점이 정부가 대한체육회와 생활체육회를 합치기로 한

때였다. 강남구체육회는 대한체육회 유관 조직으로 활동 자체가 이사들의 무보수 봉사로 이루어진 반면, 생활체육회는 예산을 지원받는 조직이기에 나는 두 단체의 합병은 어불성설이라고 생각했다.

나의 우려대로 두 단체 합병 후 강남구체육회는 이름만 남는 무의미한 조직이 되었다.

강남구체육회 활동은 이제 더 이상 나의 몫은 아니지만 그간의 활동은 여러 소중함을 남기기에 충분했다.

다양한 분야에서 전문가로 일하고 있는 강남구체육회 이사들을 만나 그들의 직업을 이해할 수 있게 되었고, 이들과 함께 봉사하고 여행하는 시간이 꿈만 같았다.

강남구체육회 이사들은 나보다 모두 훌륭한 사람들이었다. 슬기롭게 봉사 활동을 할 수 있었던 이유도 어떤 단체들보다 활동의 목적이 순수했기 때문이며, 이 과정에서 이사들의 적극적인 협조가 큰 힘으로 작용했다.

특히 수석부회장인 나에게 쓴 소리와 조언, 덕담을 마다않던 회장단은 감사한 마음이 떠나지 않는다. 이상준 부회장, 이상묵 부회장 등이 그들이다. 이 외에도 나와 함께 강남구체육회를 이끌었던 이사들은 지금도 끈끈한 인연을 이어가고 있다.

이상준 이사, 이상묵 이사, 신용우 이사, 염영순 이사, 장석의 이사. 조래진 이사. 안병정 이사, 김강빈 이사, 김경용 이사, 김영성 이사, 김영식 이사, 이기석 이사, 이연근 이사, 조태희 이사, 하숙자 이사, 윤원혁 이사, 윤경환 이사, 오흥룡 이사, 오필수 이사, 방주열 이사, 박갑철 이사, 문기채 이사, 최진규 이사, 심윤태 이사, 김태식 이사 등이 그들이다.

서울 강남구체육회의 주된 봉사활동인 국제평화마라톤대회에서 인사말

강남구체육회는 매년 강남구민체육대회를 열어 구의 발전과
구민들의 단합을 도모해왔다.

서울 강남에 위치한 국기원에서 주는 태권도 명예단증을
받은 뒤 포즈를 취했다. 사진 기준 필자 오른쪽에 이상묵
전 강남구체육회 부회장의 모습도 보인다.

65| 나의 사랑하는 자식들

나는 결혼 이후 일과 가정 어느 하나 소홀하지 않는 것을 삶의 철칙으로 삼고 살아왔다. 반포에 아란미술학원을 열면서 남편에게 이러한 다짐을 천명하기도 했다.

“밖에서 일을 하면서도 가족 건사를 소홀히 하는 일은 절대로 없을 거예요. 약속할게요.”

나는 평생 이 확약을 지키려 노력해왔다고 자부한다.

아란유치원을 운영하느라, 한국유치원총연합회 회장 업무를 수행하느라, 강남구 아동위원회와 강남경찰서 전·의경 어머니회 등 외부의 여러 봉사활동을 하느라 오전 6시에 집을 나가면 다음날 새벽에 돌아오는 바쁜 일정이 다반사였지만, 남편과 아이들의 식사는 반드시 내 손으로 챙겼다.

나는 자녀 교육의 중요성을 신앙처럼 굳게 믿고 있다. 자식들의 성장에 필요한 것이라면 그게 무엇이든 반드시 교육을 받게 했다.

네 명(2남 2녀)의 자식들은 이러한 엄마의 교육관을 이해했는지 몰라도 크게 무리 없이 주어진 여건에서 최선을 다하는 모습을 보여왔다. 지금은 사회 각 분야에서 자기 몫을 톡톡히 해내고 있다. 자식들 이야기를 좀 해야겠다.

첫째인 큰 아들 장호는 어려서부터 생각이 깊었던 것 같다. 경기초등학교에 다니던 장호가 4학년 때 반포로 이사 오면서 공립초등학교로 전학했다.

사실 나는 반포로 이사하면서 큰 아들 학교도 상대적으로 교육 여건이 나은 사립초등학교를 원했다. 지금은 우리나라 공립초등학교 시설과 교육 여건이 나무랄 데가 없으나, 1970년대만 해도 열악하기 짝이 없었다. 예컨대 교실 마루는 제대로 대패질을 하지 않아 아이들이 넘어지면 다치는 일이 벌어져 학부모들이 순번을 정해 교실 마루를 쓸고 기름걸레로 닦기도 했다. 이런 현실을 나는 잘 알고 있었기에 비록 이사를 했지만 큰 아들이 사립초등학교를 계속 다녔으면 하는 바람을 갖고 있었다.

하지만 남편의 생각은 달랐던 것 같다. 남편도 당시 사립초등학교 교육 여건이 공립에 비해 상대적으로 나은 건 알고 있었으나, 그렇다고 사립초등학교를 고집할 필요는 없다는 입장이었다. 남편은 사립초등학교를 경험한 아들이 공립초등학교 분위기에도 적응하면 본인의 성장에도 도움이 될 거라고 판단했다. 한마디로 아들이 다양한 교육환경을 접할 필요가 있다는 생각을 내비쳤다.

그렇게 큰 아들은 공립 반포초등학교로 전학했는데, 어느 날 큰아들 담임이 학부모 상담을 원한다는 전화가 왔다. 당시 남편은 현대건설 사장으로 현장이 있던 사우디아라비아 장기 출장 중이어서 나 혼자 학교에 갈 수밖에 없었다.

나는 큰 아들 담임을 찾아가 "5학년 1반 박장호 엄마입니다"라고 말했는데, 이 소리를 들은 다른 교사들이 갑자기 웃는 게 아닌가. 그 이유는 큰 아들 담임의 설명을 듣고서 알게 되었다.

"장호가 다른 과목은 모두 '수'이고, 체육 필기도 100점을 받았어요. 달리기 점수가 들어가는 체육 실기만 90점 아래였고요. 그런데 저를 찾아와 '선생님, 체육 실기 100미터 달리기 재시험이 가능한가요?'라고 묻는 겁니다.

담임의 말은 계속되었다. "장호에게 '체육 달리기 재시험을 원하는 특별한 이유가 있니?'라고 물었더니 '해외 출장 중인 아버지가 곧 오세요. 우리 엄마 아빠가 얼마나 열심히 사시는데요. 제가 그것에 보답을 하는 길은 좋은 성적밖에 없는데, 100미터 달리기 때문에 1등을 못하게 됐어요'라고 답하더군요."

담임은 체육 실기 재시험이 불가능하다고 말했지만, 장호는 며칠을 두고 교무실을 찾아 끈질기게 졸랐고, 담임과 다른 교사들이 의논한 끝에 다시 뛸 수 있게 된 것이다.

체육 실기가 상대적으로 약했던 큰 아들은 달리기 재시험에서 이 악물고 뛰어 92점 이상을 받았다.

이날 남편의 직업과 관련한 해프닝도 있었다. 담임과 다른 교사들은 장호 아버지가 현대건설 노동자로 해외에서 근무하는 줄 알았던 모양이다. 그러나 다른 학부모들로부터 장호 아버지가 현대건설 노동자가 아닌 현대건설 사장이라는 사실을 전해 들었고, 내가 학교에 나타나자 그 사연을 떠올리고 웃음을 터뜨렸던 거다.

아무튼 나는 초등학생이던 큰 아들의 마음 씀씀이가 대견하고 고마웠다. 장호는 초등학교부터 고교 3학년까지 8년을 학급 반장을 할 정도로 리더십이 있었고 사려도 깊었다. 경기고등학교에 다닐 때에는 정문 한참 전 큰 길에서 승용차에서 내려 걸어갔다. 집에 승용차가 없는 친구들에게 자칫 상처를 줄 수 있다는 생각 때문이었다.

연세대에서 경영학을 전공한 큰 아들은 40세에 씨티그룹 계열사인 씨티그룹글로벌마켓증권 대표 자리에 올라 50대 중반을 넘어선 지금까지 최장수 대표 기록을 써내려가고 있다.

큰 아들은 남매를 두고 있다. 둘 다 긴 시간 유학생활을 했지만 한국적 사고가 강한 편이다. 큰 손자 윤조는 미국 대학을 졸업하고 한국으로 돌아와 장교로 군복무를 하면서도 로스쿨 진학을 준비했다. 과천에 있는 방위사업청에서 군 복무를 한 큰 손자는 나이 답지 않게 생각이 깊은 편이다.

나는 과천으로 출퇴근하는 큰 손자를 위해 큰 아들 부부가 승용차를 사줄 것이라 생각했다. 그러나 큰 손자는 생각이 달랐다. 복무지까지 가장 빨리 가는 법을 알아내기 위해 이틀 동안 대중교통 등을 이용해 일종의 실험을 했고, 대중교통 이용이 최적의 방법이라는 결론을 내린 것이다.

첨단 학문을 공부하고 있는 큰 손녀 현조도 자기 몫을 톡톡히 해내고 있다. 큰 손녀는 방학기간이면 한국으로 들어와 두달 여 이상 현장 아르바이트를 할 정도로 야무지다.

둘째인 딸 박혜성은 국내와 해외를 오가며 의상 디자이너로 활동하고 있다. '크리스 한'이라는 의상 디자이너 이름으로 업계에서도 잘 알려진 혜성이는 이화여대를 졸업한 뒤 미국 파슨스스쿨을 거쳐 미국과 유럽 유명 의류업체에 입사해 활동했다.

혜성이는 파슨스스쿨을 졸업할 때 이른바 '3관왕'을 차지했다. 수석 졸업을 의미하는 최우수 디자이너상, 유명 디자이너 선정 우수 작품상, 졸업 작품 발표회 1등상 등을 수상했다. 당시 졸업식에 참석한 이탈리아 여성 명품 브랜드 막스 마라 사장은 혜성이에게 이탈리아 현지 활동을 제안해 막스 마라에서 2년 동안 디자이너로 활동했다. 미국에서 수석 디자이너로 활동할 때에는 현지 유명 의류업체 연합체에서 선정한 '올해의 디자이너'에 뽑히기도 했다.

혜성이는 귀국 후 CJ와 계약을 맺고 자신의 이름을 내건 브랜드를 출시했으며, 베트남 등 동남아에 진출하기도 했다.

셋째인 딸 박혜준은 대학 졸업 후 덕망 있는 외교관 출신인 김경원 전 주미 대사 차남과 결혼했다. 결혼 후 혜준이는 전업 주부로 내조와 자녀교육에 집중하면서 압구정동에서 영어학원을 운영하고 있다. 나는 혜준이를 생각하면 자연스럽게 혜준이의 딸, 즉 외손녀가 떠올려진다.

아란유치원 출신인 외손녀 현재는 중학교 2학년 때 미국으로 유학을 갔다. 대학 졸업 후 미국의 3대 백화점에 취업해 근무하다 한국으로 돌아와 지금은 까르띠에 한국지사에서 일하고 있다. 영어는 물론 프랑스어에도 능한 재원이다.

외손녀는 오랜 기간 미국식 교육과 미국 생활에 익숙해져 있지만, 부모를 공경하고 남을 배려하는 마음이 강해 볼 때마다 기특하다는 생각이 든다.

넷째인 막내아들(박진호)은 하마터면 철학자가 될 뻔했다. 문학적 재능이 있었던 진호는 경기고등학교 졸업 후 대학 철학과 진학을 원했다. 나는 이를 만류했고, 고민하던 진호는 미국 대학으로 진학해 본인이 하고 싶은 공부에 전념했다. 졸업 후에는 미국 현지 게임회사에서 일하면서 경영대학원(MBA)을 마쳤고, 한국으로 돌아와 지금은 국내 유명 게임회사인 네오위즈 임원으로 근무하고 있다. 진호는 지금 가족과 함께 중동에 체류하고 있다. 게임 한류를 중동지역에 확산시키기 위해 아랍에미리트(UAE) 두바이에 머물고 있다. 다소 늦게 결혼한 진호는 초등학교 3학년인 아들 윤서를 두고 있다. 나는 손자 윤서에게 많은 기대를 한다. 두뇌가 명석한 윤서는 운동을 잘하고 친구 관계도 좋다. 윤서가 무럭무럭 성장하길 바랄 뿐이다.

나는 반듯하게 장성한 네 명의 자식들과 손자 손녀들이 고마울 따름이다. 특별히 바라는 것도 없다. 성실하게 잘 살아줘 너무 감사하고 행복한 마음뿐이다. 소망이 있다면 자식과 손자 손녀들이 항상 건강하고 하고 있는 일이 순탄했으면 좋겠다. 이게 모든 부모의 심정이 아닐까.

장호, 혜성, 혜준, 진호야 사랑한다!

막내 아들 진호의 결혼식. 자식들이 모처럼 한자리에 모였다.

미국 유학중이던 큰아들과 나이아가라 폭포 앞에서 잠깐 휴식을 취했다.

1982년 중앙대 대학원 졸업식에서 큰 딸(오른쪽)과
작은 딸이 찾아와 졸업을 축하했다.

가족들이 함께 모인 사진을 보면 항상 새롭다는 느낌이 든다.

66| 호주에 빠지다: 자랑스런 남편과 호주

반포 아란미술학원과 압구정 아란유치원을 운영하고 공적인 성격의 각종 사회 활동이나 봉사를 할 때까지만 해도 외국과는 담을 쌓고 살다시피했다. 결혼 이후 일과 육아, 봉사 활동이 일상의 전부였던 나에게 해외여행은 남의 이야기로 들렸다. 유치원 운영과 관련해서도 이스라엘 선진 유아교육 탐방 등 특별한 경우를 제외하면 해외 여행은 거의 없었다.

그런데 언젠가부터 외국을 왕래하는 기회가 주어지기 시작했다. 그것의 촉매제는 다름아닌 남편이었다.

35년을 '현대맨'으로 근무하면서 현대건설 사장과 현대중공업 사장 등 주요 계열사 대표를 두루 역임했던 남편은 55세 때인 1990년 현대를 퇴사하였다.

남편은 현대를 그만둔 뒤에 오히려 활동 반경을 더욱 넓혀갔다.

남편은 현대 근무 시절 한국·호주 경제인협회 회장을 맡으면서 호주와 처음 인연을 맺게 되었다. 민간 차원에서 두 나라 간의 경제협력 방안을 모색하고, 이것을 양국 정부에 전달하여 경제적 동반 발전을 추구하는 것이 남편에게 주어진 주요한 역할이었다.

남편은 한국·호주 경제인협회 회장을 하면서 실질적으로 두 나라 간의 활발하고 가시적인 경제교류를 주선했으며, 이것이 경제교역으로 이어지는 성과를 거두었다.

호주 정부는 이러한 '능력남' 남편을 그냥 놔둘 리 없었다.

남편이 현대를 퇴사한 지 얼마 되지 않아 서호주 정부는 남편을 그곳의 경제자문으로 임명했다. 경제 분야뿐만 아니라 문화와 교육 등 여러 방면에서 한국과 서호주 간의 가교 역할을 하는 일을 맡겼다. 정치 분야에 대사가 있다면, 남편은 어드바이저라는 직함으로 수상 직속으로 정치를 제외한 모든 분야의 업무를 담당했다.

서울에 서호주 정부 한국사무소를 열어 남편이 양국 간의 관련 업무를 맡게 되었고, 업무의 특성상 1년에 1개월은 서호주 주도(州都)인 퍼스에 체류해야 했다.

남편은 서호주 정부 경제자문을 하면서 천연가스를 한국에 들여오게 하고 두 나라 대학 간의 교환학생 제도 도입 등을 성사시켰다.

현대를 떠난 뒤에 더 바빠진 남편을 따라 나는 1년에 한 달간 퍼스에 머물면서 졸지에 외국 생활을 하게 되었다. 이러저러한 이유로 해외여행은 꿈도 못 꾸다가 큰아들의 미국 MBA 졸업식 참석으로 겨우 물꼬가 트였던 나에게 1년에 두 달의 해외체류는 믿기지 않은 일이었다.

남편은 서호주 정부 경제자문을 무려 17년 동안이나 했다. 나도 이 기간 동안 1년에 한두 달씩 남편과 함께 호주에 머물 수 있었다. 총 개월수로 따지면 34개월, 즉 3년 여 동안의 해외체류 경험이 쌓이게 된 것이다.

호주 체류 때의 여행은 한마디로 호강스러웠다고 회상한다. 서호주 정부 수상의 전용 헬기를 타고 와이너리 행사에 참석할 정도였으니 말이다. 지금 생각해보면 그야말로 국빈대우였다.

그러나 호강스러운 여행은 잠시, 나의 시야에 들어온 것은 현지 교민들의 삶이었다. 오래 전에 이민 온 교민들은 현지에 정착하기까지 상상도 못할 고생을 했다는 이야기를 들을 수 있었다.

세계 어디를 가더라도 우리나라 교민이 있고, 이들은 온갖 고생을 하면서 자식을 키우고, 자신들의 안정적인 삶을 일구기 위해 밤낮을 가리지 않고 일한다.

이런 피땀 어린 고생 끝에 성공의 결실을 거두어 자식 세대는 비교적 안락한 삶을 영위하는 교민이 많다. 호주 교민들도 이런 삶에서 크게 벗어나지 않았다.

하지만 교민들은 자신들이 고국을 떠나 살고 있는 '디아스포라' 같은 존재라는 사실을 부인하지 않는다. 그래서 교민들에게는 무엇보다 자긍심이 필요했다. 그 자긍심을 남편이 대신 갖게 해준 것이다.

한국인 최초로 서호주 정부 경제자문을 맡아 경제 및 교육교류 등 가시적인 성과를 내자 교민들은 "우리 자긍심을 격상시켜 줬다"며 환호했다.

남편은 서호주 정부로부터 경제자문의 최고 위치에서 최대 예우를 받았지만, 현지 교민들의 목소리를 외면하지 않았다. 오히려 적극적으로 교민들의 요구를 서호주 정부 측에 전달하고 관철시키려 했다.

호주 교민들은 현지에서 소수 인종일 수밖에 없다. 누군가 도와줘야 하는 환경에 둘러싸여 있는 것이다. 이런 교민들에게 남편은 일종의 민간 대사(大使) 역할을 마다하지 않았다.

남편은 이국 땅 멀리서 도움을 요청하는 교민들을 외면하지 않고 적극적으로 해결 방안을 강구하였다.

서호주의 매력은 현지에 체류하는 횟수와 기간이 늘어날수록 점점 크게 다가왔다.

서호주 곳곳을 돌아다니면서 "이렇게 아름다운 곳이 지구상에 있구나"라는 감탄을 한 적이 한두번이 아니었다.

나와 남편은 퍼스에 가면 준 달업(Joon Dalup) 리조트에 주로 묵는 편이다. 리조트 한 가운데는 공원으로 조성되어 있어 캥거루가 우리를 반겨준다.

호주는 세계 어느 나라보다 환경문제에 민감하게 대응하는 것 같다는 느낌을 받았다. 특히 서호주 지역은 빌딩 같은 높은 건물이 시내 외에는 아예 없었다. 가장 높은 건물이 2층이었다.

특히 통행 불편을 해소하려면 두 개의 다리를 건설하는 게 맞지만 환경오염 방지 차원에서 한 개만 설치하는 것에 대다수 주민들이 동의하는 나라가 호주라는 사실도 알게 되었다. 그만큼 호주에서는 환경에 대한 인식이 남달랐다.

호주를 다니면서 가장 인상 깊었던 곳은 태즈매니아(Tasmania)[9]였

---

9) 호주 대륙의 동남쪽 240km에 위치하며, 대륙으로부터 배스 해협에 의해 나뉜다. 태즈매니아 인구는 49만 4,520명, 면적은 6만 8,401km^{2}이다. 태즈매니아는 '자연의 주'와 '영감의 섬'으로 불린다. 공식적으로 태즈매니아의 37%가 국립공원과 세계문화유산으로 보호받고 있다. 주도와 가장 큰 도시는 호바트(Hobart)이며, 다른 주요한 거주지는 북쪽의 론서스턴, 북서쪽의 데번포트, 버니 등이 있다.

다. 서울 면적의 몇 배 크기인 태즈매니아는 영국 식민지 시절 형무소가 있던 자리로 알려져 있다. 형무소 주변이 망망대해여서 죄수가 탈옥한다

▲ 호주 대륙 지도. 짙은 부분이 태즈매니아 섬.
출처: 위키백과

고 해도 단 한명도 살아남을 수 없었다고 한다. 이런 이야기를 들으면서 한편으로는 의문이 들었다. '탈옥은 무의미한줄 알텐데 죄수들은 왜 그곳을 탈출하려고 했을까?' 그것은 '자유'를 향한 갈망 때문이 아니었을까 생각해본다.

태즈매니아 외곽 지역을 둘러보는 데에만 수일이 걸리지만, 시간이 되면 꼭 다시 한 번 가고 싶은 곳이다. 빼어난 자연환경을 자랑하는 태즈매니아를 찾으면 '자유'라는 단어가 자연스럽게 다가온다.

남편이 서호주 경제자문을 그만둔 뒤에도 코로나 팬데믹 이전까지 나는 남편과 함께 매년 여름과 겨울 한 달씩 서호주 여행을 멈추지 않았다.

현지에 가면 정이 든 교민들이 밥을 해들고 숙소로 찾아온다. 이들의 손에는 직접 재배한 오이 등 채소류가 가득 들려 있다.

나는 생각한다. 한국인의 정(情)이라는 것이 이런 것이구나!

나의 남편 박영욱(윗사진 첫째줄 오른쪽에서 세번째)은
현대중공업 사장을 하면서 수많은 배를 만들어 수출해왔다.
진수식엔 나도 참석해 축하하는 일이 적지 않았다.

남편은 서호주 정부 어드바이저를 맡아 17년 이상 활동했다.
퍼스 킹스파크에서 서호주 정부 수상 부인과 자리를 함께 했다.

남편과 함께 했던 퍼스 체류를 잊을 수 없다.
끝이 보이지 않는 와일드 플라워가 그렇게 매력적일 수 없다.

67| 여동생과 함께 한 유럽과 아프리카의 시간들

남편 덕분에 1년에 한 달은 호주에 체류하게 되면서 해외 나들이가 매우 자연스럽게 느껴졌다. 경험이라는 것은 그래서 무엇보다 귀중한 모양이다.

정기적인 호주 체류는 나의 삶에 오히려 활력소가 됐다. 예전엔 미처 몰랐던 여행이 가져다주는 즐거움과 의미를 비로소 인식하기 시작한 것 같다.

호주 체류를 계기로 희한하게도 외국에 갈 일이 잦아졌다.

외국 여행이 익숙하지 않았다면 그것에 대한 두려움과 불편함이 앞섰겠지만, 해외 일정이 잡히면 나에게 가벼운 설렘이 다가오는 걸 감지하곤 했다.

2000년 초 바로 밑 여동생 한유순과 떠난 유럽, 아프리카 여행이 그런 경우다. 제부(弟夫), 즉 여동생의 남편은 당시 코트라 사장으로 재직 중이었다. 당시 공직자들은 부부동반 여행이 일반적이지 않았기에 제부는 아내를 위해 내가 동반하면 좋겠다고 판단해 해외여행을 계획했다.

제부는 고민 끝에 나에게 부탁했다.

"처형께서 집 사람과 함께 외국 여행을 좀 다녀오실 수 있나요? 저는 일 때문에 도저히 함께 갈 수가 없어서요."

나는 유순이와는 여러 자매 중에서도 가장 가깝게 지내왔기에 제부의 제안을 흔쾌히 받아들였다. 여행지는 영국과 프랑스 등 유럽과 이집트, 케냐 등 중동 아프리카 지역으로, 한 달 정도 일정의 여행이었다.

해외여행 초행길이라면 한 달 일정은 심리적으로, 육체적으로 부담이 될 수 있는 기간이지만 1년에 두 달 가량 호주에서 지내고 있던 나에겐 가볍게 받아들여졌다.

여동생과 둘만의 해외여행은 처음이라 가는 곳마다 에피소드가 차곡차곡 쌓이게 되었다.

영국에서는 현지 코트라 직원이 마중 나와 깜짝 놀란 적이 있다. 여동생을 끔찍하게 아꼈던 제부가 코트라 영국 지사 직원에게 안내를 부탁했던 것이다.

그런데 재미있는 일이 벌어졌다. 공항에서 두 자매를 만난 이 직원은 누가 코트라 사장 부인인지 몰랐다.

사장 부인이라면 나이가 좀 들었을 것이라 생각했는지 이 직원은 나에게 먼저 다가와서 인사한 뒤 한참 이야기를 나누었다. 그러다가 내가 옆에 있는 '진짜 사모님'을 인사시키자 그 직원은 당황하는 모습이 역력했다. 지금도 잊혀지지 않는다. 하여간 공항의 그 자리는 웃음바다가 되었다.

영국에서의 첫 일정은 그렇게 자매의 공항 웃음 보따리로 출발하였다.

여동생과의 여행에서 가장 기억에 남는 곳은 유럽을 거쳐 아프리카 케냐 여행을 할 때였다.

케냐에서 접한 전통시장의 기억은 지금도 생생하게 남아있다.

케냐의 전통시장은 판자촌이 좁은 골목을 따라 한 줄로 형성되어 있었다. 케냐인들은 손재주가 좋다고 들은 적이 있는데, 정말 그랬다.

직접 만든 목각을 들고 우리를 따라 다니면서 구매를 권유했다. 그것도 우리말로 "언니, 빨리 빨리 사. 어서!"라고 하면서.

현지 가이드에 따르면 케냐에 우리나라 관광객이 많이 오기 때문에 케냐 주민들이 한국말을 배워 이런 식으로 사용한다고 했다.

"한 개에 얼마?"라고 우리말로 물으면 "만 원"이라는 대답이 금새 돌아오는 식이었다.

나는 다시 "너무 비싸!"라고 하면, 케냐 주민은 "그러면 8,000원!"이라고 답한다. 그래도 안 산다고 하면 점점 천 원씩 내려가 마지막에는 "천 원!"이라는 대답이 돌아온다. 처음엔 1만 원이라고 바가지를 씌웠다가 관광객이 가격을 계속 깎으면 천 원이 되는 세상이 케냐 전통시장이었다.

케냐 시장에서는 예쁜 보석도 많이 판매하고 있었다. 나는 현금을 별로 갖고 가지 않았던 터라 귀국 후 값싸고 예쁜 보석을 제대로 못 산 걸 조금 후회하기도 했다.

가장 인상적이었던 곳은 아프리카 원주민들이 사는 공간이었다. 킬리만자로 산 자락 밑에 위치한 곳에서 현지 흑인 여성의 손을 만져볼 기회가 있었다. 흡사 비단 실크처럼 고왔다.

아프리카는 지금도 그렇지만 주민의 삶이 척박하기 짝이 없고 고된 지역이다. 대부분이 움막에서 어렵게 사는 삶이지만 이들의 모습은 행복

그 자체였다. 화를 내거나 분노하는 모습은 찾아보기 힘들었고 환한 웃음만이 가득했다.

아프리카 여행을 통해 나는 인간이란 존재는 참으로 잔인하다는 생각도 하게 되었다. 그것은 식사 자리에서였다. 아프리카 식당에서는 살아 있는 원숭이 새끼의 뇌로 만든 요리가 가장 비싼 음식이었다. 대형 뱀 요리와 악어 요리도 돈 많은 관광객들이 즐겨 찾는 요리라는 소리를 들었다.

이집트 룩소르(Luxor)[10] 여행에서는 신전과 무덤의 웅장함에 입이 다물어지지 않았다. 압도되었다는 표현이 맞을 것이다. 동쪽은 신전, 서쪽은 무덤이었는데, 신전 기둥은 힘이 센 청년 10명이 둘러싸야 겨우 연결될 정도로 거대했다. 도대체 이러한 신전 기둥을 사막에 어떻게 끌고 와서 세웠을까라는 미스터리가 여행 내내 떠나지 않았다.

클레오파트라 무덤에서는 '유령'을 보고 깜짝 놀란 적이 있다. 무덤 속 깊은 곳으로 내려가면 관이 놓여있다. 그 관 옆에 어떤 여성이 머리를 길게 늘어뜨리고 있는 모습이 보였고, 나는 잠시 "설마 클레오파트라인가?"라는 엉뚱한 상상을 하기도 했다. 가까이 가서 확인해보니 이 곳을 둘러보던 여성 여행객이 힘들어서 잠시 쉬고 있었던 것이다.

---

10) 고대 이집트의 두 번째 수도이자 천여 년 역사의 정치, 경제, 문화, 종교의 중심지로 알려져 있다.

우리 부부가 여동생 내외와 유럽 여행을 하는 도중
한 식당에서 함께 식사를 했던 기억이 새롭다.

유럽 여행 도중 산세가 장관인 곳에 발걸음이 자연스레 멈추었다.

여동생 유순이와 함께 한 이집트 룩소르 여행

여동생과 이집트 여행 도중 낙타 위에 올라탔다.

그리스 여행은 신비로움과 장엄함의 감동을 안겨줬던 것 같다.

68| 안개와 천지(天池)

누가 인생은 60대부터라고 했는가.

60대 이후의 나의 삶은 일과 봉사, 여행의 조화로 요약할 수 있을 것 같다.

나는 유치원 운영과 다양한 사회 활동, 대외 봉사에 바쁜 일상을 지속하면서도 일정을 쪼개어 틈틈이 여행을 다녔다. 여행이 가져다주는 여유와 즐거움, 오래 간직하고 싶은 추억의 묘미를 알았기 때문이다.

바로 아래 여동생 유순과 유럽 및 중동, 아프리카 지역을 다녀온 뒤에도 해외여행의 기회는 이따금 찾아왔고, 나는 웬만하면 이를 놓치지 않았다.

이 가운데에서도 여동생 부부와의 여행은 각별했던 것 같다. 공직 생활을 오래한 제부는 내가 보아도 훌륭한 인품의 소유자였다. 고위 공직을 맡고 있으면서도 부하 직원 등 남에게 피해를 주는 일이 있어선 안 된다는 걸 신조처럼 삼은 유능한 행정가였다. 그래서인지 사석에서 만난 어느 공직자는 "그렇게 공사가 철두철미한 분은 처음 봤다"고 말하기도 했다.

나는 제부 덕분에 한동안 해외여행을 자주 다녔다. 제부는 공직에서 물러난 뒤 WTO(세계무역기구) 사무차장으로 근무하게 되면서 스위스로 거주지를 옮겼다.

제부는 나를 스위스로 초청했고, 한 달 동안 스위스 구석구석을 다녀볼 수 있었다. 융프라우 정상에 올랐을 때 그 벅찬 감정은 지금도 잊지 못한다. 융프라우 정상 근처에는 초미니 교회가 있었다.

교회라는 명칭을 붙이기도 민망할 만큼 성인 2명이 겨우 들어갈 만한 공간에 불과했으나, 나는 그 곳만큼 인상적인 곳을 지금껏 발견하지 못했다. 그 조그만 교회 공간에서 나는 기도하고 또 기도하면서 눈물을 줄줄 흘렸다. 지금까지 살아온 나의 인생을 회상했는데, 왜 그렇게 눈물이 쏟아지던지...

남편과는 일본을 주로 여행하는 시간을 가졌다. 우리 부부는 법조계, 재계, 교육계 등 각계 인사 부부 12팀(24명)으로 구성된 모임의 멤버로 일본을 중심으로 정기적으로 여행을 다녔다. 이 모임의 이름은 '붕인회'로 매월 한 차례 만나 사적 교류를 했다.

일본이 가깝게 여겨지는 이유는 자주 방문한 곳이기도 했지만 전문가와 동행한 일정이 일종의 학습효과를 가져온 측면도 있는 것 같다.

'붕인회'와 오랜 인연이 있는 중앙일보 부사장 출신 박동순씨는 일본 전문가다. 혼자 자동차를 몰고 일본 곳곳을 여행하는 것을 즐기는 분으로, 가보지 않은 곳이 없을 정도로 일본 열도를 훤히 꿰고 있다. 우리 부부는 박동순 씨의 가이드로 일본의 주요 여행지를 다니면서 일본의 숨겨진 문화 등 진짜 모습을 볼 수 있는 기회를 가질 수 있었다.

1994년 전후였던 것 같다. 황병태 전 의원이 주중 대사로 근무할 때 중국을 방문했던 기억도 새롭다. 나는 황 전 의원의 출판기념회에 참석하기 위해 황 전 의원과 함께 만들었던 모임 '수요회' 회원들과 베이징을 찾았다.

베이징 일정을 마치고 천진을 거쳐 백두산으로 이동하면서 벌어진 웃지 못 할 일화도 남아 있다.

자동차로 백두산으로 가는 길에는 변변한 화장실 하나 없었다. '화장실'이라고 하는 곳으로 갔더니 큰 항아리 하나만 덩그러니 놓여 있었다. 여기에 급한 '볼 일'을 보게 한 것이다. 이 간이화장실은 사실상 오픈 상태였다. 가마니로 엉성하게 짜서 만든 칸막이가 있었지만 성인의 허리까지만 올라와 외부에 그대로 노출된 것이나 마찬가지였다.

함께 이동했던 여성들은 화장실에 들를 수밖에 없었고, 우산과 양산으로 서로 가려주느라 분주한 상황이 연출되었다.

그렇게 중국 화장실은 엉망이었고 지저분하기 짝이 없었다. 지금은 얼마나 바뀌었는지 모르겠지만, 1990년대 중반까지 중국 주변의 여행지 환경은 참으로 열악했다.

이동 과정에서 느꼈던 불쾌함과 불결함 같은 좋지 않은 이미지는 백두산에 도착하면서 씻은 듯이 사라졌다.

백두산 가는 길은 자작나무들로 장관이었다. 백두산 천지로 향하는 길은 안개 속을 헤매는 것과 마찬가지였지만 그 시간은 매우 짧았다. 곧이어 안개가 사라지면서 천지가 눈앞에 펼쳐졌다.

'안개와 천지(天池)'

나는 인간의 삶도 마찬가지라고 생각했다. 우리 삶은 항상 덮여있는 것만이 아니라는 것을. 덮였다가 사라지는 안개를 보면서, 안개 후에 나타난 천지를 보면서 인간의 삶은 명암이 늘 교차하기 마련이라는 평범한 진실을 확인하게 되었다.

이후로도 나는 중국을 여러 차례 여행했고, 백두산도 세 번 정도 찾았다. 그 곳을 갈 때마다 장엄한 백두산 천지를 매번 경험할 수 있었다. 또 황산은 동서남북 네 군데 코스로 올라갔는데, 이러한 거대한 자연을 신이 만들었다고 생각하니 경이로울 따름이었다.

한국교육개발원 출신으로 동국대 교수를 지낸 나정 박사 부부와는 실크로드를 따라 여행한 기억이 남아있다.

나정 박사의 남편은 한국 불교사의 권위자인 정병삼 전 숙명여대 교수다. 정 전 교수의 안내로 인도 북부 지역을 찾은 적이 있다.

우리 일행이 찾았던 인도 북부 지역은 넓지 않은 골목길을 사이에 두고 한 쪽은 온통 초호화 대리석으로 도배하다시피 한 웅장한 궁전이 위치한 반면, 반대편은 빈민가로 극단의 형세였다.

물도 제대로 나오지 않는 곳에서 수많은 사람들이 맨발 상태로 아무데서나 식사를 하고, 강옆에서는 시체를 태우고, 태운 재와 뼈는 강에 그대로 버리고, 그리고 그 물로 세수를 하고, 빨래를 하는 광경이었다.

최극빈층의 삶이라고 할 수 있지만, 주민들의 표정은 악의(惡意)하나 없이 해맑았다. 동행했던 가이드의 말이 귀전을 맴돈다.

"여기 빈민가 주민들은 전생에 나쁜 일을 해서 자신들이 이렇게 살고 있다고 믿고 있어요. 좋은 일을 하면 사후에 자신들도 저렇게 궁전 같은 집에서 부자로 살 수 있다는 믿음을 갖고 있는 것이지요. 그래서 늘 웃고 지내는 겁니다."

나는 이들의 평온함을 이해하면서도 한편으로는 안타까운 마음을 감출 수 없었다.

산다는 것이 어떻게 보면 별것 아니라는 생각을 하면서.

나는 60대 이후부터 여행을 즐기게 된 것 같다.
늦깎이 여행이라는 표현이 딱 어울린다. 중국 황산을 배경으로 포즈를 취했다.

'붕인회' 회원들과 일본 도야마 여행

현대 계열사 사장단 모임인 '이수회' 회원들과 함께 했던 일본 여행

백두산 여행 때 천지에서 한 컷. 나는 백두산을 여러 차례 여행하는 기회를 가졌는데 그 때마다 운 좋게 탁트인 천지의 장관을 경험할 수 있었다.

몽골 여행길에 잠시 생각에 잠겼다.

한국유치원총연합회장 시절 나정(오른쪽)박사와 함께 캄보디아를 찾았다.

'수요회' 회원들과 중국 강서 삼청산을 여행하고 있다.

69| 유아교육 ODA

나는 가벼운 마음으로 훌훌 떠나는 일반적인 여행 외에도 유치원 운영에 필요한 노하우를 배우기 위해 유아교육 선진국을 찾아 나서거나, 우리나라의 유아교육을 동남아 개발도상국에 전수하는 일에도 관심을 쏟았다. 나는 이를 '교육 연수 및 전수(傳授) 여행'으로 부르고 싶다.

교육 연수 여행은 이스라엘이 단연 압권이었다고 생각한다.

이스라엘의 유대인 교육은 정평이 나 있다. 이러한 유대인 교육의 출발점은 다름 아닌 유아교육이라는 사실을 이스라엘 현지 교육 연수를 통해 알게 된 건 큰 수확이었다.

나는 한국유치원총연합회 활동을 하면서 이스라엘에 두 차례의 교육 연수를 다녀오면서 이스라엘이 왜 세계 유아교육을 선도하는 나라가 되었는지 알 수 있었다.

이스라엘 교육부와 현지 유치원에서의 교육 연수를 통해 가장 인상 깊었던 교육 프로그램은 하브루타식 교육이었다.

앞에서 아란유치원의 차별화된 교육 브랜드인 '문화문해교육'을 설명하면서 하브루타를 언급한 바 있지만, 하브루타식 교육은 교사의 주입식 교육이 아니라 아이들이 능동적으로 참여하는 토론식 교육이 핵심이다. 그 내용은 정교하고 치밀하게 설계되어 있었다.

아이들이 유치원에 등교하면 30분 정도 교사와 대화하는 시간을 갖는다. 기본적으로 아이들이 대화에 적극성을 띠지 않으면 수업 참여가 힘들며, 주제를 정해 자유토론과 발표를 하는 경우가 많아서 자연스럽게 대화와 토론에 익숙해진다.

나는 이스라엘 하브루타 교육을 적용하고 있는 현지 유치원에서 아이들끼리 격렬한 토론을 하는 걸 목격하고 놀랐다. 이스라엘 유아교육은 결국 이러한 하브루타를 통해 아이들에게 인성 교육과 감각, 토론과 대화 능력 계발에 중점을 두고 있음을 간파할 수 있었다.

나는 이스라엘 교육 연수 기간 동안 일종의 죄의식 같은 것이 느껴져 매일 울고 또 울면서 스스로에 질문을 던졌다.

'유치원을 수십 년 동안 운영하면서 내가 지향해온 것들이 과연 옳은 것이었을까?'

결론은 '아니다'였고, 그 원인은 틀에 박힌 교육이었다. 현행 유치원 교육은 교사 중심의 일방적인 주입식 교육이 대부분이었지, 아이들을 위한 진정한 교육은 아니었다는 자책감이 들었다.

당장 유치원 교육 패러다임의 일대 변화가 필요했다.

이스라엘 교육 연수 후 나는 적극적인 교육 프로그램 벤치마킹을 시도했다. 나정 박사, 최윤정 교수, 안소영 교수, 최수경 교수 등 네 명의 유아교육 전문가들이 모여 새로운 교육 프로그램을 위한 연구회를 만들었고, 그렇게 해서 탄생한 아란유치원 프로그램이 이전에 설명한 '문화문해교육'이었다.

아란유치원 문화문해교육 프로그램은 이스라엘의 토론식 수업을 적극적으로 활용했음을 말한 바 있다. 모든 프로그램이 아이들이 체험하고 경험하고 토론을 통해 이해할 수 있도록 만들어졌다.

결과는 대성공이었다. 아이들과 학부모가 만족해한 것은 물론이고 다른 유치원에서도 벤치마킹에 나설 만큼 관심을 끌었다.

지난 시절을 되돌아보니 이스라엘 교육 연수 여행이 아란유치원의 교육 시스템을 바꿔 놓았고, 나아가 우리나라 사립유치원 교육의 방향성에 근본적인 쇄신을 요구하는 계기로 작용한 것 같다.

대체로 해외 교육 연수 여행은 실효성이 없다는 지적이 적지 않은 것으로 나는 알고 있다. 그것은 '교육 연수'가 주된 목적이 아니라 놀고 먹는 '여행'에 초점이 맞춰져 있어서 나타나는 현상일 것이다.

해외 교육 연수 여행도 그 프로그램이 충실하다면 얼마든지 소기의 성과, 예상치 못한 결실을 맺을 수 있다고 판단한다.

나는 교육 연수 여행 외에도 교육 전수 여행도 중요하게 여겼다. 평소에도 개발도상국이나 후진국의 낙후된 교육 여건을 교육 선진국 반열에 올라선 우리나라가 나서 개선해줄 필요성이 있다고 느껴왔다. 이것은 '유아교육 ODA(Official Development Assistance: 공적개발원조)'로 불러도 될 듯 싶다.

한국유치원총연합회 시절 교육 전수를 시행했는데 지금 생각해도 잘한 일이라는 자부심이 든다. 그것은 우연이기도 했고, 필연이기도 했다.

교육 연수 여행 장소는 베트남이었다.

베트남은 지역에 따라 빈부의 차이가 매우 크고, 교육 격차 역시 심각한 곳이다. 베트남 정부는 이를 해소하기 위해 사립유치원 설립을 추진하면서 유네스코에 도움을 요청했다.

재정 상태가 좋지 않았던 베트남 정부 입장에서는 현지 남북 지역의 교육 격차를 줄이지 않으면 향후 빈부 차이는 갈수록 커질 것으로 분석한 것 같다.

유네스코는 당시 유네스코에 근무하던 최수향 박사에게 이와 관련한 업무를 맡겼고, 최 박사는 나정 박사에게 베트남 지역 내 사립유치원 설립 및 그 가능성을 문의했다.

그렇게 해서 한국유치원총연합회 소속 10명의 유치원 원장들이 베트남을 방문해 유치원 설립과 관련한 교육 전수를 하게 되었다.

베트남에서의 유아교육 전수는 2주일 일정으로 진행됐는데 당시 베트남 정부의 유아교육책임자(투엣 박사로 기억한다)는 단 하루도 빠지지 않고 참석할 정도로 관심을 보였고, 현지 교사들도 수강에 집중하는 분위기가 역력했다.

나는 교육 전수 일정을 마무리하면서 베트남 유아교육책임자의 열정을 거론하지 않을 수 없었다.

"베트남을 다시 보게 됐습니다. 유아교육을 위해 이렇게 열과 온 힘을 기울이고 있는 베트남 정부에 감사 드립니다."

박수가 쏟아졌다.

교육 전수 여행이 못내 아쉬웠는지 베트남 교사들은 "한국을 직접 가봤으면 좋겠다"라고 했고, 나는 흔쾌히 "언제라도 오시라"고 화답했다.

몇 개월 뒤 교육을 받았던 베트남 교육부 직원들과 교사들이 한국을 방문해 아란유치원을 견학하고 돌아갔다.

"우와! 한국의 유치원은 이렇게 훌륭한 시설에서 체계적으로 교육하고 있네요. 놀랍습니다."

나는 몇 년 뒤 베트남 초청으로 현지 사립유치원을 방문했는데, 눈을 의심할 정도였다. 아란유치원을 거의 그대로 벤치마킹한 프로그램을 운영하고 있었다.

유네스코의 도움으로 베트남에서 이루어진 유아교육 전수

70| 종교는 마음 속에

사람은 살아가면서 누구나 고난과 역경을 마주하기 마련이다. 아무리 돈 많은 재벌이나 재력가, 힘 있는 권력자라도 그것을 피하기는 어렵다고 본다.

힘든 삶을 헤쳐 나가는 방법은 다양하다. 그 중에서도 신을 믿는 것, 즉 종교에 의지하는 것은 지극히 보편적이고 상식적인 방법일 것이다.

나도 그랬다.

나는 지금은 절에 다니며 부처님을 섬기고 있지만, 불교 외에도 기독교와 천주교를 두루 경험해봤다. 말하자면 '다종교자'인 셈이다.

첫 번째 종교는 불교였다. 태어난 지 얼마되지 않아 생모가 돌아가신 뒤 외할머니 손에 자란 나는 할머니를 따라 공주 동학사를 알게 됐다.

동학사를 다니면서 외할머니가 했던 말이 생생하다.

"경자야. 너의 엄마가 어느 날 동학사 주지스님의 꿈에 나타나서 이렇게 말했다고 하더구나.

'제가 이승에 와서 잠깐 머물렀다 가는 동안에 나만 믿고 사는 우리 어머니와 아버지를 두고 먼저 가서 마음이 너무 아파요. 제 딸 경자를 어머니에게 맡겼는데 잘 키워달라고 꼭 전해주세요'라고."

이 말을 동학사 주지스님은 외할머니에게 전하면서 "따님은 분명히 좋은 곳으로 가셨으니 걱정하지 않아도 된다"고 강조했다고 한다.

나는 이렇게 불교와 인연을 맺었으나 서울에서 학교를 다니면서부터 성당을 찾게 되었다. 방과 후 귀가 길에 들렸던 동네 성당의 종소리가 그렇게 좋을 수가 없었다.

미사를 알리는 성당의 종소리는 늘상 외로운 마음이 지배했던 나를 붙들어 매는 신비한 힘을 지닌 것처럼 느껴지기 시작했다.

성당에 매료된 나는 수도여중 2학년 때부터 하루도 빼놓지 않고 매일 아침 5시에 미사를 보고 집으로 돌아와 등교하는 생활을 반복했다. 어느 새 열성 천주교인이 되어 있었던 것이다.

이것은 당시 나의 성장 환경과도 맞물려 있었던 것 같다.

부언하지만 나의 중·고교 시절은 외톨이라는 생각에 힘들고 외로운 일상의 연속이었다.

나의 인생에서 가장 심적으로 지치고 어려웠던 시기에 성당을 다니면서 마음을 어느 정도 달랠 수 있었다.

불교와 천주교를 거쳐 기독교로 다시 옮기게 된 것은 대학 입학 후였다.

내가 다녔던 이화여대는 매주 월요일과 수요일, 금요일에 채플 시간이 별도로 마련되어 있었다. 기독교 문학 관련 과목도 일주일에 세 시간을 들어야 했다. 한 번 결석하면 졸업이 힘들다는 얘기를 들어 나는 열심히 성경을 읽었고, 성경 말씀대로 살려고 노력했다.

문제는 대학 입학으로 불가피하게 천주교와 기독교 두 개의 종교를 믿게 되면서 나타난 혼란이었다. 하나만 선택해야 하는 기로에 서게 된 나는 다니던 성당의 신부를 찾아갔다.

"신부님 혼란스러워 미치겠습니다. 고해성사를 받아주세요. 제가 가야 할 길은 대체 어디인가요?"

"종교는 마음에 있는 것이에요. 부담 갖지 말고 편하게 신교로 가도 됩니다."

그렇게 기독교인이 된 나는 결혼 후 큰 아이가 다섯 살 될 때까지 교회를 열성적으로 다녔다.

하나님에 의지하면서 독실한 크리스천이던 고교 동창인 김은자와 가까워지는 계기도 마련되었다. 중·고교 시절을 사실상 혼자 지냈던 나는 3명의 친구가 전부였다.

이 중 한명이 김은자였다. 은자는 신학대에 진학해 거기서 남편을 만나 결혼했다. 은자의 남편은 목자가 되어 미국 시카고에서 한동안 개척교회를 운영했다.

내가 10년 가까이 다니던 교회를 떠나게 된 것은 결혼 이후였다.

1970년대 초반까지만 하더라도 일요일 교회는 한껏 멋을 부린 차림으로 오는 사람들이 많았다. 그러나 나는 그러지 못했다.

결혼 이후 가장 많을 때는 15명의 시댁 식구와 같이 살아야 하는 상황에서 좋은 옷과 신발을 신고 교회를 가는 것은 불가능했다.

신혼여행에서 다녀온 뒤 대가족인 시댁 식구를 건사해야 하는 현실적 상황 때문에 구두를 신발장 꼭대기에 넣으면서 "우리 내외가 계획한 3년, 5년 계획이 '성공'하지 않는 한 절대로 구두를 안 신는다"고 다짐했던 나였다. 내가 주로 신고 다녔던 신발은 흰 고무신이었다.

하지만 나는 결혼 후 태어난 두 아이 중 한명은 등에 업고 한 명은 손을 잡고 교회를 계속 나갔다. 특별한 이유는 없었다. 그저 일주일에 한 번이라도 하나님의 말씀을 들어야 그나마 힘든 생활의 위안이 된다고 믿었기 때문이다.

그런데 교회에 가면 갈수록 주위의 차가운 시선이 느껴졌다.

심지어 일부 교회 관계자들은 예배 중에 나와 함께 앉아 있던 어린 아이들이 조금도 움직이지 못하게 윽박지르기도 했다.

더 큰 상처는 헌금을 제대로 하지 못하는 비참함이었다. 헌금 주머니를 신도들에게 돌리는 방법으로 헌금을 유도하는 교회가 적지 않은 것으로 알고 있지만, 당시에 내가 나갔던 교회도 그랬다.

헌금 주머니가 나에게 넘어오는 순간 십일조가 아닌 작은 지폐를 주위 사람의 눈치를 보며 두근거리는 마음으로 얼른 집어 넣은 뒤 옆에 앉아 있던 신도에게 헌금 주머니를 그대로 넘기는것 만이 내가 할 수 있는 유일한 행위였다.

이걸 곁눈질하던 다른 신도들이 나에게 보냈던, 그 이상한 시선을 수십년이 지난 지금도 기억한다. 나는 그것이 속된 표현으로 '미치도록' 싫었다.

남편의 빠듯한 월급으로 대식구가 먹고 살아야 하는 데 어떻게 십일조를 꼬박꼬박 할 수 있단 말인가. 그리고 이런 나의 형편은 아랑곳하지 않고 헌금을 하지 않는다는 이유로 냉대하는 신도들의 모습은 정녕 하나님이 바라던 바인가라는 의문이 떠나지 않았다.

나는 친분이 있던 신부를 다시 찾아갔다.

"신부님! 교회를 더 이상 다니지 않을 생각입니다."

신부는 이유를 묻지 않았다. 대신 개신교로 옮길 때와 비슷한 말을 했다.

"종교는 마음속에 있습니다. 믿음은 마음속에 있습니다. 싫으면 그만 둬야 합니다. 싫은 마음으로 억지로 참고 하는 것은 믿음이 아닙니다."

이후 나는 교회를 더 이상 찾지 않았다. 7년 정도 혼자 믿음을 갖고 기도를 했다. 십계명에 어긋나지 않게 열심히 살자는 마음을 다지고 또 다졌다.

그러다가 아이들이 성장하고 이후 경제적으로 안정되고 시간적 여유가 생기면서 다시 믿음을 갖게 되었다.

종교와 관련한 에피소드도 있다.

1970년대 초 반포 아란미술학원을 운영할 때에는 우리 학원 반지하 60여평 강당을 한 개척교회(반포교회)의 예배 공간으로 빌려주기도 했다.

나는 추운 겨울 날 아란미술학원 근처에 천막을 쳐놓고 복음 활동을 하는 교회를 목격했다. 교회를 나가지 않은 시절이었지만 나도 모르게 들려오는 찬송가에 흥얼거렸다. 찬송가가 왠지 익숙했다. 그러면서도 '천막예배 보느라 얼마나 추울까'라는 생각이 가시지 않았다. 설교를 주도하는 박 목사를 찾아갔다.

"목사님, 천막예배 보시기에 춥고 힘드시죠? 앞으로 제가 운영하는 미술학원 강당에서 예배를 보셔도 됩니다."

"정말입니까? 그런데 성의는 감사합니다만, 저희 교회 형편으로는 월세가 부담이 돼서요. 월세는 얼마를 내면 될까요?"

"월세는 필요 없습니다 목사님. 관리비도 필요 없고요. 교인이 넘쳐나 예배를 못 볼 상황이 될 때, 그 때 나가시면 됩니다."

나는 이 개척교회의 수요일과 일요일 예배를 위해 학원 운영 일정을 조정하기도 했다. 평일 예배가 있는 매주 수요일은 학원 문을 아예 닫았으며, 대신 토요일로 옮겨 수업함으로써 수업 결손을 방지할 수 있었다.

이렇게 이 개척교회는 반포 아란미술학원에서 7년 여 동안 복음 활동을 하였고, 교인이 급증하자 새 건물을 지어 반포교회로 이름 지어 이주하였다.

반포 아란미술학원이 예배당으로 운영된 건 이게 끝이 아니었다. "반포 아란미술학원에는 수요일과 일요일에 교회 예배를 드릴 수 있는 공간이 있다"는 소문을 듣고 다른 두 곳의 교회 목사가 찾아와 시설 사용을 요청했다. 나는 똑같이 허락했다. 그 교회가 지금의 남서울교회와 반포침례교회다.

나는 종교의 종류와 관계없이 기도할 때 왠지 마음이 편안해지고 위로와 위안을 느낀다.

아이들이 중학교를 가는 등 상급학교에 진학할 무렵 믿음의 절실함을 깨달은 후 집 근처인 봉은사를 찾기 시작했다. 새벽 3시에 일어나 하루도 빠지지 않고 반포에서 봉은사를 찾았다. 낮에는 바쁘기도 했지만, 신도들이 순전히 기도만 하려고 오는 새벽기도가 나에겐 경건하고 행복한 시간이었기 때문이다. 몸이 너무 고된 날에는 "부처님 너무 피곤합니다. 조금 자다가 일어날게요"라고 말한 뒤 눈을 스르르 감곤 한다. 한참 자다가 깨어나면 막 예불이 끝나는 시간이었다. 나는 다시 "부처님, 잘 자게 해줘서 고맙습니다"라고 말하고 봉은사를 벗어난다.

현재의 나는 불교 신자이지만 다른 종교를 거부하지 않는다. 그것은 부처님과 하나님의 말씀을 좇을 뿐, 사람을 보고 종교를 선택하는 것은 아니기 때문이다. 지금도 찬송가를 흥얼거리는 이유이기도 하다.

71| 신 개념의 유아교육 모델, 의왕 '아란포레스트 클래스'를 꿈꾸며

50여 년 가까이 운영해온 압구정 아란유치원은 2022년 2월말로 문을 닫았지만 그것은 아란의 새로운 출발을 위한 서막일 뿐이다.

압구정 아란유치원 시대는 막을 내렸지만, 이제 '아란 의왕 시대'가 기다리고 있다.

나는 경기 의왕에 신 개념의 유아교육시설 오픈을 준비하고 있다. 2024년 3월 개원을 목표로 준비하고 있는 '아란 포레스트 클래스'(아포클)를 생각하면 벌써부터 가슴이 벅차오른다.

아포클 의왕 부지는 1960년대 후반부터 조금씩 구입했다. 나는 1967년 처음 5,500여 평 정도 되는 의왕의 야산을 매입했는데, 그것의 목적은 나중에 미국의 음악학교인 줄리아드 음대나 패션디자인 분야 전문학교인 파슨스 스쿨처럼 특정 분야에 차별화된 학교로, 유아교육 교사를 전문적으로 양성할 교육기관을 설립하면 좋겠다는 구상 때문이었다.

돈이 좀 모아지면 다른 곳에 사용하기보다는 이 일대 논과 밭을 샀다. 그 규모가 나중에 1만 5천여 평으로 늘어났다.

그런데 내가 매입한 의왕의 땅은 온전히 존치하기 힘든 상황이 벌어졌다. 1970년대에 들어 이 가운데 일부가 그린벨트로 묶였다. 몇 년 뒤에는 주택공사가 포일단지 아파트를 짓기 위해 내가 소유한 땅 5천여 평을 강제 수용했다.

여기서 멈추지 않고 이후에는 도로건설 부지 등으로 일부 땅이 또 수용되었다. 몇 차례의 수용을 당하고 자연녹지 3,000여 평은 또 포일단지 재건축으로 흡수되었다.

나는 이걸 '한경자 땅의 수난'이라고 한때 생각했다.

유아교육기관을 설립할 마음을 먹고 사들인 땅은 쪼개지고 다시 쪼개지기를 반복한 끝에 7,500여 평만 남게 되었다.

나는 이렇게 남은 의왕 땅에 후지사과 나무 50주를 심었다. 이 작업을 인부들에게만 맡기면 작업을 마무리하는 데 한 달 정도는 족히 걸릴 것 같다는 생각이 들었다. 그래서 공기 단축을 위해 어렸을 때부터 삽질에 익숙한 나도 함께 작업에 뛰어들었다.

사과나무를 심기 위해 땅을 파는 나의 모습을 보고 인부들은 감탄했다.

"외모는 흡사 아가씨 같은 아주머니는 어떻게 그렇게 삽질을 잘 하세요?"

"그렇게 보이세요? 제가 좀 배웠거든요. 하하…"

거짓말처럼 한 달을 예상했던 작업은 20여 일 만에 마무리되었다.

그런데 몇 년 뒤 의왕 일대 폭우로 산사태가 나면서 공들여 심어놓았던 사과나무 밭은 흔적도 없이 사라졌다. 밭둑에 심어놓았던 나무 중 단 한 그루만 남았다. 얼마 후에는 엎친 데 덮친 격으로 산불로 내

땅의 일부가 완전히 초토화되었다. 아무것도 남지 않은 민둥 야산이 되어 버린 것이다.

낙심한 나는 유아교육기관 설립을 포기했다. 의왕 땅도 일절 손대지 않고 한동안 방치했다.

그런데 어느 날 남편의 친구가 백합꽃이 피는 목백합을 심는 게 어떻냐는 제안을 했다.

목백합은 벌레가 없고 잎이 플라타너스처럼 예쁘게 생긴 나무로, 성장이 빨라 외국에서는 가로수로 주로 활용되고 있다.

고민 끝에 목백합 백 그루를 사다 심었는데, 이것이 아란 의왕시대를 열게 된 동기를 제공하게 될 줄은 몰랐다.

2~3개 능선을 따라 심은 목백합은 하나의 자연녹지를 형성할 정도로 장관이었다. 오르내려야 하는 능선이 전혀 지루하거나 단조롭지 않다. 내가 봐도 악산의 아름다운 광경이다.

나는 이러한 자연환경을 자랑하는 곳에서 아이들이 마음껏 뛰어놀고 체험하는 꿈을 꾸어왔고, 이를 '아포클'을 통해 실현하겠다는 목표가 생겼다.

'아포클'은 한마디로 아란유치원의 장점을 확대한 체험형 유아교육 시설이다.

아란유치원에서 성공을 거둔 교육프로그램 '문화문해교육'을 옮겨오는 것에 그치지 않고, 야외체험 교육을 접목한다면 교육적 효과는 훨씬 크지 않겠는가.

'아포클'이 문을 열면 우선적으로 아이들에게 25개 종류의 교육프로그램을 체험하는 무대가 펼쳐질 것 같다. 판화, 옷 만들기 놀이, 가방 만들기 놀이, 찰흙을 이용한 도자기 만들기, 음악교실, 목공놀이 등등.

이렇게 아이들이 자연 속에서 뛰어 노는 프로그램을 운영하기 위해 '아포클' 곳곳에 전용교실을 설치하고, 과거와 현재, 미래를 골고루 체험하면서 생각할 수 있는 공간도 마련할 계획이다.

아이들이 지금의 유치원처럼 특정 공간에 갇혀 교육받는 것이 아니라, 드넓은 숲 속을 돌아다니면서 곳곳에 설치된 교실에 들러 체험형 교육을 할 수 있게 되는 것이다.

한국어 교육과 외국어 교육에 대한 학부모들의 관심은 여전히 뜨겁다. '아포클'은 영어와 한국어교육을 병행하는 바이링귀얼(이중언어) 교육을 검토하고 있다.

나는 '아포클'이 우리나라에는 없는 유아교육 모델이 될 것이라 확신한다.

'아포클'은 아란유치원 교육 프로그램의 집대성이자 미래 유치원이 가야 할 방향성을 제시할 수 있을 것이다.

별첨

〈한국유치원총연합회 창립부터 유아교육법 제정까지의 주요 일지〉 (1995~2007년)

연도	시기	주요 내용
1994	5월	발기인 25인 참석한 상태에서 한국유치원총연합회 설립을 위한 발기인단 구성
1995	9월 15일	창립총회를 위한 연합회 임원 모임
	10월 4일	가칭 '한국유치원총연합회' 창립총회. 세종문화회관 대회의실
	12월 3일	제1회 전국대의원 연수 및 단합대회(산업시찰) 1박 2일. 임원 360여 명 참석
	12월 4일	사단법인 한국유치원총연합회 교육부 승인
1996	1월 7일	한국유치원총연합회 발족을 위한 사립유치원연합회, 설립자연합회, 자율장학회 등 사립유치원 관련 3개 단체 대표 회동의 첫 단계로 설립자 대표 회동. 최익화, 원유순, 유순옥, 한경자 원장 참석. 프라자호텔
	1월 8일	한국교육개발원 유치원특별법 연구용역 계약
	1월 22일	사단법인 한국유치원총연합회 구성에 따른 유치원 교사 인건비 보조 안건으로 안병영 당시 교육부 장관 면담
	3월 17일	이홍구 총리 면담. 서상목 의원 강남지구당 사무실
	3월 21일	제1차 한국유치원총연합회 총회 개최. 세종문화회관
	5월 6일	유치원 교육 진흥을 위한 특별법 공청회 개최. 전국 유치원장 350명 참석. 세종문화회관 대회의실. EBS, 동아일보 보도

	6월 3일	사립유치원 연합회, 설립자 연합회, 자율장학회 등 3개 단체 통합 조인식. 한경자, 안창희, 권운자, 김경석 원장 등 참석. 프라자호텔
	6월 17일	한국유치원총연합회 방학책 공개 입찰
	7월 10일	교육부 수첩에 사단법인 한국유치원총연합회 공식 단체로 기재
	7월 11일	교육개혁위원회 공청회 참석 토론. 교육개혁위원회 사무실
	7월 18일	신한국당 황병태 의원 면담, 국회 재정경제위원회 위원장실
	7월 20일	신한국당 손학규 의원 방문 회의
	9월 30일	한국유치원총연합회와 사립유치원연합회 통합 회의
	10월 4일	제2회 대의원 연수 및 제1회 전국교사 동화구연대회
	12월 19일	사단법인 한국유치원총연합회 단합대회 및 사례 발표. 전국 사립유치원 원장 등 500여 명 참석. 세종문화회관 대회의실
1997	1월 28일	5세아 무상교육 설명회, 5세아 무상교육 100만 명 서명운동. 서울 광화문 4거리
	3월 11일	유아교육진흥법 개정, 취학전 1년 무상교육 실현을 위한 100만명 서명운동 실태 및 사진 등을 담은 '우리의 주장' 요구서를 청와대, 교육개혁위원회, 국회, 각 정당, 교육부 등에 전달
	3월 28일	제2차 전국 유치원총연합회 총회 개최. 교육부 장관 참석. 세종문화회관 소강당
	4월 14일	MBC 공개좌담회 개최. 유치원의 공교육화에 대한 지지 및 지원, 보조 등 다뤄
	4월 15일	북한쌀보내기운동 추진위원회 회의

	4월 20일	EBS 열린교육 녹화
	4월 25일	북한유치원친구돕기 성금 4,260만원 대한적십자사 전달
	5월 16일	북한유치원친구돕기 성금 3,650만원 2차 전달
	5월 19일	유치원 100주년 기념 교육자대회. 이홍구 총리, 김종필 전 총리, 전현직 국회의원, 교육부 차관 등 내외빈 참석. KBS, MBC, SBS 등 지상파 방송 보도
	6월 21일	5세아 무상교육을 위한 150만명 서명 날인부 국회 청원 제출. 강선주, 한경자 원장 등 전국 유치원 원장 250여 명 참석한 가운데 전달
	7월 1일	KBS1라디오 권정선 기자 진행으로 유아교육 문제 방송. 학부모 3명, 교사 1명, 한경자 원장 등 참석
	7월 15일	5세아 무상교육 시행 등 담은 초중등교육법 개정안 국회 통과
	11월 13일	유아교육진흥법 개정안 국회 통과
	12월 19일	유아교육진흥법 개정안 통과에 따른 감사 축전 등을 새정치국민회의 등 각 당에 발송
1998	3월 23일	5세아 초등학교 취학 절대금지, 사립유치원 지원 등에 대한 건의 위해 새정치국민회의 교육정책위 방문
	3월 25일	제3차 전국 유치원총연합회 정기 총회. 전국 대의원 350여 명 참석
	5월 12일	교육부 차관 방문. 사립유치원 시설 설비 완화, 상가유치원 이전 등 완화, 지방재정교부금법 개정안 건의, 유아교육진흥법 개정 또는 유아교육법 제정 국회 제출 논의
	6월 15일	새정치국민회의 유아교육법 관련 회의. 국회의원회관 823호
	7월 14일	새정치국민회의 주관으로 유아교육 법안 통과를 위한 정책기획단 회의(4차)

	7월 22일	EBS 인터뷰. '유아교육진흥법은 유아교육법으로 개정되어야'
	8월 11일	서울시와 한국유치원총연합회, 사립유치원 아파트 단지내 분할 및 신·증설을 위한 법안 개정 검토 회의
	8월 28일	국회 교육위원회, 유아교육진흥법 개정안 심의 통과
	9월 1일	유아교육진흥법 개정안 국회 법제사법위원회 처리 보류
	9월 2일	유아교육진흥법 개정안 국회 법제사법위원회 처리 및 국회 본회의 통과
	9월 8일	유아교육진흥법 통과에 따른 교육부 감사 방문
	10월 19일	교육부 교육개혁심의위원회 회의
	11월 6일	제4차 전국 유치원원장 연수 및 제3차 전국교사창작동화구연대회
1999	2월 5일	5세아 의무교육 관련 국회 대토론회
	3월 19일	사립유치원에 대한 행·재정적 지원방안 도출을 위한 간담회
	3월 20일	유아교육진흥법 시행령 촉구 건의안 국무총리실 제출
	3월 23일	유아교육진흥법 시행령 국회 법제사법위원회 및 차관회의 통과
	4월 27일	김종필 총리 예방. 사립유치원 교사지원 대책 건의. 교사 1인당 월 3만원 지원 건의
	5월 3일	사립유치원 무자격 원장 문제 해결을 위한 대토론회 개최
	5월 19일	호원대 방문. 사립유치원 교사 자격 취득을 위한 위탁교육 가능 여부 타진
	5월 22일	이스라엘 교육연수단 출국

	5월 28일	SBS 교육대상 수상
	6월 23일	국무총리실 방문. 사립유치원 교사 지원 촉구 건의서 전달
	6월 29일	정보통신부, 유치원관리종합프로그램 계약
	6월 29일	국회 보건복지위원회에 학교급식법 상 급식 대상에 사립유치원 포함 건의
	7월 1일	김덕중 교육부 장관 면담. 유아교육법 제정 적극 추진 입장 밝혀
	7월 2일	몽골 교육부 자매결연
	7월 14일	유아교육법안 재검토 회의
	7월 21일	상가 유치원 원장 시설설비 청원서 건으로 교육부 방문
	7월 28일	서울시 방문. 사립유치원 종일반 운영 지원 및 유아교육진흥법에 조례 삽입 공문 전달
	9월 3일	이만섭 총재 면담. 국민회의 당사. 안건1 교사 교직수당 지급 건의, 안건2 시도 지역 저소득층 지원 확산
	9월 21일	유아의 건전한 발달을 위한 교육과 보육의 대화
	9월 28일	전국 유치원 궐기대회
	10월 4일	교육부 장관 면담
	11월 5일	지분회장 연수, 전국 사립유치원 원장 500여 명 참석. 내빈 및 강사로 문용린, 함종한, 신낙균 전 장관, 나정 박사 등 참석
	11월 17일	유아교육법 제정안 국회 교육위원회 소위 통과
	12월 7일	호원대, 위탁교육 신입생 모임
	12월 22일	사립유치원은 교재교구 구입비 항목으로 국고를 통해 18억원을 지원하고, 18억원은 교육부 지방재정교부금 통해

		지원키로 국회 예결위 의결
	12월 23일	지방재정교부금법 개정안 국회 통과
2000	1월 16일	베트남 교육부 초청으로 사립유치원 원장들 베트남 교육 연수 출국
	1월 19일	베트남 하노이 유치원 원장과 교육부 관계자, 사립유치원 원장 워크숍 개최
	2월 25일	사립유치원 설립자의 교사 자격증 취득을 위한 호원대 위탁교육 입학식
	2월 28일	교육부 장관 면담
	3월 24일	일본 사립유치원의 정부 지원 현황을 파악하기 위해 일본 방문
	5월 24일	이재정 의원 방문. 유아교육법 제정, 사립유치원 지원 방안 등 논의
	5월 27일	이스라엘 연수 출발. 나정 박사와 사립유치원 원장 10여 명 동행
	7월 12일	한국유치원총연합회 사무실 구입 관련 회의
	10월 10일	사립유치원 지원 관련 유아교육법 제정 검토 착수
	11월 22일	유아교육법 검토안 국회 교육위 전달
2001	3월 7일	호원대 위탁교육 제2기 입학식
	3월 17일	교육부 대통령 업무보고 참석. 유아교육법의 빠른 시일 내 제정을 김대중 대통령에게 건의
	3월 29일	MBC 유아교육법 제정 관련 100분 토론 참석
	5월 15일	전국유아교육교원대회 개최. 2만 5,000명 참석
	6월 16일	유아교육법 제정 대토론회
	8월 21일	민주당에 아파트 단지 내 유치원에 대한 서류 제출

	9월 3일	서울 강남구, 전국 지방자치단체 최초로 사립유치원 종일반 교사 인건비 지원 결정
	9월 17일	유아교육법 제정을 위한 한국유치원총연합회 정책자문단 구성
	11월 2일	전국 지분회장 연수. 전국 유치원 원장 150여 명 참석
	12월 12일	유치원 관련 현안 논의 위해 교육부 방문. 저소득층 형평적인 지원 등 사립유치원 지원과 사립유치원 교재교구비 관련 등 논의
2002	4월 14일	일본의 공립유치원 축소와 사립유치원 지원 정책 파악을 위해 일본 현장 답사 출국
	4월 15일	일본 미도시장과 미도시교육장 면담 및 미도시 요시다유치원 방문
	4월 16일	고다이라시 소재 마루야 유치원 방문 및 고다이라시의 사립유치원 지원 계획 브리핑
	4월 17일	야마나시현 신덕유치원 방문 및 지자체의 사립유치원 지원 브리핑
	4월 18일	지자체 방문 시작. 사립유치원 종일반 연장반 교사 지원 정책 건의 등 설명
	6월 18일	5세아 무상교육 실시와 유치원 신증설 등 유아교육 현안 및 개선 방안 의견서 교육부, 국회 등에 송부
	7월 23일	교육부 장관 면담. 유아교육법 적극 추진, 교사인건비 지원, 교재교구비 증액, 사단법인 한국유치원총연합회 행정지원 등 건의
	8월 7일	전국 단설유치원 설립 지역 사립유치원 원장 긴급 회의. 반대와 대안, 공교육 차원의 교사인건비 및 학부모 지원 등 논의
	10월 1일	동아일보에 서울 지역 병설유치원 설립 관련 기고

	10월 10일	유아교육법 제정 관련 주요 언론사 임원 초청 간담회
	10월 24일	대통령 후보 초청 토론회. 각 당 후보는 유아교육법 제정, 사립유치원 지원, 교사인건비 지원 등을 약속
	11월 7일	설훈, 이재정, 박창달 의원 면담. 유아교육법 제정 관련 공청회 개최 등 논의
	12월 2일	우리나라 유아교육의 문제점과 방향 등 한국일보 상세 보도. 문용린 전 교육부 장관, 유아교육의 중요성 등 관련 칼럼 한국일보에 게재
	12월 6일	MBC 보도국장 방문
2003	3월 17일	국회 윤영탁 교육위원장 면담. 국회 교육전문위원 상원종, 정순영 면담. 유아교육법 공청회 및 법안 교정 등
	3월 19일	유아교육법 제정을 위한 유아교육계 긴급 회의
	4월 28일	국회 유아교육법 제정 공청회. 유아교육법 제정을 위한 기획단 모임
		지분회장 연수. 송파 올림픽파크텔. 전국 원장 280여명 참석. 유아교육법 추진, 3~4세 저소득층 유아 지원, 5세아 초등 입학반대, 무상교육 지원 확대 등. 윤영탁 국회 교육위원장, 정영선 교육부 국장, 이재정 교육위원, 김정숙 교육위원, 설훈 교육위원, 서범석 차관, 나정 교육개발원 박사 등 내외빈 참석
	6월 8일	유아교육법 제정 촉구 범국민대회. 여의도 고수부지
	6월 17일	유아교육법안 국회 교육위원회 소위 상정
	6월 18일	유아교육법 제정 관련 EBS라디오 생방송
	6월 19일	유아교육법안 국회 교육위원회 소위 심사
	7월 24일	사립유치원 지원 건 문화일보 보도
	7월 30일	한국 유아교육의 방향 설정을 위한 대담회. 유네스코 최수향 박사, 한국교육개발원 나정 박사, 한국유치원총연

		합회 한경자 회장, 강선주 부회장 등 참석
	9월 4일	한국교육개발원 주최 사교육비 절감 대책 관련 대토론회
	12월 11일	유아교육법, 국회 교육위원회 통과
	12월 23일	유아교육법, 국회 법사위 소위 처리 예정. 경남 김명화 지회장이 김기춘 당시 법사위원을 면담하는 등 각 지회와 분회장이 법사위원 개별 면담 통해 유아교육법 처리 촉구
	12월 29일	한국보육시설연합회(한보련)의 반대로 유아교육법 처리 보류. 한나라당 당사 앞 시위. 최병렬 당시 한나라당 대표 면담.
	12월 30일	한국유치원총연합회와 전국어린이집놀이방연합회 임원회의. 서로 힘을 합하여 유아교육법에 교사인건비 지원 조항 넣기로 합의.
	12월 31일	유아교육 관련 각 단체 대표 회의 통해 유아교육법 제정에 사립유치원과 어린이집 동의 결정
2004	1월 2일	황우여 의원 면담. 유아교육법에 사립유치원 교사 인건비 지원 조항 삽입 요청 및 노력 확답
	1월 3일	전국민간어린이집, 놀이방시설연합회 회장단과 한국유치원총연합회 전국 지회장 등 이사진 30여 명 회의 후 유아교육법 제정 동의 합의서 작성
	1월 6일	여의도 각 당사 앞 시위. 황우여 의원 유아교육법 수정안 제출. 국회 정책위의장 주재로 수정안에 대한 각 단체 협의 후 최종 합의 사립유치원 학부모에 대한 불평등, 사립유치원 교사의 국공립 차별 대우 등과 관련한 헌법소원 제기
	1월 7일	유아교육법 국회 본회의 통과
	4월 1일	유아교육법 시행령 추진위원회 모임
	4월 15일	유아교육법 시행령 제정 관련 세미나 개최

	4월 20일	유아교육법 시행령 제정 관련 세미나 개최. 유아교육법 시행 방안 주요 쟁점을 중심으로 토론. 나정, 천세영, 박혜윤, 박세규, 강병수, 이계영, 석호현 등 토론
	5월 27일	유아교육법 시행령 검토 내부 회의
	6월 11일	고령화 및 미래사회위원회 대통령보고회. 유아교육 정부정책, 무상교육 5세아 확대 등 논의
	6월 18일	이명박 서울시장 면담. 사립유치원 교사 지원, 종일반 운영 사립유치원 급식비 지원, 환경개선금 지원 등 건의
	7월 1일	사립유치원 지원 타당성 확보 위한 연구 의뢰
	7월 2일	한국유치원총연합회 전국 지·분회장 및 원장 회의. 헌법소원 제기 내용 발표 및 대책, 유아교육법 시행령 제정 및 사립유치원 지원 대책 촉구
	8월 9일	유아교육법 시행령 제정 촉구 100만 명 서명
	8월 20일	교육부 시행령 내용이 유아교육법 제정 취지와 다른 내용이 있기에 이에 대한 시정을 국회에 요구
	9월 8일	유아교육법 시행령 중 의무 조항인 '~하여야 한다'가 임의조항인 '~할 수도 있다'로 되어 있음은 부당하다는 점을 언론 보도자료 배포를 통해 지적하고 바로 잡음
	9월 21일	국회 방문. 시행령에 따른 언론홍보 대책 회의
	9월 23일	국회의원 면담 통해 유아교육법 시행령 관련 논의 저소득층 차별지원 건의 부당성 지적. 공립유치원 신설보다는 사립유치원 적극 활용 통해 유아교육의 질을 높여야 한다는 내용 강조
2005	1월 15일	국회 교육위원장실 방문. 시행령 및 시행규칙 처리 촉구
	1월 25일	유아교육법 시행령 및 시행규칙 통과
	1월 29일	한국교육개발원 박제윤 박사 조례안 검토 및 조례안 지방의회 전달

1월 31일	서울시에 조례안 전달
2월 1일	여성부, 보육 및 교육실태 조사. 보육계 전문가, 교육계 전문가, 현장 종사자 등 참석
3월 17일	한국유치원총연합회 총회. 세종문화회관 세종홀
4월 8일	국회 교육위원회 위원장 방문. 교사인건비 및 종일반 인건비, 환경개선금 지원 등 건의
4월 9일	교육부 회의. 사립유치원 실태조사에 따른 부처 간 계획 논의. 유아교육지원과 이기숙, 정혜손, 한경자, 나정, 임재택 등 참석
4월 15일	역삼동 한국유치원총연합회 사무실 계약. 계약금 7억 7,135만 원.
5월 3일	역삼동 사무실 중도금 3억 원 지급
5월 4일	교육인적자원부 청와대 업무보고 참석. 노무현 대통령에게 사립유치원 인건비 지원 필요성과 적극 지원 촉구. 노 대통령은 사립유치원 교사 인건비 지원은 필요하며 반드시 지원될수 있도록 관계 장관에게 지시
6월 18일	한국유아교육발전재단(가칭) 설립을 위한 발기인 1차 모임
6월 30일	역삼동 사무실 잔금 지불
7월 1일	한국유치원총연합회 전국 지·분회장 연수. 교사인건비 지원과 5세아 무상교육 확대, 종일반 운영에 따른 환경개선금 및 교사인건비 지급 논의
7월 21일	역삼동 사무실 리모델링 공사비 지불
7월 30일	역삼동 사무실 개원식
9월 27일	서울시, 서울 시내 사립유치원 유아급식비 지원에 따른 회의

	10월 19일	교육인적자원부 장관 면담. 사립유치원 지원 촉구 사무실 시위
	10월 21일	이명박 서울시장 면담. 서울시 사립유치원 유아급식비 지원 요청. 보육시설과의 형평성 문제 제기
	10월 25일	서울시의회 의장 및 시의원 면담. 사립유치원 지원 및 지원근거 조례안 상정 및 의결 요구
	11월 2일	전국교사 단합대회. 사립유치원 교사 인건비 지원, 지방교육재정 교부금법에 사립유치원 지원 근거 마련 등 요구
	11월 7일	국회 교육위원회 소위원회 개최. 진수희, 조배숙, 임태희 의원 등 면담
	11월 8일	국회 교육위, 사립유치원에 150억 원 지원 결정. 정봉주, 유기홍, 최재성, 진수희, 이군현 의원 등 주도
	11월 11일	국회 교육위, 사립유치원 교사 수당으로 160억 원 책정
	11월 15일	국회와 연계한 사립유치원 발전 계획 추진 회의. 국회 정봉주, 유기홍, 최재성, 백원우 의원, 교육부 박경재 국장, 박영숙 과장, 고영종 사무관, 연합회 한경자, 강선주, 윤군자 서울지회장 등 7명, 최영숙 인천 지회장 등 5명, 김재남 부산지회장, 김진숙 대전지회장, 경기 석호현 지회장 등 참석
	12월 6일	사립유치원 교사 인건비 지원 대책 수립 촉구를 위한 전국 사립유치원 교사 및 원장, 학부모 30만 명 서명 명부 국회 예결위에 접수
	12월 20일	각 지회장, 국회 의원실 방문. 예산 반영 촉구
	12월 21일	국회 예결위원회 소위 개최
	12월 29일	한국유치원총연합회 서울지회 사무실, 역삼동 사무실로 이전
2006	2월 7일	'육아 선진국 진입을 위한 혁신적 유아교육 체계 정립'을

		주제로 한국유치원총연합회와 정봉주 국회의원 공동주최 토론회 개최
	3월 11일	교육부 중앙 유아교육위원회 첫 회의. 종합청사. 위원장은 차관, 박경재 국장, 문미옥 학회장, 이옥소장, 한경자 회장, 최남희 전교조, 나정 박사, 임재택 교수, 정혜선 국공립 교사 대표, 학부모 대표, 이원영 교수 등 참석. 안건은 사립유치원 담임수당 11만원 지급시 감독 방안 등 논의
	3월 28일	한국유치원총연합회 2006년 총회 개최. 한경자 이사장직(회장) 사임. 김재남 수석부회장을 이사장으로 새로 선임
	7월 13일	교육인적자원부 장관 표창장 수상
	9월 5일	지방교육재정교부금법에 사립유치원 포함 입법예고. 정봉주, 유기홍 의원 등 주도
	10월 11일	국회의원 면담. 교사수당 확대 지원 및 국회 예결위 통과 건의. 종일반 운영지원 예산 촉구
	11월 18일	사립유치원 지원의 차별성 해소를 위한 헌법소원 제기에 따른 후속 조치 관련 논의
	12월 27일	김진표 의원 면담
2007	1월 3일	한국유치원총연합회 회장단 회의. 2007년 특별교부금 대책, 사립유치원 담임수당 지급 불투명 등과 관련한 대책 논의
	2월 13일	한국유치원총연합회와 열린우리당 정책 간담회. 종일반 운영을 위한 환경개선비 지원을 위한 협조 요청. 지방재정교부금법에 사립유치원 지원 명시, 학급개발연구비는 특별교부금 통해 지원 요구
	2월 16일	국회, 특별교부금 지원 확정 통보

저자 한경자

- 1940년 서울 생
- 이화여자대학교 졸업
- 중앙대학교 교육대학원 교육학 석사
- 현대그룹 입사
- 정주영 현대그룹 회장(당시 현대건설 사장) 비서
- 반포 아란미술학원 원장
- 압구정 아란유치원 설립자 및 원장(1979~2022년)
- 서울 강남구 아동위원협의회 회장
- 서울 강남구 여성단체연합회 회장
- 서울 강남경찰서 전 · 의경 어머니회 회장(1991~2019년)
- 교육부 교육정책심의위원회 위원
- 교육부 교육과정심의위원회 위원
- 사단법인 강남문화원 수석부위원장
- 민주평화통일자문회의 자문위원
- 서울 강남구체육회 수석부회장
- 사단법인 한국유치원총연합회 회장(1995~2006년)
- 재단법인 한국유아교육발전재단 이사장
- 사단법인 한국유치원총연합회 명예총재

엮음 김진각

성신여자대학교 문화예술경영학과 교수로 재직중이다. 문화예술학 박사로 미국 아메리칸대 아시아연구소 Visiting Scholar 등을 거쳤다. 한국유아교육발전재단 자문위원을 맡고 있다.

#71, 꽃길도 가시밭길도 아닌
'사립유치원의 히로인' 한경자 회고록

초판 발행 2023년 6월 30일
지은이 한경자
엮은이 김진각
펴낸이 안종만 · 안상준

편 집 배근하
기획/마케팅 김한유
표지디자인 BEN STORY
제 작 고철민 · 조영환

펴낸곳 (주) 박영사
서울특별시 금천구 가산디지털2로 53, 210호(가산동, 한라시그마밸리)
등록 1959. 3. 11. 제300-1959-1호(倫)
전 화 02)733-6771
f a x 02)736-4818
e-mail pys@pybook.co.kr
homepage www.pybook.co.kr
ISBN 979-11-303-1804-2 03810

정 가 22,000원